Vriendinnen voor het leven

Eerder verschenen van Sarah Lark:

De vrouwen van Kiward-serie
Het land van belofte
Het lied van de wolken
De roep van het land

De sterren van Matariki-serie
Het land met de gouden kust
De schaduw van de kauri-boom
De dag van de zonnewende

De Cascarilla Gardens-serie
Het eiland van duizend bronnen
Dochter van de mangroven

De vuurbloemen-serie
De tijd van de vuurbloemen
De zang van de hoornschelp
De legende van de vuurberg

Het nieuwe land-serie
Grote dromen
Goede hoop
Een moedig besluit

Ivy-serie
Dochter van twee werelden

Een nieuwe wereld
De geheimen van het winterhuis
Het familiegeheim
Alle sterren aan de hemel

Sarah Lark

Vriendinnen voor het leven

Vertaald door Corry van Bree

De Fontein

Eerste druk augustus 2024
Dit is het tweede deel in de Ivy-serie

Oorspronkelijke titel *Ein kleines Stück von Afrika. Hoffnung*
Oorspronkelijke uitgever Bastei Lübbe AG

Vertaling Corry van Bree
Omslagontwerp bij Barbara
Omslagbeeld vrouw: © Richard Jenkins Photography, achtergrond: Shutterstock
Opmaak binnenwerk Crius Group, Hulshout
ISBN 978 90 261 6990 8
ISBN e-book 978 90 261 6991 5
ISBN luisterboek 978 90 261 6992 2
NUR 302

www.uitgeverijdefontein.nl

Uitgeverij De Fontein vindt het belangrijk om op milieuvriendelijke en verantwoorde wijze met natuurlijke bronnen om te gaan. Bij de productie van het papieren boek van deze titel is daarom gebruikgemaakt van papier waarvan het zeker is dat de productie niet tot bosvernietiging heeft geleid.

Hoop is het anker van de wereld.
Spreekwoord uit Afrika

1

Kenia, 1926

De twee kleine meisjes die voor het woonhuis van Edgecumbe Farm hinkelden, konden nauwelijks méér van elkaar verschillen. Ailbert Edgecumbe, die met een scherpe blik naar het tafereel keek zodra Reggie Derringer zijn jeep de goed onderhouden oprit op stuurde, zag een sierlijk meisje met een donkere huid dat op blote voeten van het ene naar het andere vierkant van de hinkelbaan sprong. Het zwarte krullende haar was in een grappig dotje gebonden en ze droeg een kort lichtblauw linnen jurkje. Het andere meisje droeg een shirt met lange mouwen, een lange broek en sokjes in linnen schoenen. Alleen de bloemen op haar enorme zonnehoed, die haar gezicht volledig verborg, maakten duidelijk dat het een meisje was. Een slanke jonge vrouw met kort kroeshaar en verfijnde gelaatstrekken hield toezicht op de kinderen. Ze trok meteen de aandacht van Lennox Edgecumbe. Hij floot bewonderend en Ailbert keek met een strenge blik naar zijn zoon.

'Ken je haar?' vroeg Lennox aan Reggie.

'Ze is een Masai,' antwoordde hij ongeïnteresseerd terwijl hij de auto voor de ingang van de receptie parkeerde.

Edgecumbe Farm was een particuliere safarilodge die bezoekers van over de hele wereld de gelegenheid bood om de diverse flora en fauna van Kenia te ontdekken. De gasten mochten echter alleen trofeeën in de vorm van foto's mee naar huis nemen. In het resort werd niet op dieren gejaagd.

Ailbert keek naar het woonhuis, een natuurstenen gebouw van twee verdiepingen met een veranda die rond het huis liep en ramen die veel licht binnenlieten. Het stond op een heuvel terwijl de bijgebouwen – de stallen en schuren – op een lager niveau lagen. Oorspronkelijk was de boerderij gebouwd door een veehouder. Aan beide kanten van de oprijlaan groeiden parapludoornbomen. Een enorme, oeroude apenbroodboom gaf schaduw aan een deel van de veranda. Tussen de grindpaden die van het woonhuis naar de bijgebouwen leidden, groeiden ebenaceae en palmbomen in plantenperken.

Ailbert opende het autoportier vastberaden en stapte uit, enigszins geïrriteerd omdat de kinderen en de jonge vrouw geen aandacht aan hen schonken, totdat Reggie eveneens uitstapte en de vrouw aansprak. 'Waar is miss Ivy?' Hij vond het blijkbaar niet nodig haar te begroeten voordat hij zijn vraag stelde.

Het antwoord was kortaf en nors. 'Geen idee. Ergens.'

De meisjes leken nu iets meer belangstelling te tonen, of misschien waren ze gewoon beter opgevoed. Ze liepen naar de gasten toe en knikten naar Reggie. 'Hallo, meneer Reggie,' zeiden ze in koor met hun hoge stemmen.

Ailbert kon nu ook het gezicht van het tweede meisje zien. De adem stokte hem in de keel. Het kind had uitgesproken Afrikaanse gelaatstrekken, maar had een roomwitte huid en heel lichtblauwe ogen. Dat verklaarde haar kleding. Ze moest worden beschermd tegen de stralen van de hete Keniaanse zon.

'Hallo kinderen,' begroette Reggie hen kortaf, alsof hij het pijnlijk vond dat de meisjes tegen hem praatten.

Hij leek geen vriendschappelijke band met de kinderen te hebben. De meisjes renden meteen terug om verder te spelen, maar niet voordat ze vluchtig naar Ailbert en Lennox Edgecumbe, die nu ook uitstapte, hadden gekeken. De twee mannen leken niet veel indruk op hen te maken. Ailbert en zijn zoon droegen net als Reggie kakikleurige safarikleding en verschilden daardoor niet veel van de andere gasten van het resort.

Nu gebeurde er iets bij het woonhuis. Een lange jongeman in het uniform van een huisknecht kwam naar buiten en begroette de nieuwkomers met een hartelijke glimlach. 'Meneer Derringer, sir, brengt u gasten die vertraging hadden? Meneer

Zoeloe heeft niet gezegd dat we nog meer gasten verwachten…'

Voordat Reggie antwoord kon geven begroette Thabo de vermeende gasten beleefd. 'In elk geval van harte welkom op Edgecumbe Farm, heren. Mijn naam is Thabo, ik ben de eerste huisknecht en de assistent van meneer Zoeloe. U kunt met al uw vragen en wensen bij mij terecht.' Toen Ailbert en Lennox niet reageerden ging hij verder: 'Ik hoop dat de reis niet te vermoeiend was. Uw trein had blijkbaar vertraging; onze bus heeft de nieuwe gasten vanochtend van het station opgehaald. Ik heb niet op meer gasten gerekend, dus moet er sprake van een misverstand zijn. Maar maakt u zich geen zorgen, we regelen meteen een welkomstcocktail voor u en hier zijn Amaniel en Nio ook al om zich over uw bagage te ontfermen.'

Twee bedienden verschenen achter hem. Ze keken verbaasd toen Reggie geen aanstalten maakte om de kofferbak van de auto te openen.

Ailbert vertrok zijn gezicht. Hij was al een aantal dagen in Kenia, maar was het niet gewend om door een Afrikaan in een keurig uniform in perfect Engels te worden aangesproken. Hij wist ook niet goed hoe hij moest reageren. Tot nu toe had hij alleen korte bevelen gegeven als hij met Afrikanen te maken had.

'Dit zijn geen safarigasten, Thabo,' legde Reggie uit. 'Het zijn familieleden van miss Ivy… eh…'

'Ik wil mevrouw Edgecumbe spreken,' zei Ailbert terwijl Lennox een andere Afrikaanse vrouw met zijn ogen verslond. Ze droeg een donkerblauw dienstmeisjesuniform met een wit schort, had een mutsje op haar hoofd en een dienblad met champagnecocktails in haar handen.

Thabo liet niets van zijn verwarring merken en maakte een buiging. 'Miss Ivy geeft de nieuwe gasten een rondleiding. Er zijn twee kinderen bij die dolgraag een paar zebra's en giraffen wilden zien, dus heeft ze zich laten overhalen.' Hij glimlachte. 'Maar u mist niets als u zin in een safari hebt,' voegde hij er beleefd aan toe. 'De meeste dieren verschijnen tijdens de zonsopgang en zonsondergang. Nu het middag is rusten ze. Miss Ivy wilde voor de thee terug zijn. Wilt u binnen op haar wachten?'

'Als alternatief kan ik jullie de boerderij laten zien,' bood Reggie aan.

Dat leek Thabo nog vreemder te vinden. Zijn gezichtsuitdrukking weerspiegelde zijn tweestrijd tussen de vereiste beleefdheid tegenover de gasten en de plicht om grenzen aan buitenstaanders te stellen. Ailbert wist dat Reggie Derringer al geruime tijd niet meer op het resort was geweest en het was niet vreemd dat de bediende zijn aanbod als een inbreuk beschouwde.

'Ik kan meneer Zoeloe laten roepen,' stelde Thabo voor. 'Hij is bij de gastententen...'

Op dat moment werd de huisknecht, die duidelijk moeite met de situatie had, gered door de aankomst van een groot safarivoertuig dat een enorme stofwolk veroorzaakte. De auto werd bestuurd door een jonge Afrikaanse man en op de verhoogde stoel naast hem, de plek die voor de gids was bedoeld, zat een witte vrouw met krullend lichtblond haar dat onder haar zonnehoed tevoorschijn kwam. Zij droeg een kaki rok en blouse die haar slanke taille accentueerden. Ze had felblauwe ogen en regelmatige gelaatstrekken die een beetje deden denken aan het meisje in de lichtblauwe linnen jurk. Ailbert had daarnet al gezien dat het kind niet voor honderd procent van Afrikaanse afkomst was.

'Miss Ivy, wat fijn dat u er bent,' begroette Thabo haar opgelucht. 'Deze heren –'

'Goedemiddag Reggie.' De stralende glimlach van de jonge vrouw verdween en ze kreeg een wantrouwende blik in haar ogen. 'En...'

'Ailbert en Lennox Edgecumbe,' stelde Ailbert hen voor. 'Ik ben de broer van je echtgenoot.'

Het dienstmeisje grinnikte.

De vrouw van zijn broer wierp haar een strenge blik toe. 'Ivory Zoeloe,' stelde ze zichzelf voor.

Ailbert constateerde dat ze de situatie met een snelle blik

inschatte en onder controle probeerde te krijgen.

'Shania, aangezien de heren het welkomstdrankje kennelijk niet willen, mag je de gasten een cocktail aanbieden,' zei ze tegen het dienstmeisje. Ze glimlachte vriendelijk naar de gasten in de safaribus die van de verhoogde stoelen kwamen en met hulp van de chauffeur uitstapten. 'En jij begeleidt ze naar hun tenten, Thabo. Ze willen zich beslist op de avondsafari en het diner voorbereiden. En serveer de thee bij wijze van uitzondering bij de tenten. Als meneer Zoeloe vraagt waarom dat is, kun je hem vertellen dat ik die instructie gegeven heb.'

Inmiddels hadden de kinderen in de gaten dat Ivory terug was en ze renden vrolijk naar haar toe.

'Mama, we hebben gehinkeld! Ik ben veel sneller dan Hope,' zei het meisje in het linnen jurkje dat op blote voeten liep.

De vrouw boog zich naar de kinderen toe – ze waren beiden een jaar of vijf – en trok de kleding van het meisje met de hoed recht. Een klein stukje huid was onbedekt geweest.

'Ik vind dit helemaal niet leuk,' zei het meisje. 'En die schoenen... Ik wil net als Ebony op blote voeten hinkelen...'

Ivory Edgecumbe streek één meisje over het haar en streelde de schouder van het andere meisje. 'Laten we morgen na zonsondergang nog een keer gaan hinkelen. Dan ben ik de scheidsrechter. Vandaag heb ik helaas geen tijd. Ik moet me om de nieuwe gasten bekommeren.'

De meisjes knikten.

'Maar dan moet Ebony mijn kleren dragen en draag ik alleen een shirt en een korte broek,' zei Hope.

'We zullen het zo eerlijk mogelijk doen,' beloofde de jonge vrouw. 'En nu is het tijd voor jullie om naar binnen te gaan.' Ze richtte zich tot de Masai die op haar dochtertjes had gelet. 'Inaya, geef de meisjes iets te eten, breng ze daarna naar bed en lees ze een verhaaltje voor als ik er niet aan toekom. Ik moet me nu met deze heren bezighouden.'

Ailbert Edgecumbe zag dat ze naar hem en zijn zoon glimlachte, maar dat leek zakelijk, misschien zelfs gedwongen.

'Zo, meneer Edgecumbe,' zei Ivy uiteindelijk tegen hem. 'Wat kan ik voor u doen?'

'Ailbert, lieve Ivory. We zijn zwager en schoonzus, dus denk ik niet dat het gepast is om me "meneer Edgecumbe" te noemen.'

Ivory schudde haar hoofd. 'We wáren zwager en schoonzus,' zei ze. 'Mijn echtgenoot Adrian is jaren geleden tijdens de oorlog gesneuveld. Heeft niemand u daarvan op de hoogte gebracht?'

'We hebben inderdaad een brief gekregen,' antwoordde Ailbert. 'En recentelijk hebben we bijzonder onaangename roddels gehoord. Geruchten waarvan ik vond dat ik moest uitzoeken of ze op waarheid berusten. Er wordt gezegd dat je onze familie te schande maakt, Ivory.'

Ze schrok zichtbaar van de onverwachte aanval, maar herstelde zich snel. 'Op welke manier, meneer Edgecumbe?' vroeg ze koel. 'En wat hebt u daar trouwens mee te maken? U woont in Schotland, nietwaar?'

'Dat klopt,' bevestigde Ailbert. 'Ik ben de oudste van de familie, Adrian was mijn jongere broer. Ik ben daarmee de erfgenaam van het familiebezit in Schotland en het hoofd van de familie, dus heb ik er wel degelijk mee te maken als de weduwe van mijn broer hier in concubinaat leeft met een Afrikaan en...'

Ivory's mond vertrok. 'Ik ben hertrouwd,' zei ze. 'Dat is mijn goed recht en niemand kan me dat betwisten.'

'Luister, je woont nog steeds op de boerderij van mijn broer,' wierp Ailbert tegen.

'Adrian en ik hebben Edgecumbe Farm samen opgebouwd,' antwoordde zijn voormalige schoonzus. 'Eerst als jachtresort, waarbij hij de safari's leidde en ik verantwoordelijk was voor de verzorging van de gasten, wat Adrian bijzonder belangrijk vond. Meneer Sanele Zoeloe was het hoofd van de gastenverzorging. Meneer Reggie Derringer, die u al hebt leren kennen, werkte hier als jager en heeft de leiding van het resort tijdelijk op zich genomen toen mijn echtgenoot eerst voor de tijgerjacht naar

India ging en zich daarna vanwege de oorlog hij het Britse leger aansloot. Tijdens de oorlog was het resort gesloten en toen ik het na de dood van Adrian heropende, veranderde het bedrijfsconcept in safari's zonder bloedvergieten, met andere woorden: het observeren van de dieren. Meneer Zoeloe heeft me daarbij geholpen. We hebben het bedrijf na de oorlog, toen ik het geërfd had, gezamenlijk weer opgebouwd. Ik woon dus absoluut niet in de woning van uw broer, maar geef leiding aan een bloeiend bedrijf op de boerderij die ik van mijn overleden echtgenoot geërfd heb.'

'Je noemt deze meneer Zoeloe nogal vaak,' zei Ailbert geïrriteerd terwijl zijn zoon grijnsde en een handgebaar naar Reggie maakte dat maar voor één uitleg vatbaar was.

Zijn schoonzus keek met een bestraffende blik naar hem. 'Meneer Sanele Zoeloe is mijn tweede echtgenoot,' zei ze. 'We leiden het resort samen.'

'Het klopt dus,' concludeerde Ailbert afkeurend. 'Je leeft in schande. Een blanke vrouw met zo'n... kaffer...'

Ivory keek met fonkelende ogen van woede naar hem. 'Op mijn land wordt niet zo denigrerend over mijn man of andere Afrikanen gepraat. Sanele behoort tot de Zoeloe-stam. Thabo, die u verwelkomd heeft, is een Kikuyu, evenals Shania, een van onze dienstmeisjes. Inaya, de jonge vrouw die voor de kinderen zorgt, is een Masai. In de buurt van ons land bevindt zich zowel een Masai-dorp als een Kikuyu-dorp. Na een aantal geschillen leven ze vreedzaam naast elkaar, iets waar de kerstening door de katholieke missiepost absoluut aan bijgedragen heeft. Deze missiepost bevindt zich eveneens op het land van Edgecumbe Farm.'

'En de kinderen?' vroeg Lennox.

'Die zijn van Sanele en mij,' zei Ivory. Ze deed haar best om kalm te blijven. 'Ebony is onze biologische dochter en is binnen ons huwelijk geboren. We hebben Hope geadopteerd. Zoals u misschien gezien hebt, heeft ze albinisme. Dergelijke kinderen zijn niet gewenst bij de stammen. Meestal worden ze meteen na de geboorte gedood. Een van de missiezusters heeft Hope gered en wij hebben haar onder onze hoede genomen. Nu weet u alles over ons en is het uw beurt om te vertellen waarom u hier bent.'

'Dat heb ik al gezegd,' zei Ailbert. 'Ik ben van plan de eer van mijn familie te redden, die jij in de ogen van alle fatsoenlijke burgers van deze kolonie besmeurt door met een Afrikaanse man samen te leven. Jullie kunnen niet getrouwd zijn. Dat staat de Kroon niet toe.'

Ivory vertrok haar gezicht. 'Dan bent u verkeerd geïnformeerd, meneer Edgecumbe. In Kenia is het huwelijk tussen Afrikanen en Engelsen niet verboden. Het is alleen ongebruikelijk en zoals u zelf al zegt, niet populair onder de kolonisten. Daarom zijn we ook niet getrouwd door een anglicaanse geestelijke, maar heeft een katholieke pater van de missiepost ons in de echt verbonden. Om die reden hebben we ons allebei tot het katholieke geloof bekeerd en de kinderen zijn in de katholieke kerk gedoopt. Ik kan u de documenten laten zien, hoewel ik nog steeds van mening ben dat u daar niets mee te maken hebt. Misschien kunt u nu in het kort vertellen wat u van me wilt, dan kan ik me daarna weer aan mijn gasten wijden. U bent blijkbaar op vakantie of hebt een morele missie...' – ze lachte spottend – '... maar ik heb een tentenkamp vol gasten.'

Ailbert keek een hele tijd naar haar. 'Ik ben van mening dat de reputatie van mijn schoonzus me wel degelijk aangaat, vooral omdat je je op zo'n schandalige manier gedraagt dat er tot in de verste uithoeken van Schotland over gepraat wordt. Ik ben hiernaartoe gekomen om de waardigheid van mijn broer in ere te herstellen. Ik eis dat je dit zogenaamde huwelijk met een zwarte man beëindigt en samen met mij terugkeert naar Schotland om je daar als een respectabele weduwe te gedragen. Je kunt natuurlijk ook naar je ouderlijk huis in Londen terugkeren.'

Ivory lachte. 'Dat is een grapje, nietwaar?' zei ze. 'Meneer Edgecumbe, misschien ben ik nog niet duidelijk genoeg geweest, maar ik ben hertrouwd en leid een safarilodge. Wie zou dat volgens u moeten overnemen als ik naar Schotland verhuis?'

Ailbert bleef serieus. 'Mijn zoon Lennox is een goede jager,' zei hij. 'Ik ben ervan overtuigd dat hij het bedrijf in de geest van zijn oom zal voortzetten. Met de steun van meneer Derringer...'

Ivory legde haar hand op haar voorhoofd. 'Het spijt me, maar u bent niet goed bij uw hoofd. Ik praat ook niet verder met u, omdat ik mijn tijd daarmee verspil. En jij, Reggie... Als je de volgende keer ongenode gasten mee wilt nemen, bel dan van tevoren. Doe de hartelijke groeten aan je ouders. Zwager Ailbert en neef Lennox, blijf voortaan uit de buurt van mijn lodge.'

Ze wilde weglopen, maar Ailbert hield haar tegen. 'Zo gemakkelijk gaat dat niet, Ivory,' zei hij dreigend. 'Je hoort van ons. Als je niet vrijwillig meewerkt, dan nemen we juridische stappen. Ik wens je nog een fijne dag.'

2

Ivory, die door bijna iedereen Ivy werd genoemd, liep geïrriteerd door Ailberts bedreigingen de veranda van het woonhuis op, waarvandaan ze de luxe, elegante safaritenten waarin de gasten sliepen kon zien. Daar was Sanele nu en ze wilde niets liever dan hem meteen vertellen over de ontmoeting met haar ex-zwager en zijn zoon. Toch dwong ze zichzelf kalm te blijven; de gasten mochten niets merken van de onrust die ze voelde. Ivy haalde diep adem en liep naar binnen om naar de meisjes te gaan. Misschien kon ze hun zelf een verhaaltje voor het slapengaan voorlezen. Daarna was het tijd om de nieuwe gasten tijdens hun eerste lange safaritocht te begeleiden.

Terwijl Sanele toezicht hield op de voorbereidingen voor het feestelijke welkomstdiner, liet Ivy de gasten in de safariauto's stappen terwijl ze probeerde kalm te worden. Dat lukte bijna altijd in de bush. De rit over de uitgestrekte savanne met de bergen op de achtergrond en de aanblik van de giraffen, zebra's, gazelles en wrattenzwijnen die ze aan haar gasten wilde voorstellen, fascineerde haar na alle jaren in Afrika nog steeds.

Er waren geen hekken; het land dat bij de boerderij hoorde strekte zich over duizenden hectaren uit, waardoor de dieren zich niet bewust waren van de grenzen. Ze leefden in Kedong Valley net zoals in het wild, maar waren beschermd tegen jagers en stropers. Dat zorgde ervoor dat ze meer op hun gemak waren in de buurt van mensen dan dieren waarop werd gejaagd. Ivy was gelukkig toen er tijdens de excursie in de schemering neushoorns en uiteindelijk zelfs een leeuwenfamilie verschenen.

De safarigasten kwamen onder de indruk van het observeren van de dieren naar de boerderij terug en dronken een sundowner terwijl Ivy zich snel omkleedde voor het diner. Pas toen ze in een elegante jurk bij de tenten arriveerde, waar het diner al was opgediend, zag ze Sanele weer. Zoals altijd klopte haar hart een beetje sneller toen ze zijn slanke gestalte in het mooie butleruniform zag. Hij glimlachte naar een oudere vrouw en schonk met rustige, behendige bewegingen een glas portwijn voor haar in terwijl hij grapjes met haar maakte. Zijn donkere ogen begonnen te stralen toen hij Ivy ontdekte, maar hoewel ze ervan overtuigd was dat ze haar emoties onder controle had, zag hij onmiddellijk dat er iets aan de hand was. Zijn blik vertroebelde.

'Is er iets misgegaan tijdens de safari?' vroeg hij zachtjes terwijl hij haar een aperitief aanbood.

Ivy voelde zich meteen kalmer worden nu ze zijn rustige, donkere stem hoorde.

'Het lijkt erop dat iedereen heel tevreden is.'

Ivy dwong zichzelf om naar hem te glimlachen. 'Dat waren ze inderdaad. Het heeft niets met de gasten of de kinderen te maken. We bespreken het vanavond, oké?'

Sanele knikte en streelde haar arm licht. Meestal wisselden ze geen liefkozingen uit in het bijzijn van de gasten en ze hadden ook geen tijd voor een vertrouwelijk gesprek. De gasten liepen met hun glazen in de hand naar Ivy toe. Ze verwachtten een charmante gesprekspartner en een perfecte service, waarvoor Sanele verantwoordelijk was. De Afrikaan was opgegroeid in het huis van een witte plantage-eigenaar wiens vrouw de schijnbaar ouderloze jongen tijdens een bezoek aan een Zoeloe-dorp in Zuid-Afrika had ontdekt, waarna ze zich over hem had ontfermd. Zolang het jongetje schattig was, had ze het verwend alsof het een huisdier was en had ze hem kleding van kleurrijk fluweel en zijde laten dragen, als een figuur uit een sprookjesboek. Het amuseerde haar om hem te leren lezen, maar dat was maar van heel korte duur geweest. Daarna had hij zichzelf leren lezen en schrijven. Toen haar belangstelling voor hem verdwenen was, had hij taken in de huishouding op zich genomen en had het beroep van butler vanaf de basis geleerd. Tussen het werk door las hij boeken uit de bibliotheek van de plantage-eigenaar en op die manier had hij een brede algemene kennis gekregen.

Helaas had Sanele niets aan die kennis toen de plantage-eigenaar en zijn vrouw naar Engeland terugkeerden en hij een andere baan moest zoeken. Niemand wilde een Afrikaanse butler, hoe vloeiend en verfijnd zijn Engels ook was. Uiteindelijk had hij werk gevonden bij een bedrijf dat safari's organiseerde en waar Adrian Edgecumbe als jager werkte. Ze werden beiden verliefd op Ivy, die samen met haar vader deelnam aan een van de jachtreizen. Ze was nog heel jong toen ze op de avances van Adrian inging en had helemaal niet gemerkt dat Sanele gevoelens voor haar had. Toen ze uiteindelijk naar Adrians boerderij vertrok omdat ze met hem zou trouwen, ging Sanele met haar mee om bij de opbouw van het jachtresort te helpen. In die tijd werd Sanele steeds meer een vertrouweling van haar. Hij vertelde haar telkens weer dat hij die tijd niet had willen missen, ook al had het nog jaren geduurd voordat Ivy besefte dat ze van Sanele hield.

'Kunnen het geen bedriegers zijn?' vroeg hij toen ze zich eindelijk in het woonhuis hadden teruggetrokken en Ivy over het bezoek van de Edgecumbes had verteld.

Tijdens het diner was ze opnieuw ongerust en onzeker geworden en nu troostte Saneles aanwezigheid haar. Ze schudde haar hoofd ontkennend bij wijze van antwoord op Saneles vraag. 'Nee, ik ben me dood geschrokken toen ik Lennox zag. Hij lijkt sprekend op zijn oom Adrian. Dat kan geen toeval zijn.'

'Hij is waarschijnlijk de jongere zoon,' overwoog Sanele. 'Er wacht hem geen erfenis in Schotland en zijn vader kwam blijkbaar op het idee dat de boerderij in Afrika iets voor hem kon zijn en nu probeert hij zich het jachtresort onrechtmatig toe te eigenen.'

'Wat kan hij volgens jou doen?' vroeg Ivy zenuwachtig. 'Ik ben de wettige erfgename, ook al is de rechter het misschien niet eens met de manier waarop wij hier leven, maar toen we trouwden was Adrian al jaren dood.'

Sanele knikte geruststellend, hoewel zijn gezicht dezelfde, hopelijk irrationele, angst weerspiegelde als dat van Ivy. 'Hij kan helemaal niets doen,' concludeerde hij. 'De boerderij is van jou en we hebben een geldige huwelijksakte. Je hoort zonder enige twijfel bij mij. Hij kan je niet tegen je wil meenemen naar Schotland, hoe graag hij zijn zoon ook een lucratieve erfenis wil geven. Volgens mij hoef je niet bang te zijn.'

De dagen erna deden ze beiden hun best om niet bang te zijn of in elk geval de ander niets van hun angst te laten merken. Dat was niet moeilijk, omdat het veel werk was om de safarigasten tevreden te houden. Gelukkig stonden de gasten niet negatief tegenover de diversiteit in hun gezin. Ze hingen hun relatie echter ook niet aan de grote klok. Ze hadden de naam van de boerderij niet aangepast toen Ivy's naam van mevrouw Edgecumbe in mevrouw Zoeloe veranderde. Voor de gasten was ze nog altijd miss Ivy, de charmante gastvrouw, en ze kenden Sanele als meneer Zoeloe, de beleefde manager en butler. Ze kwamen nauwelijks in aanraking met de kinderen, aangezien het leven van de gasten zich voornamelijk in en rond de tenten afspeelde; alleen de thee werd voor aanvang van de avondsafari in de hal van het hoofdgebouw geserveerd. Ze zagen Hope en Ebony dus niet vaak en als dat gebeurde vonden ze de meisjes schattig. Er werden meer vragen gesteld over de zeldzame huidskleur van Hope dan over de afkomst van de kinderen. Veel gasten, die uit alle hoeken van de wereld kwamen, realiseerden zich niet eens dat het de dochters van Ivy en Sanele waren.

Dat gold echter niet voor de witte kolonisten in Kijabe, een klein stadje aan de rand van Kedong Valley, en in Nairobi. Zij verachtten Ivy sinds ze openlijk voor Sanele had gekozen. Ze kreeg geen uitnodigingen voor sociale evenementen meer en toen Ebony werd geboren verminderde het geroddel over het jonge gezin niet. Het was heel goed mogelijk dat de geruchten Engeland en Schotland inderdaad hadden bereikt. Veel kolonisten kwamen uit grote, bekende families in het koninkrijk, ze waren welgesteld en reisden graag waardoor er een levendige uitwisseling tussen de koloniën en de thuislanden van de kolonisten was.

Ivy en Sanele trokken zich daar weinig van aan. Hun safarigasten boden hun voldoende stimulans en amusement en de kinderen zouden als ze daar de leeftijd voor hadden naar de missieschool gaan. Voorlopig hadden ze genoeg aan elkaar en hadden ze geen behoefte aan speelkameraadjes. Ivy en Sanele juichten dat toe omdat ze vanwege Hope altijd een beetje bang waren. Het bijgeloof met betrekking tot personen met albinisme was wijdverbreid in Afrika en een kind met albinisme liep het risico om ontvoerd en vermoord te worden teneinde de lichaamsdelen voor verschillende 'wondermedicijnen' te kunnen gebruiken. Tovenaars en genezers betaalden daar veel geld voor. Sanele had al zijn spaargeld gebruikt om Hope van haar ouders te kopen en haar op die manier te beschermen tegen dit lot. De Masai, de stam waarin ze was geboren, aanvaardden dat dit was gebeurd en de Kikuyu, die in een dorp vlak bij Edgecumbe Farm woonden, durfden het kind niets aan te doen. Ivy was Mama wa Wanyama voor hen, wat 'Moeder van de dieren' betekende, en ze vereerden haar op een bijna mythische manier. De Kikuyu vertrouwden erop dat Ivy de demonische krachten die met een kind zoals Hope werden geassocieerd, kon bedwingen. 'Ik geloof niet dat iemand het lef zou hebben om dit kind te stelen,' had Sanele tegen haar gezegd tijdens de regenachtige nacht waarin hij de pasgeboren baby naar haar toe had gebracht. 'Niet zolang het bij de blanke missus woont.'

Ivy wilde er niet aan denken wat het verlies van de boerderij voor haar gezin zou betekenen, maar ze had nachtmerries waarin ze Ailbert Edgecumbe zijn dreigement telkens weer hoorde uiten en toen ze zichzelf wilde geruststellen door de huwelijksakte en de geboortecertificaten van de kinderen te bekijken, vond ze de documenten op Saneles bureau. Hij maakte zich dus ook zorgen.

Twee weken na het bezoek van de Edgecumbes, vlak na Kerstmis 1926, ontvingen ze een brief van de rechtbank in Nairobi. Sanele nam hem mee toen hij in Kijabe was geweest en Ivy werd doodsbang toen ze het adres op de envelop zag: MEVROUW IVORY EDGECUMBE.

'Wat... wat kan dit zijn?' vroeg ze toonloos.

Sanele nam haar mee naar de kamer naast de ontvangsthal, die Ivy als kantoor gebruikte, sloot de deur en liep naar de buffetkast om een glas cognac voor haar in te schenken. Dat deed hij altijd als Ivy verontrustend nieuws kreeg.

'Open hem,' zei hij zachtjes. 'De brief heeft tijdens de rit hiernaartoe bijna een gat in mijn zak gebrand.' Het duurde ruim een uur om van Kijabe naar de boerderij te rijden.

Ivy's handen trilden zo hevig dat ze de envelop nauwelijks kon openen. Ze begon te lezen en werd lijkbleek. 'We hebben hem onderschat,' zei ze. 'Dit... dit is zo ontzettend doortrapt.'

Sanele raapte de eerste pagina van de brief op, die Ivy op de vloer had laten vallen. De rechtbank in Nairobi deelde Ivory mee dat Ailbert Edgecumbe een verzoek had ingediend om de door haar aangevraagde verklaring van overlijden van zijn broer Adrian nietig te laten verklaren.

Ivy had inmiddels verder gelezen. 'Zowel hij als zijn zoon Lennox heeft onder ede verklaard dat ze Adrian Edgecumbe ongeveer een jaar geleden nog in Schotland gezien hebben. Meneer Edgecumbe's oudere zoon, zijn vrouw en dochter, alsmede het personeel op zijn landgoed zijn eveneens bereid een verklaring onder ede af te leggen,' herhaalde ze de inhoud van de brief.

Sanele fronste zijn voorhoofd. 'Is Adrian in Schotland geweest? Na al die jaren? Waarom is hij dan niet naar de boerderij teruggekomen? Waarom heeft hij geen contact met je opgenomen?'

Ivy bestudeerde de verklaring van haar voormalige zwager die aan de brief was toegevoegd. 'Hij heeft blijkbaar lange tijd met ernstig hoofdletsel in een ziekenhuis gelegen. Niemand herkende hem daar en hij herinnerde zich zijn naam niet. Toen hij was hersteld, keerde hij naar de boerderij terug en ontdekte tot zijn ontzetting dat zijn vrouw hem met een zwarte huisknecht bedroog. Diep teleurgesteld en gekwetst is hij zonder zich bekend te maken vertrokken en is hij over de hele wereld gereisd, tot hij een jaar geleden bij zijn familie in Schotland opdook.'

'Diep teleurgesteld en gekwetst? Adrian Edgecumbe?' Sanele schudde zijn hoofd. 'Hij zou me vermoord hebben als hij ons betrapt had, en jou waarschijnlijk ook.' Hij wreef over zijn voorhoofd. 'Dit gelooft niemand.'

Ivy keek hem wanhopig aan. 'Alleen iemand die het maar al te graag wil geloven,' zei ze. 'En dat zou voor onze gouverneur en zijn rechters kunnen gelden. Ze vragen me om commentaar te geven en gaan de documenten waarop Adrians overlijdensakte gebaseerd is opnieuw bekijken.'

'Dat zijn er helaas niet veel,' merkte Sanele bezorgd op. De beslissing van de rechtbank was in principe gebaseerd op de verklaring van een oude vriend, majoor Wiltshire, met wie hij samen in de oorlog had gevochten. 'Ze hoeven niet eens te suggereren dat de majoor gelogen heeft. Hij kan tenslotte gezien hebben dat de *bwana* door een kogel geraakt is, waarna hij aangenomen heeft dat hij dood was.'

'Toch moet hij opnieuw getuigen,' zei Ivy. Haar ontzetting maakte langzamerhand plaats voor strijdlust. 'Kunnen we niets doen om de verklaringen van de Edgecumbes te weerleggen? Er moeten verslagen van de gewonden zijn. En bij geheugenverlies wordt toch geprobeerd om de soldaat te identificeren? We moeten de rechtbank dwingen om Adrian als getuige op te roepen. Als hij nog leeft, moet hij verschijnen.'

'Waar beweren ze dat hij nu is?'

Ivy las verder. 'Volgens Ailbert heeft hij zich opnieuw teruggetrokken omdat hij geen ophef wil. De familie was echter van mening dat ze de zaak niet zomaar kon laten rusten en het familiehoofd is daarom naar Edgecumbe Farm gereisd om de situatie in ogenschouw te nemen. De omstandigheden op de boerderij hebben hem ervan overtuigd dat er een eind aan gemaakt moet worden. En daar staan we nu.'

'Als hij gelijk krijgt, dan heeft hij uitstekend werk geleverd,' zei Sanele langzaam. 'Dan raken we niet alleen de safarilodge kwijt, maar is ons huwelijk eveneens ongeldig en is Ebony een onecht kind.'

Ivory lachte verbitterd. 'Ebony wordt daardoor een Edgecumbe. Dat is waarschijnlijk het enige waaraan Ailbert niet gedacht heeft. Als Adrian niet dood is, dan ben ik nog steeds met hem getrouwd en is Ebony dus een wettig kind. Het kind van Adrian.'

Sanele glimlachte. 'Het vaderschap kan heel eenvoudig weerlegd worden,' mompelde hij. 'Maar dat is niet het ergste. We hebben Hope ook nog...'

'Die is vogelvrij als we de boerderij moeten verlaten.' Ivory werd bleek. 'De gouverneur of de rechter of wie hier ook over beslist, moet aan onze kant staan. Dat móét gewoon.'

Sanele zuchtte. 'Ik denk dat we een advocaat nodig hebben. En misschien kun je contact opnemen met je zwager. Hij werkt toch bij de regering in Mombasa? Hij kan navraag doen en de patiëntendossiers van de militaire ziekenhuizen opvragen.'

Ivy trok haar wenkbrauwen op. Ze verwachtte niet veel hulp van Jeffrey Olden-Carmichael, de echtgenoot van haar zus Rosamond. Het contact tussen hen was verbroken nadat was gebleken dat ze een kind van Sanele verwachtte, hoewel hun relatie daarvoor ook al niet goed was geweest.

'Ik kan het proberen,' zei ze. 'We moeten er alles aan doen om dit dreigende gevaar voor de kinderen en voor ons te voorkomen.'

3

Het was niet gemakkelijk voor Sanele en Ivy om een advocaat te vinden die bereid was hun belangen te behartigen. De gevestigde advocaten in Nairobi en de provinciestad Kijabe in Kedong Valley, die het dichtst bij Edgecumbe Farm lag, hadden cliënten die tot de gerespecteerde kolonisten behoorden en ze wilden zich niet inzetten voor een stel met een relatie die door bijna iedereen als schandalig werd beschouwd. Ivy had gehoopt dat de inwoners van Kijabe het bedrog meteen zouden doorzien. Adrian was gerespecteerd geweest in de stad, iedereen kende hem en ze zouden moeten weten dat Ailberts beweringen op geen enkele manier bij Adrians karakter pasten. Een man zoals hij zou nooit zijn vertrokken zodat zijn ontrouwe vrouw en haar Afrikaanse minnaar de boerderij in bezit kregen. Adrian was een jager geweest, een vechter. Hij had tijdens de oorlog een medaille gekregen, was meerdere keren bevorderd en was nooit bang voor aandacht geweest. Eigenlijk hadden de ervaren advocaten die Ivy tot nu toe had geraadpleegd dit moeten weten. Een van hen had af en toe zelfs voor Adrian gewerkt, maar ook hij wees de zaak af.

'Hij kan veranderd zijn,' opperde de advocaat toen Ivy hem met de onwaarschijnlijkheid van Ailberts beweringen confronteerde. 'Een dergelijk hoofdletsel...'

'De tegenpartij moet toch eerst bewijzen dat er een man met hoofdletsel en geheugenverlies in een van de ziekenhuizen gelegen heeft?!' riep Ivy uit.

De advocaat haalde zijn schouders op.

Uiteindelijk vond Ivy een jonge advocaat in Nairobi die daar nog niet lang was gevestigd. In eerste instantie had zijn naam – Abraham Lorimer – haar aandacht getrokken. Een zekere

Abraham Lorimer, een oudere man, en zijn vrouw Anne waren meerdere keren op Edgecumbe Farm geweest en hadden genoten van de safari's zonder bloedvergieten. 'Geweld en vuurwapens heb ik in mijn beroep genoeg gezien,' had hij een keer gezegd, waarna hij luchtig had verteld over zijn ervaringen als rechercheur bij Scotland Yard. De Lorimers waren na zijn pensionering naar Kenia verhuisd en woonden in Nairobi, een snel groeiende stad die bestond uit overheidsgebouwen, huizen voor witte kolonisten en armoedige hutten voor de inheemse bevolking.

Het kleine advocatenkantoor van de jonge Lorimer bevond zich aan de rand van de regeringswijk, die nog in aanbouw was. De inwoners van Nairobi waren er trots op dat hun stad tot hoofdstad van Kenia was benoemd. De advocaat deed de deur zelf open voor Ivy en Sanele en glimlachte terwijl hij hen met een hartelijke handdruk begroette. Hij leek geen vooroordelen tegenover Sanele te koesteren.

'Natuurlijk vertegenwoordig ik jullie,' zei hij. 'Ik heb al zoveel over jullie resort gehoord. Mijn ouders hebben het er nog steeds over hoe heerlijk ze het bij jullie gehad hebben. Mijn moeder wilde het leeuwenwelpje dat jullie op dat moment grootbrachten zelfs meenemen.'

Ivy zorgde vaak voor verweesde of zieke dieren. Vooral jonge dieren werden snel tam en veel gasten vonden het heel leuk om ze te aaien en met ze te spelen. Nu had ze het gevoel dat er een last van haar schouders viel. De jonge advocaat was de zoon van regelmatig terugkerende gasten en was bijzonder gemotiveerd om Ivy te verdedigen.

Hij nam allereerst haar verklaring die ze onder ede in de rechtbank moest geven met haar door en vroeg om het adres van majoor Wiltshire, die getuige was geweest van de dood – of het gewond raken – van Adrian.

'Daarna moeten we onderzoek doen. Je man moet al die jaren toch ergens geweest zijn. Hij moet geld verdiend hebben...'

Lorimer, die zijn nieuwe cliënten had gevraagd om hem

gewoon Abe te noemen, maakte aantekeningen.

Ivy vertelde hem over haar zwager, die ze om hulp had gevraagd bij het boven water krijgen van de medische dossiers. 'Hij wil me niet helpen,' vertelde ze verdrietig. 'Mijn zus heeft me laten weten dat ze geen partij in deze kwestie willen kiezen.'

Abe wuifde dat weg. 'Die krijgen we zo ook in handen. Ik wil mijn vader vragen of hij zin heeft om het onderzoek van je over te nemen. Dat zou zijn speurdersinstinct weer eens uitdagen. Ik heb al een tijdje het gevoel dat hij zich hier verveelt. Wat denk je ervan? Zal ik een afspraak met hem maken?'

Ivy en Sanele grepen de kans natuurlijk aan en maakten een afspraak om het volledige gezin de volgende dag in een café in Nairobi te ontmoeten. Ze waren een paar dagen in de stad om erachter te komen wat hun te wachten stond in hun strijd tegen de Edgecumbes. Abraham senior en Anne Lorimer begroetten hen hartelijk en luisterden met veel belangstelling naar Ivy's verhaal. Ze behoorden niet tot de gasten voor wie de relatie tussen Ivy en Sanele verborgen was gebleven. Daarvoor waren ze te nieuwsgierig en te geïnteresseerd in de wereld om hen heen. Ze kenden Hope en Ebony ook redelijk goed en informeerden meteen naar de meisjes.

'Het zou een ramp voor de kinderen zijn om hun thuis te verliezen,' zei Anne. Ze was bijzonder geraakt door het feit dat het leven van Hope misschien zelfs op het spel stond. 'Abe regelt het voor jullie,' troostte ze hen.

De voormalige rechercheur kreeg inderdaad snel toegang tot de verschillende dossiers.

'Hij heeft dus geen oorlogspensioen aangevraagd,' vertelde hij Ivy en Sanele tijdens hun volgende afspraak. Dit keer vond die in Kijabe plaats, omdat hij van plan was een aantal oude vrienden van Adrian te vragen of ze de afgelopen jaren een teken van leven van hem hadden gehad. 'En in de dossiers van de militaire ziekenhuizen, vooral in Moshi, waar hij gewond geraakt is, is niets over hem te vinden. Zijn naam is niet bekend en er zijn ook geen verslagen over een man met geheugenverlies. Iedere soldaat draagt trouwens een naamplaatje, zodat hij gemakkelijk geïdentificeerd had kunnen worden.'

'Dat is positief voor ons, nietwaar?'

Lorimer trok zijn wenkbrauwen op en nam een slok koffie. 'Dat klopt,' beaamde hij. 'Maar het zijn geen overtuigende bewijzen. Wat we op dit moment hebben komt niet eens in de buurt van getuigenverklaringen. We bevinden ons in een bijzonder lastige situatie. We hebben eigenlijk een lijk nodig om op een overtuigende manier te bewijzen dat Adrian dood is.'

Sanele fronste zijn voorhoofd. 'Dat is inmiddels vergaan,' merkte hij op.

Lorimer knikte bevestigend.

'Als Adrian nog zou leven, dan was hij allang weer in de openbaarheid getreden,' zei Ivy. 'Abe moet erop aandringen dat Adrian gedagvaard wordt.'

'Naar welk adres moeten ze de dagvaarding dan sturen?' vroeg Sanele gelaten.

Lorimer haalde zijn schouders op. 'Wat dat betreft zijn we ook druk bezig. Ik heb een oproep in diverse kranten in het volledige Engelssprekende gebied laten plaatsen. Edgecumbe wordt verzocht zich te melden, net als iedereen die iets over zijn verblijfplaats denkt te weten. Anne sorteert de enorme hoeveelheid reacties die we gekregen hebben. Helaas zijn de meeste afkomstig van dikdoeners. Ik heb niet veel hoop dat het iets oplevert.'

De rechter verzocht Ivy om een gesprek en een verklaring. Ze reisde opnieuw naar Nairobi en hield moedig stand. Ze vertelde nuchter over het bezoek van majoor Wiltshire, een vriend en oorlogskameraad van haar echtgenoot, die haar op de hoogte had gebracht van Adrians dood. Tot dat moment was Adrian Edgecumbe vermist geweest.

'De majoor vertelde me dat een eenheid die geleid werd

door de majoor en mijn man een groep Askari achtervolgde. Zoals u beslist weet waren dat de Afrikaanse strijders die Duitsland steunden. Ze verschansten zich in het struikgewas, waarna Adrian en zijn mannen hen omsingelden en aanvielen. Helaas was het een hinderlaag. De eerste aanvallers hadden geen schijn van kans en zoals altijd was mijn man een voorbeeld voor zijn mannen. Hij stormde het struikgewas in en majoor Wiltshire zag hem sneuvelen. De majoor raakte gewond en de eenheid trok zich terug. Later werden er mortiergranaten gebruikt om de Askari te verdrijven. Er brak brand uit en de lichamen konden niet geborgen worden.'

'Is het mogelijk dat majoor Wiltshire zich vergist heeft?' vroeg de rechter, een lange, streng uitziende man met een indrukwekkende snor en een doordringende blik in zijn ogen.

'Hij was er absoluut zeker van dat Adrian dood was,' antwoordde Ivy. 'De majoor heeft een lange reis gemaakt om mij dat te kunnen vertellen. Hij had veel respect voor mijn echtgenoot.'

'U geloofde hem dus,' ging de rechter verder. 'Terwijl u nu niet bereid lijkt te zijn om de broer van uw man, die beweert dat meneer Edgecumbe nog in leven is, te geloven. Had u er misschien enig belang bij om uw man dood te laten verklaren?' Hij keek door zijn dikke brillenglazen naar Ivy.

Ivy sloeg haar ogen neer. Abe had deze vraag voorzien en had met haar geoefend. 'Meneer de rechter, ik wist allang dat Adrian niet meer leefde. Dat wist ik al voordat ik het bericht kreeg dat hij vermist was. Een liefhebbende vrouw voelt zoiets... als er plotseling geen brieven meer komen... als je probeert de ander door middel van je gedachten te bereiken, maar er niets dan leegte is... Het bericht van zijn dood was geen verrassing voor me.'

De rechter fronste zijn voorhoofd. 'En u bent de volgende dag meteen naar Kijabe gegaan om de autoriteiten op de hoogte te stellen?' Het klonk verwijtend. 'Had u geen tijd nodig om te rouwen?'

Ivy beet op haar lip en keek de rechter aan. 'Ik zou graag tijd gehad hebben om te rouwen, maar ik moest doorgaan. Het resort renoveren en heropenen, inkopen doen... Zolang Adrians rekeningen geblokkeerd waren, kon dat niet. Ik kreeg als alleenstaande vrouw ook geen lening van de bank, dus leek het me noodzakelijk om alles zo snel mogelijk te regelen.' Ze keek met een openhartige blik naar de rechter, die niet overtuigd leek.

'En de... verandering in uw persoonlijke omstandigheden speelde daarbij geen rol?' vroeg hij. 'U bent hertrouwd en ik heb vernomen dat u al voor het einde van de oorlog met uw huidige echtgenoot samenleefde.'

Ivy rechtte haar rug. 'Ik ben in 1921 hertrouwd, lang nadat Adrian gesneuveld was. Jaren waarin hij, als hij nog in leven was geweest, naar me terug had kunnen komen. Hij zou niets aangetroffen hebben wat hij me had kunnen verwijten. Hoewel mijn tweede echtgenoot Sanele Zoeloe, net als onze andere werknemers, op Edgecumbe Farm woonde. Hij was de butler.'

'Had u die nodig terwijl er tijdens de oorlog geen gasten waren? Want toen woonde hij toch ook op Edgecumbe Farm?' De rechter speelde met zijn veerpen.

'Net als onze kokkin en een dienstmeisje,' legde Ivy uit. Ze begon langzamerhand woedend te worden, maar hield zich in. 'Ik kon zo'n groot huis niet alleen runnen, vooral nadat een goede vriend van mijn man, Gerrit Harper, tijdens de oorlog op Edgecumbe Farm is komen logeren. U zou met hem moeten praten over mijn relatie met Sanele Zoeloe in die tijd, als dat relevant is voor uw beslissing. Ik weet alleen niet wat dit met de dood van Adrian te maken heeft.'

'U lijkt bijzonder veel belang aan het vaststellen van zijn overlijden te hechten,' constateerde de rechter.

Ivy zag ervan af hem te vertellen wat een negatieve beslissing voor haar gezin zou betekenen. Daarvan was hij beslist op de hoogte. 'Ik hecht vooral belang aan de waarheid,' zei ze zachtjes.

De rechter knikte. 'Net als wij allemaal,' antwoordde hij, waarna ze mocht gaan.

Ivy's hoop was nu alleen nog gevestigd op de gouverneur, wiens mening doorslaggevend was, hoe de beslissing van de rechter ook zou uitvallen. Ze bereidde zich op het ergste voor toen Abe haar vertelde dat er op 30 maart 1927 een hoorzitting was gepland. Ivy en Sanele waren niet uitgenodigd. De advocaten van beide partijen zouden hun bewijs en tegenbewijs aan de rechter presenteren, en op basis daarvan zou een beslissing worden genomen.

'Het is een kwestie van beoordeling,' zei de jonge advocaat toen ze opnieuw naar hem toe gingen. 'De rechter moet beslissen wie hij gelooft of wil geloven.'

4

Abe deed zijn uiterste best om de zaak van Ivy en Sanele zo overtuigend mogelijk te verdedigen, maar hij was niet bepaald optimistisch toen hij hen na de hoorzitting sprak.

'Wat gaan jullie doen als jullie de rechtszaak niet winnen?' vroeg hij.

'Ik weet het niet,' antwoordde Sanele. 'Ik weet het echt niet en kan alleen maar hopen dat de Edgecumbes ons op zijn minst voldoende tijd geven om iets nieuws te vinden. Ik maak me geen zorgen over werk. Ik vind wel iets, zelfs als het ver onder mijn niveau is, maar we kunnen door Hope niet in een Afrikaanse wijk wonen. Je weet dat de hutten daar gebouwd zijn van leem en golfplaten daken hebben. Het zal ons nooit lukken om haar daar verborgen te houden. En in die omgeving heeft niemand gewetensbezwaren om haar te ontvoeren en te vermoorden.'

'We hebben vrienden in Tanzania,' vertelde Ivy. 'Gerrit en Fiona helpen ons beslist.'

Gerrit Harper, een bioloog, had vroeger net als Adrian voor Newland, Tarlton & Co gewerkt, een bedrijf dat safari's organiseerde. Tegenwoordig werkte hij als curator bij het natuurhistorisch museum in Dar es Salaam. Hij was getrouwd met de voormalige missiezuster Fiona en ze woonden in een groot huis waar Hope in elk geval veilig zou zijn.

'Misschien wel,' zei Sanele. 'Maar alleen de reis zou al een enorm risico zijn. En je weet hoe Gerrit over de kwestie denkt.' Gerrit had Ivy aanvankelijk afgeraden om Hope in huis te nemen. Hij had gedurende zijn tijd in Nairobi meegemaakt dat een kind met albinisme voor de ogen van zijn moeder was vermoord en verminkt. Zijn toenmalige werkgever had geprobeerd de vrouw en haar zoontje te beschermen, maar dat was hem niet gelukt. Gerrit had Sanele en Ivy weinig kans gegeven om het meisje te kunnen opvoeden. Zou hij er nu dan mee instemmen om haar in zijn eigen huis te verbergen?

Ivy werd bleek toen de gevreesde brief arriveerde. Ze vermoedde al wat de inhoud zou zijn toen ze zag dat hij opnieuw aan Ivory Edgecumbe was gericht. Ailbert Edgecumbe en zijn zoon Lennox hadden de rechtbank en de gouverneur ervan weten te overtuigen dat hun broer en oom nog in leven was en dat het in zijn belang zou zijn als zijn neef Lennox het beheer over zijn bezittingen in Kenia zou voeren.

'En wat gebeurt er met mij?' vroeg Ivy met verstikte stem, hoewel ze de ideeën van haar zwager kon afleiden uit een brief van zijn advocaat. De Edgecumbes boden Ivory aan om samen met Ailbert naar Schotland terug te keren.

Meneer Edgecumbe zal proberen om contact met zijn broer Adrian op te nemen. Hij twijfelt er niet aan dat als u berouw toont, zijn broer bereid is uw overspel te vergeven en een nieuwe start met u te maken, las ze.

'Hoe stelt hij zich dat voor?' vroeg Ivy verbitterd. 'Via een seance? Het wemelde in de tijd van Shakespeare tenslotte al van de geesten in Schotland...'

'Daar denk je toch niet serieus over na?' vroeg Sanele ongerust.

Ivy nestelde zich in zijn armen. 'Natuurlijk niet. Ik denk er eerder over na om een scheiding aan te vragen, ook al heeft Abe me weinig hoop gegeven. Zonder toestemming van Adrian...'

'Het is een vicieuze cirkel,' verzuchtte Sanele. 'Maar we hebben nu in de eerste plaats onderdak nodig, een veilige plek om te wonen. Denk je dat de Lorimers...?'

'We kunnen onmogelijk nog meer van de Lorimers vragen,' was Ivy van mening. 'Ze hebben al zoveel voor ons gedaan en we hebben nauwelijks voldoende geld op onze bankrekening om Abe te betalen. Nee, hoe je het ook wendt of keert, ik zal voor mijn zus moeten kruipen. De Olden-Carmichaels moeten ons in huis nemen. Ze hebben tenslotte lang genoeg op onze kosten geteerd voordat Jeffrey een baan bij de regering kreeg. Nu zijn wij degenen die hulp nodig hebben en dat kan Rosamond ons niet weigeren.'

Lennox Edgecumbe had laten weten dat hij de volgende week naar de boerderij zou komen, dus had Ivy maar weinig tijd om haar zus te schrijven en alles op de boerderij te regelen. Ze troostte het personeel door te zeggen dat ze hun banen zouden behouden, vertelde alle gasten die hadden gereserveerd wat er was gebeurd en dat Lennox van plan was om weer jachtsafari's op Edgecumbe Farm te organiseren. Maar weinig gasten wilden desondanks komen en het leek erop dat Lennox op zoek moest naar nieuwe gasten. Ivy's hart brak toen ze de laatste ritten naar haar dieren maakte en de wilde dieren die ze verzorgde vrijliet. De tamme baviaan Kurti wilde de boerderij niet verlaten. Hij kwam telkens terug, hoe ver ze hem ook wegbrachten. Ivy kon alleen maar hopen dat Lennox de waarde die hij vertegenwoordigde omdat hij de gasten vermaakte zou inzien en dat hij hem niet meteen zou doodschieten. Ze maakte zich geen illusies over de slachtpartijen die de jagers onder de dieren in het resort zouden aanrichten. Op de olifanten, leeuwen, luipaarden, buffels en neushoorns werd al jaren niet meer gejaagd. Ze zouden Lennox' schietgrage gasten vertrouwen.

Rosamond Olden-Carmichael antwoordde per kerende post op Ivy's brief en schreef dat ze blij was dat Adrian nog in leven was. Als Ivy zich niet zo overhaast in een nieuwe relatie had gestort – die ook nog eens bijzonder ongepast was –, dan was alles misschien goed gekomen. Zowel zij als haar man stond achter Ivy's vertrek naar Schotland, maar als moeder kon Rosamond haar bezorgdheid over de twee kinderen die ze onder haar hoede had goed begrijpen. Ze respecteerde Ivy's beslissing om bij de kinderen in Kenia te blijven en bood haar tijdelijk onderdak in haar huis in Nairobi aan. Verder schreef ze:

Je zult beslist begrijpen dat je Afrikaanse minnaar niet welkom bij ons is. We hebben een belangrijke rol in de hogere kringen van Nairobi en kunnen jou daar in beperkte mate introduceren, op voorwaarde dat je je levensstijl aanpast en er niet op staat dat je kinderen met hun vreemde uiterlijk vriendschappelijk met onze kinderen omgaan.

Ivy liet de brief zakken. 'Dit is ongelofelijk,' zei ze. 'Het klinkt alsof Hope en Ebony in een bezemkast worden verstopt.'

Sanele zuchtte. 'Zoiets had ik al gedacht,' zei hij. 'Maar we zullen door de zure appel heen moeten bijten. Jij en de kinderen mogen niet gescheiden worden. Ook de Olden-Carmichaels hebben Afrikaanse bedienden die misschien vijandig tegenover Hope staan. Lieverd, ik zal alles doen wat in mijn macht ligt om jullie daar zo snel mogelijk weg te halen. Ik weet nog niet hoe, maar we gaan het op de een of andere manier redden. We rijden morgen met een auto van de boerderij naar Nairobi, ook al zijn die auto's niet meer van ons. Ik kan de auto daarna voor de deur van de advocaat van de Edgecumbes neerzetten. We kunnen Hope de treinreis niet aandoen. Het helpt allemaal niets, Ivy. We moeten Edgecumbe Farm verlaten.'

Ivy nam huilend afscheid van haar kokkin Wawira, met wie ze al zo lang samenwerkte, en van het personeel, dat haar dierbaar was geworden. De meesten kende ze van kinds af aan. Ze hadden Engels op de missieschool geleerd en hadden werk op de boerderij gekregen. Veel vrouwen van de Kikuyu-stam huilden eveneens toen de Moeder van de dieren afscheid van hen nam, terwijl sommige mannen juist vol verwachting naar de nieuwe eigenaar van de boerderij uitkeken. Niet iedereen was er tevreden over dat ze niet of maar heel zelden in het resort mochten jagen. Ze hoopten nu dat ze werk als spoorzoekers of jagers konden krijgen.

Ook de nonnen en paters in de Maria Kedong-missiepost vonden het bijzonder jammer dat Ivory zou vertrekken, maar ze keurden haar relatie met Sanele niet goed, hoewel een van de paters hen had getrouwd. Zuster Elisabeth, de vroedvrouw en het hoofd van de ziekenboeg, was van mening geweest dat het steunen van een gemengd huwelijk beter was dan een kind onwettig te laten opgroeien. Bovendien had Hope volgens haar alleen een kans als Ivy en Sanele getrouwd waren. De norse oude non had haar wil tegenover de paters doorgedrukt, maar nu het huwelijk van de twee was geannuleerd, toonden de geestelijken opnieuw hun afkeuring. Alleen zuster Elisabeth omhelsde Ivory met oprecht medeleven. Ze kon zich Adrian Edgecumbe, die zich door de gasten en het personeel *bwana* liet noemen, nog goed herinneren en ze geloofde geen woord van de bewering van Ailbert.

'De *bwana* zou nooit ondergedoken zijn, tenzij hij iets op zijn kerfstok had. Waar is hij al die jaren dan geweest? Eigenlijk komt daar alleen een klooster voor in aanmerking, maar ik kan me niet voorstellen dat een gebroken man zijn toevlucht bij een kloosterorde zoekt. Het is beslist zoals je denkt, Ivy: de familie wil de boerderij op onrechtmatige wijze in handen krijgen. We moeten maar zien wat ervan komt. Gods zegen rust er in elk geval niet op.'

Ivy wenste de Edgecumbes de pest toe toen ze de volgende dag aan de lange rit naar Nairobi begonnen. Hope en Ebony beschouwden de reis aanvankelijk als een avontuur, maar na een paar uur begonnen ze te zeuren. Het was bloedheet in de auto en ze verveelden zich, vooral omdat Ivy en Sanele niet in de stemming waren om de meisjes met grappige liedjes of spelletjes te vermaken. Hoewel het een tijdelijke scheiding voor hen betekende, haalden ze opgelucht adem toen Sanele de auto voor het voorname huis van de Olden-Carmichaels parkeerde en de bagage van zijn vrouw en kinderen uitlaadde.

Ze hadden afgesproken om elkaar zo vaak mogelijk rond het middaguur in het station te ontmoeten om de situatie te bespreken. Het was daar altijd druk en een Afrikaan en een Engelse vrouw die met elkaar praatten zouden niet opvallen.

Rosamond begroette haar zus al op de trap van het grote, representatieve stenen gebouw met een oprit die omzoomd was met plantenperken. Ze wilde er waarschijnlijk zeker van zijn dat Sanele inderdaad zou vertrekken en niet onuitgenodigd haar huis in kwam. Ze verwelkomde Ivy met een geforceerde glimlach, een formele omhelzing en een paar elegante kussen op haar wangen. Ivy vond dat haar zus nauwelijks was veranderd. Ze was nog steeds mager, haar asblonde haar krulde niet zoals Ivy's haar en was dof. Haar blauwgrijze ogen glansden niet, haar gezicht was lang en niet hartvormig zoals dat van Ivy. Het ontbrak Rosamond aan Ivy's uitstraling en innemende karakter.

Ivy stelde haar dochtertjes voor, die bezweet en chagrijnig waren na de lange reis. 'Dit zijn Hope en Ebony. Hope en Ebony, dit is jullie tante Rosamond.'

Hope was moe en geprikkeld, maar Ebony was de inspanningen van de reis al snel vergeten en keek nieuwsgierig naar de kinderen die achter haar tante aan naar buiten waren gekomen en zich nu verstopten achter de indrukwekkende stenen leeuwen die de ingang flankeerden. Rosamond en Jeffrey hadden drie kinderen, de jongens George en Richard en de jongere Madeleine, die maar vier jaar ouder was dan Ivy's dochters. Tijdens Rosamonds laatste bezoek aan Edgecumbe Farm hadden de jongens zich bijzonder respectloos gedragen terwijl Madeleine bang en verlegen was geweest. Nu leken ze alle drie zoveel belangstelling te hebben voor de nieuwe kinderen met wie ze absoluut niet mochten spelen dat ze het verbod meteen hadden genegeerd en het huis uit waren geslopen.

Rosamond, die dat niet had gemerkt, keek naar Ivy's dochters alsof het huisdieren waren die haar elegante huis beslist vies zouden maken. Toen ze allebei een keurige reverence voor haar maakten en hun handen uitstaken om haar te begroeten, deinsde ze zelfs naar achteren, maar ineens leek ze zich haar opvoeding te herinneren en raakte ze hun handen vluchtig met haar vingers aan.

'Wat een vreemde namen,' zei ze.

Ivy lachte. 'Hope staat voor onze hoop dat ons kind gezond zal opgroeien, en Ebony... Ik dacht altijd aan ebbenhout als ik aan Sanele dacht. We gebruikten de woorden Ebony en Ivory vaak, ebbenhout en ivoor. Het lag dus voor de hand om onze dochter zo te noemen.'

Rosamond wees naar Hope, die een lange jurk droeg en een sjaal die rond haar bijna witte haar was gewikkeld. 'Maar dat is jouw kind toch?' concludeerde ze, waarschijnlijk vanwege haar witte huid.

Ivy vertrok haar mond. 'Het zijn allebei dochters van me, maar Ebony is mijn biologische kind. Vind je niet dat ze op me lijkt?'

Rosamond moest zichzelf duidelijk dwingen om zorgvuldiger naar het meisje te kijken, maar de gelijkenis tussen haar en Ivy was niet over het hoofd te zien. Ook de twinkeling in Ebony's ogen en haar nieuwsgierigheid deden haar aan Ivy denken. Ebony zag een pop onder een rozenstruik liggen die vermoedelijk van Madeleine was. 'Kijk eens, ze is haar moeder kwijtgeraakt,' zei ze en ze zat al op handen en knieën om het poppenkind te redden. 'Ik breng haar terug.'

Voordat Rosamond antwoord kon geven liep Ebony met de blonde pop naar de ingang van het huis. Madeleine verliet haar verstopplek achter de leeuw. Ze was waarschijnlijk bang dat het vreemde meisje er met haar pop vandoor zou gaan. Toen ze zag dat Ebony niet van plan was de pop te ontvoeren glimlachte ze naar haar jongere nichtje. 'Bedankt dat je Elinor teruggebracht hebt,' zei ze beleefd.

Ebony lachte naar haar. 'Wij hebben ook een Ellie,' verkondigde ze vrolijk. 'Maar dat is een zebrababy.'

Ivy had het gewonde zebraveulen een paar weken geleden gevonden en had het de vorige dag met pijn in haar hart naar de bush teruggebracht.

'Je maakt een grapje,' zei Madeleine.

Rosamond had blijkbaar niet veel over Ivy en haar boerderij verteld.

'Nee, nee, nee... Mama, vertel haar dat we echt een zebra

hebben. En aapjes en olifanten...' Ebony liep terug en pakte Hope's hand vast. 'En dit is mijn zus. Heb jij ook een zus?'

'Tot zover het voorkomen van vriendschappelijk contact,' merkte Ivy droog op. 'Rosamond, ik wil niet opdringerig zijn, maar kunnen we naar binnen gaan en ons een beetje opfrissen? De kinderen zijn moe van de reis, ze moeten in bad en vroeg naar bed.'

'Ik heb honger,' zei Hope.

Madeleine glimlachte naar haar. Ze leek haar nichtjes nu al in haar hart te sluiten. Misschien ontwaakte haar moederinstinct. 'Ga maar mee naar binnen. Onze kokkin heeft koekjes gebakken. Houden jullie van scones? We gaan haar om koekjes en melk vragen...'

'In vredesnaam!' Rosamond pakte de hand van haar dochter resoluut vast. 'Je gaat nú naar je kamer, Madeleine. Ik laat je de plek zien waar jullie verblijven, Ivy. Jullie logeren in het tuinhuis. Dat is heel mooi en je kinderen... worden daar niet meteen opgemerkt door bezoekers.'

Ivy vond het prima, maar om andere redenen dan haar zus. Ze had het liefst dat het huispersoneel Hope helemaal niet zou zien, maar dat was ijdele hoop. Het was echter niet nodig om de kokkin meteen met het 'geestenkind' te confronteren.

Het tuinhuis – dat oorspronkelijk voor een tuinier of de huismeester was gebouwd – was heel eenvoudig, maar gezellig ingericht. Het huisje had een bad – dat moest worden gevuld met water uit de put in de tuin waarna het op het fornuis werd verwarmd –, twee slaapkamers, een kleine woonkamer en een keuken.

'Hier kun je beslist voor je kinderen zorgen,' zei Rosamond terwijl ze Ivy alles liet zien. 'Begrijp me niet verkeerd, het is niet vanwege mij, maar Jeffrey is op zijn zachtst gezegd niet enthousiast dat jullie hiernaartoe gekomen zijn. Het is jammer dat de meisjes nog zo klein zijn, anders hadden we kunnen doen of ze dienstmeisjes zijn.'

'Ze kunnen hun meesteres koelte toewuiven met palmbladeren,' merkte Ivy sarcastisch op. 'Op de plantages in de zuidelijke staten werden de jongste slavenkinderen daarvoor gebruikt.'

Rosamond lachte zenuwachtig. 'Dan laat ik jullie nu alleen. Ik stuur meteen iemand met scones en melk voor de kinderen.'

Madeleine stond echter al met een dienblad voor de deur toen Rosamond het tuinhuisje uit liep. 'Niet boos zijn, mama,' zei ze met een smekende klank in haar stem tegen haar moeder. 'Het zijn gasten en je moet tenslotte beleefd zijn tegen gasten...'

De dagen erna werd duidelijk dat Ivy's dochtertjes niet in het tuinhuis verstopt konden worden. Daar waren ze te levendig voor en ook Rosamonds kinderen deden er niet aan mee. De jongens negeerden vanaf de eerste dag het verbod van hun ouders om contact met de nieuwe kinderen in het tuinhuis te hebben, net zoals ze alle andere verboden graag negeerden. George en Richard waren nog net zo wild als vroeger en Ivy moest goed opletten dat de grappen die ze met haar dochtertjes uithaalden niet gevaarlijk voor Hope waren. Als ze maar een paar minuten onbeschermd in de zon was omdat de jongens haar hoed hadden afgepakt, dan verbrandde haar huid. Aan de andere kant had Hope nu twee beschermengelen. Madeleine, die normaal gesproken een gehoorzaam kind was, overtrad de regels nu ook. Zodra ze in de tuin mocht spelen, glipte ze het tuinhuisje in en verloor ze Hope niet meer uit het oog. Ze kreeg er geen genoeg van om met haar twee nichtjes te spelen en verstopte zich samen met hen voor haar wilde broers. Ebony verdedigde haar zusje ook met hand en tand.

Op de derde dag van hun verblijf beklaagde Rosamond zich verontwaardigd dat Ebony Richard had gebeten.

'Hij is begonnen,' zei Ebony laconiek. 'Hij heeft aan mijn vlecht getrokken en wilde Hope's sjaal afpakken.'

Ivy bood haar verontschuldigingen aan en probeerde haar strijdlustige dochter duidelijk te maken dat ze haar neef ondanks dat niet mocht bijten. 'Je wilde je kinderen toch uit de buurt van mijn dochters houden?' zei ze spottend tegen Rosamond. 'Je bent tenslotte altijd al bang geweest dat mijn dochtertjes een slechte invloed op jouw drie bengels zouden hebben. Als je dat niet voor elkaar kunt krijgen, mag je nu niet verbaasd zijn.'

Rosamond vertrok woedend uit het tuinhuis.

Ivy vertelde Sanele tijdens hun eerste ontmoeting in het station over het voorval. Hij moest ondanks de ernst van de situatie lachen. 'Ze zet jullie nog op straat,' waarschuwde hij, hoewel het onwaarschijnlijk was dat de Olden-Carmichaels een familielid geen gastvrijheid zouden verlenen. Wie eenmaal in een voornaam huis te gast was, bleef gewoonlijk zo lang als hij wilde.

'Ik wist dat het niet gemakkelijk zou zijn,' zei Ivy nadat Sanele zijn dochtertjes had omhelsd en Ivy's hand discreet had gestreeld.

Hij nam zijn gezin mee naar een kiosk in het station, waar hij thee en limonade kocht. Voor de kiosk stonden tafels en stoelen om de gekochte consumpties te nuttigen. Sanele nam Ivy en de meisjes mee naar twee tafeltjes in de schaduw van een grote rubberboom met brede bladeren die beschutting boden, zowel tegen de zon als tegen nieuwsgierige blikken. Ze gingen zitten en konden eindelijk naar elkaar kijken en rustig praten terwijl de meisjes een meegenomen puzzel legden.

'Naast alle problemen heb ik ook goed nieuws voor je,' ging Ivy verder met haar verhaal. 'Hope is veilig op het landgoed. Het tuinhuis ligt goed verborgen in een enorm park en het beste is dat mijn zus en zwager nog steeds achterdochtig en zelfs angstig zijn tegenover de Afrikanen, net als toen ze bij ons logeerden. Normaal gesproken verdwijnt zo'n angst na een paar jaar in Afrika, maar Jeffrey en Rosamond lijken nog steeds geen Afrikaans huispersoneel te willen hebben. Behalve de kokkin, die nooit uit de keuken komt, zijn alle bedienden Indiërs.'

'Waar hebben ze die vandaan gehaald?' vroeg Sanele verbaasd.

Er waren veel Indiase immigranten in Kenia. Ze woonden in Mombasa en Nairobi in hun eigen wijken en de meesten werkten in de handel of als ambachtsman. Ze werkten zelden als bedienden en dienstmeisjes, maar als ze dat deden eisten ze aanzienlijk hogere salarissen.

'Ik weet het niet,' antwoordde Ivy. 'Misschien betalen ze goed. In elk geval spreken de Indiërs goed Engels, ze zijn bijzonder beleefd en vinden Hope's uiterlijk weliswaar eigenaardig, maar wijzen haar niet af en halen het niet in hun hoofd om haar iets aan te doen. 'De *ayah*, wat "nanny" betekent, is zelfs helemaal weg van Hope en Ebony. Ze is een fantastische vrouw van middelbare leeftijd die haar eigen kinderen al grootgebracht heeft. Ze heet Mani, houdt Rosamonds zoons onder de duim, is lief voor Madeleine en neemt onze twee meisjes op een heel natuurlijke manier onder haar hoede, of Rosamond dat nu leuk vindt of niet. Ze heeft me zelfs aangeboden om in het tuinhuis op de meisjes te passen als Jeffrey en Rosamond me uitnodigen voor het diner. Tot nu toe heb ik dat afgeslagen omdat ik de meisjes niet alleen wilde laten en ik ze niet mee kan nemen naar het huis. Maar vanavond zie ik de heer des huizes eindelijk omdat Mani op de kinderen past.'

'Laat je niet provoceren,' waarschuwde Sanele haar. 'Lach erom als ze steken onder water geven.'

Net als alle Afrikaanse dienaren had Sanele veel ervaring met vernederingen, maar voor Ivy zou het moeilijk zijn om daarmee om te gaan.

'En vertel eens,' zei Ivy, 'hoe gaat het met je zoektocht naar een baan?'

Sanele zuchtte. 'Er is altijd werk als dagloner, maar daar kun je geen gezin van onderhouden. Ik heb al twee keer geholpen met het laden en lossen van treinen en daar willen ze me wel hebben. Een "boy" die kan lezen en schrijven is tenslotte zeldzaam. Maar waarschijnlijk zullen ze me niet veel meer betalen dan hun andere personeel. Dat weet ik van Newland en de Tarltons.'

'Denk je dat zij je opnieuw zouden aannemen?' vroeg Ivy. De safari-aanbieders waren destijds bijzonder tevreden over Sanele geweest.

'Onmiddellijk,' antwoordde haar echtgenoot. 'Alleen niet met de garantie dat ik in Nairobi kan blijven. Ik zou weer safari's moeten begeleiden. Tenslotte organiseren ze nog steeds jachtsafari's en wetenschappelijke expedities. Natuurlijk ben je tegenwoordig niet meer wekenlang onderweg, zoals vroeger, toen alles nog door dragers werd vervoerd. Inmiddels hebben ze safarivoertuigen en vrachtwagens. Maar dan ben ik toch een paar dagen weg en ik kan jou en de meisjes niet onbeschermd in een Afrikaanse nederzetting achterlaten.'

Ivy pakte zijn hand onopvallend vast. 'Bekijk je de vacatures?'

Hij knikte. 'Ik solliciteer als huisknecht, in de horeca, in winkels, als boekhouder... Maar het wordt ongelofelijk slecht betaald of ze willen geen Afrikanen. We zijn hier nog maar een paar dagen. Geef de hoop niet op, ik vind beslist iets.'

5

Ivy kleedde zich zorgvuldig voor het diner met haar zus en zwager. Ze droeg een knielange jurk met halflange mouwen en een dessin van grote blauwe bloemen die in de taille licht gerimpeld was en haar middel daardoor benadrukte. Hij was modieus en Rosamond, die een rechte rok en een blouse met kant droeg, zag er naast haar nogal ouderwets uit. Daarbij droeg ze haar favoriete en waardevolste sieraad, een gouden ketting die ze van de Maharani van Rajasthan had gekregen en die bestond uit aaneengeschakelde silhouetten van verschillende dieren die in Afrika voorkwamen. Ze droeg haar haar sinds enige tijd kort. Het was modieus en praktisch. Vroeger had het haar uren gekost om de krullen op te steken of te vlechten.

Jeffrey Olden-Carmichael was meer veranderd dan zijn vrouw. Hij was veel dikker geworden, maar blaakte nog steeds van het zelfvertrouwen. Daarmee paste hij uitstekend in Rosamonds overdadige eetkamer die was ingericht met zware victoriaanse meubels en fluwelen gordijnen.

Jeffrey begroette Ivy met de onvermijdelijke familiaire kus op haar wangen en keek vervolgens met een strenge blik naar haar. 'Je hoeft blijkbaar niet op je uiterlijk te bezuinigen,' merkte hij op. 'Dat verbaast me nogal, omdat je tegenover Rosamond gedaan hebt alsof je berooid was.'

Ivy forceerde een glimlach, zoals ze Sanele had beloofd. 'Aangezien de nieuwe beheerder van ons landgoed niets van vrouwenkleding weet, mocht ik mijn garderobe houden,' legde ze met bijtend sarcasme uit. 'En mijn echtgenoot en ik kunnen ons een huis veroorloven, hoewel dat niet voornaam zou zijn. Ik heb vanwege andere redenen om jullie gastvrijheid verzocht. Ik neem aan dat Rosamond dat aan je uitgelegd heeft.'

'Je echtgenoot?' snauwde Jeffrey. 'Je bent dus nog steeds van plan om door te gaan met die… ongepaste relatie? Bovendien is die onwettig omdat de rechtbank besloten heeft dat je huwelijk met Adrian Edgecumbe nog steeds geldig is. Je hebt toch een voorstel gekregen voor een… eh… hereniging in Schotland?'

Ivy balde haar vuisten. 'Adrian Edgecumbe is dood,' zei ze zo beheerst mogelijk. 'Ik verwacht hem bij het Laatste Oordeel pas terug te zien.'

'Ik dacht dat er ooggetuigen waren,' hield Jeffrey koppig vol.

Ivy dwong zichzelf kalm te blijven. 'Schotland staat bekend om zijn spookverhalen…'

Rosamond lachte zenuwachtig en deed het enige juiste. Ze pakte een glas port van het blad met aperitieven dat een Indiase bediende in zijn handen had en gaf het aan Ivy. Daarna richtte ze zich tot haar man. 'Jeffrey, het lijkt me het beste om dit onaangename onderwerp nu te laten rusten en van Ivy's gezelschap te genieten. Ivy, je zult nog genoeg kansen krijgen om je stijlvolle garderobe te laten zien. We geven het diner toch op 17 juli, Jeffrey? Kan ik de uitnodigingen versturen?'

Jeffrey schonk een glas whisky voor zichzelf in en knikte. Hij wilde het onderwerp duidelijk nog niet laten varen, maar was beleefd genoeg om naar zijn vrouw te luisteren. De bediende nodigde hen uit om aan tafel te gaan.

'Wil je die Indiase zakenman echt uitnodigen?' vroeg Rosamond op het moment dat de soep werd geserveerd. 'Denk je niet dat hij op een negatieve manier zal opvallen?'

Jeffrey nam een slok whisky voordat hij zich op de soep concentreerde en schudde zijn hoofd.

'Absoluut niet. Meneer Jeevanjee is een heer. Je zult beslist onder de indruk van hem zijn, liefste. Trouwens, toen ik hem uitnodigde vroeg hij of hij zijn nichtjes mee mocht nemen. Ze hebben volgens hem een uitstekende opvoeding gehad, voor zover dat hier mogelijk is, maar ze krijgen zelden de gelegenheid om zich in hoogstaand gezelschap te bevinden.'

Rosamond knikte. 'Ik zal ze uitnodigen. En wat denk je van

de Kormans? Of de Van der Velts? Hoewel de meeste leden van de Happy Valley Set me nogal dubieus lijken.'

Daarna ging het tafelgesprek over de Happy Valley Set, een groep aristocraten en avonturiers die bekendstonden om hun decadente levensstijl. De meeste leden waren van adel en ze waren allemaal rijk, wat voor de conservatieve bewoners van de Britse kolonie twee redenen waren om op zijn minst af en toe sociaal contact met hen te onderhouden.

Ivy had nog nooit van de groep gehoord en hield zich daarom afzijdig. Ze dronk haar wijn, genoot van de overvloedige, heerlijke maaltijd en dacht aan Sanele. Waar zou hij nu zijn? Gedreven door bezorgdheid om zijn gezin in een goedkoop pension? Solliciteerde hij op vacatures die niet voor Afrikanen waren bedoeld? Tenslotte konden de meeste dagloners niet lezen. De situatie leek haar behoorlijk hopeloos. Misschien hadden ze toch moeten proberen om naar de Harpers in Tanzania of naar Engeland te gaan. Wellicht zouden ze daar als stel kunnen leven, hoewel dat onder precaire omstandigheden zou zijn. Aan de andere kant zou Hope in een Britse arbeiderswijk geen gevaar lopen om vermoord te worden.

Ze nam vroeg afscheid van haar zus en zwager en constateerde in het tuinhuis dat de Indiase Mani goed voor de meisjes had gezorgd. Nadat ze haar had bedankt en haar wat geld had gegeven, ging ze meteen naar bed en staarde ze door het raam naar de heldere Afrikaanse sterrenhemel. Die was prachtig en de maan en de sterren leken elkaar goed te verdragen.

Waarom maakten mensen dan zoveel ruzie en was alles zo ingewikkeld?

De weken erna vonden er geen grote veranderingen plaats in het leven van Ivy, haar kinderen en Sanele. Hij verdiende geld als dagloner en legde zoveel mogelijk opzij om op een dag een huis te kunnen kopen, maar ze wisten allebei dat hij daar jaren voor moest sparen.

Eind juni berichtten de kranten over de heropening van

Edgecumbe Farm als jachtresort. Sommige kranten vonden het nodig om nog eens uitgebreid in te gaan op het verhaal van Ivy en Adrian, maar ze zwegen over haar huwelijk met Sanele. Blijkbaar vonden ze dat te schokkend voor hun lezers. De meeste mensen waren enthousiast over de heropening als jachtresort en haalden herinneringen op aan de grote jager Adrian Edgecumbe, die deze verandering beslist zou hebben toegejuicht… of zou toejuichen als hij in staat zou zijn om bij de heropening aanwezig te zijn.

'Waarom draaien ze zo om de hete brij heen?!' riep Ivy geïrriteerd terwijl ze het artikel las. 'De journalisten weten heel goed dat Adrian dood is, maar niemand durft kritische vragen over de beslissing van de rechtbank te stellen.'

Sommige kranten vonden het spijtig dat er nu geen safari's zonder bloedvergieten meer werden aangeboden in Kenia. Ivy's bedrijfsconcept was succesvol geweest en had het toeristische aanbod van Kenia verrijkt. Er waren veel jachtreservaten en misschien was de markt zelfs verzadigd, schreef een van de kritischere kranten. Afgewacht moest worden of de naam Edgecumbe voldoende zou zijn om de jagers opnieuw naar Kedong Valley te lokken.

'Ik hoop dat er tijdens Rosamonds diner niet voortdurend over de heropening van Edgecumbe Farm gepraat wordt,' verzuchtte Ivy. 'Het wordt sowieso een beproeving voor me omdat ik de meeste gasten van vroeger ken. Niet goed, maar toch goed genoeg om een beleefd praatje met ze te moeten maken. Hopelijk beginnen ze niet over de kwestie met de Edgecumbes.'

'Lach erom,' adviseerde Sanele haar weer, hoewel hij daar zelf zo langzamerhand geen behoefte meer aan had. Hij was afgevallen, de kringen onder zijn ogen werden donkerder en de eerste zorgelijke rimpels waren op zijn symmetrische gezicht verschenen. Hij wilde Ivy niet vertellen waar hij sliep; waarschijnlijk huurde hij een kamer in de slechtste en goedkoopste herberg die er te vinden was om geld te besparen en werkte hij zoveel mogelijk uren per dag. Ivy voelde zich steeds schuldiger over het luie leventje dat zij intussen leidde. Er was niets voor haar te doen op het landgoed van haar zus, behalve haar eigen kleine huishouden runnen, waarbij ze ook nog eens werd geholpen door Mani. De energieke *ayah* had al snel gemerkt dat Ivy niet goed was in huishoudelijke taken, of er in elk geval niet vertrouwd mee was. Het repareren en strijken van kinderkleding, koken en schoonmaken gingen haar niet gemakkelijk af omdat ze haar hele leven alleen instructies had gegeven. Nu ze het werk zelf deed leverde dat matige resultaten op en ze was dankbaar dat Mani het tuinhuis altijd schoon en netjes achterliet als ze 's avonds op de kinderen paste. Vaak stond er zelfs een smakelijke Indiase maaltijd op het fornuis. Ivy was dolblij met de hardwerkende vrouw.

Op de avond van het grote diner vertelde Mani dat ze niet naar het tuinhuis kon komen. 'De kinderen van uw zus zijn door het dolle heen. Ik moet ervoor zorgen dat ze niet naar de salon sluipen om de gasten in hun avondkleding te zien, maar als u het goed vindt neem ik Hope en Ebony mee naar de kinderkamer in het huis. Miss Madeleine kan met ze spelen, dan is ze meteen afgeleid, en de *memsahib* brengt de kinderen vanavond niet naar bed omdat ze het te druk heeft met andere dingen.'

Ivy zei tegen Mani dat ze daarmee een groot risico nam. Misschien zou Rosamond haar zelfs ontslaan als ze haar instructies om Ivy's kinderen uit het huis te weren negeerde. De *ayah* maakte zich echter geen zorgen. Ze kende haar *memsahib* en was zeker van haar positie. Het was niet gemakkelijk om Richard en George op te voeden en Rosamond had al veel kindermeisjes versleten. Mani zou niet snel ontslagen worden.

'En anders speelt miss Madeleine gewoon verstoppertje met de kleintjes,' zei Mani met een veelbetekenende knipoog naar Ivy. Madeleine nam haar nichtjes vaak mee naar plekken in de tuin waar ze haar ouders kon tegenkomen. Als dat zo was, dan floot ze kort en verstopten Hope en Ebony zich achter een boom of een struik. De kleintjes vermaakten zich kostelijk met het spel.

'Je helpt me er enorm mee,' verzekerde Ivy haar. 'Anders kan ik niet bij het diner aanwezig zijn en ik betwijfel of Rosamond en Jeffrey dat op prijs stellen. Ik ben bang dat ik een van de attracties ben. De gasten zullen willen weten wat ik van de ontwikkelingen op Edgecumbe Farm vind.'

Ivy was vastbesloten om zichzelf in geen geval te blameren en deed haar best om een bijzonder elegante en gedistingeerde indruk te maken in een donkerblauwe nauwsluitende fluwelen jurk met een brede riem die op de heupen werd gedragen. Ze droeg de ketting die ze van de Maharani had gekregen weer en had een baretachtig hoedje op haar korte krullende kapsel. De gasten keken met bewonderende blikken naar haar en terwijl ze allemaal nog in de ontvangsthal stonden en champagne dronken, kwamen de eerste kennissen al naar haar toe om haar meer of minder discrete vragen te stellen. Ivy glimlachte tot haar gezicht verkrampt aanvoelde. Ineens kwam er een oudere, gezette man naar haar toe. De tulband die hij bij zijn westerse avondkleding droeg en zijn getinte huid maakten duidelijk dat hij een Indiër was.

'Mevrouw Ivory Edgecumbe?' vroeg hij vriendelijk aan haar. 'Mijn naam is Alibhai Mulla Jeevanjee en ik ben koopman in Nairobi. Het lijkt erop dat ik uw tafelheer ben.'

Hij was net als veel andere gasten blijkbaar langs de gedekte tafel gelopen om te kijken wie zijn tafeldame was.

Ivy glimlachte ontspannen naar meneer Jeevanjee. 'Wat leuk. Mijn zus heeft het over u gehad. U zou uw nichtjes toch meenemen?'

De koopman begon stralend te glimlachen. 'Inderdaad, Esha en Davita. Ze staan bij de gastvrouw. Ze zijn een beetje verlegen...' Ivy keek naar Rosamond en zag twee prachtige jonge vrouwen in westerse avondjurken die slechts vaag aan sari's deden denken. Een coupeuse was erin geslaagd om op een uiterst elegante manier een brug tussen de twee culturen te slaan. De jurk van de ene jonge vrouw was goudkleurig en paste prachtig bij haar lichtbruine ogen. De andere, die zo te zien de jongste was, droeg een donkerrode jurk waardoor haar goudkleurige teint glansde. Het haar van de twee vrouwen was opgestoken, maar degene die dat had gedaan, was daar niet bijzonder bedreven in. Ivy was bang dat de haarlokken in de loop van de avond los zouden raken.

'Mijn nichtjes krijgen niet vaak de gelegenheid om aanwezig te zijn bij sociale evenementen,' legde meneer Jeevanjee uit. 'In de Indiase gemeenschap is het niet gebruikelijk om meisjes en vrouwen mee te nemen. Ze zijn voornamelijk aan huis gebonden. We wonen hier echter in een heel diverse samenleving en ik wil dat mijn nichtjes zich daarin kunnen handhaven. Tegelijkertijd wil ik ze niet volledig vervreemden van hun cultuur en wil ik de Indiase gemeenschap niet schokken door ze bijvoorbeeld naar bals te laten gaan.'

Ivy knikte begrijpend. Het was koorddansen. Ze dacht weer aan Ranjana, de Maharani, die met haar veel oudere echtgenoot op Edgecumbe Farm te gast was geweest. Zij was ook opgevoed op een manier waarbij Engels praten en conversaties kunnen voeren belangrijk waren. Maar het ongewone eten tijdens het formele diner had hoge eisen aan haar gesteld en als Ivy niet had ingegrepen, dan was ze tijdens de jachtsafari van haar echtgenoot haar tent niet eens uitgekomen. Ze besloot haar vriendelijke tafelheer over Ranjana te vertellen en had zijn volle aandacht.

'Ja, ik heb erover gehoord dat de Maharadja met haar trouwde. Ze was pas veertien of vijftien. Ik wil mijn nichtjes liever niet zo jong uithuwelijken, maar als een Maharadja om de hand van een van hen vraagt...'

Ivy glimlachte verdrietig. 'Ik ben ook van adel,' zei ze. 'En mijn ouders zouden ongetwijfeld geen moment geaarzeld hebben als de kroonprins om mijn hand gevraagd had, maar gelukkig heeft hij dat niet gedaan… hoewel me een koninkrijk beloofd is.'

De laatste woorden glipten ongewild naar buiten en hadden te maken met Adrians belofte toen hij haar vader om haar hand had gevraagd. De enorme uitgestrektheid van de boerderij had in zijn ogen een koninkrijk geleken en Adrian had beloofd dat aan Ivy's voeten te leggen.

De Indiër had voldoende tact om niet door te vragen. Hij bood Ivy galant zijn arm aan om haar naar de tafel te begeleiden. Esha en Davita zaten tegenover hen. Ivy schatte dat Esha een jaar of vijftien was en Davita hoogstens zeventien. Ze glimlachten verlegen en keken hulpeloos naar de prachtig gedekte tafel met alle messen, vorken en lepels, die hen in verwarring leken te brengen. Ivy glimlachte bemoedigend naar de jonge vrouwen.

'Ik neem aan dat jullie een Engelse gouvernante hebben?' vroeg ze. Als iemand zijn dochters – of nichtjes, zoals in het geval van meneer Jeevanjee – voortreffelijke manieren wilde bijbrengen, dan was het gebruikelijk om een Britse, het liefst iets oudere vrouw die bij voorkeur van adel was in dienst te nemen om hen daarin wegwijs te maken.

Ze schudden hun hoofd en Davita gaf antwoord. 'Helaas niet, onze oom heeft niemand gevonden die in Little India wil wonen.'

'Toch hebben we een heel mooi huis,' voegde Esha eraan toe.

'We gaan twee keer per week naar mevrouw Leesham,' vertelde Davita verder.

'Ze is weduwe,' zei Esha. 'Haar man was kapitein.'

Ivy fronste bijna onmerkbaar haar voorhoofd. Een kapiteinsweduwe die hun les in etiquette gaf? Het leek haar een beetje vreemd, vooral omdat de vrouw niet van adel was.

'Ik hoop dat ik het juiste doe,' merkte meneer Jeevanjee op. 'Mevrouw Leesham is de enige die op mijn advertentie reageerde. Er zijn waarschijnlijk weinig alleenstaande vrouwen in Nairobi die een baan nodig hebben.'

Dat kon Ivy bevestigen. De meeste vrouwen kwamen met

hun echtgenoten naar Kenia en vertrokken samen met hen als hun ambtstermijn of positie in de regering eindigde. Natuurlijk kwamen er ook kolonisten, van wie sommigen eveneens een goede opleiding hadden of van adel waren, maar slechts weinig vrouwen bleven op de boerderij of plantage wonen als hun echtgenoot plotseling stierf. Als dat wel zo was, dan beheerden ze de koffie- of cacaoplantages zelf en hadden ze geen andere inkomsten nodig.

De bedienden serveerden het eerste voorgerecht – rosbief met drie sauzen – en Esha en Davita keken hulpeloos naar al het bestek naast hun bord. Ivy besloot hen te helpen.

'Het zilverwerk is absoluut prachtig,' prees ze de uitzet van haar zus. Ze pakte demonstratief de buitenste vork en het kleine, maar voldoende scherpe mes om de rosbief mee te snijden. De meisjes deden haar opgelucht na en prikten redelijk behendig kleine stukjes vlees met hun vork op. Ze leken het niet lekker te vinden, maar mevrouw Leesham had hun waarschijnlijk geleerd dat ze moesten eten wat er op tafel kwam, dus kauwden de meisjes dapper.

Ivy vond het heerlijk, maar ze liet een deel van de rosbief op haar bord liggen om Esha en Davita duidelijk te maken dat dit niet verboden was.

Davita's tafelheer, een jongeman uit een Britse koopmansfamilie, begon een gesprek met haar en Davita deed haar best om antwoord te geven en te glimlachen. Het ging over het weer. Hij praatte over de op dit moment heersende droogte en de schade die het laatste regenseizoen aan het landgoed van zijn ouders had toegebracht. De jongeman vroeg of India ook regenseizoenen had en Davita vertelde over de moessonregens. Esha's tafelheer verwachtte van haar geen deelname aan het gesprek. Hij vertelde aan één stuk door over zijn kostschool in Engeland. Op dit moment was hij op bezoek bij zijn ouders, die een boerderij hadden.

'Mijn oom heeft zijn opleiding ook in Engeland gevolgd,' verkondigde Esha. Ze kon zelfs de scholen noemen waarop hij had gezeten. Daarmee was het slagen van het gesprek gegarandeerd.

Ivy vond dat de twee jonge vrouwen zich heel goed weerden, hoewel ze niet voldoende waren voorbereid op hun introductie in dit voorname gezelschap.

Meneer Jeevanjee bleek een aangename gesprekspartner te zijn. Hij vertelde over zijn zaken en zijn reizen, en over de safari waaraan hij ooit had meegedaan. Hij was echter geen goede of enthousiaste jager en bekende aan Ivy dat hij meer van het observeren van de dieren had genoten dan van de jacht.

Ivy concludeerde daaruit dat hij haar verhaal kende. Hij begon er echter niet over, wat ze bijzonder prettig vond. Daarna vertelde hij over zijn volwassen zoons en zijn nichtjes, die hij na het tragische ongeval van hun ouders in zijn gezin had opgenomen en van wie hij heel veel hield.

'Hebt u ook kinderen?' vroeg hij vriendelijk aan Ivy toen het dessert was geserveerd. Aangezien er alleen nog een kleine lepel en vork over waren, pakten de twee jonge vrouwen het bestek resoluut op en begonnen hun chocoladetaartje met amandelpasta te eten, welwillend gadegeslagen door Ivy en hun oom.

Ivy besloot haar gezinssituatie niet te verbergen. 'Ik heb twee dochtertjes,' zei ze, maar voordat ze nog iets kon zeggen stonden Jeffrey en Rosamond op van de tafel. De koffie met verschillende likeuren zou in de ontvangstruimte worden geserveerd aan kleinere tafels waar de gasten naar eigen inzicht konden plaatsnemen.

Ivy en meneer Jeevanjee stonden tegelijkertijd op. Ze wilden hun gesprek graag voortzetten in de ontvangstruimte. Nu kwam Rosamond echter bij hen aan het tafeltje zitten. Het hoorde bij haar rol als gastvrouw om op zijn minst heel even met al haar gasten te praten. Ivy en meneer Jeevanjee bedankten haar voor het heerlijke diner en de Indiase zakenman prees haar uitstekend opgeleide personeel.

'Goed personeel is ongelofelijk moeilijk te vinden,' verzuchtte hij.

Rosamond was het helemaal met hem eens. Ze deed Ivy aan een spinnende kat denken. 'Het is anders dan in Engeland,' zei ze. 'Daar plaats je gewoon een advertentie als je op zoek bent naar goed opgeleid personeel. Hier moet je de jonge mensen zelf opleiden.'

'En daar is tijd en kennis voor nodig,' merkte meneer Jeevanjee op. 'Het leiden van een groot huishouden met een westerse oriëntatie is niet gemakkelijk en naast mijn werk kan ik onmogelijk bedienden opleiden. Mijn vrouw heeft een traditionele Indiase opvoeding gehad en zou niet weten hoe ze dat moet doen. Helaas is ze vanavond niet met me meegekomen. Ze voelde zich niet goed.'

'Misschien hebt u een butler nodig,' zei Rosamond. 'Of een huishoudster.'

De Indiër knikte. 'Ik ben wanhopig op zoek naar een butler, maar het is onmogelijk om een Engelse butler over te halen om naar Kenia te komen, en dan ook nog eens naar een woning in Little India.'

Ivory spitste haar oren. Zou dit een kans voor Sanele kunnen zijn? 'Meneer Jeevanjee...' begon ze nadat Rosamond zich had verontschuldigd en naar een ander groepje gasten liep. 'Ik...'

'Kijk eens wat ik gevonden heb!' De luide stem van mevrouw Summers, de vrouw van een landgoedeigenaar, overstemde de gesprekken van de gasten. Ze liep de ontvangsthal in nadat ze waarschijnlijk naar het toilet was geweest en hield de hand van een klein meisje in een wit nachthemdje met kant vast. 'Dit kleine ding is op zoek naar haar moeder. Waar zijn de dienstbodekamers, lady Olden-Carmichael?'

Hoewel Ebony huilde, zag ze Ivy meteen tussen alle andere gasten. 'Mama!' Het meisje rukte zich los, rende voordat Rosamond iets kon zeggen naar Ivy toe en sloeg haar armen om haar nek. 'Ik werd wakker omdat ik moest plassen en toen ben ik verdwaald... en het was overal zo donker... maar ik hoorde muziek en daar ben ik naartoe gegaan en toen heeft deze dame me meegenomen.' Ebony verborg haar betraande gezicht in de zachte stof van Ivy's avondjurk.

Rosamond werd rood. Ze wist duidelijk niet hoe ze de aanwezigheid van het Afrikaanse kind in haar huis moest uitleggen.

Ivy nam het zo vanzelfsprekend mogelijk van haar over. 'Hartelijk bedankt dat u voor mijn dochtertje gezorgd hebt, mevrouw Summers. Mijn kinderen mochten vannacht in de kinderkamer slapen zodat ik bij het diner aanwezig kon zijn, maar de omvang van het huis heeft haar waarschijnlijk in verwarring gebracht. Waarom heb je Mani niet wakker gemaakt, Ebony?'

Rosamond kwam weer tot leven. 'Breng dat kind onmiddellijk weg, Ivory! Dit is een schandaal.' Ze richtte zich tot haar gasten. 'Ik moet me bij jullie allemaal verontschuldigen.'

'Maar het is in elk geval een heel schattig schandaal,' zei mevrouw Summers. 'Is dit echt uw dochtertje, mevrouw Edgecumbe? We hoorden...' Ze zweeg geschrokken omdat ze met haar opmerking toegaf dat ze over Ivory en Sanele had gepraat.

Enkele andere vrouwen bleken ook geïnteresseerd. Ebony stond plotseling in het middelpunt van de belangstelling, hoewel alleen het enthousiasme van Esha en Davita oprecht leek te zijn. Zij vonden Ebony schattig, droogden haar tranen en gaven haar chocolaatjes, waarna het meisje weer kon lachen.

'Dit is mijn dochter uit mijn inmiddels door de rechtbank geannuleerde tweede huwelijk,' legde Ivory uit. 'Ik ga haar weer naar bed brengen.'

'Laat haar alsjeblieft nog even blijven!' riep Esha. Davita en zij hadden veel meer belangstelling voor het kleine meisje dan voor de geforceerde gesprekken met de andere gasten, waaraan ze zich tot nu toe welopgevoed hadden gewijd. Ivory wist niet goed hoe ze hierop moest reageren. Ze wilde absoluut niet meer informatie over Ebony's aanwezigheid of haar afkomst geven, maar het leek haar ook geen juiste strategie om nu naar de kinderkamer te gaan zodat de gasten ongestoord over haar konden roddelen.

Gelukkig kwam Mani, die duidelijk van streek was omdat haar beschermeling plotseling was verdwenen en waarschijnlijk wanhopig naar haar had gezocht, op dat moment de ontvangsthal in.

Rosamond viel woedend tegen haar uit, maar herinnerde zich tegelijkertijd dat het beter was om de kwestie niet te veel op te blazen. 'Hier is het laatste woord niet over gesproken,' fluisterde ze tegen de nanny, die Ebony's hand vastpakte.

'Het spijt me verschrikkelijk, *memsahib*... mevrouw Edgecumbe...' De nanny had een kleur gekregen.

Ivy wuifde het weg. 'Ebony is helaas al een bijzonder zelfstandige jongedame,' zei ze. 'Ze wilde niemand wakker maken en is verdwaald, maar nu is alles weer goed. Neem afscheid van Esha en Davita en bedank mevrouw Summers omdat ze je gevonden heeft.'

Ebony knikte beleefd en verdween aan de hand van de nanny.

Rosamond wierp Ivy een boze blik toe. 'Ik had dit uitdrukkelijk verboden,' siste ze. 'Als Jeffrey dit hoort... Dit blijft niet zonder gevolgen!'

Jeffrey had zich met de andere mannen in de herenkamer teruggetrokken om sigaren te roken.

'Iedereen weet toch al hoe de vork in de steel zit wat mijn kinderen betreft,' probeerde Ivy haar zus te kalmeren.

De andere gasten hadden hun gesprekken weer hervat en het was niet moeilijk te raden waarover die gingen.

'Nee,' merkte meneer Jeevanjee op. Hij had Ebony's verschijning geamuseerd en vol verbazing gevolgd. 'Ik weet helemaal niets van u. Uw man was toch Adrian Edgecumbe, de grootwildjager die in de oorlog vermist geraakt is en nu weer opgedoken schijnt te zijn? Jullie kinderen zouden inmiddels veel ouder moeten zijn.'

Ivy wreef over haar voorhoofd. Nu ontkwam ze er niet aan

om het hele verhaal uit de doeken te doen. Aan de andere kant wilde ze hem sowieso over Sanele vertellen.

'Ik ben hertrouwd,' legde ze uit. 'Onder mijn stand, zoals iedereen hier ongetwijfeld kan bevestigen. Mijn man is een Afrikaan van de Zoeloe-stam. Hij is echter opgegroeid in een Brits huishouden en is opgeleid als butler.'

De zus van Jeffrey Olden-Carmichaels echtgenote bedierf zijn grote optreden de volgende ochtend grondig. Tijdens de nacht na het diner had hij met Rosamond afgesproken dat ze hun schandalige familielid ondanks hun gastvrijheid de deur zouden wijzen. Hij was van plan geweest om dit zijn schoonzus op dramatische wijze mee te delen. Nu trof ze hem echter in zijn ochtendjas aan, want ze kwam al heel vroeg naar Rosamond en hem toe om met hen te praten. Hij was van mening dat de ochtendjas zijn autoriteit ondermijnde.

'Je hebt ons gisteren in het bijzijn van onze gasten belachelijk gemaakt,' begon hij desondanks met een scherpe klank in zijn stem. 'We waren van plan om je voorzichtig weer bij de hogere kringen te introduceren, zodat je je niet meer hoeft te verstoppen.'

Ivory maakte een afwerend gebaar. Ze droeg een eenvoudige grijze jurk en een seringkleurige sjaal. Het leek erop dat ze een uitje had gepland.

'Ik wil jullie hartelijk bedanken voor de moeite,' antwoordde zijn schoonzus stijf. 'Maar ik heb nu eenmaal twee kinderen en die kunnen jullie niet negeren, wat jullie ook voor me in petto hebben. Het is trouwens al geregeld. Als er geen kink in de kabel komt, vertrekken we hier zeer binnenkort. Sanele gaat bij meneer Jeevanjee als butler solliciteren. Als die twee het eens worden, regelt hij een woning in Little India voor ons. Ik wil jullie nogmaals bedanken voor jullie gastvrijheid.'

Jeffrey wilde antwoord geven, maar zijn vrouw was hem voor. 'Jullie zullen daar ook opvallen,' voorspelde Rosamond. 'Mensen zoals jij zijn nergens welkom.'

Ivy keek haar zus onbewogen aan. 'Dat moet dan maar. Voorlopig lijkt het me de beste oplossing.' Daarna draaide ze zich vol trots om en liep weg.

Ivy wilde uit pure blijdschap het liefst een gat in de lucht springen. Eindelijk zou ze weer met Sanele samen zijn.

6

Jodhpur, Rajasthan, 1928

'Goedemorgen, Ranjana.'

Naeku wekte haar geliefde vriendin met een zachte kus op haar haar, dat ze de vorige avond losjes had ingevlochten. Het was nog erg vroeg, maar de andere dienaressen die zo meteen naar de slaapkamer zouden komen om de Maharani aan te kleden mochten absoluut niet weten dat Naeku in Ranjana's bed had geslapen. Meestal sloop ze 's nachts zodra Ranjana sliep naar haar eigen kamer, maar soms vielen ze in slaap terwijl ze elkaar liefkoosden en omhelsden. Dat waren altijd heerlijke nachten waarin ze hun angsten en eenzaamheid vergaten. Daarom geloofde Naeku niet dat wat ze deden slecht was, maar het was toch beter om het geheim te houden.

'Goedemorgen, zon van me,' begroette Ranjana haar met haar zachte, zangerige stem. Ze had een van de eerste dagen meteen gevraagd wat Naeku betekende en had gehoord dat het 'geboren bij zonsopgang' betekende. 'Wordt het vandaag een mooie dag?'

Naeku – officieel was ze de eerste dienares van de Maharani – maakte zich los uit haar armen, kwam uit bed en opende de deur die vanaf de vertrekken van de Maharani naar haar tropische tuin leidde.

'Elke dag met jou is een mooie dag,' zei Naeku glimlachend en dat meende ze oprecht. Ze kon geen genoeg krijgen van Ranjana's schoonheid, maar afgezien daarvan was ze graag in het gezelschap van de jonge vrouw. Gedurende de jaren nadat ze haar stam in Afrika had verlaten om voor Ranjana's tamme luipaard Desna te gaan zorgen had ze veel geleerd en was ze zelfverzekerder en welbespraakter geworden. Zelfverzekerder en welbespraakter dan de verlegen Maharani. Naeku was vaak degene die het woord voor haar nam als Ranjana moeite had om een wens te uiten of als ze een bediende geen standje durfde te geven. 'Wil je meteen opstaan of drink je je thee in bed?' vroeg Naeku.

Ranjana rekte zich uit. 'Ik zou dolgraag samen met jou thee in bed willen drinken. Zou het niet heerlijk zijn als we ons niet meer hoefden te verstoppen? Gewoon... alsof je mijn man bent?'

Naeku lachte. 'De Maharadja zou me laten terechtstellen als ik een man was en hij ons samen in bed zou betrappen, zelfs als we alleen thee zouden drinken.'

De Maharadja hield veel van zijn jonge vrouw en vervulde al haar wensen. Op zijn verzoek had Ivy Edgecumbe na hun safari in Kenia, die voor de oorlog had plaatsgevonden, de Maharani het luipaardje waarop ze zo gek was cadeau gegeven. Toen Ivy het verzoek van de Maharadja in eerste instantie afwees met het argument dat het jonge dier speciale verzorging nodig had, had hij de familie van Naeku een vorstelijke bruidsschat voor het destijds dertienjarige meisje betaald en had hij haar meegenomen naar India om het luipaardje te verzorgen. Naeku en Ranjana konden het meteen uitstekend met elkaar vinden en in de loop der jaren was hun relatie steeds inniger geworden. Ranjana hield niet van de Maharadja, hoewel ze hem met het grootste respect behandelde en nooit naar andere mannen keek. Haar dikke echtgenoot, die al in de zestig was, was niet aantrekkelijk voor Ranjana, die ruim drie keer zo jong was. Integendeel, als de Maharadja naar haar slaapkamer kwam bezorgde dat de tengere jonge vrouw meer pijn dan plezier. Naeku vroeg zich af of dat de reden kon zijn dat Ranjana nog steeds geen kind van hem had gekregen. De Maharadja vond dat echter geen probleem omdat hij zoons uit zijn eerste huwelijk had.

Naeku kleedde zich snel aan. Ze droeg prachtige sari's die ze van Ranjana had gekregen. Ze had het echter opgegeven om haar haar net als de Indiase vrouwen lang te dragen. Daarvoor krulde het te veel. Het was nu ultrakort, wat de verfijnde vorm van haar hoofd en haar scherpe, trotse gelaatstrekken benadrukte. Naeku was op haar eigen manier net zo'n mooie vrouw als de Maharani, maar hoefde niet bang te zijn om uitgehuwelijkt te worden. Ze behoorde met hart en ziel aan Ranjana toe.

'Staat er vandaag iets op de planning?' vroeg Ranjana. 'Moet ik iets... doen?'

Ranjana had af en toe representatieve verplichtingen aan de zijde van haar echtgenoot, hoewel dat in India veel minder vaak voorkwam dan in de westerse koninkrijken. Meestal had ze niets anders te doen dan het in stand houden van haar schoonheid. Meerdere dienaressen hielpen haar een bad te nemen en haar huid te oliën, waarna ze haar aankleedden en haar mooie gelaatstrekken met een bescheiden make-up benadrukten. Daarna maakte ze wandelingen in de tuin, speelde ze met Desna of hield ze zich bezig met haar hobby, het ontwerpen van sieraden en kleding.

'De Maharadja ontvangt de Kroonraad vandaag,' vertelde Naeku. 'Ze gaan debatteren over hun reactie op de nieuwste eisen van de Britten.'

Rajasthan was een zogenaamde vorstenstaat die ondanks de Britse heerschappij over India een zekere autonomie had. Natuurlijk moest de heerschappij van de Maharadja zoveel mogelijk in harmonie met de bezetters verlopen, wat soms diplomatieke trucs vereiste.

'Dan ben ik dus niet nodig,' zei Ranjana opgelucht. 'Maar ik sta toch op. Jij kunt me aankleden zodat de dienaressen uit kunnen slapen. We drinken onze thee bij Desna in de tuin.' Ranjana wilde het liefst dat haar getemde luipaard in haar kamer sliep, maar veel van haar dienaressen waren bang voor Desna en ook de Maharadja gaf er de voorkeur aan om tijdens de wekelijkse bezoeken aan zijn vrouw niet oog in oog met een volwassen roofdier te staan.

Terwijl Ranjana uit bed kwam koos Naeku een eenvoudige sari uit, waarna ze de zijden stof behendig rond het slanke lichaam van haar meesteres en vriendin wikkelde. Ze maakte Ranjana's vlecht los en bond het zware haar, dat tot haar heupen kwam, in een knot in haar nek, waarna ze een luchtige sluier over haar hoofd drapeerde. Ranjana koos de sieraden uit die ze vandaag wilde dragen, maar toen Naeku de ketting wilde vastmaken, brak de sluiting.

'Hemel, wat vervelend,' merkte Ranjana op terwijl ze in haar juwelendoos naar een passende vervanging zocht. 'Je moet dringend naar de goudsmid, er moet heel veel gerepareerd worden. Ahmed maakt prachtige sieraden, maar de sluitingen gaan altijd stuk. Kijk, deze oorbel is ook kapot.'

'Het wordt ook weer tijd voor een schoonmaakbeurt,' beaamde Naeku. 'Ik kan de sieraden laten repareren en meteen laten reinigen. Zal ik vandaag naar de stad gaan? Anders heb je bijna geen sieraden om te dragen als de Britten de Maharadja en jou voor een diner uitnodigen.'

De Maharadja en zijn vrouw werden regelmatig uitgenodigd door het koloniale bestuur, vaak voor liefdadigheidsevenementen of als een lid van het Britse koningshuis een bezoek aan India bracht.

Ranjana knikte en koos een eenvoudige ketting met bijpassende oorbellen uit. Ten slotte omlijnde Naeku haar ogen met kohl en tekende ze de *bindi* – een decoratief symbool dat het spirituele derde oog symboliseerde en bescherming bood – op haar voorhoofd, waarna Ranjana in haar sandalen glipte. Naeku belde een huishoudster en vroeg haar om het ontbijt voor de Maharani naar de tuin te brengen. Vervolgens begeleidde ze haar vriendin naar het grote verblijf van Desna. Het luipaard, dat aan haar eigen ontbijt knaagde, een halve geit, liet haar voedsel meteen voor wat het was en rende naar haar vrouwtje toe, waarna Ranjana en Naeku haar vrijlieten en streelden. Ze maakte brommende geluiden en volgde hen als een hond naar de tuin, waar een dienares het ontbijt serveerde. Gelukkig was het een van de meisjes die niet bang was voor Desna, maar daar was ook geen reden voor. Desna nestelde zich meteen aan de voeten van haar vrouwtje en Naeku bewonderde het gracieuze dier en de prachtige vrouw met wie ze haar leven mocht delen.

Tijdens haar jeugd in Kenia had ze zich dit nooit kunnen voorstellen. Voor een Masai-meisje stond de toekomst vast. Ze moest haar moeder helpen in de huishouding en voor de dieren zorgen; de mannen van de stam zorgden alleen voor het vee. Het verzorgen van de geiten en schapen en het werken op het land werd door de vrouwen gedaan. Op een bepaald moment werd een meisje uitgehuwelijkt, meestal op dertien- of veertienjarige leeftijd, aan een man die ze zelf niet had uitgekozen. De vaders van de stam gaven hun dochters aan degene die de meeste koeien bij wijze van bruidsschat aan hen betaalde.

Naeku had geen hoop gehad dat ze hieraan kon ontsnappen, maar ze was heel levendig en was naast haar taken elke dag naar de school van de Missiezusters van het Kostbaar Bloed gegaan. Ze was min of meer bevriend geraakt met Ivy Edgecumbe, de vrouw van de *bwana*, op wiens land de Masai hun vee in bepaalde seizoenen mochten laten grazen. Naeku kon goed leren. Op haar dertiende sprak ze al vrij goed Engels en kon ze lezen en schrijven. De missiezusters wilden haar graag naar de universiteit sturen, maar haar vader had andere plannen met haar. Naeku zou tegen betaling van veertig koeien de vierde vrouw van een oude man worden. De Maharadja, de Maharani en haar weldoenster Ivy hadden haar gered door samen met de missiezusters het plan te bedenken dat ze als verzorgster van het luipaardje samen met de Maharadja en de Maharani naar India zou gaan. Naeku was hun daar eeuwig dankbaar voor.

Ranjana en Naeku dronken thee en speelden een beetje met Desna. Daarna gingen ze gevolgd door het luipaard naar Ranjana's vertrekken terug, waar de Maharani de gouden sieraden selecteerde die Naeku naar de goudsmid zou brengen. Ze stopte bijna al haar juwelen in een zakje dat Naeku in haar *choli*, het traditionele bovenstukje van de sari, verstopte.

'Zal ik een bewaker met je mee sturen?' vroeg Ranjana bezorgd.

Naeku schudde haar hoofd. 'Wie verwacht dat ik zulke kostbaarheden bij me heb? Bovendien is het niet ver.'

Ze deed snel een sluier om en verliet de vertrekken van de Maharani. In het paleis – dat deel uitmaakte van het enorme fort Meherangarh – heerste een enorme bedrijvigheid. Bedienden waren bezig met schoonmaken, levensmiddelen voor de keuken werden afgeleverd, mannen in luxueuze kleding wachtten op hun audiëntie bij de Maharadja. Niemand schonk aandacht aan Naeku, zelfs niet toen ze het paleis uit liep en over de lange, kronkelende weg naar de stad liep. Hier waren veel dienstmeisjes te voet onderweg, auto's reden af en aan, en hoogwaardigheidsbekleders en ambtenaren werden in draagstoelen naar het paleis gebracht. Naeku liet zich door de menigte meevoeren naar de drukke straten van Jodhpur, de hoofdstad van Rajasthan. Het wemelde van de paardenkarren en auto's, kamelen droegen lasten, ezels die werden geleid door de boeren uit de omgeving trokken karren met groenten naar de markt. Op de pleinen probeerden vuurspuwers en jongleurs, slangenbezweerders en waarzegsters de leeglopers te vermaken, vrouwen in kleurige sari's en sluiers droegen hun boodschappen op het hoofd. Straathandelaren en waterverkopers prezen hun waren aan en overal stonden koeien die duidelijk vervuld waren van de waardigheid die hun heiligheid met zich meebracht. Telkens weer hielden mensen hun vers gras voor, dat ze speciaal voor de dieren kochten om zich daardoor te verzekeren van de gunsten van de goden.

De sadhoes – heilige mannen – en de sannyasins – monniken die oranjerode gewaden droegen – concurreerden met de koeien door de voorbijgangers hun bedelnappen voor te houden. Ze kregen van iedereen iets; tenslotte zorgde elke aalmoes voor een verbetering van het karma, wat belangrijk was voor hindoes. Alleen een goed karma zorgde voor een wedergeboorte in een beter bestaan; mensen streefden naar spirituele, maar ook wereldse voordelen in het volgende leven.

Dat had Ranjana allemaal aan Naeku uitgelegd toen ze samen in India arriveerden, maar ze vroeg zich nog steeds af of het wenselijk was om na de dood als een koe terug te keren, iets wat veel Indiërs zonder enige twijfel zouden bevestigen. Ook door haar stam werden koeien bijzonder gerespecteerd.

Nu liep ze naar de wijk rond de klokkentoren, die één grote bazaar leek. Hier bevond zich de kleine, donkere winkel van goudsmid Ahmed, waar hij sieraden maakte en verkocht. Hij sprong haastig op toen hij de dienares van de Maharani herkende.

'Wat kan ik voor je meesteres doen?' vroeg hij. 'Een nieuw sieraad? Ik vind het altijd een bijzonder genoegen om haar ontwerpen te gebruiken.'

Dat geloofde Naeku meteen. Ranjana's tekeningen waren precies en origineel. Ze daagden het talent van de goudsmid uit, die verder alleen eenvoudige ringen en kettingen volgens traditionele ontwerpen maakte.

'Vandaag gaat het alleen om sieraden die gerepareerd moeten worden,' vertelde Naeku. 'En ze moeten gereinigd worden zodat het goud weer mooi glanst.' Ze haalde het zakje uit haar *choli* en Ahmed floot tussen zijn tanden toen hij de verzameling kostbaarheden zag.

'Dan blijft er voor de Maharani bijna niets over om onze geëerde Maharadja te behagen. Welke sieraden moet ze voor hem dragen als je al dit goud bij mij achterlaat?'

Naeku lachte. 'De Maharani straalt ook zonder sieraden. Haar echtgenoot zou het niet eens merken als ze geen sieraden zou dragen. Haar ogen zijn tenslotte mooier dan elke diamant en haar goudkleurige huid straalt meer dan alle sieraden bij elkaar.'

Ahmed gaf haar haastig gelijk en beloofde de reparaties zo snel mogelijk uit te voeren. 'Over drie dagen kun je alles weer ophalen,' zei hij.

Naeku knikte en gaf hem een paar drachmen bij wijze van aanbetaling. Daarna liet ze hem achter met zijn werk en besloot ze nog een wandeling door de levendige wijk te maken. Ze kocht voor de grap een bosje gras en voerde dat aan een koe, waardoor ze aan de koeien van haar stam in Kenia moest denken. Ze kocht vijgen voor Ranjana omdat ze wist dat ze die lekker vond, en ook nog snoep. In een winkel die geuroliën verkocht rook ze genietend aan alle flesjes en flacons. Uiteindelijk kocht ze een fruitig parfum van sinaasappels, grapefruits en kaneel. Het was een frisse geur die ze lekkerder vond dan de zware parfums waaraan de Indiase vrouwen de voorkeur gaven.

Het was al middag toen ze eindelijk naar het fort en het kasteel terug wandelde. Ranjana miste haar beslist al. Voor het indrukwekkende gebouw dat de hele bergtop in beslag nam stond het verkeer zoals altijd vast, maar vandaag stond er ook een grote groep mensen voor de gesloten poort. Naeku verbaasde zich daarover. Normaal gesproken werden de zeven poorten van het fort weliswaar bewaakt, maar waren ze overdag niet gesloten. Nu stonden er twee potige bewakers voor de triomfpoort, een van de belangrijkste ingangen.

Naeku sprak een van hen aan. 'Kunt u me binnenlaten? Ik ben de dienares van de Maharani,' zei ze terwijl ze haar sluier liet zakken.

Ze was overal in het paleis bekend en de bewaker knikte meteen. 'Himal begeleidt je naar een zijingang,' zei hij met een knikje naar de tweede bewaker. 'We laten hier voorlopig niemand naar binnen gaan. Het fort is gesloten.'

'Waarom?' vroeg Naeku terwijl ze zich afvroeg of het vandaag misschien een feestdag was die ze was vergeten. Op de bazaar had alles echter precies zoals anders geleken.

'De Maharadja is tijdens de raadsvergadering in elkaar gezakt,' fluisterde de bewaker tegen haar. 'De artsen zijn bij hem. Er wordt gezegd dat hij op sterven ligt.'

7

Naeku voelde een ijskoude rilling langs haar rug gaan. Het leek erop dat de dag was aangebroken waarvoor Ranjana doodsbang was sinds de Maharadja haar de enorme eer had bewezen om haar hand te vragen. Zo had haar vader het geformuleerd en hij had er geen twijfel over laten bestaan dat hij het aanzoek van de heerser zou accepteren. Het kon hem niet schelen wat het voor Ranjana zou betekenen om te trouwen met een man die waarschijnlijk eerder dan zij zou sterven, of misschien beschouwde hij het gewoon als het lot. In adellijke kringen was het nog steeds gebruikelijk dat een vrouw haar man na zijn dood op de brandstapel volgde. De Britten hadden de weduweverbranding weliswaar lang geleden verboden, maar er werd nog steeds vastgehouden aan de traditie en van de Maharani werd natuurlijk verwacht dat ze haar echtgenoot in de vlammen volgde. Als Ranjana weigerde, dan maakte ze haar familie te schande. Ze had er nooit over nagedacht om te vluchten, hoewel de angst voor de dood op de brandstapel haar sinds haar huwelijk achtervolgde. Naeku wist maar al te goed hoe vaak ze 's nachts schreeuwend wakker werd omdat ze in haar nachtmerries in de oplaaiende vlammen werd geduwd. Ze moest zo snel mogelijk naar haar vriendin toe.

Naeku liep onder begeleiding van de bewaker haastig naar de zijingang en vervolgens door het enorme fort naar de gangen, binnenplaatsen en tuinen van het paleis. Voor de vertrekken van de Maharani stonden nog meer bewakers, waarmee het paleis voorkwam dat ze in paniek zou vluchten.

Naeku vond Ranjana trillend van angst in foetushouding op haar bed. Twee dienaressen, oudere vrouwen die de Maharani vertrouwde, hielden haar gezelschap. Ze hadden haar destijds ook naar Afrika begeleid. Naeku kende hen goed en wist bijna zeker dat hun bezorgdheid om hun jonge meesteres oprecht was. Ze probeerden haar te verwennen met thee en zoete vruchten en af te leiden met muziek. Amba liet haar sitar onmiddellijk zakken toen Naeku binnenkwam.

Charu, die een geurende vochtige doek in haar hand had om Ranjana's verhitte gezicht mee te koelen en haar tranen te drogen, deed hetzelfde. 'Gelukkig, je bent terug,' zei ze.

Naeku liet de mand met haar inkopen zonder meer op de vloer vallen en rende naar haar vriendin toe, waarna Ranjana haar lichaam trillend van angst tegen haar aan duwde.

'Hij is nog niet dood,' probeerde Naeku haar te troosten. 'Misschien herstelt hij. Ben je bij hem geweest?'

Ranjana schudde haar hoofd. 'Hij is bewusteloos,' zei ze zachtjes. 'Daarom vinden ze het niet verstandig...'

'De artsen denken dat een bezoek opwinding bij de Maharadja kan veroorzaken,' voegde Charu eraan toe. 'Ze hebben de Britten om hulp gevraagd en zij hebben beloofd een specialist te sturen, maar er is niet veel hoop.'

'Waarom is het paleis op slot en waarom worden de vertrekken van de Maharani bewaakt?' vroeg Naeku.

'Je weet hoe Jaspal is, Naeku,' zei Amba. Ze stond erom bekend de waarheid niet uit de weg te gaan. Daarom liet Ranjana haar liever sitar spelen dan meepraten als haar minder toegewijde dienaressen bij haar waren. 'Hij laat niets aan het toeval over.'

Jaspal was de zoon van de Maharadja uit zijn eerste huwelijk en de beoogde erfgenaam. Er waren echter andere jonge verwanten die hem de troon konden betwisten, vooral degenen die beter overweg konden met de Britse bezetters. Het was dus begrijpelijk dat hij het paleis liet bewaken. Maar de vertrekken van Ranjana?

'Volgens mij is hij bang dat de Maharani haar plicht zal verzaken,' legde Amba uit. 'Dat zou meteen een schaduw over het begin van zijn regeerperiode werpen. Misschien maakt haar vader zich ook zorgen over het behoud van zijn eer.'

Ranjana barstte in tranen uit. 'Ik... ik zou hem nooit teleurstellen,' fluisterde ze. 'Ik... ben me bewust van mijn plicht.' Ze hief haar hoofd van Naeku's schouder en ging rechtop zitten. 'Ik moet alleen voorzieningen voor Desna treffen. Ik ben van plan haar naar mevrouw Edgecumbe terug te sturen. Daar kan ze vrij zijn. Dat zou mooi zijn, nietwaar?' Ze veegde de tranen uit haar ogen. 'En jij gaat met haar mee, Naeku. Wat moet je hier in je eentje?'

Naeku streelde Ranjana's haar. 'Je moet uitrusten, meesteres,' zei ze zachtmoedig. 'Misschien is het goed om te proberen wat te slapen... Als de Maharadja herstelt ziet alles er morgen anders uit.'

'Daar beslissen de goden over,' zei Amba vroom, maar zonder echte overtuigingskracht.

'Ik ga kalmerende thee voor u halen, Hoogheid,' zei Charu.

Ranjana keek naar Naeku. 'Haal jij Desna?' vroeg ze. Vannacht zou de Maharadja het geen probleem vinden dat het luipaard in de kamer van zijn vrouw sliep.

Het dier nestelde zich als een kitten tegen haar aan en Ranjana verborg haar gezicht in zijn vacht. Naeku durfde niet bij ze te gaan liggen, dus sliep ze op de grond. Ook Amba en Charu bleven die nacht in de vertrekken van de Maharani. Het lukte Naeku niet om in slaap te vallen. Ze was niet van plan toe te staan dat Ranjana vanwege een wrede traditie werd opgeofferd.

De volgende ochtend werd er al vroeg op de toegangsdeur naar Ranjana's vertrekken geklopt. Naeku, die in haar kleren had geslapen, deed zonder enige hoop te koesteren open en dat bleek terecht.

'Zijne Hoogheid, de Maharadja van Rajasthan, is daarnet overleden,' verkondigde een hoge regeringsambtenaar. 'Hij wordt opgebaard in de grote zaal. Zijn zoon, prins Jaspal, verwacht de Maharani om samen met hem afscheid van zijn vader te nemen. De ceremonie, waarvoor ook de vertegenwoordigers van de Britse Kroon in Rajasthan uitgenodigd zijn, zal rond elf uur plaatsvinden. De heren zullen de Maharani willen condoleren.'

Naeku beet op haar lip. Er was dus een laatste openbare verschijning van de Maharani gepland om de bezettende macht gerust te stellen. De Britten moesten ervan op de hoogte zijn dat Ranjana in gevaar was, maar ze zouden zich hoogstwaarschijnlijk niet met de tradities van de bevolking bemoeien. 'Wanneer... is de crematie?' vroeg Naeku toonloos.

'Die vindt morgen op de grote binnenplaats van het paleis plaats,' antwoordde de regeringsambtenaar bereidwillig. 'De Maharani zal zich moeten voorbereiden...'

Naeku was woedend toen ze de deur achter hem sloot. Amba en Charu waren ook wakker geworden en begonnen te huilen en te weeklagen. Dat werd blijkbaar verwacht van het personeel van het paleis.

Naeku was niet van plan om daaraan mee te doen. 'Je moet opstaan, Ranjana,' zei ze zachtjes.

De Maharani had nog niet bewogen. Ze lag nog steeds tegen Desna aan, maar Naeku hoorde aan haar snelle ademhaling dat ze niet sliep. 'Liefste, ik bedenk wel iets,' fluisterde ze tegen haar. 'Je hoeft niet te sterven.'

Ranjana ging rechtop zitten. 'Ik ben voorbestemd om een *sati* te worden,' fluisterde ze. *Sati* was het woord voor weduweverbranding en voor de vrouw die zich bereidwillig opofferde. 'Daar valt niets aan te veranderen, maar ik wil er zeker van zijn dat Desna niets overkomt. Vraag de hofmeester om onmiddellijk vervoer naar Kenia voor Desna en Naeku te regelen.'

'Hoogheid, hij zal andere dingen te doen hebben,' ging Charu tegen haar in. 'De plechtigheid –'

'Ik zei: onmiddellijk!' snauwde Ranjana tegen haar. 'Ik verlaat mijn vertrekken pas als Desna en Naeku vertrokken zijn. En ik verwacht dat hij het regelt.'

Naeku had haar vriendin nog nooit zo resoluut horen praten. Zelfs Desna sprong geschrokken overeind.

'Ik breng Desna naar haar verblijf en daarna ga ik meteen

naar de hofmeester,' beloofde Naeku haar. 'Hij zal begrijpen hoe urgent je verzoek is.'

Ze was vastbesloten om, als dat nodig was, persoonlijk naar de nieuwe Maharadja toe te gaan als hofmeester Dinesh niet bereid was om Ranjana's eis in te willigen. Hij maakte er echter geen probleem van. De Maharani was geliefd bij alle personeelsleden in het paleis. Ze was altijd vriendelijk en stelde geen overdreven eisen. Ongetwijfeld betreurden ze het lot dat haar te wachten stond, dus als ze wilde dat haar laatste wens werd vervuld... Dinesh delegeerde zijn taken inderdaad aan zijn plaatsvervanger en vertrok meteen naar de haven.

Naeku ging terug naar Ranjana's vertrekken, waar Amba en Charu, samen met twee andere dienaressen, bezig waren met het perfectioneren van de schoonheid van de Maharani zodat ze er klaar voor was om de rouwceremonie voor haar echtgenoot stoïcijns te verdragen. Er werden geen tranen van haar verwacht, dat was uit den boze, want iedereen geloofde in een snelle wedergeboorte van de geliefde overledene.

Ranjana werd gekleed in de rouwkleur wit en kreeg haar resterende sieraden om. Naeku begeleidde haar samen met Chaku naar de zaal waar het lichaam van haar man was opgebaard. Hij was volgens de traditie in een witte doek gewikkeld, waaromheen rode bloemen lagen. Toen Ranjana binnenkwam was de volledige hofhouding al verzameld, evenals een flink aantal in het zwart geklede vertegenwoordigers van de Britse Kroon. Een paar heilige mannen zongen spirituele liederen. Ze droegen schone lendendoeken of gewaden. Normaal gesproken toonden ze hun afwijzing van alle wereldse zaken door hun kleding zo min mogelijk te wassen. Naeku vroeg zich af of ze van de straat waren geplukt of dat het hof de goeroes, die bij begrafenissen van hoogwaardigheidsbekleders op een gepaste manier optraden, financieel ondersteunden.

Ranjana liep naar het podium waarop de Maharadja was opgebaard en maakte een lichte buiging, waarna ze naast Jaspal ging staan, die eveneens volledig in het wit was gekleed.

Stiefmoeder en stiefzoon waren ongeveer even oud. Wat zouden de gevoelens van de jongeman zijn bij het idee dat hij de volgende ochtend de fakkel in zijn hand had waarmee hij de brandstapel zou aansteken? De brandstapel waarop de mooie vrouw van de Maharadja zat terwijl ze net zo stoïcijns op de vlammen wachtte als ze nu naar de rouwredes en liederen ter ere van haar echtgenoot luisterde.

Na afloop van de korte plechtigheid nam Ranjana de condoleances van de gasten in ontvangst. Ze gaf de Britten zelfs een hand, wat ongebruikelijk was. Daarna werd ze naar haar vertrekken teruggebracht. Naeku verwachtte dat ze zou instorten, maar Ranjana bleef kalm en was opgelucht toen ze zag dat de hofmeester voor haar deur stond te wachten.

Dinesh maakte een diepe buiging, condoleerde haar met het verlies en vertelde vervolgens hoe zijn ochtend was verlopen. 'Het zal niet gemakkelijk worden om het luipaard te vervoeren, Hoogheid,' vertelde hij bedroefd. 'Maar ik heb mijn best gedaan. Morgenavond vertrekt er een vrachtwagen naar Surat. De chauffeur heeft goederen voor Afrika bij zich. Hij kan het dier meenemen en op een vrachtschip naar Mombasa zetten. Ik heb geregeld dat er onmiddellijk een kooi voor het luipaard wordt gebouwd. Daar zijn ze inmiddels aan begonnen. Uw dienares kan meerijden. Als ik het goed begrepen heb, wilt u toch dat ze Desna begeleidt?'

'Is het een lange reis?' vroeg Naeku.

De hofmeester knikte. 'Een lange, bijzonder vermoeiende reis. De chauffeur denkt dat hij de hele nacht en de dag erna onderweg zal zijn.'

'Hoe kunnen we er zeker van zijn dat deze man ons niet bedriegt?' vroeg Ranjana.

De hofmeester haalde zijn schouders op. 'Dat kunnen we niet, we moeten hem vertrouwen. Hij staat bekend als eerlijk en wat zou hij met een luipaard moeten? Het is onwaarschijnlijk dat hij uw dienares iets aandoet om het luipaard te stelen, Hoogheid. Vooral omdat hij goed betaald wordt.'

'Ik wil dat Naeku de man en de vrachtwagen inspecteert en persoonlijk met hem onderhandelt,' beval Ranjana. 'En ik wil dat Desna vandaag al naar de haven gebracht wordt.'

'Maar Hoogheid...' Amba keek met een verdrietige blik naar Ranjana. Ze leek te willen zeggen dat het luipaard de vorige nacht een grote troost voor de Maharani was geweest en dat ze het dier de komende nacht nog dringender nodig zou hebben.

Ranjana schudde haar hoofd. 'Ze moet weg zijn voordat ik... Ik wil alles geregeld hebben. Wie weet wat Jaspal anders met haar doet.'

Ranjana had de erfgenaam van de Maharadja nooit gemogen. Hij was altijd bang geweest dat de jonge vrouw van zijn vader een kind zou krijgen en de Maharadja zou willen dat dit kind hem zou opvolgen.

Naeku knikte. 'Ik neem Desna mee,' beloofde ze.

Ranjana gaf de hofmeester een paar muntstukken. 'Bedankt voor de moeite die u hebt gedaan,' zei ze. 'Mogen de goden u belonen.'

Naeku liet haar vriendin niet graag alleen, maar als het kon bijdragen aan haar gemoedsrust wilde ze aan haar wens voldoen. Desna werd door vier bedienden de kleine kooi in gedragen, wat het luipaard absoluut niet beviel. Ze gromde en blies naar de mannen. Toen Naeku de schuur in liep waarin de vracht was opgeslagen die met de vrachtwagen vervoerd zou worden, werden er nieuwsgierige blikken op haar geworpen. De hofmeester zocht de chauffeur van de vrachtwagen, die aan de motor sleutelde.

'Morgen is hij weer als nieuw,' verklaarde hij tegenover zijn voorname klanten terwijl hij optimistisch naar de vrachtwagen wees. Hij glimlachte vriendelijk naar de hofmeester en Naeku. 'Ben jij de vrouw die met me meerijdt? Ik ben Nadi. En is dat de roofkat?' Hij keek belangstellend naar Desna, die nu in de kooi zat. Ze sloeg met haar poot naar hem. 'Ze lijkt niet enthousiast over de reis.'

'Ze kalmeert wel,' zei Naeku en ze stelde zich voor. 'Vooral als ik bij haar ben. Ik hoorde dat het een lange rit is en dat we daarna op een schip verder reizen. Stel dat de kapitein ons niet meeneemt?'

'Ach, dat zal wel loslopen,' antwoordde Nadi zorgeloos. 'Het kost natuurlijk veel geld. Maar... het dier is van de Maharani. Gaat zij... ik bedoel... de Maharadja is tenslotte dood...' Hij sprak het woord *sati* net zomin uit als het personeel in het paleis, maar ook in zijn woorden klonk de vraag door of de Maharani haar man op de brandstapel zou volgen.

Naeku gaf geen antwoord. 'Is de kapitein een Indiër of een Engelsman?' vroeg ze in plaats daarvan.

'Een Engelsman,' antwoordde Nadi meteen. 'Hij vaart voortdurend tussen Afrika en India heen en weer. Ik heb al vaak zaken met hem gedaan. Hij zal niet weigeren om jou en het luipaard mee te nemen.'

Naeku kon daar alleen maar op hopen, maar Nadi leek in elk geval betrouwbaar en het was overduidelijk dat hij medelijden met Ranjana had om wat haar te wachten stond.

'Het is de enige manier om het luipaard naar Afrika te vervoeren,' zei de hofmeester. 'In elk geval op zo'n korte termijn.'

Naeku dacht na. 'Je zegt dat het een vrachtschip is, Dinesh. Nemen ze ook passagiers mee en zijn er hutten?'

'Je verwacht toch niet echt dat je reist alsof je de Maharani bent?' vroeg de hofmeester verontwaardigd. 'Je slaapt op het bovendek of benedendeks naast de kooi, afhankelijk van de plek waar hij wordt neergezet.'

Naeku sloeg geen acht op Dinesh' opmerking en luisterde naar Nadi's antwoord. 'De kapitein neemt regelmatig passagiers mee. Meestal zijn dat Britse koloniale ambtenaren. Je hoeft niet bang te zijn dat je de enige vrouw aan boord bent.'

Naeku vond de jonge Indiër door deze opmerking nog sympathieker. Hij zou het nog ver kunnen schoppen met zijn kleine transportonderneming. Ze gaf hem een voorschot en sprak met hem af dat ze de volgende dag vlak voor het invallen van de duisternis zouden vertrekken.

Uiteindelijk gaf ze Desna drie dode kippen om in zijn kooi te kunnen verorberen, waarna ze zich omdraaide om naar het paleis terug te gaan.

Ze bedacht zich en draaide zich weer naar de chauffeur om. 'Als ik hier eerder ben, kan ik dan in de schuur op je wachten of is de deur op slot?' vroeg ze.

Nadi grijnsde. 'Kijk eens goed naar de schuur. Denk je echt dat het zin heeft om die op slot te doen?'

Inderdaad, de schuur bestond uit goedkoop hout en canvas, en beschermde de goederen tegen de regen, maar niet tegen vastberaden dieven. 'Maar ik zal er zijn. Ik ben hier altijd als er goederen opgeslagen staan. Je luipaard is veilig, maak je geen zorgen.'

Naeku was niet bezorgd over Desna's veiligheid, maar over die van Ranjana. Het zou niet gemakkelijk worden, maar ze was vastbesloten om samen met haar geliefde te vluchten. Ze zou niet toestaan dat haar vriendin alleen vanwege een traditie een gruwelijke dood stierf.

De bewaking van het paleis leek iets minder streng dan de vorige dag, maar toch stonden overal mannen op wacht. Naeku ging eerst naar de vertrekken van haar vriendin. Ze huiverde toen ze zag dat de brandstapel voor de Maharadja al op de binnenplaats stond. Haar eerste gevoel toen Ranjana niet in haar vertrekken bleek te zijn, was hoop dat haar vriendin de voorbereidingen voor de begrafenis nog niet had gezien. Aan de andere kant zou dat haar misschien wakker schudden. Ze besefte dat ze Ranjana moest overtuigen. Vluchten leek ondenkbaar voor haar vriendin. Ze had haar hele leven gehoord dat de dood op de brandstapel haar heilige lot was als ze haar echtgenoot overleefde.

Naeku zocht haar in de tuin, maar ineens dacht ze aan de tempel. Misschien zocht Ranjana troost bij de godinnen die volgens haar geloof de vrouwen die zich aan de tradities onderwierpen beschermden. Naeku liep naar de Kali-tempel, die bij het fort hoorde en een rechtstreekse ingang vanaf het paleis had. Hier werd de schikgodin Kali, die wensen in vervulling kon laten gaan, vereerd. Ranjana ging regelmatig naar deze tempel toe. Naeku vond haar niet, maar zag wel een groep monniken. Ze waren overal in de stad aanwezig in hun oranje gewaden en nu hadden ze zich in de tempel verzameld om mantra's voor de overleden heerser te reciteren om na afloop misschien wat geld te krijgen of in de keuken om eten te bedelen.

Naeku luisterde met een half oor naar hun gezangen en kreeg ineens een idee. Als ze snel handelde, moest het mogelijk zijn om Ranjana stiekem uit het paleis te smokkelen zonder dat er zelfs maar een zweem van een verdenking ontstond. Met een beetje geluk zou de Maharani pas na uren worden gemist.

Eerst moest ze Ranjana echter vinden. Ze dacht diep na tot ze zich herinnerde welke ceremonie een weduwe moest ondergaan om een *sati* te worden. Daarbij hoorden rituele wassingen, en inderdaad vond ze haar vriendin in de grote badruimte van het paleis. Ze lag op een van de rustbedden te huilen, terwijl er jonge vrouwen om haar heen dansten en zongen. Naeku keek stomverbaasd naar het tafereel.

'We moeten haar opvrolijken,' legde een van de meisjes uit. 'Ze moet vol vreugde zijn. Ze wordt tenslotte een *sati*.'

Naeku stuurde de meisjes weg. 'Laat haar met rust, ze mag om het verlies van haar man huilen. Morgen zal ze des te opgewekter naast hem zitten. Ze heeft nu tijd nodig om zichzelf te herpakken.'

Ranjana keek ongelovig op toen de meisjes de badruimte verlieten.

'Sta op,' zei Naeku vastbesloten. 'We gaan weg. Ik haal je hieruit.'

'Maar ik... Dat kan niet... Iedereen zal zeggen dat ik de Maharadja niet geëerbiedigd heb. Een man heeft de status van een god voor zijn echtgenote, hij...' Ranjana keek haar smekend aan, maar Naeku zag ook een sprankje hoop in haar ogen.

‘Je laat je ook niet verbranden voor je andere goden,’ antwoordde Naeku. Ze begon Ranjana’s spullen bij elkaar te zoeken. Daarna deed ze haar sieraden af en stopte ze in een zak. Naeku verwenste het idee van haar vriendin om haar kettingen, oorbellen en armbanden uitgerekend de vorige dag naar de goudsmid te laten brengen. ‘En je hebt meer dan genoeg van de Maharadja moeten verdragen. Je bent zolang hij leefde een gehoorzame echtgenote voor hem geweest. Nu ben je hem niets meer verschuldigd. Als Jaspal gezichtsverlies lijdt omdat je niet bereid bent je leven op te offeren, dan is dat maar zo. Ga mee.’

‘Waar moet ik dan naartoe?’ vroeg Ranjana. ‘Ik kom het paleis niet uit. Overal staan bewakers.’

‘We gaan naar de tempel,’ antwoordde Naeku. ‘Laat de rest maar aan mij over.’ Naeku nam haar vriendin mee naar de Kalitempel, waar de monniken nog steeds zongen, en vervolgens naar een afgelegen nis waar Lakshmi, de godin van geluk en schoonheid, werd vereerd. ‘Wacht hier,’ instrueerde ze Ranjana, die meteen begon te bidden. Daarna richtte ze haar aandacht op de zingende monniken.

Wat ze nu ging doen was het gevaarlijkste deel van haar plan. Ze moest de juiste man vinden, een sannyasin die dit ascetische leven niet uit roeping had gekozen, maar uit noodzaak of omdat het hem gemakkelijker had geleken dan hard werken. Ze verstopte zich achter een godenbeeld en observeerde de monniken, van wie sommigen nog niet eens volwassen waren. Een magere man viel haar op omdat hij eerder begerig dan in vervoering naar de met veel goud versierde godenbeelden keek. Hij stond enigszins afgezonderd van de anderen en leek hongerig, verveeld en misschien zelfs boos, hoewel hij telkens weer zijn best deed om de zachte gelaatsuitdrukking die kenmerkend was voor de sannyasins op te roepen. Naeku hoopte dat ze zich niet vergiste, maar had het gevoel dat zijn ongeduld en ontevredenheid bijna tastbaar waren. Ze moest het erop wagen.

Ze sloop naar hem toe. ‘Volg me,’ zei ze tegen hem. Ze hoopte dat de monnik niet zou aarzelen en praatte daarom met de autoriteit van een hooggeplaatste paleisbediende. De sannyasin keek haar verbaasd aan, maar liep toch met haar mee naar een zijvertrek. Naeku verspilde geen tijd aan een inleiding. 'Ik heb je gewaad nodig,' zei ze. 'Trek het uit. O, en ik wil de buidel met de bedelnap ook hebben.'

De jonge man staarde naar haar alsof ze gek was geworden. Zijn gewaad was versleten en allesbehalve schoon. Hij snapte niet waarom een dienstmeisje uit het paleis dat zou willen hebben.

'Luister,' ging Naeku verder. 'Ik heb niet veel tijd. Als je me je gewaad geeft, dan krijg je dit van me.' Ze haalde een kleine zilveren haarspeld uit de plooien van haar sari.

De monnik pakte het sieraad verward aan. 'Maar... dit is veel meer waard dan mijn gewaad,' zei hij terwijl hij zich uit begon te kleden. 'En wat... wat moet ik dan...?'

'Ik neem aan dat je er nog iets onder draagt,' zei Naeku.

De monnik knikte en trok het gewaad over zijn hoofd uit, waardoor zijn magere lichaam zichtbaar werd. Hij droeg een doek rond zijn middel.

'Je ziet eruit als een sadhoe,' merkte Naeku op. sadhoes onthielden zich van alles wat wereld was en bevonden zich in de spirituele hiërarchie op een veel hoger niveau dan de sannyasins. 'Als je nu naar de crematieplekken bij de rivier gaat en je je lichaam insmeert met as, zul je veel meer aalmoezen krijgen dan hier.'

De jongeman keek nog steeds verward. 'Maar ik ben geen wijze man,' wierp hij tegen. 'Ik ben geen leraar...'

'Dat is niet aan je te zien,' zei Naeku. Hoewel ze al jaren in India woonde, begreep ze de verering van de inheemse bevolking voor de vermeende heiligen, die ze op heel gewone mensen die van aalmoezen leefden vond lijken, nog steeds niet helemaal. 'En wijsheid komt pas naar iemand toe als...' – ze liet haar fantasie de vrije loop – '... als je... Wijsheid openbaart zich door wandelen. Je moet de weg bewandelen die voor jou bepaald is.'

De monnik keek haar vol ontzag aan. 'Meesteres! Meesteres, ik dacht dat u een dienstmeisje uit het paleis was. Maar... maar... is het mogelijk dat u een godin bent?'

'Ik kan je alleen de weg wijzen,' zei Naeku plechtig. Ze begon ongeduldig te worden. 'Je moet hem zelf bewandelen.'

De jongeman boog meerdere keren voor haar terwijl hij achterwaarts wegliep en vervolgens via de hoofdingang van de tempel naar buiten ging. Naeku wachtte nog even om te zien of de bewakers hem tegenhielden, maar dat leek niet zo te zijn. Halfnaakte mannen met een kaal hoofd vielen niet op in het tempelgebied en de andere sannyasins leken hun kameraad niet te missen. Opgelucht liep ze terug naar Ranjana, die nog steeds voor de godin knielde.

'Blijf zo zitten en vraag niet wat ik doe,' zei Naeku. Ze haalde het scheermes dat ze uit de vertrekken van de Maharani had meegenomen tevoorschijn. Normaal gesproken gebruikte ze het om de benen, oksels en schaamstreek van haar meesteres te ontharen, maar nu viel het prachtige haar tot Ranjana's ontzetting lok na lok op de vloer. Naeku stopte het weg; het haar kon worden verkocht en bovendien mochten ze geen sporen achterlaten. Uiteindelijk hielp ze Ranjana uit haar kleding en in het vieze gewaad van de monnik, waarna ze de kohl van haar ogen en de *bindi* van haar voorhoofd verwijderde. Ze drapeerde Ranjana's kleding voor het beeld van de godin zodat het leek alsof de Maharani diep in gebed voor Lakshmi knielde. 'Ik vraag de bewakers nu om de sannyasins uit de tempel te zetten omdat de Maharani rust nodig heeft om te bidden. Jij sluit je gewoon bij hen aan. Daarna ga je voor de tempel zitten en hou je de voorbijgangers je bedelnap voor. Ik kom je daar ophalen.'

Vlak daarna zag Naeku dat Ranjana tussen de monniken naar de hoofdingang van de tempel liep en het paleis verliet.

8

Naeku had geen tijd te verliezen. Ze moest Ranjana zonder dat iemand het merkte in veiligheid brengen, bij voorkeur voordat er naar haar werd gezocht. Het feit dat ze zelf niet bepaald onopvallend was maakte haar plan nog ingewikkelder. Als lange Afrikaanse vrouw die in dienst was van de Maharani was ze geen onbekende in de stad. Toch moest ze nog het een en ander regelen voordat ze zich in de schuur van de jonge vervoerder Nadi konden verstoppen. Ze ging niet naar een van de bazaars, waar ze beslist meer geld zou krijgen voor de sieraden die ze wilde verkopen, maar naar een pandjesbaas. Voor één paar oorbellen kreeg ze, zoals ze had gehoopt, voldoende geld om naar Surat te komen. Daar wilde ze de rest verkopen. De pandjesbaas wees haar de weg naar een pruikenmaker om het haar van Ranjana te verkopen en kon haar eveneens vertellen waar ze een monniksgewaad kon aanschaffen.

Uiteindelijk kocht Naeku twee spierwitte monniksgewaden en lendenschorten voor Ranjana zodat ze kon doen alsof ze een goeroe was, en daarnaast een rode buidel waarin de 'goeroe' zijn bezittingen kon bewaren, zoals water en voedsel voor onderweg. Ranjana was haar de hele tijd blindelings gevolgd, nadat ze zoals afgesproken op het plein voor de tempel op Naeku had gewacht. Nu volgde ze Naeku's instructies zwijgend op. Als ze een winkel binnenging, ging Ranjana met haar bedelnap voor zich op straat zitten. Naeku's plan slaagde. Bedelmonniken versmolten met het straatbeeld van de Indiase steden. Ze waren met zoveel dat niemand aandacht aan hen schonk, tenzij ze luidkeels om aalmoezen vroegen of op een andere manier de aandacht trokken.

Niet lang daarna bereikten ze de schuur, waarvan de deur inderdaad niet op slot was. Nadi was binnen en onderhandelde in het Engels met een klant die nogal geagiteerd leek. Het dekzeil van de vrachtwagen voor de schuur was opengeslagen, dus ze waren al begonnen met laden. Waarschijnlijk ging het om de verhuisboedel van de klant. Nadi had de eerste vracht, volumineuze gestoffeerde meubels, al achter in de laadruimte neergezet en heel zorgvuldig met dekens beschermd. Nu wilde hij de enorme commode die zojuist op een handkar was gearriveerd daar bovenop zetten, maar de klant was bang dat die beschadigd zou raken.

Nadi sprak dat tegen. 'Ik ben heel voorzichtig,' verzekerde hij de klant. 'Als we de meubels niet opstapelen, is er geen ruimte voor de andere goederen.'

Naeku wierp nog een blik op de laadvloer van de vrachtwagen en zag haar kans. 'Ga naar binnen,' zei ze tegen haar vriendin. 'Verstop je onder de meubels en trek de dekens over je heen. Als er straks andere spullen voor staan ben je veilig.'

Ranjana keek haar ontzet aan. 'Alleen?' vroeg ze angstig.

'Uiterlijk morgen laden ze de kooi met Desna in de vrachtwagen,' zei Naeku ongeduldig. 'En je weet dat ik meega. Snel! Ik ga de mannen afleiden.'

'Maar ik... hoelang...?' Ranjana keek in de vrachtwagen alsof het de afgrond naar de hel was.

'Tot we in Surat zijn,' legde Naeku uit. 'Minstens twee dagen dus. Hier, neem deze fles water mee. In de buidel zit iets te eten. En ga nu naar binnen!'

Daarna liep ze de schuur in en begroette ze Nadi en zijn klant. 'Ik wil zien hoe het met Desna gaat,' legde ze uit. 'Kan ik misschien helpen? Ik spreek vloeiend Engels.'

De klant begon haar uitvoerig te vertellen dat de commode een familiestuk was dat hem bijzonder dierbaar was, terwijl de volgende lading voornamelijk uit kleine meubels zou bestaan die gemakkelijk opgestapeld konden worden. De handkar met lampen, tafeltjes en stoelen was net gearriveerd en de mannen bereikten een akkoord in het voordeel van de klant. Naeku hielp met het inladen van de kleine meubelstukken en constateerde opgelucht dat Ranjana onzichtbaar was. Ze dacht dat ze haar onder de meubels hoorde ademen en verzekerde haar er zachtjes van dat alles in orde was terwijl Nadi en de man die de handkar had geduwd de commode onder toezicht van de klant in de laadruimte tilden. Daardoor blokkeerden ze de laadklep, wat Ranjana ongetwijfeld bang maakte omdat ze nu opgesloten zat, maar Naeku was opgelucht omdat haar vriendin veilig was. Nadi bedankte Naeku voor het bemiddelen tussen hem en de klant.

'Majoor Lester, of hoe hij ook heet – ik kan die ingewikkelde Britse namen nooit onthouden – vaart ook mee op het schip naar Mombasa. Hij krijgt een nieuwe functie in Kenia nadat hij drie jaar in Jodhpur gewerkt heeft. Hij hoopt dat het klimaat daar beter voor zijn vrouw is. Is dat zo?'

Naeku haalde haar schouders op. 'Het is in elk geval minder vochtig en heet. Aan de andere kant heerst er malaria in Afrika. Ik... denk dat ik maar ga. Blijf jij hier slapen?'

Nadi keek haar onderzoekend aan. Hij leek te voelen dat ze er moeite mee had om te vertrekken. 'Heb je een slaapplek nodig?' vroeg hij. 'Of een man?'

Naeku schudde haar hoofd geschokt. 'Nee, nee, ik heb absoluut geen man nodig, maar...'

Ze wist niet hoe ze het moest uitleggen zonder argwaan te wekken, maar het was natuurlijk de veiligste oplossing om in de schuur te overnachten.

Nadi fronste zijn voorhoofd. 'Er is iets vreemds aan je,' constateerde hij. 'De eerste dienares van de Maharani... haar vertrouweling... loopt weg, één dag voordat ze...' Hij maakte zijn zin niet af.

'Ik loop niet weg,' zei Naeku verontwaardigd. 'In elk geval niet voor de Maharani. Ik...'

Nadi leek met zichzelf te worstelen. 'Luister, ik wil geen problemen en wil ook niet dat jij problemen krijgt. Dus als je me helpt om de laatste dozen en de kooi met het luipaard in te laden, dan kunnen we wat mij betreft vandaag nog vertrekken. Ik dacht dat majoor Lester morgen nog wat huisraad zou brengen, maar dit was de laatste vracht. Hij stapt samen met zijn vrouw op de nachttrein naar Surat en wacht in de haven op ons. Wat denk je, zullen we nu vertrekken?'

Naeku wilde hem het liefst omhelzen. Twee uur later waren ze onderweg.

Naeku had wakker willen blijven om de vriendelijke chauffeur een beetje te vermaken door met hem te praten, maar na de vermoeiende dag was ze na een paar kilometer al in slaap gewiegd door het gelijkmatige gebrom van de vrachtwagenmotor. Toen ze wakker werd, was de zon opgekomen. De weg liep tussen rijst- en katoenvelden door, waarop boeren met hun waterbuffels aan het werk waren. Ze kreeg onmiddellijk last van schuldgevoelens. Hoe zou het met Ranjana in de laadruimte gaan?

Nadi wenste haar opgewekt goedemorgen en vertelde dat ze de helft van de rit al achter de rug hadden. Naeku vroeg hem om te stoppen omdat ze naar het toilet moest.

Nadi knikte. 'We stoppen sowieso in Mehsana. Ik moet tanken. Daar kunnen we onze benen even strekken en kun je kijken hoe het met je roofdier gaat.'

Naeku dronk wat water en probeerde geduldig te blijven. Na een paar minuten passeerden ze inderdaad de eerste huizen van de plaats en vlak daarna stopte Nadi voor een garage. Hij begroette de eigenaar, die blijkbaar ook brandstof verkocht, alsof het zijn broer was.

Naeku kon het zeil van het voorste deel van de vrachtwagen ongestoord een stukje optillen. 'Ranjana?' vroeg ze zenuwachtig.

'Zijn we er?' klonk de verstikte stem van Ranjana in het donker.

Hoewel Naeku wist dat haar vriendin niet uit haar schuilplaats was gekomen, voelde ze zich toch opgelucht.

Naeku keek voorzichtig om zich heen, maar zag Nadi nergens. 'Nog niet. Hoe voel je je? Gaat alles goed? Heb je een beetje kunnen slapen?'

'Ik geloof het wel... Ik weet het niet precies, maar op een bepaald moment ben ik waarschijnlijk in slaap gevallen.' Ranjana klonk nu helderder. 'Hoelang duurt het nog? Ik kan aan Desna horen dat ze uit haar kooi wil.'

'Het duurt nog de hele dag,' antwoordde Naeku met tegenzin. 'Heb je voldoende water? Je moet blijven drinken. En eten, als dat lukt.'

'Ik heb alles,' zei Ranjana. 'Maak je geen zorgen. Je zegt dus dat het ochtend is? Dan... dan gaan ze vandaag...'

Ze had het beeld van de brandstapel nog steeds voor ogen.

'Dan wordt de Maharadja vandaag gecremeerd, maar jij bent veilig. We zijn ruim driehonderd kilometer bij Jodhpur vandaan.' Terwijl ze praatte zag ze Nadi, gevolgd door zijn kameraad, met twee grote jerrycans uit de garage komen. Ze nam snel afscheid van Ranjana en liep naar de twee mannen toe. Voordat ze verder reden werden ze uitgenodigd voor thee, curry en platbrood. Nadi zei dat hij niet moe was en dat hij nu aangesterkt verder kon rijden.

Naeku verdreef de tijd door te vertellen over haar leven in het paleis, Desna en hoe ze in India was beland. Nadi vertelde op zijn beurt dat hij de vrachtwagen van een kleine erfenis had gekocht en sindsdien als zelfstandig vervoerder werkte. Zijn doel was om op een dag een vloot vrachtwagens te bezitten en goederen door heel India te transporteren.

'Ook naar de kleine dorpen waar de trein niet komt,' legde hij uit. 'De mensen zullen de spullen uit mijn handen rukken.' Tot nu toe waren de meeste klanten van hem echter Engelsen en hij beklaagde zich over zijn slechte kennis van de taal. 'Kun je misschien een beetje met me oefenen?' vroeg hij.

Naeku leerde hem een paar nuttige woorden en een lied dat ze op de missieschool had geleerd. Tegen de avond reden ze de havenstad Surat zingend binnen. Naeku hoopte dat Ranjana haar in haar schuilplaats kon horen en dat het lied haar troostte.

Majoor Lester wachtte al op de kade om toezicht te houden op het verschepen van zijn meubels, vooral zijn geliefde commode. Maar eerst moest Desna worden uitgeladen, wat de bemanning van het schip en de al gearriveerde passagiers met belangstelling gadesloegen.

'Is dat luipaard van u?' vroeg een van de arbeiders die met het uitladen hielpen aan de majoor.

Hij keek naar de man alsof hij gek was.

'Nee,' zei Nadi. 'Maar deze mooie kat wil naar Mombasa. Naar huis. Kan iemand de kapitein of de administrateur halen? Dan kunnen we de overtocht voor haar regelen.'

Vlak daarna verscheen de administrateur en Naeku begon met hem te onderhandelen over de prijs. Ondertussen hield ze de vrachtwagen in de gaten, maar het uitladen van de commode leek om een of andere reden vertraging op te lopen. De majoor discussieerde met de arbeiders en de matrozen, dus Ranjana had nog tijd.

Naeku en de administrateur werden het al snel eens. Hij zei dat hij geen probleem had met het luipaard als de kooi op het dek stond en stevig verankerd was.

'Ik weet alleen niet hoe we hem aan boord moeten krijgen,' zei de goedaardige administrateur.

'Dat is niet zo moeilijk,' antwoordde Naeku. 'Ik neem haar gewoon aan haar riem mee aan boord.'

Ze wachtte tot de commode uit de vrachtwagen was gehaald, opende de kooi en bevestigde de riem aan Desna's gouden halsband, waarna ze haar via een provisorische loopplank uit de vrachtwagen leidde. Daarmee trok ze natuurlijk de aandacht van iedereen die zich op de kade bevond; zeelieden, passagiers en handelaren. Niemand lette op de kleine vieze bedelmonnik die uit de vrachtwagen sloop en zich verstopte achter een stapel vracht en bagage die ingeladen moest worden. Alleen Naeku zag haar vriendin vanuit haar ooghoeken en slaakte een zucht van verlichting.

De administrateur deinsde naar achteren toen ze met het

roofdier aan de riem naar hem toe liep.

'Mag ik nog iets vragen? Nadi, de chauffeur, vertelde dat u een paar hutten aan boord hebt. Voor passagiers dus.'

De administrateur knikte verlegen. 'Er is er inderdaad nog een hut vrij,' zei hij. 'Alleen... tja... Het kan mij niet schelen, ik let niet op het uiterlijk van mensen, maar onze passagiers zijn allemaal Britten en die zijn vaak nogal arrogant, als je begrijpt wat ik bedoel.' Hij keek naar haar lange gestalte, sari en kroeshaar. 'Dus als jij als verzorgster van het luipaard naast haar op het dek slaapt, dan stoort niemand zich daaraan. Ik vrees echter dat je niet welkom bent in een van de hutten.'

'Het is niet voor mij,' antwoordde Naeku.

9

Nadat Desna's kooi op de dekplanken was vastgeschroefd, bracht Naeku het roofdier aan boord. Ze deed een aanbetaling aan de administrateur en vertelde dat ze de passagier voor de hut op het station moest ophalen. 'Ik heb opdracht van zijn klooster gekregen om hem te begeleiden. Hij spreekt nauwelijks Engels, wordt verwacht door de Indiase gemeenschap in Nairobi en moet met het grootste respect behandeld worden,' beweerde ze, waarna ze het schip weer verliet om afscheid te nemen van Nadi en Ranjana te zoeken. Haar vriendin zag er zo deerniswekkend uit dat een paar Engelse dames inderdaad een paar roepies in haar bedelnap hadden gegooid. Toen Naeku haar het goede nieuws vertelde, slaagde ze erin een klein glimlachje te produceren. Haar gezicht was echter ingevallen, ze was vies en uitgeput en leek al dagen niets gegeten te hebben.

Naeku kocht een linzengerecht bij een straatverkoper en vond een put waar Ranjana zich zo goed en zo kwaad als het ging kon wassen. Uiteindelijk ging ze voor een nis in de muur van een binnenplaats staan en schermde haar vriendin af zodat ze het stinkende oranje gewaad kon verruilen voor het spierwitte gewaad, waarin ze aan boord van het schip zou gaan. Op een markt vonden ze een paar goedkope kettingen met mandala's en andere talismannen en in de buurt van de haven waren pandjesbazen. Daar verkocht Naeku Ranjana's laatste sieraad.

'Is het geen probleem als we nu al aan boord gaan?' vroeg de voormalige Maharani zachtjes toen Naeku zich opgelucht naar de kade omdraaide. 'Het schip vertrekt morgen toch pas?'

Naeku legde haar hand geruststellend op Ranjana's arm. 'Ik moet Desna voeren en de Lesters schijnen ook al aan boord te zijn. Ik regel het wel. Vanavond slaap je in een bed.'

De kapitein en de administrateur van het schip naar Mombasa waren even verbaasd toen bleek dat de laatste hut, die Naeku had gereserveerd, voor een jonge monnik was. Naeku legde uit dat de heilige man rechtstreeks uit een klooster in de bergen kwam en overweldigd was door de drukte in de stad.

'Het zou bijzonder prettig zijn als hij vannacht al op het schip kan overnachten. Hij zal beslist niemand storen. Zodra hij alleen is, wijdt hij zich volledig aan bidden en mediteren.'

De administrateur, die al veel door India had gereisd, fronste zijn voorhoofd. 'Hij lijkt me veel te jong om een sadhoe te zijn,' merkte hij op. 'Bovendien is hij behoorlijk onervaren. Hoe kan hij op die leeftijd al zoveel wijsheid bezitten dat de Indiase gemeenschap in Nairobi erom vecht om aan zijn voeten te zitten?'

'Ik ben geen hindoe, maar het heeft met reïncarnatie te maken,' antwoordde Naeku. 'Hij schijnt de reïncarnatie van een heel grote goeroe te zijn en is aangeraakt door de goden. Hij heeft speciale gaven en heeft les van de meest wijze monniken gekregen. Verder weet ik er niet veel van. Ze hebben me alleen gevraagd om hem te begeleiden.'

De administrateur keek nog steeds met een sceptische blik naar haar. Blijkbaar begreep hij nog net dat de Maharani haar Afrikaanse dienares en haar luipaard naar Kenia stuurde, maar hij vroeg zich beslist af wat de rol van de heilige man hierin was en wie deze dierenverzorgster de taak had gegeven om de heilige man naar zijn nieuwe werkomgeving te begeleiden.

De vragen stonden op zijn gezicht geschreven, maar Naeku keek hem onschuldig aan en deed alsof haar opdracht volkomen vanzelfsprekend was. 'Hier is trouwens het resterende geld voor de overtocht van de sadhoe,' zei ze terwijl ze een stapeltje roepies uit haar tas haalde. 'Het is bijzonder vriendelijk van u om ons op het laatste moment nog aan boord te nemen.'

Ranjana stond achter haar en maakte uiteindelijk een traditionele buiging met haar handen tegen elkaar voor de administrateur.

‘Van harte welkom dan maar, eerwaarde, of hoe je dat ook noemt,’ mompelde de man.

Hij vond Naeku en de monnik duidelijk eigenaardig, maar zolang ze geen problemen veroorzaakten en de overtocht betaalden, kon het hem niet schelen.

Ranjana had zich met een ijzeren wil beheerst, maar toen ze eenmaal veilig in haar hut was, begon ze te trillen. Blijkbaar drong het nu pas echt tot haar door waar ze was en hoeveel tijd er was verstreken sinds ze uit Jodhpur waren vertrokken. De crematie van de Maharadja had allang plaatsgevonden en ze was veilig. Zo leek ze zich echter niet te voelen. Naeku wilde haar omarmen en troosten, maar ze weerde haar af.

‘Naeku, wat heb ik gedaan?’ fluisterde ze. Haar gezicht was nog steeds bleek. ‘Hoe heb ik zo… ontrouw kunnen zijn? De goden zullen me straffen. Mijn karma is besmet en ik zal heel veel levens moeten leiden voordat –’

‘Eerst leid je dit leven verder,’ onderbrak Naeku haar. ‘En nu moet je rusten. Je hebt dagenlang niet geslapen. Morgen vertrekken we uit India en dan is het allemaal achter de rug.’

Ranjana liet zich gehoorzaam naar bed brengen, maar ze wist natuurlijk dat haar karma zich niet liet bedriegen. Waar ze ook was, ze moest leven met wat ze had gedaan.

De volgende ochtend werd Naeku wakker van het geroep van de matrozen en het gebrom van de motoren. Het schip vertrok. Ze had op het dek geslapen om Desna gerust te stellen en geen ophef te veroorzaken als er ’s nachts nog passagiers aan boord zouden komen of er matrozen op het dek patrouilleerden. Nu keek ze naar de verdwijnende kleurige huizen van Surat en de bedrijvigheid in de haven. Toen het schip de zee op voer kon ze wel juichen van blijdschap. Het enige wat nog restte was dat Ranjana haar schuldgevoelens zou loslaten.

Naeku ging op zoek naar een ontbijt voor zichzelf en haar vriendin en vond de kombuis.

'De administrateur heeft al verteld dat de monnik die u begeleidt waarschijnlijk in zijn hut eet, als hij al iets eet,' zei de scheepskok, een gezellige dikke Schot. 'Is hij een soort fakir? Slaapt hij op een spijkerbed?'

Naeku lachte. 'Nee, dat niet. En hij eet ook, maar geen vlees...'

De kok schepte wat van het roerei dat hij voor de bemanning en de passagiers had gemaakt voor de eigenaardige passagier op een bord. 'Geen vlees dus. Misschien toast met honing?'

Daar had Naeku zelf eigenlijk wel trek in en de kok gaf haar ook nog jam en fruit mee.

'Ik neem aan dat de tijger wel vlees eet?' vroeg hij, wat Naeku bevestigde.

Ze zou vandaag beslist nog een paar keer moeten uitleggen dat Desna geen tijger maar een luipaard was en gewend was aan mensen. Gelukkig liet de kok zich daar gemakkelijk van overtuigen en ze bracht een grote schaal vlees en botten naar Desna, waarna ze naar Ranjana terugging.

Ze had gehoopt dat haar vriendin ongeduldig op haar thee en ontbijt zou wachten, maar Ranjana knielde op de vloer, reciteerde mantra's en was er maar moeilijk van te overtuigen haar boetedoening te onderbreken om iets te eten. Naeku was eigenlijk van plan geweest om de volgende stappen met haar vriendin te bespreken. Het was niet nodig dat ze aan haar rol als sadhoe vasthield. Ze kon net zo goed aan de passagiers en de officieren van het schip vertellen dat ze de voormalige Maharani van Rajasthan was. Niemand zou haar vlucht veroordelen, integendeel, ze zouden haar feliciteren met haar moed en haar misschien op andere gedachten brengen.

Dat wilde Ranjana echter niet toen Naeku het voorstelde. 'Ik wil geen afleiding,' zei ze. 'Ik moet dit eerst verwerken. Je hebt gelijk, ik leef en daar zou ik dankbaar voor moeten zijn, maar ik heb alle regels overtreden. Ik heb mijn familie te schande gemaakt, ik ben een onwaardige echtgenote voor mijn man geweest, ik heb schande over mezelf gebracht en mijn kaste heeft me verstoten...'

'Je bent niet meer in India,' betoogde Naeku. 'We gaan in Afrika wonen. Misschien mogen we op de boerderij van mevrouw Edgecumbe blijven en anders gaan we naar de missiepost.'

'Moet ik me dan laten dopen?' vroeg Ranjana geïrriteerd.

'Je moet nu eerst ontbijten, daarna kun je weer mediteren,' antwoordde Naeku. Ze merkte dat haar geduld langzamerhand op raakte. 'En wat je rol betreft... Tijdens de reis kun je je als monnik blijven vermommen, maar als je haar begint te groeien, ben ik niet van plan het opnieuw af te scheren. Zorg er dus voor dat je erachter komt wat je wilt. Ik ga voor Desna zorgen.'

Ze liet Ranjana achter nadat ze in elk geval een paar vruchten en een snee toast met honing naar binnen had gewerkt. Desna had met meer eetlust gegeten.

Naeku ging bij de kooi van het luipaard zitten en beantwoordde bereidwillig alle vragen van de passagiers die het roofdier eerbiedig observeerden. Ze vertelde dat Desna naar huis terugkeerde nadat Ivy Edgecumbe, de eigenares van een jachtresort, haar jaren geleden aan de Maharani had geschonken.

'Na de dood van de Maharadja kan het paleis niet langer voor haar zorgen,' legde ze uit. 'Dus nu gaat ze naar Edgecumbe Farm terug.'

Sommige passagiers, die tijdelijk in India waren geweest en nu naar hun werk in Kenia terugkeerden, hadden over Ivy Edgecumbe en haar boerderij gehoord en stelden Naeku nu ook vragen over haar eigen achtergrond. Ze vertelde over haar stam en de missiepost, en over haar positie als eerste dienares in het paleis van Jodhpur.

Eén vrouw durfde uiteindelijk de vraag te stellen die bij iedereen die iets van de Indiase tradities wist waarschijnlijk op de lippen brandde. 'Is het mogelijk dat de Maharani dood is? Ik bedoel... de... de vrouwen in India...' Ze was niet in staat de gruwelijke traditie te verwoorden. 'De Maharadja is gisteren tenslotte gecremeerd.'

Naeku glimlachte naar haar. 'Ik heb gehoord dat de Maharani

nog leeft en al haar angsten en zorgen achter zich kan laten. Ze is nog jong en kan een nieuwe start maken.'

Met dit antwoord, dat alleen uit hoop voortkwam, verliet ze de groep passagiers en liep ze naar haar plekje bij de reling. De kust was allang uit het zicht verdwenen.

De reis naar Mombasa duurde twee weken. Naeku probeerde voortdurend Ranjana op te vrolijken, maar ze slaagde er niet in om haar vriendin uit de hut te lokken, zelfs niet door een passerende school dolfijnen of het vrolijke concert met zeemansliederen dat de bemanning gaf. Ze raakte steeds verder verstrikt in haar schuldgevoelens en angsten; in haar nachtmerries waren de vlammen nu haar redding van de demonen die haar achtervolgden. Naeku sloop elke nacht naar haar hut en probeerde haar te troosten, maar het afschuwelijke wat Ranjana had gedaan door te vluchten liet haar niet los. Uiteindelijk schoot het Naeku te binnen dat Desna altijd een genezende invloed op haar vriendin had gehad. Op een nacht, toen iedereen die toegang had tot het dek met Desna's kooi sliep, schudde ze de onrustig slapende Ranjana wakker. 'Kom, we gaan naar Desna toe,' zei ze. 'Je hebt haar al zo lang niet gezien. Ik weet zeker dat ze naar je verlangt. Hopelijk kan zij je ervan overtuigen dat je nodig bent op deze wereld en dat ik niet de enige ben die blij is dat je nog leeft.'

Ranjana kon geen weerstand bieden aan het vooruitzicht om Desna te zien. Ze trok haar monniksgewaad aan en volgde haar vriendin naar het dek. Desna begon meteen te brommen en wreef haar lichaam tegen de tralies van haar kooi. 'Mooie Desna… liefje van me…' De tedere klank in Ranjana's stem was terug. De afgelopen dagen had ze alleen maar hees gefluisterd. 'Desna, schat van me, mijn mooiste cadeau.'

Naeku keek met tranen van opluchting in haar ogen hoe ze het dier door de tralies heen streelde en de kooi uiteindelijk opende. Desna kwam naar buiten, nestelde zich tegen haar eigenares aan, rekte zich uit en maakte vreugdesprongen om

Ranjana heen. De jonge vrouw speelde een betoverend uur met haar luipaard alsof ze een kind was dat met de kat speelde, waarna Naeku waarschuwde dat de Maharani naar haar hut terug moest.

'Straks worden we nog betrapt door een slaapwandelaar,' zei ze glimlachend. 'Ik denk dat dit moeilijk uit te leggen is.'

Die nacht nestelde Ranjana zich gelukkig tegen haar vriendin aan. Wat haar in haar volgende leven ook te wachten zou staan, in dit leven was ze rijk gezegend.

Ranjana en Naeku wisten niet dat ze betrapt waren. Mevrouw Rudyard, een van de vrouwelijke passagiers, had last van slapeloosheid en was 's nachts naar het dek gegaan om wat frisse lucht in te ademen. Ademloos van verbazing had ze Ranjana's hereniging met Desna gadegeslagen en daar had ze heel snel een verklaring voor gevonden. Toen de gasten de volgende ochtend zoals gewoonlijk gezamenlijk in de eetzaal van het schip ontbeten, had ze voldoende gespreksstof. 'Die jonge monnik, die... sadhoe... heeft magische krachten. Blijkbaar praat hij met dieren. Ik zag hem met het roofdier dat miss Naeku verzorgt. Hij liet haar los uit de kooi... Het beest likte zijn hand en liep als een hondje achter hem aan.'

10

'Die vlegel Akono is alweer niet komen opdagen!' zei Lennox Edgecumbe geïrriteerd tegen zijn werknemer Reggie Derringer. Akono werkte als chauffeur en spoorzoeker en zonder hem kon Lennox zijn gasten niet naar hun prooi leiden. 'Kun jij bijspringen?'

In tegenstelling tot Lennox kende Reggie het terrein van Edgecumbe Farm als zijn broekzak. Hij wist waar de leeuwen en neushoorns zich bij voorkeur ophielden, of waar ze dat in elk geval hadden gedaan. Sinds er weer op de dieren werd gejaagd, hadden ze hun gewoonten aangepast. Reggie was eveneens bedreven in het zoeken naar sporen. Als hij de gasten begeleidde, waren ze net zo succesvol bij de jacht als met een plaatselijke gids.

'Voor deze keer,' bromde Reggie. 'Eigenlijk wilde ik alleen met lord Tatenham gaan jagen. Ik wil proberen of ik een luipaard voor hem kan vinden.'

Lord Tatenham was een ervaren en enthousiaste jager en was een van de weinige representatieve gasten die nog naar Edgecumbe Farm kwamen. Lennox was er niet in geslaagd om het jachtresort na de glorierijke jaren van zijn oom naar het oude niveau terug te brengen. Hij had geen idee waaraan dat precies lag. Had de reputatie van Adrian als een van de meest ervaren grootwildjagers de gasten aangetrokken? Was het zijn charisma waarmee hij de gasten in 'zijn Afrika' had verwelkomd? Misschien kwam het ook doordat er tegenwoordig off-road gemotoriseerde voertuigen werden gebruikt die de safari's in de wildernis gemakkelijker maakten. De Europese jagers hoefden zich niet meer maandenlang vrij te maken om een leeuw of een olifant te kunnen doodschieten. Bedrijven die jachtsafari's organiseerden, zoals Newland, Tarlton & Co, brachten de gasten binnen enkele uren naar de bush en hielpen bij het spoorzoeken. Een mogelijke reden die Lennox alleen met grote tegenzin toegaf was het ontbreken van een vlotte, toegewijde gastvrouw zoals Ivy Edgecumbe. Adrian had het resort met zijn onfeilbare zakelijke inzicht pas geopend nadat hij Ivy had ontmoet en meteen had beseft dat zij een bijzonder geschikte en charmante gastvrouw voor zijn jachtresort zou zijn. De diners, de service en het geraffineerde vermaak hadden de nachten onder de sterrenhemel op Edgecumbe Farm legendarisch gemaakt. Veel gasten, die in de hoop op een soortgelijke ervaring terugkwamen, hadden daarover verteld. Lennox en Reggie probeerden die traditie weliswaar voort te zetten, maar het personeel 'voelde niet goed', zoals Lennox het uitdrukte, en zonder de aanwezigheid van een beschaafde vrouw ontaardden de avonden na de jacht al snel in drinkgelagen.

'Het spijt me,' zei Lennox. 'Ik rekende erop dat Akono er zou zijn, maar die aartsluie Afrikanen...'

'Misschien zouden ze betrouwbaarder zijn als je zou stoppen met ze voortdurend te kleineren,' merkte Reggie op.

Hij nam geen blad voor de mond tegenover Lennox. De nieuwe *bwana* had hem veel harder nodig dan andersom.

'Moet ik ze soms met "u" en "sir" aanspreken?' antwoordde Lennox op sarcastische toon.

'Het zou al voldoende zijn als je hun vrouwen en dochters met rust laat. Misschien is het je ontgaan, maar Njeri is de vrouw van Akono.'

Njeri, een mooie jonge Kikuyu-vrouw, werkte als dienstmeisje op Edgecumbe Farm en Lennox had zich niet kunnen beheersen toen hij haar een paar dagen eerder in een van de gastententen had gezien terwijl ze net iets onder het bed vandaan haalde. Haar weelderige billen onder de omhooggeschoven rok waren zo uitnodigend dat Lennox zich niet had kunnen beheersen. Ze had geen weerstand geboden toen hij haar op het bed in de tent gooide en haar daar nam. Lennox ging ervan uit dat ze nog nooit zo had genoten.

Nu lachte hij ongelovig. 'Probeer je me wijs te maken dat hij me dat kwalijk neemt?' vroeg hij. 'Kom op, anders zijn ze ook niet zo preuts. Ik zie voortdurend meisjes uit de gastententen komen. Ze worden daar door hun vaders naartoe gestuurd en krijgen er beslist geld voor. Ik heb trouwens geen idee waarom ze zo vaak huilen.'

Reggie knikte. De Kikuyu – en af en toe de Masai – verkochten hun dochters en soms hun vrouwen aan de gasten van het resort. Ivy Edgecumbe had toen Adrian nog leefde resoluut een eind aan deze praktijken gemaakt, hoewel ze hem op bijna alle andere gebieden gehoorzaamde. 'Maar dit is anders,' zei hij. 'Akono heeft minstens dertig runderen bij wijze van bruidsschat voor haar betaald. Hij voelt zich beslist bedrogen als jij haar gewoon neemt wanneer het je uitkomt.'

Lennox rolde met zijn ogen. 'Snap jij die kerels? Wat moet ik doen? Akono een koe geven?'

Reggie zuchtte. 'Nee, je moet gewoon nadenken voordat je iets doet. Heeft de feodale landheer in Schotland trouwens nog steeds het recht om de dochters van zijn lijfeigenen en horigen aan de vooravond van hun huwelijk te ontmaagden? Dat was een interessante gewoonte die hier niet gebruikelijk is. Zoals ik al zei zou het goed zijn om je een beetje in te houden.'

Lennox had over het algemeen moeite met de gebruiken van de Kikuyu en de Masai, op wie hij moest vertrouwen bij het leiden van de jachtsafari's. Hij kreeg telkens ruzie met ze, waarna Reggie alles moest gladstrijken terwijl hij ook niet bepaald geliefd was bij de Kikuyu-stam. Met de Masai kon hij echter uitstekend overweg. Hij sprak hun taal en had als kind met de jongens van de stam gespeeld en gejaagd. Hij keek neer op de Kikuyu, die door Adrian naar de regio waren gehaald nadat de stam jaren geleden het slachtoffer was geworden van een bloedbad dat door de Masai was aangericht.

'Dan ga ik lord Tatenham maar vertellen dat hij zich bij de groepssafari moet aansluiten. Het zijn maar vijf mannen, dus het is geen ramp. Ik kan morgenochtend met hem op luipaardjacht gaan,' zei Reggie sussend. 'Heb je de brief die Nio op je bureau gelegd heeft trouwens gezien? Hij is aan Ivy Edgecumbe gericht. Moeten we hem openmaken of terugsturen?'

'Openmaken,' besloot Lennox. Hij liep van de ontvangsthal naar het kleine kantoor dat vroeger door Ivy Edgecumbe werd gebruikt en zag de brief meteen liggen. Zonder te aarzelen opende hij hem en fronste zijn voorhoofd terwijl hij las. 'Het is een brief van de havenmeester van Surat in India. Er is een zending met een vrachtschip naar ons onderweg. Het gaat om een luipaard.'

'Een levend luipaard?' vroeg Reggie verbaasd. 'Daar hebben we er hier meer van dan de Indiërs. Is het geen tijger?'

'Wie moet ons een tijger sturen?' zei Lennox. 'Volgens de havenmeester is het een luipaard. De ontvanger is Ivory Edgecumbe en de afzender is Ranjana, Maharani van Rajasthan.'

Er begon Reggie iets te dagen. 'Dat is waar ook! Ik denk dat ik weet waar dit over gaat. De Maharadja is hier een keer voor een jachtsafari geweest en miss Ivy hield zijn heel jonge, beeldschone vrouw bezig. Ivy had destijds drie jonge luipaarden. Ze heeft vaker jonge dieren grootgebracht en de Maharani was dol op de luipaardjes. Adrian stond erop dat Ivy de Maharani een van de beestjes zou schenken. Dat vond ze geen goed idee. Ze was bang dat het dier iets zou overkomen, maar uiteindelijk heeft ze de Maharani toch een van de luipaardjes gegeven. De Maharadja heeft de vader van een Masai-meisje veertig koeien gegeven, waarna hij haar naar India meegenomen heeft om voor het beestje te zorgen. Hij vervulde alle wensen van zijn jonge vrouw en nu stuurt ze het luipaard terug. Misschien kan ze het niet meer de baas.'

Lennox fronste zijn wenkbrauwen. 'Na zoveel jaar? Dat maakt trouwens niet uit. We moeten het beest in Mombasa ophalen als het schip gearriveerd is. We krijgen een telegram als het zover is.'

Reggie lachte. 'Het is een interessant verhaal. Dan hebben we in elk geval een luipaard voor een goed betalende gast.'

Het telegram met de verwachte aankomsttijd van het schip met zijn ongebruikelijke lading bereikte Lennox ruim een week later. Het kwam goed uit dat Reggies ouders, die een winkel in jacht- en visbenodigdheden in Kijabe hadden, toevallig ook aan de kust waren. Het bedrijf Winchester introduceerde nieuwe jachtgeweren en had zijn handelspartners in Kenia uitgenodigd voor een informatieve bijeenkomst waarbij een wapendemonstratie zou worden gegeven. Deze vond plaats in een luxe hotel en het verblijf was ongetwijfeld een bonus vanwege de goede omzetten.

'We kunnen daar met ze afspreken, het evenement bijwonen en op kosten van de firma Winchester uitstekende whisky drinken,' zei Reggie lachend toen Lennox hem het nieuws vertelde.

Geen van beiden hoefde op Edgecumbe Farm te blijven. Het schip arriveerde op een doordeweekse dag en de laatste tijd ontving het resort voornamelijk weekendgasten. Reggie zei niet tegen Lennox dat hij dit als een teken van het gedaalde niveau beschouwde. Terwijl er vroeger ervaren jagers naar het resort waren gekomen, die deze manier van jagen alleen vanwege tijdgebrek boven een safari in de wildernis verkozen, waren de gasten die ze tegenwoordig kregen vriendengroepen uit Nairobi en omgeving die een mannenweekend hadden georganiseerd. Ze pronkten met dure geweren maar waren niet bijzonder trefzeker. Ze brachten hen zo dicht mogelijk bij het wild, maar toch moesten Reggie, Lennox of de Afrikaanse spoorzoekers de dieren het genadeschot geven. Er kwamen nauwelijks nog gezinnen of echtgenotes van de jagers naar Edgecumbe Farm. Een van de redenen daarvoor was beslist het schaamteloze geflirt van Lennox met de vrouwelijke gasten.

Reggie Derringer mocht zijn baas graag en ze raakten steeds beter bevriend, maar de nieuwe *bwana* haalde het in veel opzichten niet bij Adrian Edgecumbe.

De rit naar Mombasa duurde lang, vooral omdat de terreinwagen waarin ze reden niet snel was. Reggie en Lennox reden beurtelings door de savanne, langs dorpen en door beboste gebieden. De Kilimanjaro begroette hen zoals altijd met zijn majestueuze aanblik. Lennox, die de route nog niet vaak had gereden, vond het bijzonder indrukwekkend. Uiteindelijk bereikten ze de drukke havenstad Mombasa aan het eind van een lange reisdag. Reggie wilde eerst naar het hotel om zich op te frissen en met zijn ouders te dineren. Hij wilde het luipaard de dag erna pas ophalen, maar Lennox vertelde hem dat in het telegram stond dat het luipaard op 1 februari opgehaald moest worden.

'Het schip vertrekt natuurlijk weer,' legde hij uit. 'En waar moeten ze een luipaard onderbrengen?'

Ze reden dus naar de haven en vroegen naar het vrachtschip uit Surat. Het bleek net in de haven gearriveerd te zijn en het was druk rond het schip. Goederen werden gelost, passagiers hielden toezicht op het uitladen van hun huisraad, koffers stonden op de kade.

Lennox sprak een van de bemanningsleden van het schip aan, die meteen enthousiast knikte. 'Ja, u kunt het luipaard meenemen. U hebt alleen gereedschap nodig. We hebben de kooi aan het bovendek vastgeschroefd zodat die met ruw weer niet zou gaan schuiven. Miss Naeku verwacht u daar beslist.'

'Miss Naeku?' vroeg Lennox. 'Reist het luipaard onder begeleiding?'

De zeeman knikte. 'Inderdaad, van een Afrikaanse vrouw, die zowel mooi als ongenaakbaar is.' Hij grijnsde. 'Maar goed, dat zult u zelf wel zien.'

Daarna ging hij verder met toezicht houden op de arbeiders die het schip losten en lijsten afstrepen. Lennox en Reggie bewapenden zich met hamers, breekijzers en schroevendraaiers – je moest altijd voldoende gereedschap bij je hebben als je zo'n lange autorit maakte – en gingen aan boord.

Naeku zat naast de kooi van Desna, die rusteloos heen en weer liep. Ze voelde blijkbaar dat de reis afgelopen was. Naeku stond op toen ze twee mannen naar zich toe zag komen. De ene keek alleen vluchtig naar haar terwijl de andere zijn ogen niet van haar lichaam en gezicht kon afhouden. Hij had waarschijnlijk nog nooit een Afrikaanse vrouw in een sari gezien. Bovendien wist ze dat de fel gekleurde zijden stof haar huid flatteerde en haar lange gestalte beter liet uitkomen dan de kleding van de plaatselijke bevolking.

'Is dit het luipaard voor Edgecumbe Farm?' vroeg de jongste man zonder zich voor te stellen. Hij dacht blijkbaar dat ze een ondergeschikte positie had. 'Spreek je Engels?'

Naeku maakte een buiging, zoals in India gebruikelijk was. Ze voelde zich beledigd. Als eerste dienares van de Maharani was ze gewend om met meer respect te worden behandeld. Oké, Ranjana was geen Maharani meer, maar voor Naeku zou ze dat altijd blijven.

'Ja, dit is Desna,' antwoordde ze in vloeiend Engels. 'Zijn jullie door mevrouw Edgecumbe gestuurd?'

De man lachte. 'Nee, meisje, mevrouw Edgecumbe heeft de leiding over de boerderij niet meer. Ik ben Lennox Edgecumbe, de erfgenaam.'

Naeku kreeg een bezorgde trek op haar gezicht. 'Is miss Ivy dood?' vroeg ze.

De andere man – ze had het gevoel dat ze hem al eens had gezien – schudde zijn hoofd. 'Nee, maar toch is meneer Lennox Edgecumbe de nieuwe *bwana*. De boerderij is van hem en het luipaard dus ook. Ik ben Reggie Derringer en ik help hem. Ga eens aan de kant, dan maken we de kooi los.'

Naeku begreep niet wat er gebeurd kon zijn. Ze maakte zich lang om haar positie duidelijk te maken. 'Het spijt me, maar het luipaard is eigendom van de Maharani van Rajasthan,' legde ze kalm maar bijzonder gedecideerd uit. 'Desna is aan haar geschonken, dus alleen zij kan beslissen aan wie ze wordt overhandigd. Ik heb de opdracht gekregen om haar naar miss Ivy terug te brengen. Er is op geen enkel moment sprake van een meneer Edgecumbe geweest.'

Desna siste toen Reggie Derringer de schroeven waarmee

de kooi aan het dek vastzat toch los begon te draaien. 'Je hoeft de kooi ook niet op de kade te zetten terwijl Desna erin zit,' voegde Naeku eraan toe. 'Ze is tam en ik kan haar aan de riem meenemen.'

Het gedrag van de twee mannen paste helemaal niet bij haar plannen. Ze had gehoopt dat miss Ivy Desna zelf zou komen halen of in elk geval iemand die betrouwbaar was zou sturen. Ze had die persoon hun verhaal willen vertellen en had willen vragen of Ranjana en zij mee konden rijden naar Nairobi of zelfs naar Edgecumbe Farm. Ze wist niet zeker of ze deze vraag aan de nieuwe *bwana* en Reggie wilde stellen. Ze herinnerde zich Reggie vaag, die welkom was in het Masai-dorp maar de vrouwen net zomin respecteerde als de mannen van de stam. Ook nu negeerde hij Naeku volkomen terwijl hij verderging met het losmaken van de kooi.

Lennox Edgecumbe had iets meer belangstelling voor haar. 'Wie ben je eigenlijk?' vroeg hij.

Naeku maakte zich nog langer. 'Ik ben Naeku, de eerste dienares van de Maharani van Rajasthan en de verzorgster van Desna. Het dier luistert naar me. Het...'

'Jij bent het Masai-meisje dat de Maharadja destijds van je vader gekocht heeft,' zei Reggie. 'Nu weet ik je naam weer. Ga je naar je dorp terug?' Hij grijnsde. 'Daar zal je vader blij mee zijn. Misschien kan hij opnieuw veertig koeien voor je krijgen.'

'Ik ben vrij,' flapte Naeku eruit.

De mannen begonnen uitbundig te lachen en ze keek ontsteld naar hen. Uitgerekend op dat moment liep mevrouw Rudyard arm in arm met een andere Britse die net zo elegant was gekleed maar minder opgewonden leek, naar haar toe.

'Zijn jullie hier vanwege de tijger?' vroeg ze enthousiast aan de mannen. 'Zijn jullie de nieuwe eigenaars? En hebben jullie de monnik al gezien?'

'Het is een luipaard, mevrouw Rudyard,' corrigeerde Naeku de nieuwsgierige passagier, wat ze inmiddels al heel vaak had gedaan. 'En...' Ze had de mannen van Edgecumbe Farm eigenlijk pas later willen voorstellen aan Ranjana, die nog in haar hut was.

'Welke monnik?' vroeg Lennox.

'De sadhoe natuurlijk! De heilige. Ik denk dat hij nog aan boord is. Ik heb in elk geval nog geen Indiërs op de kade gezien. Zijn mensen komen hem toch halen, nietwaar?' De vraag was aan Naeku gericht. 'Ik wil hem aan mijn vriendin laten zien. De monnik en de tij… het luipaard. Je gelooft je ogen niet, Elizabeth.'

Lennox Edgecumbe fronste zijn voorhoofd. 'Wat heeft dit te betekenen?' vroeg hij. Hij wist niet zeker of hij zich tot de opgewonden dame moest richten of tot Naeku, die duidelijk niet gecharmeerd was van de dames.

'De monnik is een magiër,' ging mevrouw Rudyard verder. 'Hij praat met dieren en temt ze. Je gelooft het pas als je het ziet.'

Naeku zuchtte. Ze had tijdens de reis inderdaad gehoord dat Ranjana en de manier waarop ze met Desna omging hét onderwerp van geroddel onder de passagiers was. Nadat mevrouw Rudyard haar 's nachts had betrapt, kwamen de passagiers zowel gefascineerd als angstig in de buurt van Ranjana's hut en Desna's kooi. Naeku kreeg herhaaldelijk de vraag of de monnik amuletten zegende of op een andere manier geluk bracht. Alle passagiers kenden de bedelmonniken die overal in India te vinden waren en de bijgelovigen onder hen hadden weleens een aalmoes aan een monnik gegeven of een koe gras gevoerd. Natuurlijk waren ze goede christenen, maar stel dat er toch iets waar was van dat karma…

Naeku vermande zich. Ze moest deze meneer Edgecumbe sowieso over Ranjana vertellen. Alleen de Maharani had de autoriteit om hem ervan te weerhouden Desna zonder meer mee te nemen. Hij kon inderdaad de wettige opvolger van Ivy Edgecumbe zijn en bovendien bevonden Naeku en Ranjana zich in een benarde situatie. Waar moesten ze naartoe als ze niet bij Naeku's stam of op Edgecumbe Farm terecht konden? En dan ook nog met een luipaard?

Ze vroeg de mannen met tegenzin om te wachten en ging naar Ranjana's hut, die vlak bij Desna's kooi lag. Als Ranjana had geluisterd, had ze in elk geval delen van haar gesprek met Lennox Edgecumbe en Reggie Derringer opgevangen.

'Je moet uit de hut komen,' zei ze. 'Ik weet niet hoe dit verdergaat, maar zonder jou red ik het niet. Misschien heb je opgevangen dat ik in hun ogen alleen het Masai-meisje ben dat destijds verkocht is.'

Ranjana knikte. Ze voelde zich geïntimideerd en bang, maar ze was in elk geval de vrouw van de Maharadja geweest. Ze moest ervoor zorgen dat deze mannen haar respecteerden. Ze volgde Naeku zenuwachtig naar het dek, waar Naeku haar aan de mannen voorstelde, maar meteen daarna overheerste haar blijdschap omdat ze haar luipaard weer zag. Desna bromde bij wijze van begroeting naar haar. Ze negeerde de mannen en de Britse vrouwen, hurkte naast de kooi, streelde Desna door de tralies en liet haar vrij, wat resulteerde in meer demonstraties van vreugde van de grote kat.

11

Lennox, Reggie en de Britse dames deinsden geschrokken naar achteren, maar toen de mannen de jonge monnik zorgvuldiger bekeken, wist Lennox meteen dat hij niet met een jongeman te maken had. Ranjana's vrouwelijke vormen tekenden zich af onder het vormeloze gewaad en ze had verfijnde gelaatstrekken. Lennox keek gefascineerd naar haar bijna goudkleurige teint, de volle lippen en de enorme ogen. Ze praatte met een zachte, hoge stem tegen Desna. Er waren misschien jongens die net zo mooi waren, maar dit betoverende wezen was beslist te oud om de baard nog niet in de keel te hebben.

Lennox moest zich bedwingen om de kleine bedriegster hard aan te pakken. 'Wat heeft dit te betekenen, jongedame? Wat voor spelletje speel je? Als dit een monnik is, en bovendien een heilige, dan ben ik Sint-Andreas.' Sint-Andreas was de patroonheilige van Schotland.

'Maar de tijger...' wierp mevrouw Rudyard tegen.

Lennox kreunde. 'Ik weet dat het luipaard tam is. Het beest hoeft niet betoverd te worden. Dus... wie ben je?'

Ranjana hief haar hoofd. 'Ik was de Maharani van Rajasthan,' zei ze zachtjes. Het waren de eerste woorden die ze tegen iemand anders dan Naeku zei sinds ze uit het paleis was vertrokken. 'Na de dood van mijn man ben ik gevlucht en ik wil samen met mijn dienares en Desna mijn toevlucht op de boerderij van mevrouw Edgecumbe zoeken.' Ze wees naar het luipaard. 'Desna betekent "geschenk".'

Ze keek naar Lennox Edgecumbe. Hij had zijn ogen opengesperd nadat ze zich had voorgesteld. Ze had nog nooit een Europeaan van zo dichtbij gezien en wat ze zag beviel haar. Lennox had felblauwe ogen. Zijn gelaatstrekken waren haar niet vertrouwd, maar ze vond hem toch aantrekkelijk. Hij leek absoluut op Adrian Edgecumbe, die lange tijd in het paleis had gelogeerd. Adrian had haar altijd beleefd en hoffelijk behandeld, en ze had het misschien zelfs aan hem te danken dat ze Desna had gekregen. Ivy was in eerste instantie niet enthousiast geweest om het roofdierjong aan haar te schenken.

Nu was de man met de blauwe ogen blijkbaar sprakeloos. Omdat Ranjana niets meer zei, begon Naeku de situatie uit te leggen. De mannen luisterden gefascineerd en de Britse dames vol ontzag.

Reggie bestudeerde haar. 'Ik weet niet of het klopt wat ze vertelt,' zei hij uiteindelijk. 'De Maharani had lang haar en haar ogen waren op de Indiase manier met kohl omrand, maar ze had ook een stip tussen haar ogen. Dat heeft deze vrouw niet.'

'Indiase vrouwen worden niet met die stip geboren,' zei Naeku. 'Die wordt elke ochtend opnieuw getekend.'

Lennox was ervan overtuigd dat ze de waarheid sprak, maar deed geen moeite om eerbied te veinzen. Dit meisje was dus een gevluchte beeldschone Indiase van adel en wilde dolgraag met hem mee naar zijn boerderij. Natuurlijk zou hij haar en de niet minder aantrekkelijke Masai-vrouw dat plezier doen. Hij stelde zich hun eventuele tegenprestaties al voor.

Voor Reggie was de situatie minder duidelijk. 'Wat... eh... doen we nu met... jullie?' vroeg hij.

De twee Britse dames maakten een buiging voor Ranjana. 'Welkom in Kenia, Hoogheid,' zei mevrouw Rudyard.

'We geven natuurlijk gehoor aan de wens van de dame,' zei Lennox met een innemende glimlach. 'U en uw dienares zijn meer dan welkom op Edgecumbe Farm, Hoogheid.'

Ranjana keek verward, maar Naeku was gealarmeerd. Er was iets aan Lennox' gezichtsuitdrukking wat haar niet beviel.

'We moeten nog inpakken,' beweerde ze, hoewel ze haar bezittingen binnen enkele minuten bij elkaar konden zoeken. 'Daarna moet ik de Maharani helpen bij het omkleden. De vermomming is niet meer nodig.'

Ze bracht Desna naar de kooi terug en ging vervolgens met

Ranjana naar de hut. Misschien zou deze Edgecumbe haar met meer eerbied behandelen als ze gekleed als een prinses tegenover hem stond.

Het was Reggie Derringer duidelijk dat zijn vriend zich niet gepast gedroeg. Nadat Naeku en Ranjana in de hut waren verdwenen en de Britse dames hun voorbeeld hadden gevolgd, ongetwijfeld om het nieuwtje overal te verspreiden, nam hij Lennox apart.

'Lennox, je kunt die jonge vrouw niet zomaar meenemen. Ze is geen Kikuyu of Masai die niet durft te klagen als de *bwana* met haar naar bed wil. Ze is een aristocrate, een prinses. Zo'n vrouw wil fatsoenlijk behandeld worden, het hof gemaakt worden... en wil uiteindelijk trouwen.'

Lennox fronste zijn voorhoofd. 'Volgens mij is ze een weduwe,' zei hij. 'En bovendien is ze weggelopen. Beschouwt haar familie haar niet als een soort gevallen vrouw?'

'Ze heeft zich verzet tegen een wrede traditie en haar familieleden hebben haar ongetwijfeld verstoten toen ze daarachter kwamen,' legde Reggie geduldig uit. 'Maar nu is ze hier, en in principe is ze precies wat je nodig hebt voor je resort. Ze zou een goed opgevoede, ongelofelijk mooie en charmante gastvrouw zijn. Geloof me, ik heb haar destijds gezien. Als je het slim aanpakt, heb je met haar een tweede Ivory Edgecumbe in handen.'

Lennox vertrok zijn gezicht. 'Dat is het laatste wat ik nodig heb. Die betoverende Ivory heeft mijn oom volledig om haar vinger gewonden.'

Reggie wreef over zijn voorhoofd. Hij was niet bepaald een groot diplomaat, maar Lennox' gebrek aan mensenkennis was nauwelijks te overtreffen. 'Deze jonge vrouw zal je niet om haar vinger winden,' legde hij uit. 'Ze is geen Britse die denkt dat ze dezelfde rechten als een man heeft. Jezus, Lennox, ze stond op het punt om zich samen met haar echtgenoot te laten verbranden. Als je een beetje aardig tegen haar bent, dan vervult ze al je wensen in elk opzicht. Je bent min of meer een god voor haar.'

Lennox dacht even na. Het was een aantrekkelijk idee. En Reggie had gelijk. Hij had een vrouw van stand nodig en iemand die daarvoor in aanmerking kwam kon hij niet zonder meer naar de boerderij meenemen. 'Goed, wat stel je voor?' zei hij.

Toen de vrouwen terugkwamen, hadden de twee mannen een plan bedacht. En als Lennox nog had getwijfeld of hij zich de voormalige Maharani als echtgenote kon voorstellen, dan was hij overtuigd zodra hij de tere schoonheid zag van de vrouw die voor Naeku uit liep. Ranjana droeg een met gouden draden doorweven sari en had een sluier over haar kale hoofd gedrapeerd. Haar lippen waren frambozenrood, net als de *bindi* tussen haar met kohl omringde ogen. Lennox was opnieuw sprakeloos.

Reggie stelde voor om de Indiase vrouw en haar metgezel naar het hotel te brengen waar zijn ouders verbleven. Misschien konden ze daar een kamer voor hen boeken. Ze zouden gezamenlijk dineren en een langetermijnoplossing voor het woonprobleem van de jonge adellijke vrouw bedenken. Reggies ouders kenden iedereen in Kenia. Als iemand een idee had, dan waren zij het.

Ranjana wilde liever gebruikmaken van de gastvrijheid van Lennox en meteen naar Edgecumbe Farm vertrekken, maar Naeku had haar twijfels in de hut geuit. Het was niet gepast om te logeren in een huis waar geen andere vrouwen aanwezig waren en dat geen aparte vertrekken voor vrouwen had. Naeku had niet verteld dat ze Lennox niet vertrouwde. Ze had als dienstmeisje in het paleis geleerd om wellustige blikken en dubbelzinnige opmerkingen te herkennen. Ranjana hoefde niet bang te zijn, maar moest wel afstand houden.

Susan en Peter Derringer bleken inderdaad uitstekende adviseurs te zijn. Alleen al het hotel waar ze verbleven was vertrouwd voor Ranjana. Het leek op de voorname huizen waar ze tijdens haar eerste reis naar Afrika had gelogeerd en de hoffelijke jonge receptionist had inderdaad een kamer voor de voormalige Maharani van Rajasthan.

'We voelen ons bijzonder vereerd, Hoogheid,' zei hij. Hij was alleen verbaasd dat ze weliswaar een dienstmeisje, maar nauwelijks bagage bij zich had.

'Dat weerhoudt hem er waarschijnlijk niet van om een enorm bedrag voor de kamer te vragen,' merkte Naeku op nadat ze naar de elegant ingerichte kamer waren gebracht om zich op te frissen na de autorit vanaf de haven. 'We kunnen ons een hotel van deze klasse absoluut niet permitteren.'

Naeku had nog wat geld, maar dat zouden ze nodig hebben voor een aantal noodzakelijke uitgaven. Ze hadden westerse kleding nodig, besefte ze. Zowel in de foyer als op het terras van het hotel waar de deelnemers aan het Winchester-evenement na de wapendemonstratie dineerden met uitzicht op zee, werd naar hen gestaard vanwege hun sari's. Reggie en Lennox stonden bij de receptie op hen te wachten en namen hen mee naar het tafeltje van Reggies ouders. Susan en Peter dronken ontspannen een aperitief terwijl ze praatten met een man in een wit linnen pak en een tulband op zijn hoofd. Lennox keek naar zijn getinte huidskleur en ongewone gelaatstrekken. Zou het een Indiër zijn?

De Derringers begroetten hun zoon en zijn vriend vriendelijk en stelden vervolgens hun tafelgenoot voor.

'Reggie, Lennox, kennen jullie meneer Jeevanjee? Hij is een groothandelaar uit Nairobi die zich bezighoudt met import en export. Meneer Jeevanjee, dit zijn Reggie, onze zoon, en meneer Edgecumbe, die onlangs een jachtresort in de buurt van Kijabe geërfd heeft.'

De Indiër glimlachte, ook al leek die glimlach enigszins geforceerd toen Lennox Edgecumbe aan hem werd voorgesteld. Daarna richtte hij zijn aandacht op de twee vrouwen die onzeker achter de mannen waren blijven staan. Hij keek eerst naar Ranjana en vervolgens verbaasd naar Naeku. Hij kwam niet vaak een Afrikaanse vrouw in een sari tegen.

Lennox beschouwde de aanwezigheid van de Indiase koopman als een gelukkige samenloop van omstandigheden en kwam meteen ter zake. 'Mag ik u voorstellen aan de voormalige Maharani van Rajasthan,' zei hij.

Een vuurrode blos verspreidde zich over Ranjana's gezicht en ze boog haar hoofd beschaamd.

Susan en Peter Derringer keken verbaasd terwijl meneer Jeevanjee zijn wenkbrauwen optrok. 'Ik heb gehoord dat de Maharadja onlangs overleden is,' zei hij. In handelskringen verspreidden nieuwtjes zich snel.

'Dat klopt, en –' Reggie wilde de situatie uitleggen, maar de Indiër onderbrak hem.

'Gecondoleerd, Hoogheid,' zei hij tegen Ranjana. 'Ik bewonder uw moed om meteen na deze trieste gebeurtenis op reis te gaan. In Jodhpur zullen nu veel veranderingen plaatsvinden.'

Naeku bewonderde de manier waarop de koopman uiterst subtiel liet merken dat hij wist wat de reden van Ranjana's reis naar Afrika was. Er was geen plek in het paleis voor een Maharani die weduwe was geworden en niet voor de brandstapel had gekozen. De Derringers nodigden Reggie, Lennox en Ranjana uit om te gaan zitten terwijl Naeku achter Ranjana's stoel bleef staan.

'Dit is mijn dienares Naeku,' stelde Ranjana haar voor. 'Ze is afkomstig uit Kedong Valley. We willen onder meer een bezoek aan haar stam brengen.'

Meneer Jeevanjee gebruikte de introductie om een beleefd gesprek over de Masai-stam te beginnen en zei vrolijk dat Naeku's stam en de Indiërs dezelfde enorme waardering voor koeien hadden. Naeku besefte hierdoor dat hij een hindoe was, maar niet strikt religieus. Ze vond hem bijzonder sympathiek, maar ook Susan Derringer slaagde erin om Ranjana op een handige manier bij het gesprek te betrekken. Ze was duidelijk onder de indruk van haar uitstekende omgangsvormen en beheersing van de Engelse taal. Ranjana praatte langzaam en correct, en Lennox Edgecumbe hing aan haar lippen.

Reggie vertelde over het luipaard Desna, dat op Edgecumbe Farm terecht zou komen. Voorlopig zat ze in de kooi, die in zijn auto stond.

'Natuurlijk alleen als u het daarmee eens bent, Hoogheid,' voegde Lennox er met een zijdelingse blik op Ranjana aan toe. 'Misschien wilt u het dier liever op een andere plek onderbrengen.'

Ranjana begon weer te blozen. 'Nee, nee, natuurlijk niet,' antwoordde ze. 'Waar zouden we haar naartoe moeten brengen?'

Naeku, die zich bewust was van haar rol als dienares, zweeg, hoe graag ze de naam Ivy Edgecumbe ook wilde laten vallen. Ze wist nog steeds niet wat er met haar weldoenster was gebeurd.

'Waar bent u van plan te verblijven, Hoogheid?' vroeg meneer Jeevanjee vriendelijk.

Ranjana wist niet wat ze moest antwoorden. 'Misschien... in de missiepost,' mompelde ze, waarna ze besloot om eerlijk te zijn over Lennox' aanbod. 'Meneer Edgecumbe heeft me ook onderdak aangeboden en –'

Susan Derringer onderbrak haar. 'Dat is natuurlijk uitgesloten,' zei ze.

Meneer Jeevanjee was het duidelijk met haar eens. 'Bent u gedoopt?' vroeg hij verbaasd. 'Ik denk niet dat de zusters en paters u anders op willen nemen. In elk geval niet als dat voor langere tijd is.'

Ranjana ontkende en boog haar hoofd opnieuw.

Meneer Jeevanjee glimlachte vriendelijk. 'Dat lijkt me bijzonder ongepast, Hoogheid, als ik zo vrij mag zijn. Wat denkt u ervan om mijn gastvrijheid te aanvaarden? Ik heb een groot huis in de Indiase wijk in Nairobi. U zult zich daar thuis voelen. Mijn twee nichtjes zullen u ongetwijfeld verwelkomen als een oudere zus en mijn vrouw zal verrukt zijn over het hoge bezoek. Mijn aanbod geldt voor onbeperkte tijd. U kunt bij ons de rust vinden om uw verlies te verwerken en u opnieuw te oriënteren. En natuurlijk is uw dienares eveneens welkom.' Tijdens de laatste zin keek hij Naeku aan, wat niet vanzelfsprekend was. In zowel Kenia als India werd niet aan bedienden gevraagd of ze bereid waren hun meester of meesteres naar een andere plek te volgen.

Naeku knikte nauwelijks merkbaar naar hem. Ze was hem nu al dankbaar.

'Wat een fantastische oplossing,' riep Susanne Derringer verheugd uit. 'Dan zien we elkaar beslist snel weer terug. Meneer Jeevanjees nichtjes begeleiden hem naar alle sociale gebeurtenissen.'

'Tenzij het over wapens gaat,' voegde de Indiër eraan toe, waarna hij zich tot Ranjana wendde. 'Mag ik op een positief antwoord hopen, Hoogheid?'

Ranjana hief haar hoofd en keek hem met een stralende blik aan. 'Ja, absoluut, heel graag. Als u tenminste een paar dingen voor lief wilt nemen.' Ze liet haar sluier even zakken om haar kale hoofd te laten zien.

Susan Derringer schrok, maar het bracht meneer Jeevanjee niet van zijn stuk. 'U hebt uw prachtige haar ongetwijfeld geofferd om de goden gunstig te stemmen en hun welwillendheid voor de ziel van uw echtgenoot te vragen. Een bijzonder edele daad, hoewel ik niet wist dat zoiets gebruikelijk was in Rajasthan. Normaal gesproken gaat men daarvoor naar de tempel van Palani. U moet me daar later meer over vertellen.'

Ranjana beet op haar lip. 'Andere vrouwen brengen nog veel grotere offers voor hun overleden echtgenoot,' zei ze zachtjes.

De Indiër glimlachte. 'U bedoelt de traditie om een *sati* te worden. De goden eisen dat tegenwoordig niet meer en als u het mij vraagt, ging het er bij de families van de echtgenoten eerder om zich van de weduwen te ontdoen. Het is alleen maar goed dat die wrede traditie tegenwoordig verboden is. Hoewel ik in andere situaties bijzonder kritisch ben over de wetten die de Britse kolonialisten ons opleggen...' – hij keek even naar Lennox en de Derringers – '... ondersteun ik het verbod op weduweverbranding in alle opzichten.'

Ranjana en Naeku voelden zich beiden opgelucht. Het leek erop dat hun vlucht in elk geval voorlopig een uitstekende afloop kreeg.

12

Toen Naeku de volgende ochtend vroeg bij de receptie om de rekening vroeg – Ranjana en zij hadden genoten van hun luxueuze kamer en hadden na een lang bad met hun armen om elkaar heen geslagen tussen de zijden lakens geslapen – bleek deze al betaald. Naeku vermoedde dat meneer Jeevanjee hun weldoener was, maar toen ze Ranjana daar enthousiast over wilde vertellen, kwam Lennox Edgecumbe naar hen toe.

'Het was me een genoegen,' zei hij terwijl hij naar de hotelbrochure wees die de receptionist aan Naeku had gegeven.

Naeku bedankte hem gegeneerd en Ranjana glimlachte. Ze had in haar hele leven nog nooit een rekening betaald en verbaasde zich er daarom niet over dat er geen geld aan haar werd gevraagd. De vorige dag had ze voldoende vertrouwen in haar nieuwe kennis gekregen om hem rechtstreeks aan te kijken en Naeku zag aan de uitdrukking op haar gezicht dat ze hem aantrekkelijk vond.

'Mag ik u naar Nairobi brengen?' vroeg Lennox Edgecumbe aan Ranjana. 'Wij rijden ook via die stad, dus dan kan ik u bij meneer Jeevanjee afzetten.'

Het viel Naeku op dat hij haar weliswaar beleefd aansprak, maar dat het geforceerd klonk, terwijl uit de woorden van de Indiase koopman oprecht respect voor de positie van de voormalige Maharani bleek.

'Dan bent u nog een tijdje dicht bij Desna,' probeerde Lennox haar over te halen.

Ranjana leek in tweestrijd te staan. Eigenlijk had ze er al mee ingestemd om in de limousine van de koopman mee te rijden.

Naeku nam het woord. 'De Maharani heeft niets tegen uw safarivoertuig, meneer Edgecumbe, maar de auto van meneer Jeevanjee is veel comfortabeler.'

Dat moest Lennox beamen, net als Ranjana, die even later huilend afscheid van Desna nam.

'U mag haar altijd bezoeken,' beloofde Lennox terwijl hij haar strak aankeek. 'U komt haar toch bezoeken?'

Ranjana knikte.

De rit naar Nairobi duurde de hele dag, maar de auto van meneer Jeevanjee had een uitstekende vering en de koopman bleek een net zo boeiende gesprekspartner als de vorige avond. Hij vertelde over zijn nichtjes en zijn zoons, over Little India in Nairobi, over het culturele aanbod van de jonge hoofdstad en de etnische mix die de stad bevolkte.

'Eigenlijk is het helemaal niet nodig dat elke nationaliteit zijn eigen wijk heeft,' zei hij. 'Integendeel, het belemmert de bewoners alleen maar om zich één natie te voelen, maar toch zullen ze dat moeten als Kenia op een dag onafhankelijk wordt.'

'Valt dat te verwachten?' vroeg Naeku, die veel meer belangstelling voor politiek had dan Ranjana, die haar hele leven van alles was afgeschermd. Ze hoopte dat de koopman het niet ongepast vond dat ze deelnam aan het gesprek.

'Uiteindelijk wel,' antwoordde meneer Jeevanjee vriendelijk. 'De koloniale staten zullen de koloniën op een bepaald moment op eigen benen moeten laten staan, de drang naar zelfbestuur is te groot en soms is de last te zwaar om de banden op een bepaald moment niet te verbreken. Dan is het alleen wenselijk dat alle inwoners zich Kenianen voelen in plaats van zwarten, blanken en mensen met een andere huidskleur. Sommigen doen dat al op kleine schaal. Mijn butler is een Afrikaan die samenleeft met een vrouw die in Engeland geboren is.'

Naeku en Ranjana konden zich dat beiden niet voorstellen, maar toen meneer Jeevanjee 's avonds de oprit van zijn majestueuze landgoed op reed, dat niet onderdeed voor veel paleizen in India, werd de deur voor hen geopend door een Afrikaanse bediende in een butleruniform.

Naeku, die haar hele leven in de buurt van Edgecumbe Farm

had gewoond, herkende hem meteen. 'Meneer Zoeloe!' riep ze verbaasd.

Sanele moest even nadenken, maar ineens verscheen er een glimlach op zijn ernstige gezicht. Hij ging echter niet zo ver om de begroeting meteen te beantwoorden, maar maakte een onderdanige buiging terwijl zijn werkgever van de een naar de ander keek. 'Kennen jullie elkaar?' vroeg hij, waarna het hem te binnen schoot. 'Natuurlijk Hoogheid, u hebt over uw verblijf op Edgecumbe Farm verteld. Daar hebt u meneer Zoeloe dus ontmoet.'

'Het was een eer om Hare Hoogheid te mogen bedienen,' zei Sanele. Hij leek zich af te vragen hoe de Maharani hier was terechtgekomen, maar beheerste zich. 'Ik ken Naeku natuurlijk ook... miss Naeku. Ze was nog maar een meisje toen mijn vrouw haar met u meestuurde naar India.'

'Uw vrouw?' Naeku had duizend vragen, maar Sanele gaf haar met een blik te kennen dat dit niet het moment voor een gesprek tussen hen was. Hij begroette meneer Jeevanjee en vroeg of het gezelschap een goede reis had gehad.

De koopman knikte. 'Jazeker, maar nu willen we graag iets drinken, misschien in de tuinkamer. Kun je daar thee laten serveren, Sanele? En er moeten een aantal geschikte vertrekken voor de Maharani en haar dienares in orde gemaakt worden. Hare Hoogheid zal een tijdlang onze gast zijn, wat me bijzonder veel plezier doet. Welkom, Maharani van Rajasthan, mogen de goden uw intrede in mijn bescheiden huis zegenen.' Hij maakte een buiging voor Ranjana. 'Meneer Zoeloe, kunt u mijn nichtjes laten roepen? Ze zullen beslist verheugd zijn over onze vooraanstaande gast. Mijn vrouw ontvangt u later persoonlijk, Hoogheid.'

Esha en Davita verheugden zich inderdaad. Nadat ze hun aanvankelijke verlegenheid hadden overwonnen – tenslotte hadden ze nog nooit een voormalige Maharani ontmoet – praatten ze levendig in hun moedertaal met Ranjana. De jonge vrouw bloeide op in hun gezelschap. Het gelach en de nieuwsgierigheid van de meisjes zorgden ervoor dat al haar angsten en zorgen van de vlucht naar de achtergrond verdwenen. Esha en Davita vertelden over hun paarden – hun oom vond paardrijlessen een essentieel onderdeel van hun opvoeding – en Ranjana vertelde over Desna. Op een bepaald moment kwam het gesprek op Ivy Edgecumbe en de meisjes vertelden enthousiast dat de voormalige eigenares van Edgecumbe Farm hun conversatie- en etiquettelessen gaf.

'Dat vindt onze oom heel belangrijk,' legde Esha uit.

'En het is leuk,' voegde Davita eraan toe. 'Vooral als miss Ivy haar kinderen meeneemt. Die zijn zo schattig.'

Ranjana wist niet dat miss Ivy kinderen had, maar Esha en Davita begonnen enthousiast over de familieomstandigheden van de voormalige mevrouw Edgecumbe te vertellen. Ze werden af en toe onderbroken door hun oom, die hen maande discreet te zijn. Esha en Davita zouden graag hun mening over de vermeende terugkeer van Adrian Edgecumbe geven, maar hun oom zei dat dat absoluut niet gepast was voor een dame.

Naeku stond net als de vorige dag achter haar vriendin en wachtte ongeduldig tot Ranjana haar een taak gaf. De twee nichtjes waren weliswaar heel onderhoudend, maar ze verwachtte dat meneer Zoeloe haar meer over de omstandigheden op Edgecumbe Farm kon vertellen. Uiteindelijk verscheen de butler met de mededeling dat de kamers voor de gasten in orde waren gemaakt en dat de Maharani een bad kon nemen of zich op een andere manier kon opfrissen als ze daar behoefte aan had. Terwijl een dienstmeisje verscheen om Ranjana en Naeku naar hun vertrekken te brengen, wisselde hij een paar woorden met meneer Jeevanjee, die vervolgens zijn nichtjes bij zich riep.

Vlak daarna werd er op de deur van de luxe suite geklopt. Naeku deed open en kreeg een paar met gouden en zilveren draden doorweven sari's die een voormalige Maharani beslist waardig waren.

'Hopelijk neemt uw meesteres hier genoegen mee tot haar bagage gearriveerd is,' zei Sanele Zoeloe, die achter haar stond.

'O, en miss Naeku... Tijdens de maaltijden hoeft u niet achter uw meesteres te staan. Er is genoeg personeel om iedereen te bedienen. Kom in plaats daarvan naar het gedeelte van het huis waar het eten voor het personeel geserveerd wordt. U hebt natuurlijk ook honger.'

Naeku had haar honger al gestild met de bonbons en het fruit die ze in de vertrekken van de Maharani had gevonden, maar ze verlangde ernaar om met Sanele Zoeloe te praten.

Die gelegenheid deed zich pas voor toen het personeel klaar was met alle werkzaamheden. De butler had de dinergasten van voldoende champagne en likeur voorzien, en ging normaal gesproken waarschijnlijk naar huis omdat het al heel laat was. De andere bedienden hadden Naeku verteld dat ze niet allemaal in het huis woonden omdat sommigen familie in de Indiase wijk hadden. Meneer Jeevanjee had maar weinig Afrikanen in dienst. Toen de butler Naeku's vragende blik zag, stond hij op en nam hij haar mee naar de tropische tuin van het landgoed. Ze bestookte hem meteen met vragen. 'Wat is er met Edgecumbe Farm gebeurd? Is het waar dat u met miss Ivy getrouwd bent? We hebben gehoord dat de *bwana* dood is, maar... Waarom heeft zijn neef de boerderij geërfd?'

Sanele leek te overwegen of hij haar een standje moest geven omdat het niet gepast was voor een dienstmeisje om zoveel vragen te stellen, of dat haar nieuwsgierigheid logisch was voor een jonge vrouw die al jaren niets meer over haar geboorteland had gehoord. Uiteindelijk besloot hij antwoord te geven. Naeku had heel veel te vertellen toen ze na afloop van het gesprek naar Ranjana terugkeerde.

13

Het leven van Ivy en Sanele kwam in rustiger vaarwater nadat Sanele als butler in het huis van meneer Jeevanjee was begonnen. De Indiër schatte hem al snel op waarde en had begrip voor de moeilijke situatie waarin Ivy en Sanele zich vanwege Hope bevonden.

'Ik kan haar veiligheid zelfs in Little India natuurlijk niet garanderen,' had hij tijdens het sollicitatiegesprek tegen Sanele gezegd, toen deze begon over het probleem waarvan Ivy meneer Jeevanjee al op de hoogte had gesteld. 'Maar ik heb veel invloed en ik geloof niet dat een van mijn tuinmannen of het huishoudelijk personeel het kind kwaad zou durven doen. Bovendien vertrouw ik erop dat de meeste Indiërs in deze wijk het kind niet aan een Afrikaanse sjamaan zouden verkopen. Ze leven teruggetrokken en provoceren niemand.'

Hij had geïnstrueerd dat het gezin Zoeloe in een van de tuinhuizen zou gaan wonen, een hut helemaal achter op zijn landgoed. Die was niet ingericht, dus moesten Ivy en Sanele een groot deel van het weinige geld dat ze hadden besteden aan het meest noodzakelijke meubilair. Ivy had bijna al haar sieraden beleend, behalve de twee gouden halsbanden die Ranjana haar destijds voor het zusje en broertje van Desna had gestuurd. Die wilde ze bewaren voor als de nood aan de man kwam.

Mevrouw Jeevanjee had Ivy een paar dagen na haar aankomst uitgenodigd voor de thee en bleek bijzonder vriendelijk, maar ze was net zo terughoudend als haar man haar had verteld. Ze had Ivy uitvoerig bedankt voor haar aanbod om haar nichtjes de noodzakelijke etiquetteregels te leren.

'Ik weet dat dit belangrijk is,' had ze gezegd. 'Moderne Indiase mannen verbergen hun vrouwen niet meer in aparte kamers en de Britse kolonisten onder de gastheren en -vrouwen van de diverse bijeenkomsten nodigen de Indiase vrouwen vaak expliciet uit. Mijn man zou dat prettig vinden, maar ik kan het niet. In ben niet goed in gesprekken voeren, in elk geval niet met de Britten. Daarnaast is er de gewoonte met tafelheren… Vreemde mannen met wie een vrouw moet praten… In mijn generatie was het verboden om met andere mannen dan je echtgenoot te praten. Hoe dan ook, ik voel me niet op mijn gemak in de salons van de Britten. Dat wil ik mijn nichtjes besparen en ik ben dolblij met uw hulp.'

Ivy vond de mooie vrouw met het donkere haar helemaal niet zo slecht in het voeren van een beleefd, prettig gesprek. Ze genoot van de tijd die ze samen doorbrachten, vertelde over haar leven in Engeland en later op Edgecumbe Farm en hoorde meer over de manier waarop meisjes in India opgroeiden. Ze dacht telkens weer aan Ranjana, de jonge Maharani. Ze zou haar nu nog beter begrijpen.

Ook Sanele had geen probleem met zijn nieuwe werkgeefster. Mevrouw Jeevanjee liet hem zijn gang gaan. Ze bracht veel tijd in de tuin door, waar ze af en toe Ivy en haar dochtertjes tegenkwam, tegen wie ze bijzonder attent was. Hope en Ebony waren enthousiast als ze verhalen aan hen vertelde en ze mochten helpen met het afknippen van de bloemen.

Meneer Jeevanjee betaalde Sanele goed en stond erop dat Ivy eveneens werd betaald voor de etiquettelessen die ze aan zijn nichtjes gaf, hoewel ze hem ervan had verzekerd dat ze het leuk vond om te doen en dat de aandacht die haar dochtertjes van Esha en Davita kregen ruim voldoende beloning was. De twee jonge vrouwen verwenden haar dochtertjes tot op het bot. Ze trokken hun kleine sari's aan, waarin ze er schattig uitzagen en minder opvielen in Little India dan in hun westerse jurkjes. De inmiddels zesjarige meisjes neusden giechelend in de make-updozen van Esha en Davita. Ebony tekende enthousiast een stip op haar voorhoofd. Hope smeerde bruine gezichtscrème op haar witte huid. Haar ongewone uiterlijk trok weinig aandacht in de Indiase wijk. Mensen met albinisme leidden een volkomen normaal leven in India.

Helaas lette bijna niemand behalve Ivy erop dat Hope volledig tegen de zon werd beschermd. Na een uitgelaten spel met de tuinjongen, waarbij zijn moeder aanwezig was, had Hope zelfs brandwonden opgelopen. Ze huilde van de pijn en Ivy vond het verstandig om met haar naar de dokter te gaan. De arts, een Engelsman, was duur en maakte geen geheim van zijn minachting voor de relatie van Ivy en Sanele. Hij behandelde het gezin onvriendelijk en neerbuigend. Hope was heel erg van streek na het bezoek aan de arts en Ivy was woedend. Hij schreef in elk geval een recept uit voor een verlichtende zalf en haar verbrande huid genas al snel. Ivy leerde ervan dat ze haar overgevoelige dochter zelfs niet alleen kon laten bij mensen die haar goedgezind waren.

Ivy en Sanele hadden nog steeds geen contact met de Engelse kolonisten in Nairobi, en al helemaal niet met de Afrikaanse bevolking. Zelfs de Indiërs waren terughoudend. Het gemengde huwelijk irriteerde iedereen en bovendien was het Indiase personeel in de woning van meneer Jeevanjee jaloers op de leidinggevende functie van Sanele. Als Esha en Davita er niet waren geweest, dan zou Ivy waarschijnlijk heel eenzaam zijn, maar de vrolijke nichtjes van meneer Jeevanjee vrolijkten haar altijd weer op.

Toen Sanele thuiskwam en over Ranjana en Naeku vertelde, brandde Ivy van verlangen om met de twee vrouwen te praten.

'Dan is de jonge Maharani dus toch aan haar lot ontsnapt,' merkte ze verheugd op. 'Toen ze destijds op Edgecumbe Farm was, heeft Adrian me verteld wat haar na de dood van haar echtgenoot te wachten stond... Ik heb er wekenlang nachtmerries over gehad. Wie had gedacht dat het zo'n zegen zou zijn dat we Naeku aan haar meegegeven hebben. Denk je dat ik Naeku binnenkort kan uitnodigen zodat ik zelf met haar kan praten?' vroeg ze aan Sanele. 'De Maharani zal haar daarvoor toch wel toestemming geven?'

Sanele beloofde het te vragen, maar voordat hij dat kon doen kreeg Ivy een uitnodiging om thee bij Ranjana te komen drinken en ze werd in de privévertrekken van de voormalige Maharani ontvangen. Het was vanzelfsprekend voor meneer Jeevanjee om haar maximale privacy in zijn huis te bieden. Esha en Davita pasten intussen met veel plezier op de meisjes.

Ranjana was teleurgesteld dat Ivy haar dochtertjes niet had meegenomen. 'Zijn het de dochters van meneer Adrian of zijn ze... van uw tweede huwelijk?' vroeg ze na de hartelijke begroeting. Ze leek vastbesloten om volkomen open tegenover Ivy te zijn. 'U moet me alles vertellen over de reden waarom u de boerderij niet meer hebt.'

Hoewel Naeku al in grote lijnen had verteld over het onrecht dat Sanele en Ivy Zoeloe was aangedaan, kon ze het gewoon niet geloven. Meneer Edgecumbe had een bijzonder vriendelijke indruk op haar gemaakt en bovendien had ze Desna aan hem toevertrouwd.

Ivy begon te vertellen vanaf de tijgerjacht, waarvoor Adrian Edgecumbe vlak voor het uitbreken van de oorlog door de echtgenoot van de Maharani was uitgenodigd. Hij had enkele weken in Rajasthan doorgebracht en was niet teruggekeerd toen de oorlog begon. In plaats daarvan had hij zich aangesloten bij een Indiaas-Engels bataljon dat in Oost-Afrika werd ingezet. Later was hij bij de stad Moshi in Duits Oost-Afrika gesneuveld. Een majoor was tijdens het fatale gevecht getuige van zijn dood geweest.

'Sanele en ik hebben het resort na de oorlog opnieuw opgebouwd, maar dan op basis van een ander concept. De bezoekers observeerden de dieren alleen nog en mochten ze fotograferen, maar er werd niet meer op ze geschoten. Het was een bewogen periode en na verloop van tijd ontdekten we dat we van elkaar hielden. Ik weet dat bijna niemand dit wil geloven, maar gevoelens hebben niets met de kleur van iemands huid te maken.'

Ze zag de blikken niet die Naeku en Ranjana elkaar toewierpen toen ze dat zei, en besefte niet hoe goed de vriendinnen haar begrepen. Uiteindelijk vertelde ze over het complot van de Edgecumbes. Naeku knikte begripvol, maar Ranjana begon excuses voor Lennox te zoeken. 'Misschien wist hij het gewoon niet... Misschien heeft zijn vader hem op de mouw gespeld dat de man die in Schotland gezien is zijn oom was...'

Ivy schudde haar hoofd. 'Hoogheid, tijdens mijn eerste ontmoeting met vader en zoon hebben beiden de dood van Adrian op geen enkele manier in twijfel getrokken. Ze hebben er nadrukkelijk op aangedrongen dat ik als Adrians weduwe naar Schotland zou komen. Pas toen ze merkten dat ik niet zo gemakkelijk te intimideren was, bedachten ze het sluwe plan dat ze hem hadden gezien. Hoewel ik denk dat Ailbert dit in plaats van zijn zoon Lennox bedacht heeft. Maar er bestaat geen enkele twijfel dat Lennox eraan meegedaan heeft.'

Ranjana beet op haar lip.

Ivy veranderde van onderwerp. 'Wil je naar Edgecumbe Farm gaan om je stam te bezoeken?' vroeg ze aan Naeku. 'Je moeder en je broers en zussen zouden het beslist leuk vinden. Er zijn andere nonnen in de missiepost, maar zuster Elisabeth is er nog steeds...'

'De draak.' Naeku lachte. 'Ik heb gehoord dat zuster Margaret en u haar zo noemden.'

'Eigenlijk is ze heel goedhartig,' zei Ivy. Zo had ze echter niet altijd over de oude missiezuster gedacht. 'Je bent dus van plan om te gaan?'

Naeku haalde haar schouders op. 'Ik weet het niet. Hoe zou ik daar moeten komen?'

'Meneer Edgecumbe heeft me uitdrukkelijk uitgenodigd om Desna te bezoeken,' merkte Ranjana op. 'Misschien kan hij ons ophalen?'

Naeku wreef over haar voorhoofd en Ivy bemerkte haar aarzeling meteen. 'Ik weet niet of we dat aanbod moeten accepteren,' zei ze. 'Het is een lange reis heen en terug, en –'

'Misschien is er een mogelijkheid dat jullie opgehaald worden met een voertuig van de missiepost. Jij in elk geval, Naeku. Waarom schrijf je zuster Elisabeth niet? Ik weet zeker dat ze haar voormalige leerling van de missieschool met open armen verwelkomt.'

Naeku vond het een goed idee, maar toen Ivy vertrokken was, keek Ranjana haar smekend aan. 'Je gaat toch niet zonder mij naar Edgecumbe Farm? Ik... ik wil je dorp heel graag zien en...'

Naeku knikte, maar ze had er een slecht gevoel over. Iets vertelde haar dat Edgecumbe Farm geen goede plek voor haar vriendin was. Hoe vaak ze zichzelf ook van jaloezie beschuldigde, het was iets anders, en Ivy's verhaal had dat gevoel alleen maar versterkt.

Naeku vertrouwde Lennox Edgecumbe niet.

Voorlopig was er geen sprake van een reis naar de boerderij. Ranjana en Naeku wenden langzamerhand aan hun verblijf bij het gezin Jeevanjee. Ranjana paste zich verrassend snel aan; het gezinsleven leek op het dagelijks leven in haar ouderlijk huis. Ze was opgegroeid met drie zussen en twee broers, hoewel ze haar broers nauwelijks had gekend. Haar vader was bijzonder conservatief geweest, had zijn dochters strikt gescheiden van zijn zoons gehouden en had de meisjes een opvoeding gegeven die op de Britse tradities was gericht, net zoals meneer Jeevanjee deed. Ranjana had Britse nanny's gehad en later een lerares die aan huis kwam om de kinderen van welgestelde gezinnen literatuur- en conversatielessen te geven. Alles was erop gericht om de zussen aan een zo hoog mogelijk geplaatste man uit te huwelijken. Ranjana's vader was een van de intiemste vertrouwelingen van de Maharadja geweest en een echtgenote moest weten hoe ze zich in het gezelschap van de koloniale heren moest gedragen. Toen de Maharadja Ranjana in het oog kreeg en uiteindelijk met haar trouwde, kon ze al deze kennis toepassen tijdens recepties en staatsbezoeken. Haar goede opvoeding was Ivy tijdens haar bezoek aan Edgecumbe Farm meteen opgevallen, maar ook haar verlegenheid.

Het verschil tussen meneer Jeevanjee en Ranjana's vader was dat hij zijn nichtjes niet alleen theoretisch voorbereidde op mogelijke ontmoetingen met de Britse kolonisten en hun echtgenotes, maar hen ook meenam naar bijeenkomsten en culturele evenementen. Zo oefenden ze de benodigde vaardigheden op een heel natuurlijke manier, zoals een beleefd gesprek voeren met een tafelheer die ze niet kenden en misschien nooit meer zouden zien, wat voor Ranjana onmogelijk was geweest. Het maakte de nichtjes ruimdenkender dan Ranjana en haar zussen, maar ze namen de lessen ook minder serieus.

Nu werd Ranjana uitgenodigd om met het gezin Jeevanjee mee te gaan naar ontvangsten en vernissages. Ze luisterde gefascineerd naar haar eerste pianorecital en bekeek de kunstwerken – die zo anders waren dan de kleurige, traditionele Indiase kunst – met veel belangstelling. Ze deed zelfs lachend mee toen Ivy haar vriendinnen tijdens een van de etiquettelessen leerde hoe ze een wals moesten dansen.

'Ik weet dat jullie oom jullie niet naar bals laat gaan, maar zelfs op bijeenkomsten die alleen als diner worden aangekondigd, wordt soms gedanst en ik weet niet of hij de heren die jullie misschien ten dans vragen zou afwijzen. Dat zou in elk geval niet in overeenstemming met de etiquetteregels zijn. Laten we het dus gewoon proberen.'

Tot vreugde van de meisjes deed ze het voor met Sanele, en Naeku glimlachte om de stralende blikken die ze uitwisselden. 's Avonds danste Naeku bij gebrek aan muzikale begeleiding neuriënd met Ranjana en ze genoten er allebei van om zo in harmonie met elkaar te bewegen.

Toen Ranjana twee weken bij het gezin Jeevanjee logeerde, bracht Lennox Edgecumbe haar heel onverwacht een beleefdheidsbezoek. Hij arriveerde op een zondagochtend en vroeg formeel toestemming om de voormalige Maharani te mogen zien. Sanele begeleidde hem met een uitgestreken gezicht naar de ontvangstruimte en lichtte Ranjana in, die enigszins zenuwachtig werd. Ze had nog nooit een formeel bezoek gekregen en omdat ze niemand verwachtte, was ze eenvoudig gekleed. Naeku zorgde er zo snel mogelijk voor dat Ranjana er representatief uitzag. Ze verborg haar kaalgeschoren hoofd nog steeds onder een sluier, hoewel het haar begon te groeien. Ranjana wilde het echter niet laten zien nu het nog zo kort was. Het duurde even voordat ze tevreden was en de trap af durfde te gaan.

Meneer Jeevanjee had Lennox intussen beziggehouden.

'Ik heb natuurlijk niets over de Maharani te vertellen,' zei de Indiër met een strenge klank in zijn stem. 'Maar u moet wel openstaan voor advies, meneer Edgecumbe. Houd in elk geval de rouwperiode in acht voordat u haar uitnodigt voor... frivole genoegens.'

Lennox Edgecumbe antwoordde dat hij helemaal niet van plan was om de Maharani voor frivole genoegens uit te nodigen. 'Aha, daar is de Maharani! Hoogheid...' Hij stond haastig op en maakte een buiging voor Ranjana, waarna hij haar een boeket bloemen overhandigde. 'Hoogheid, ik moest gewoon langskomen om u over Desna te vertellen. Ze voelt zich inmiddels heel goed op Edgecumbe Farm en wacht op het bezoek dat u beloofd hebt.'

Hij leek meneer Jeevanjee volledig te zijn vergeten en betrok hem niet bij het gesprek met Ranjana. De Indiër bleef er echter bij, luisterde naar het gesprek tussen Ranjana en haar bezoeker en spitste zijn oren toen het over Edgecumbe Farm ging. De vermeende erfgenaam van het resort vertelde levendig over de ontmoetingen van de jagers met de tamme Desna.

'Denkt u niet dat het goed voor uw bedrijf zou zijn als u

het concept van uw voorganger behoudt en safari's zonder bloedvergieten aanbiedt?' mengde hij zich uiteindelijk in het gesprek. 'Voor zover ik weet was dat bijzonder winstgevend.'

Lennox Edgecumbe gaf hem antwoord, maar terwijl hij praatte keek hij alweer met een stralende blik naar Ranjana. 'Sir, ik ben net als mijn voorouders een jager. Ik heb in de voetsporen van mijn oom Adrian willen treden sinds ik mijn eerste hert doodgeschoten had. De jacht op groot wild is zo… authentiek… zo elementair. Het is een van de laatste avonturen. Oog in oog staan met een enorm gevaarlijk dier en dan op de ontspanner van een camera drukken in plaats van een geweer af te vuren lijkt me bijzonder onnatuurlijk. Gasten die daarvoor kiezen kunnen beter naar de dierentuin gaan en langs de hokken wandelen. Hebt u weleens gejaagd, Hoogheid?'

Ranjana had zonder een spier te vertrekken naar zijn antwoord geluisterd. Ze had niets met het doden van dieren en vond het concept van Ivy veel aantrekkelijker. Toch gaf ze beleefd antwoord. 'Ik ben met mijn overleden echtgenoot en meneer Adrian op tijgerjacht geweest. Hij heeft de tijger uiteindelijk gedood. Het… moest gebeuren, het beest terroriseerde een dorp… maar het was zo'n prachtig dier…' Uit haar laatste woorden sprak spijt.

'U kunt hem terugzien als u ons bezoekt, Hoogheid,' zei Lennox Edgecumbe enthousiast. 'Zijn kop hangt in onze ontvangsthal. Het is een van de meest indrukwekkende trofeeën van mijn oom en is een voortdurende herinnering aan hem.'

'En aan de tijger,' voegde Ranjana er verdrietig aan toe.

Haar bezoeker lachte. 'Niet zo sentimenteel, Hoogheid. U zegt zelf dat de jacht gerechtvaardigd was. Maar goed, het getuigt van uw zachte vrouwelijke aard dat het doden van dieren weerstand bij u oproept. Ik heb de schietgrage vrouwen van de Britse adel, die niet kunnen wachten om zich tijdens de jacht te meten met hun echtgenoten of een vos op te jagen tot hij er dood bij neervalt, altijd weerzinwekkend gevonden. Grove, robuuste vrouwen met rode, verweerde gezichten die vaak op hun jachthonden lijken...'

Ranjana glimlachte bij het idee. In India had ze alleen toegekeken bij de jacht. Daar zou niemand op het idee komen om een vrouw een wapen in handen te geven. 'Ik geef de voorkeur aan culturele genoegens zoals muziek en kunst,' zei ze, waarna ze vertelde over de concerten en vernissages waar ze met de nichtjes van meneer Jeevanjee naartoe was geweest.

Lennox Edgecumbe antwoordde beleefd, hoewel hij er weinig aan toe te voegen had. Aan het eind van zijn bezoek had Ranjana het gevoel dat hun gesprek bijzonder aangenaam was geweest, en ook de bezoeker leek tevreden.

'Ik kijk ernaar uit om u binnenkort weer te zien,' zei Lennox bij het afscheid. 'Misschien vinden we een mogelijkheid om samen naar een concert of theatervoorstelling te gaan?'

Ranjana wist niet hoe ze op zijn opmerking moest reageren. Was het een uitnodiging?

Meneer Jeevanjee gaf in haar plaats antwoord. 'Mijn nichtjes willen daar beslist graag bij zijn,' zei hij vriendelijk.

Ranjana glimlachte opgelucht. Ze kon zich niet voorstellen om iets alleen met een man te ondernemen.

Een week later ontving ze tot haar verrassing een uitnodiging van Susan Derringer. Ze was van plan om samen met haar man een bezoek te brengen aan Edgecumbe Farm en de missiepost die ze met haar vrouwenvereniging ondersteunde. Er waren opnieuw veel donaties ingezameld die ze aan de nonnen wilde overhandigen en ze wilde Ranjana en Naeku graag meenemen zodat Naeku haar familie en de Maharani Desna kon zien.

Ranjana was zoals verwacht enthousiast, maar was bezorgd over haar garderobe. Ze had niets wat geschikt was om te dragen als ze een bezoek aan Edgecumbe Farm bracht. 'We moeten kleding kopen,' zei ze. 'Ik heb tropenkleding en safarikleding nodig.'

Susan had geschreven dat Ranjana beslist een keer met haar zoon en Lennox zou willen paardrijden om de wilde dieren te zien.

Naeku stemde met tegenzin toe. Zij had eveneens een jurk nodig omdat ze geen sari wilde dragen als ze naar haar stam toe ging. De avond na het winkelen, waaraan ze veel geld hadden uitgegeven, ging ze bij Ivy en Sanele op bezoek. Ranjana liet Esha en Davita intussen haar nieuwe kleding zien.

Ivy was zoals altijd blij om Naeku te zien en omdat de kinderen al sliepen konden ze rustig praten. Sanele zette een kopje mokka voor haar neer. Naeku lachte om de luxe die ze zich hier konden veroorloven, maar daarna stortte ze haar hart bij hen uit.

'Het lijkt er niet op dat je je verheugt op het uitstapje naar Edgecumbe Farm,' zei Ivy nadat Naeku haar over Susans brief had verteld. 'Wil je niet bij je stam op bezoek? Ben je misschien bang dat je vader je daar houdt en je opnieuw uithuwelijkt?'

Naeku lachte. 'Nee, dat denk ik niet. Daar ben ik te oud voor. Hij zal niet snel iemand vinden die zelfs maar één of twee koeien voor me betalen wil.'

De meeste meisjes van de Masai en de Kikuyu werden al op hun dertiende en soms zelfs nog jonger uitgehuwelijkt.

'Ik maak me gewoon zorgen. Miss Ivy, u bent op de hoogte van de Britse tradities. Wat wil Lennox Edgecumbe van de Maharani?'

Naeku noemde Ranjana nog steeds 'de Maharani' of 'haar meesteres', hoewel Sanele en Ivy allang wisten dat ze vriendinnen van elkaar waren en elkaar bij hun voornaam noemden als ze alleen waren.

Ivy wreef over haar voorhoofd. Het was duidelijk dat ze over haar antwoord nadacht. 'Het lijkt er bijna op dat de jongeman van plan is om haar op de traditionele manier het hof te maken,' zei ze uiteindelijk.

Naeku keek haar verbaasd aan. 'Betekent het hof maken... trouwen?' vroeg ze.

'Het is een eerste stap,' legde Ivy uit. 'Een man toont belangstelling voor een vrouw en onderzoekt of ze zijn belangstelling deelt. Als dat niet zo is, dan probeert hij haar voor zich te winnen. Hij nodigt haar uit, geeft haar cadeaus en probeert bij haar familie in de gunst te komen.'

Naeku werd bleek. 'Maar dat... dat kan niet! Hij kan toch niet... Zij kan toch niet... Meneer Jeevanjee...'

'... heeft haar in zijn huis opgenomen,' vulde Sanele haar zin aan. 'Die gastvrijheid is niet tijdgebonden en geldt tot ze haar leven weer op de rails heeft. Ik denk niet dat hij zich voorstelt dat ze oud wordt in zijn woning. Als we haar situatie nuchter bekijken, dan is ze arm. Ze kan niet op zichzelf wonen en ik kan me haar ook niet als gouvernante of privélerares voorstellen, de enige sociaal aanvaarde beroepen voor een weduwe van haar stand. Meneer Jeevanjee heeft ongetwijfeld de intentie om een geschikte tweede echtgenoot voor haar te vinden als de ergste storm na haar vlucht is gaan liggen. Hij noemt haar inmiddels miss Ranjana in plaats van hoogheid, waarmee hij haar in een andere positie wil brengen. Hij zal eveneens beseffen dat het moeilijk wordt om een jonge Indiase man te vinden die met de voormalige Maharani van Rajasthan wil trouwen en een familie heeft die hem daarin steunt. Ook in de Indiase samenleving wordt jong getrouwd en ouders hebben veel invloed op de keuze van de echtgenoten voor hun kinderen.'

'Bedoel je dat meneer Jeevanjee Lennox Edgecumbe als huwelijkskandidaat voor haar in overweging zou kunnen nemen?' vroeg Ivy verontwaardigd. 'Na alles wat hij over hem weet?'

'We weten niet in hoeverre hij ons gelooft,' merkte Sanele op. 'Misschien vindt hij het ook niet zo belangrijk hoe de man aan zijn land gekomen is. Feit is dat hij een landgoedeigenaar van adel is en hij een min of meer smetteloze reputatie in de kolonie heeft. Wij zijn degenen die verstoten zijn, Ivy, en Lennox Edgecumbe is dat nu eenmaal niet. Ik weet zeker dat half Nairobi en heel Kijabe op zijn bruiloft komen dansen.'

Ivy leek geschokt. 'En denk jij dat Susan Derringer hieraan meewerkt?'

Sanele haalde zijn schouders op. 'Ook de Derringers hebben het contact met ons na onze bruiloft verbroken. En Reggie werkt weer in het jachtresort, wat beslist een opluchting voor Susan is. Ik betwijfel of hij veel waarde voor hun bedrijf gehad heeft. Dus als mevrouw Derringer denkt dat het voordelig voor Edgecumbe Farm kan zijn om een geschikte vrouw binnen te halen, waarom zou ze dan geen reisje maken om de kwestie te bespoedigen? Ze hoeft haar donaties niet persoonlijk aan de missiepost af te geven. Dat kan ze ook via de kerk doen, waarna de volgende pater die naar de missiepost gaat het geld mee kan nemen.'

Naeku beet op haar lip. 'Dat... dat...' Ze slaagde er niet in een volledige zin te formuleren.

Ivy legde haar hand geruststellend op Naeku's arm en schoof haar koffie naar haar toe. 'Je ziet eruit alsof je eigenlijk een brandy nodig hebt, maar dat hebben we helaas niet. Dit schokt mij ook, maar voorlopig hoeven we niet al te pessimistisch te zijn. Het duurt maanden om een vrouw het hof te maken en bovendien moet de rouwperiode in acht genomen worden voordat Ranjana ergens met een andere man gezien mag worden. Ze kan verliefd op iemand anders worden... of Lennox vindt een meisje voor wie hij meer gevoelens heeft.'

Naeku gaf geen antwoord. Ze geloofde niet dat Ranjana ooit van een man zou kunnen houden, maar het was heel goed mogelijk dat de jonge Indiase vrouw dezelfde mening over haar situatie had als Sanele. Ranjana was naïef en onervaren, maar ze kende de regels die voor een vrouw van haar sociale klasse golden en was op de hoogte van de criteria waarmee Indiase families de vrouwen voor hun mannelijke leden selecteerden. Ze besefte dat ze niet aan hun verwachtingen voldeed. En ze kon Lennox om een heel andere reden aantrekkelijk vinden; als ze hem overleefde werd er niet van haar verwacht dat ze hem vrijwillig op de brandstapel volgde.

14

Het was herfst en het lange regenseizoen had eigenlijk al begonnen moeten zijn, maar toen de Derringers Ranjana en Naeku kwamen ophalen, scheen de zon en was het bloedheet. Ranjana transpireerde in haar lange safarirok en -blouse. Susan en Peter Derringer droegen eveneens tropenkleding voor de rit naar de wildernis. Susan was een tengere vrouw met bruin haar, een gebruind gezicht met lachrimpeltjes en een open karakter. Peter was stevig gebouwd en had een rood gezicht. Het was duidelijk dat hij graag at en dronk en niet al te zorgvuldig met zonnebrandcrème omging. Ranjana vond Peter een beetje op een bulldog lijken en Susan op een levendige spaniël. Het echtpaar reed in een grote open terreinwagen en was in een uitstekend humeur. Ranjana en Naeku deelden de achterbank met een veelbelovende picknickmand.

Peter wist veel over de omgeving te vertellen nadat ze eerst Nairobi en vervolgens Kijabe achter zich hadden gelaten. Hun bestemming was Kedong Valley, vertelde hij.

'De vallei is door vulkanische activiteit ontstaan,' legde hij uit, 'net als de Grote Oost-Afrikaanse Slenk. Die is ontstaan door verschuivingen van de aardkorst. Een deel van de vulkanen hier is nog steeds actief, maar maak je geen zorgen, de afgelopen paar duizend jaar heeft niemand er last van gehad.'

'De omgeving van de boerderij is prachtig,' voegde Susan eraan toe. 'Het landschap is bijzonder gevarieerd, met de savanne waarop enorme kuddes grazen, de bergen en de "huisberg" van de boerderij, Mount Longonot, die beklommen kan worden. Bovendien zijn er meren en rivieren. De waterpoelen op Edgecumbe Farm drogen zelfs tijdens de heetste zomers niet op.'

Naeku vroeg zich af aan wie ze dit allemaal vertelde. Zij was in dit landschap geboren en getogen, en Ranjana had Edgecumbe Farm samen met de Maharadja bezocht. Maar misschien maakte dit deel uit van het hof maken en hielp ze Lennox Edgecumbe om met Ranjana te trouwen. In het ideale geval zou ze verliefd worden op het landgoed waar ze met hem zou wonen.

Ranjana luisterde geduldig. Ze had niet veel bij te dragen aan het gesprek. Naeku daarentegen vertelde over de Masai; dat ze hier al sinds mensenheugenis woonden en met hun kuddes rondtrokken. Susan en Peter Derringer praatten heel vriendelijk over haar stam. De Masai hadden hun kamp vroeger in de buurt van hun boerderij opgezet en Reggie was samen met de Masai-kinderen opgegroeid.

De rit vanaf Nairobi duurde lang, maar het laatste deel van de ruim drie uur durende rit, van Kijabe naar Edgecumbe Farm, leek snel voorbij te gaan. Rechts en links van de weg waren veel wilde dieren te zien, vooral kuddes antilopen en zebra's. De rotsformaties die in verschillende kleuren oplichtten en de majestueuze Longonot waren een lust voor het oog.

Naeku voelde zich opgewonden. Het zou fijn zijn om haar familie terug te zien, Afrikaanse gerechten te eten en naar de muziek van haar stam te luisteren. Ze kon Ranjana ongetwijfeld onder de hoede van de Derringers achterlaten. Haar hart bonkte toen de auto het hek van de boerderij passeerde. Erboven hing een bord: EDGECUMBE PRIVÉ-JACHTRESORT. Het terrein was omheind en Susan stapte uit om het hek te openen. Toch was het nog ruim drie kilometer door de bush voordat de gebouwen van de boerderij zichtbaar werden.

Peter Derringer reed over de oprijlaan en stopte recht voor het hoofdgebouw. Ranjana en Naeku zagen dat er niet veel was veranderd, alleen de bloembedden en grindpaden werden niet meer zo goed onderhouden als in de tijd van Ivy en Adrian. Destijds waren er bijna altijd tuinmannen bezig geweest en toen de Maharadja en zijn gevolg arriveerden had er een lange rij dienstmeisjes en huisknechten voor het huis gestaan om hen te begroeten, de deuren voor hen te openen en hun bagage naar binnen te brengen. Onder toezicht van butler Sanele kregen de gasten verfrissingen aangeboden en zodra ze in de ontvangsthal waren werden ze begroet door Ivy. Nu wierp een Afrikaanse werknemer een vluchtige blik naar buiten en verdween weer, blijkbaar om de *bwana* te waarschuwen.

Lennox Edgecumbe begroette zijn gasten met een stralende glimlach van oor tot oor. 'Welkom! Susan... Peter... Hoogheid. U ziet er betoverend uit in uw safarikleding. Dat mag ik toch zeggen? We gaan ervoor zorgen dat u van de jacht geniet.'

Hij negeerde Naeku, maar dat had ze verwacht. Ranjana leek enigszins overweldigd door zijn hartelijkheid en Naeku besloot voorlopig bij haar in de buurt te blijven.

'Waar is Desna?' vroeg Ranjana toen Lennox haar een welkomstcocktail aanbood. 'Ik wil haar graag meteen zien.'

'Het luipaard is in de stal,' zei Lennox. 'Ik kan u er straks naartoe brengen.'

'Nee, nu meteen,' zei ze gedecideerd. Als het om Desna ging, kon de zachtaardige Ranjana ineens heel veeleisend zijn.

Lennox glimlachte. 'Natuurlijk, natuurlijk, ga maar mee.'

Naeku volgde Ranjana en Lennox naar een van de bijgebouwen waar miss Ivy vroeger haar verweesde of gewonde dieren had ondergebracht. Het luipaard zat in een kooi en beklaagde zich daar luidkeels over toen er mensen binnenkwamen, wat onmiddellijk veranderde in het vertrouwde brommen toen hij Ranjana en Naeku herkende.

Ranjana opende de kooi meteen. Lennox deinsde naar achteren toen ze van plan leek om naar binnen te gaan. Hij vertrouwde het luipaard niet helemaal. Desna schonk echter geen aandacht aan hem en wijdde zich volledig aan het begroeten van haar vrouwtje en Naeku. Ze wreef haar kop tegen hen aan, miauwde als een kat en liet uiteindelijk toe dat ze haar de riem omdeden.

'Willen jullie haar meenemen?' vroeg Lennox.

Ranjana knikte. 'Ze was in het paleis in Jodhpur altijd bij me. Ze is goed opgevoed. Jullie hoeven niet bang te zijn.'

Lennox verzekerde haar haastig dat hij absoluut niet bang

was, maar Naeku zag dat hij op het schip minder angstig op het tamme dier had gereageerd. Misschien had hij inmiddels kennisgemaakt met Desna's klauwen. Ze was niet gevaarlijk maar als ze werd lastiggevallen, krabde ze en het verblijf in deze kooi had haar beslist van streek gemaakt.

'Ze is veel meer vrijheid gewend,' zei Ranjana.

Lennox Edgecumbe slikte, maar bood toch aan om haar de boerderij te laten zien. Hij was blijkbaar ook vergeten dat ze de omgeving en het landgoed al kende. Desna liep veerkrachtig naast Ranjana terwijl ze Lennox naar de gastententen aan de andere kant van het huis volgde.

Hier heerste bedrijvigheid. Een mannenclub was net gearriveerd om een paar dagen te jagen. Ze dronken bier en whisky op het plein voor de tenten dat uitzicht op de waterpoel bood. Daar verschenen de eerste dieren al: een neushoorn boog zijn kop om te drinken en de mannen maakten er geestige opmerkingen over. 'Hier hoef je blijkbaar je bed niet eens uit te komen om je trofee dood te schieten,' zei een van de jachtgasten.

Reggie, die de mannen had uitgenodigd voor een sundowner, legde uit dat er niet werd gejaagd op de dieren rond de boerderij omdat ze de waterpoel dan zouden gaan mijden, waardoor de gasten het mooie uitzicht moesten missen. Susan Derringer keek met een geïrriteerde blik naar haar zoon. De mannen uit Mombasa waren duidelijk aangeschoten. Adrian had altijd geweten hoe hij dat moest voorkomen. Voor het diner werd er slechts matig gedronken en pas als de vrouwen zich hadden teruggetrokken mochten de jagers zoveel drinken als ze wilden. De meesten deden dat echter niet, om de volgende dag met een helder hoofd te kunnen jagen. Adrians gasten waren destijds gepassioneerde jagers geweest die het gewend waren om zich in overeenstemming daarmee te gedragen.

Ranjana merkte niet dat de mannen zwegen en hun aandacht op haar ongewone huisdier richtten. Ze keek naar de tenten, die er bijzonder uitnodigend uitzagen. Ze waren geïnspireerd op echte safaritenten, maar waren veel comfortabeler ingericht en voorzien van terrassen met schommelstoelen waarop de gasten van het uitzicht konden genieten. Langs de paden stonden uit hout gesneden dieren die miss Ivy van de Kikuyu had gekocht. Ze maakten het terrein nog interessanter.

'Daar sliep ik,' zei Ranjana. Ze wees naar de tent die ze destijds met haar bedienden had gedeeld. De entourage van de Maharadja had het volledige resort afgehuurd en ze had in haar eigen tent geslapen, net zoals ze in het paleis haar privévertrekken had. 'De tent was prachtig. Zouden we... kunnen we...' – ze keek naar Naeku – '... daar misschien weer overnachten?'

Susan Derringer greep in voordat Lennox antwoord kon geven. 'Dat is absoluut uitgesloten! Tussen die kerels in de andere tenten kun je geen dames laten overnachten, Lennox! Wie weet wat ze midden in de nacht in hun hoofd halen. Nee, ik verwacht dat... miss Ranjana...'

Ranjana had haar tijdens de autorit gevraagd om de aanspreektitel Maharani niet meer te gebruiken en haar evenmin met 'Hoogheid' aan te spreken. Susan had er daarna op gestaan dat ze elkaar bij de voornaam noemden.

'... in een gastenkamer in het hoofdgebouw ondergebracht wordt.'

Ranjana wist helemaal niet dat er gastenkamers waren. Ze vermoedde dat deze bedoeld waren voor de privébezoekers van de eigenaars terwijl de betalende gasten in de tenten sliepen.

Lennox viel Susan Derringer haastig bij en vertelde dat de Derringers eveneens in het hoofdgebouw zouden overnachten.

'Daar slaap je veel comfortabeler,' zei hij tegen Ranjana. 'Er is bijvoorbeeld stromend water...'

Ranjana had tijdens haar eerdere verblijf niets gemist, maar maakte geen bezwaar. Ze had nog nooit met dronken mensen te maken gehad en vond de gasten van het resort niet bedreigend, maar ze gehoorzaamde bereidwillig. Naeku besefte de dreiging wel en ze beschouwde Susans bezwaar als een bewijs dat Ranjana onder het toeziend oog van de vastberaden koloniste veilig was. Daarom vroeg ze toestemming om haar dorp te bezoeken.

Lennox ging verder met de rondleiding door zijn resort. Hij liet Ranjana de moderne safarivoertuigen zien die door de vrouw van zijn oom waren gekocht, wat hij natuurlijk niet vermeldde, net zomin als het feit dat ze tegenwoordig nauwelijks nog werden gebruikt. Er waren nooit meer dan twee voertuigen tegelijkertijd onderweg omdat elke groep begeleid moest worden door een ervaren jager en daaraan ontbrak het op Edgecumbe Farm.

Dat viel Ranjana niet op; ze had geen belangstelling voor de voertuigen of de organisatie van de jacht. Ook de gemeenschappelijke ruimtes in het hoofdgebouw – de ontvangsthal met receptie en de feestzaal – maakten niet veel indruk op de jonge Indiase vrouw. Vanuit haar perspectief was er sinds haar eerste bezoek bijna niets veranderd. Lennox en Reggie hadden de foto's waarmee Ivy de muren had gedecoreerd onmiddellijk weggehaald en hadden die vervangen door Adrians oude jachttrofeeën terwijl de kleurige kleden waren verwisseld voor zebra- en leeuwenhuiden. Het eerste wat de bezoekers opviel was de kop van de tijger die hen bij het betreden van de ontvangsthal met agressief ontblote tanden opwachtte.

'Kijk daar maar niet naar, Desna,' zei Ranjana tegen haar luipaard, dat ze nog steeds aan de riem had. Peter Derringer moest erom lachen, maar Lennox zag de humor er niet van in.

De gastenkamers bleken heel mooi en comfortabel te zijn, maar Ranjana vond het lastig om zich zonder Naeku op te frissen en om te kleden voor het diner. Haar fijne zijden sari's vereisten handigheid om perfect rond haar lichaam gedrapeerd te worden. Daarover hadden Ranjana en Naeku beiden niet nagedacht, maar Ranjana wilde het plezier van haar vriendin nu ze haar familie weer zag niet verstoren door een boodschapper naar haar toe te sturen. Uiteindelijk koos ze voor een westerse jurk die ze net als de safarikleding in Nairobi had gekocht. Hij viel losjes rond haar lichaam en door de lage taille hoefde ze niet ingesnoerd te worden. De verkoper had het over de Charleston-stijl gehad. De oranje-zwarte kleurencombinatie paste bovendien perfect bij Desna's vacht.

Ranjana glimlachte toen ze zichzelf in de spiegel bekeek en vond dat ze bij deze stijl zelfs haar haar kon laten zien. Het was inmiddels flink gegroeid en als ze het een beetje naar voren kamde kon het zelfs doorgaan voor een van de modieuze korte kapsels die tegenwoordig door veel mondaine vrouwen werden gedragen. Haar zijden schoenen pasten er niet bij, maar Ranjana besloot dat te negeren. Ze omlijnde haar ogen zo goed mogelijk met kohl en was uiteindelijk tevreden over haar uiterlijk. Het gaf haar een goed gevoel om zich net als de Britse vrouwen zelfstandig aan te kleden en ze voelde zich optimistisch toen ze de Derringers in de foyer ontmoette. Susan droeg eveneens een avondjurk. Tijdens het diner onder de sterrenhemel op Edgecumbe Farm werd altijd formele kleding gedragen. Niemand had echter ooit zo'n vreemd accessoire bij zich gehad als het luipaard met de gouden halsband dat aan de voeten van haar vrouwtje onder de feestelijk gedekte tafel lag.

Het verschijnen van de dames had duidelijk een ontnuchterend effect op de mannenclub uit Mombasa. Dit soort gasten had weinig belangstelling voor romantische diners; een eenvoudige barbecue viel meer bij hen in de smaak. Die avond verliep het gesprek beschaafd, wat niet zozeer te danken was aan Susan Derringer, die mee kon doen met jagerslatijn en om ruwe grappen kon lachen, maar aan de ingetogen elegantie van Ranjana. De mannen maakten haar complimenten en wedijverden met elkaar om haar te amuseren. De deels nog door Sanele opgeleide bedienden waren er trots op dat ze aan elke wens van de Indiase konden voldoen. Het was de bedoeling om de jachtgasten te laten beseffen dat Edgecumbe Farm klasse had en dat ze de volgende keer hun vrouwen konden meenemen.

Het menu dat werd geserveerd bevatte nauwelijks groenten. Het vlees van de geschoten dieren moest immers worden gebruikt en de meeste gasten vonden struisvogelbiefstuk en antilopenpastei heel smakelijk. Ranjana vond het net als de eerste keer niet lekker, maar Wawira, de kokkin die jarenlang voor Ivy had gewerkt, herinnerde zich de voorkeuren van de Indiase en zette een paar pittige Afrikaanse bonen- en groentegerechten op tafel. De jachtgasten wilden daar natuurlijk ook van proeven en waren onder de indruk. Daarmee hadden ze opnieuw iets om te vertellen als ze weer thuis waren. Reggie Derringer keek met een triomfantelijke blik naar Lennox. Dit was precies het effect waarop hij had gehoopt nu Ranjana aanwezig was bij het diner.

Lennox merkte dit echter niet. Hij was volkomen gefascineerd door de jonge Indiase vrouw. Het kon hem niet schelen of ze nuttig voor Edgecumbe Farm was. Hij wilde haar hebben!

15

Naeku ontdekte haar geboorteland opnieuw terwijl ze op de brede, goed begaanbare weg van Edgecumbe Farm naar de missiepost liep. Er waren nauwelijks dieren langs de route te zien sinds er weer op ze werd gejaagd, maar het licht op de savanne en de silhouetten van de parapludoornbomen tegen de door de ondergaande zon roodgekleurde wolken waren vertrouwd, net als de verschillende geluiden in het bos waar ze doorheen liep. Ze voelde zich bijna een beetje bedwelmd door de wandeling in de invallende duisternis door de bush, maar schrok zich dood toen er plotseling iets uit een boom sprong en de doorgang blokkeerde. Verbaasd zag ze dat het een baviaan was. Hij bleef in een onderdanige houding voor haar zitten en keek naar haar op. In tegenstelling tot zijn soortgenoten, die altijd in groepen opereerden en heel opdringerig konden zijn als ze mensen met iets eetbaars of iets glinsterends zagen, was deze baviaan alleen.

'Kurti?' Naeku herinnerde zich miss Ivy's tamme baviaan, over wie ze nog steeds vertelde als het gesprek op Edgecumbe Farm kwam. Ze was heel bezorgd geweest toen ze hem moest achterlaten en was doodsbang dat meneer Reggie en meneer Lennox de kleine deugniet inmiddels hadden doodgeschoten.

Kurti leek echter beseft te hebben dat hij na het vertrek van zijn vrouwtje in gevaar was en probeerde nu in de wildernis te overleven. Aan zijn doffe vacht en magere lichaam was te zien dat hem dat niet goed afging. Naeku was verdrietig omdat ze niets eetbaars voor hem bij zich had, maar ineens herinnerde ze zich het zakje snoep dat ze voor de kinderen van haar stam in haar schoudertas had gestopt. Kurti maakte enthousiaste geluiden toen ze hem er een paar gaf, duwde zich tegen haar aan om geaaid te worden en stopte ten slotte zijn door de suiker plakkerige, leerachtige apenhand in de hare. Kurti was opgegroeid tussen mensen en het was overduidelijk dat hij hen miste.

Naeku kon het niet over haar hart verkrijgen om hem weg te sturen en liep met Kurti naast zich de missiepost in. De aap liep rechtop en leek zich belangrijk te voelen. Ze werden meteen door kinderen omringd toen ze het plein voor de kleine kerk op liepen, dat werd gedomineerd door een enorme acacia. Het avondgebed voor de dorpsbewoners – een aantal succesvol bekeerde Masai- en Kikuyu-families leefden en werkten op het missieterrein – was net afgelopen. Hun kinderen werden aangemoedigd om een ambacht of huishoudelijke vaardigheden te leren, zodat ze in de woningen van de kolonisten konden werken. Dienstmeisjes waren gewild in Kijabe en Nairobi. De meeste stamleden hielden echter liever vast aan hun traditionele levenswijze en wilden hooguit als spoorzoekers en jagers op Edgecumbe Farm werken.

De missionarissen, paters en nonnen keken verbaasd maar niet onvriendelijk naar Naeku. Ze maakte blijkbaar een betrouwbare indruk in haar nieuwe mousselinen jurk met stippen. Uiteindelijk kwam een van de paters naar haar toe en vroeg in gebroken Masai aan haar wat ze in het dorp kwam doen. Naeku antwoordde in het Engels dat ze een voormalige leerling van de missieschool was en vroeg naar zuster Elisabeth. Hierna werd ze meteen omringd door een aantal jonge nonnen die alles over deze duidelijk succesvolle jonge vrouw wilden weten.

'Waar ken je deze aap van?' vroeg een kleine, nog heel jonge non met een sympathiek uiterlijk, die meteen door Kurti was begroet. 'Ik geef hem soms iets te eten. Hij is tam,' vertrouwde ze Naeku toe. 'En hij heeft altijd honger.'

Naeku stelde Kurti voor en vroeg of ze hem in de missiepost wilden opnemen. 'Jullie zullen hem waarschijnlijk niet kunnen bekeren, maar hij is voor de tweede keer wees geworden en heeft iemand nodig die hem helpt.'

De meeste nonnen keken verbijsterd, alleen de jonge non – die sproeten had en blond haar dat onder haar sluier uit kwam en een spitse neus die haar een grappig uiterlijk gaf – glimlachte. 'Ik vind hem schattig,' bekende ze. 'Maar we mogen hier geen dieren hebben.'

Toch was Naeku ervan overtuigd dat de jonge non zodra ze daar kans toe zag, brood en fruit zou achterhouden voor de aap, van wie ze de naam nu kende.

Uiteindelijk verscheen zuster Elisabeth, waarna de nonnen zich weg haastten voordat haar misschien iets opviel waarop ze kritiek kon hebben. Alleen Kurti's jonge vriendin bleef. Ze kon geen afscheid van hem nemen en aaide hem verstrooid. Zuster Elisabeth leek echter vastbesloten om dit keer niet al te streng te zijn. Ze begroette Naeku hartelijk, informeerde naar haar tijd in India en leek zelfs niet geschokt door de baviaan.

'Ik weet nog hoe mevrouw Edgecumbe in mijn tijd als verpleegkundige naar me toe kwam en vroeg hoe ze een babyolifant moest grootbrengen,' vertelde ze. 'Deze vrouw zondigde voortdurend door de dieren boven de mensen te plaatsen, maar ze had een goed hart. Het is een schande dat ze op zo'n manier van Edgecumbe Farm verdreven is. Ga eens een banaan voor dat beest halen, zuster Teresa, dat gebedel is niet om aan te zien.'

'U bent dus niet enthousiast over de nieuwe beheerder van het resort?' vroeg Naeku terwijl de jonge non opgetogen wegliep. Kurti volgde haar en maakte uitgelaten sprongetjes.

De oude missiezuster haalde haar schouders op. 'De paters zijn nogal onder de indruk van hem. Meneer Edgecumbe is een Schot en zijn familie is rooms-katholiek, maar hij komt niet vaak naar de mis. Bovendien rapporteren de missiezusters die lesgeven aan de Kikuyu over... prostitutie.' Het leek haar zelfs tegen te staan om het woord uit te spreken. 'De mannen van de stammen verkopen hun dochters aan de gasten. Dat was in de tijd van meneer Adrian al een probleem. Ivy Edgecumbe heeft daar resoluut een eind aan gemaakt, hoewel het haar man niets kon schelen, maar Lennox Edgecumbe wil daar niets over horen. Ik heb hem er persoonlijk op aangesproken, maar hij zegt dat hij er nog nooit iets van gemerkt heeft. Hij is zelf trouwens een enorme rokkenjager. We sturen alleen nog oudere ervaren missiezusters naar de Kikuyu. Een paar jonge, knappe nonnen hebben al seksistische opmerkingen van hem moeten aanhoren.'

'Misschien moet hij trouwen,' merkte Naeku op.

Zuster Elisabeth knikte. 'Een christelijk huwelijk heeft al veel mannen goed gedaan, maar er zijn hier veel te weinig blanke vrouwen. Maar goed, op een bepaald moment zal een of andere vrouw hem beslist temmen.'

Kurti was waarschijnlijk bij zuster Teresa gebleven, dus liep Naeku alleen van de missiepost naar het Masai-dorp. Ze moest het terrein van Edgecumbe Farm daarvoor verlaten omdat de nederzetting buiten de hekken lag. Naeku had echter van de Derringers gehoord dat de koeien van de Masai nog steeds op het terrein van Edgecumbe Farm mochten grazen. Hun zoon Reggie vertelde de Masai waar op dat moment niet werd gejaagd.

Niet lang na het passeren van de poort zag Naeku de *enkang* van de Masai al, het dorp van haar stam dat bestond uit een verzameling hutten die van leem en koemest waren gebouwd. Ze waren ook te ruiken, iets wat Naeku vroeger nooit was opgevallen. Rond het dorp stond een omheining van doornige takken. Binnen en buiten de nederzetting graasden runderen, schapen en geiten. Het gras en de struiken waren dor omdat het regenseizoen nog niet was begonnen. De honden in het dorp merkten Naeku meteen op. Ze blaften en alarmeerden daardoor de dorpsbewoners die hun dagelijkse bezigheden verrichtten. De meesten herkenden Naeku niet, hoewel op het eerste gezicht duidelijk was dat ze bij de stam hoorde. Zoals bijna alle Masai was ze lang en slank. Als ze de traditionele kleding had gedragen, was ze hier niet opgevallen.

Ineens klonk er een stem vanuit de hut waar Naeku's moeder met haar en haar broertjes en zusjes had gewoond. 'Naeku!'

Ze zag haar moeder naar haar toe rennen en boog haar hoofd zodat haar moeder haar hand bij wijze van begroeting op haar haar kon leggen. Meteen daarna pakten ze elkaars handen vast. Omhelzingen waren ongebruikelijk bij de Masai.

'Naeku! Je bent terug. Uit dat verre land... Blijf je hier?'

Ook de andere vrouwen en kinderen kwamen naar haar toe om haar te begroeten en aan te raken. Naeku probeerde zich een weg door de menigte te banen. Haar moeder was sterk verouderd, maar droeg toch een baby op haar rug en een peuter klampte zich aan haar rode, versleten gewaad vast. Naeku herinnerde zich hoe haar zussen Malaika, Adzo en Amari ook op die manier aan hun moeder hadden gehangen, net als Zendaya en Oromo. Ze vroeg zich af hoeveel broers en zussen ze inmiddels had. In elk geval meer dan tien van haar eigen moeder, maar in de periode waarin ze de stam verliet had haar vader een tweede vrouw genomen, dus had ze hoogstwaarschijnlijk ook halfbroers en -zussen.

Naeku informeerde eerst naar Adzo en Amari, die qua leeftijd het dichtst bij haar in de buurt kwamen, waarop Inaya begon te lachen. Ze vertelde dat de twee meisjes allang getrouwd waren en zelf kinderen hadden. Naeku gruwde bij het idee. Zij had eigenlijk ook op haar dertiende moeten trouwen en het zou haar niet verbazen als de teleurgestelde man na haar vertrek haar jongere zus aangeboden had gekregen.

Het dorp en de hereniging met haar familie verloren al snel hun aantrekkingskracht voor haar. Ze herinnerde zich de neerbuigende manier waarop de oudere mannen de missiezusters en aanvankelijk ook miss Ivy hadden behandeld, het zware werk dat de vrouwen moesten verrichten en het doelloze leven van de mannen die alleen voor de koeien zorgden, af en toe op jacht gingen en soms traditionele dansen uitvoerden. Terwijl ze haar zussen begroette en haar afschuw over hun verlepte en verouderde uiterlijk probeerde te verbergen en haar moeder broers, zussen en kleinkinderen aan haar bleef voorstellen, werd het haar steeds duidelijker dat ze hier niet meer thuishoorde.

Ranjana was haar familie en zelfs in de missiepost had ze zich meer thuis gevoeld dan hier.

Ze probeerde het gesprek met de dorpsoudsten zo snel mogelijk achter de rug te hebben. Normaal gesproken hadden ze weinig belangstelling voor vrouwen, maar nu waren ze nieuwsgierig. Haar vader stelde vragen over India en wilde weten waarom ze geen kinderen had. Hij had de kwestie met Desna destijds als een excuus beschouwd en was er heilig van overtuigd dat de Maharadja zijn dochter als tweede vrouw wilde hebben. Naeku probeerde hem over haar leven als dienares in de vrouwenvertrekken te vertellen, waarna hij vroeg of ze verstoten was omdat ze geen kinderen kon of wilde krijgen. Dat ontkende ze, maar ze had niet het gevoel dat hij naar haar luisterde.

'Je bent altijd een opstandig kind geweest,' zei hij. 'Het is een wonder dat ik je zo goed heb kunnen verkopen.'

Naeku wist niet of ze moest lachen of huilen en besloot om instemmend te knikken. Daarna stond ze de vrouwen te woord en beantwoordde ze hun vragen over hoe het leven in India was, wat ze daar aten en hoe de mensen hun dagen doorbrachten. Naeku vertelde dat de koeien in India heilig waren, waarvan de vrouwen niet bijzonder onder de indruk waren. De Masai geloofden dat hun goden de koeien aan hen hadden geschonken. Hun traditionele religie verzekerde hen ervan dat alle koeien van de wereld exclusief aan hun stam toebehoorden.

Die nacht verbleef Naeku in de hut van haar moeder, maar ze kon nauwelijks slapen omdat ze de hut met haar en de twee jongste kinderen deelde. Ze was vergeten hoe krap het was, hoe verstikkend de lucht was en dat er overal insecten waren. Vroeger had ze daar geen aandacht aan besteed, maar nu verlangde ze hevig naar een bad.

'Kom snel terug,' zei haar moeder met een smekende klank in haar stem toen ze afscheid nam om naar de boerderij terug te gaan. 'We hebben je zo gemist.'

Naeku verzekerde haar dat het dit keer geen jaren zou duren voordat ze weer op bezoek kwam. Hoewel ze er zelf geen behoefte aan had, vermoedde ze dat Ranjana een goede indruk van Edgecumbe Farm had gekregen. Misschien kon haar vriendin nauwelijks wachten om weer op bezoek te komen.

16

Ranjana sliep uitstekend in de logeerkamer op Edgecumbe Farm, maar werd om vier uur 's ochtends al gewekt door Susan Derringer. 'Als je mee wilt op safari, moet je opstaan, Ranjana,' vertelde ze klaarwakker. 'De dieren zijn tijdens de dageraad en de avondschemering het meest actief. De rest van de tijd komen ze zelden tevoorschijn. Kom op, het is een ongelofelijke ervaring.'

Ranjana kwam dapper uit bed en trok haar safarikleding aan, met inbegrip van de helm met de sluier om zich tegen de malariamuggen te beschermen. Volgens Susan staken de muggen vooral 's nachts, maar ook 's ochtends vroeg was niemand veilig voor ze. Met heel veel medelijden bracht ze Desna, die voor haar bed had geslapen, naar haar verblijf terug. Ze besloot om Lennox Edgecumbe te vragen haar op een andere plek onder te brengen. Het luipaard kon niet dag en nacht in het halfdonker in een kooi zitten.

Voor het vertrek stonden in het hoofdgebouw thee, koffie en toast klaar, waarna de jagers en de gasten zich over de voertuigen verdeelden. Susan en Ranjana reden met Lennox mee. Hij begeleidde een van de jagers uit Mombasa, die een neushoorn wilde doodschieten. Er kwamen ook neushoorns in India voor, maar Ranjana had er nog nooit een gezien.

'Misschien komen we ook leeuwen tegen,' zei Lennox hoopvol.

Ranjana was ook nog nooit leeuwen in het wild tegengekomen.

Het lukte Lennox – die haar eveneens had gevraagd om elkaars voornamen te gebruiken en elkaar niet meer zo vormelijk aan te spreken, waartegen ze geen bezwaar had gehad – inderdaad om na maar een uur rijden twee leeuwinnen met hun jongen te vinden. Ranjana was verrukt van de kleintjes. Lennox probeerde de jager ervan te overtuigen dat de moeders en hun jongen beschermd moesten worden omdat ze anders over een paar jaar geen leeuwen meer hadden om op te jagen.

De gast begreep dat niet. Hij probeerde Lennox ervan te overtuigen dat je een gelegenheid moest grijpen als die zich voordeed. 'Wanneer kom je nog een keer toevallig een leeuwenfamilie tegen?' vroeg hij.

Ranjana was opgelucht toen Lennox er niet op inging.

'Dat was natuurlijk geen toeval,' vertelde Susan terwijl ze verder reden. Ze zei het zo zachtjes dat de mannen haar niet konden horen. 'Lennox weet precies waar hij de leeuwen kan vinden. Dat is nu eenmaal het bedrijfsconcept van een jachtresort. De jagers krijgen hun trofeeën min of meer gegarandeerd. Ze hoeven het wild niet eindeloos te achtervolgen zoals dat vroeger het geval was, maar alles speelt zich binnen een beperkt gebied af. De spoorzoekers en de jagers kennen het resort als hun broekzak en brengen hun gasten rechtstreeks naar de prooien.'

'Is dat wel eerlijk?' vroeg Ranjana. Ze had altijd gehoord dat eerlijkheid een fundamenteel kenmerk van de Britse aard was.

Susan lachte. 'Dat is een filosofische vraag. Is het over het algemeen eerlijk om met jachtgeweren te jagen op dieren die alleen hun tanden en klauwen hebben om zich te verdedigen? Je moet het als volgt zien: de jacht in een resort bespaart een enorme hoeveelheid tijd. Als een gast een leeuw wil doodschieten, kan hij dat doen zonder daar wekenlang voor op jacht te hoeven, zoals vroeger. En volgend jaar komt hij misschien terug voor een neushoorn.'

Ranjana wist niet wat ze daarop moest antwoorden. De Maharadja was lang onderweg geweest om een tijger neer te schieten en de jacht op groot wild als weekendvermaak met gegarandeerde trofeeën leek haar niet juist.

'Dan kun je net zo goed in een dierentuin op de beesten schieten,' zei ze zachtjes.

Lennox en zijn Afrikaanse spoorzoeker zetten een spannende jacht voor de gast uit Mombasa in scène. Ze vonden neushoornmest en probeerden met behulp daarvan de paden die het dier 's nachts had genomen te achterhalen. Lennox ging uiteindelijk met de man op pad terwijl zijn assistent met Susan en Ranjana in het safarivoertuig naar een waterpoel reed en daar parkeerde. Hij wachtte geduldig tot er een prachtige neushoorn uit de struiken tevoorschijn kwam om te drinken. Ranjana bewonderde zijn zware lichaam, de waakzame kleine ogen en de machtige hoorn. Ze hield haar adem in om het dier niet te storen en zo lang mogelijk van zijn aanblik te genieten.

Ineens klonk er een schot. De neushoorn schrok, hief zijn kop en viel vervolgens op zijn zij. Ranjana begon te huilen toen ze het zware lichaam zag vallen. Zijn poten schokten nog even en het dier hief zijn kop een laatste keer. Op dat moment verschenen Lennox en de trotse jager om zich ervan te overtuigen dat de neushoorn dood was.

Susan probeerde haar te kalmeren. 'Ranjana, je hebt toch verteld dat je al eens een jacht meegemaakt hebt...'

'Dat is inderdaad zo,' fluisterde Ranjana. 'Maar toen kon het niet anders. De tijger doodde het vee en er werd gevreesd dat hij er ook niet voor terug zou schrikken om mensen aan te vallen, maar ook toen vond ik het niet leuk. Hoe kun je plezier aan het doden van dieren beleven? Ik haat de jacht! Kunnen we nu naar de boerderij teruggaan?'

Ze moesten natuurlijk wachten tot Lennox en zijn enthousiaste gast naar de auto terugkeerden. Susan feliciteerde de man met zijn succesvolle schot. Ranjana was van streek en Susan drong erop aan dat ze een grote slok whisky nam toen Lennox de fles liet rondgaan om de succesvolle jacht te vieren.

'Wat scheelt eraan, miss Ranjana?' vroeg hij uiteindelijk toen hij merkte hoe stil ze was. 'Vond je de neushoorn niet indrukwekkend? Wat een trofee, Harry! Dat is de grootste hoorn die we hier ooit buitgemaakt hebben!'

'Ik haat de jacht,' herhaalde Ranjana.

Harry, de schutter, grinnikte. 'Zolang je de jager niet haat kan ik ermee leven,' merkte hij op.

Ranjana gaf geen antwoord.

Ranjana nestelde zich in Naeku's armen toen ze eindelijk weer in hun kamer waren. Ze zouden gezamenlijk ontbijten voordat ze samen met Reggie Derringers ouders vertrokken. Naeku, die 's ochtends vroeg naar de boerderij terug was gelopen, vroeg zich af wanneer Susan Derringer de donaties van de vrouwenvereniging bij de missiepost had afgeleverd, maar miss Ivy, meneer Zoeloe en zij waren het er al over eens geweest dat dit alleen een excuus voor de rit naar Edgecumbe Farm was.

'Je stinkt, ik vul het bad voor je,' zei Ranjana toen ze elkaar loslieten.

Naeku lachte. 'Dat doe jíj voor míj?'

Ranjana knikte. 'Ik heb mezelf gisteren helemaal alleen voor het diner gekleed,' zei ze trots. 'Iedereen zei dat ik er prachtig uitzag.'

Er gleed een schaduw over Naeku's gezicht. 'Je hebt me dus niet meer nodig?' vroeg ze zachtjes.

Ranjana streelde de schaduw weg. 'Ik zal je altijd nodig hebben,' fluisterde ze.

Naeku legde haar hand op Ranjana's hoofd, zoals de traditie van haar volk voorschreef. 'En ik jou. Ga alsjeblieft nooit bij me weg, Ranjana.'

17

Tijdens het regenseizoen kreeg het jachtresort zelden gasten en Lennox Edgecumbe maakte van de gelegenheid gebruik om bezoeken af te leggen. Hij ging bijna elke zondag bij de Jeevanjees op visite en vroeg dan of hij Ranjana mocht zien. Inmiddels verraste haar dat niet meer; ze wachtte op hem in luxe huiskleding, zoals de traditie voorschreef. Meestal droeg ze een sari – wat de gewoonte was bij de Jeevanjees – maar nadat haar haar door een Britse kapper in een modern kort kapsel was geknipt, ontving ze hem in een westerse middagjurk. Lennox' bewondering voor haar was zonder enige twijfel oprecht; hij deed zijn best om een prettig gesprek met haar te voeren en nam zorgvuldig uitgekozen cadeautjes voor haar mee: een dichtbundel van een Indiase schrijver, Indiase snoepjes die hij op de markt in Little India had gekocht, en één keer zelfs een foto van haar geliefde Desna.

'Ik dacht dat je geen fotosafari's meer organiseerde,' merkte Ranjana op. Ze kon geen genoeg van de foto krijgen. 'Wie heeft hem gemaakt?'

Lennox antwoordde dat er regelmatig een fotograaf naar Edgecumbe Farm kwam. Ook in Adrians tijd hechtten de jagers er veel waarde aan om met hun trofeeën te worden gefotografeerd. 'Onze fotograaf heeft nog niet vaak een levend luipaard voor zijn camera gehad,' vertelde hij lachend. 'Wanneer kom je Desna weer bezoeken, Ranjana? Vind je het niet te lang duren?'

Ranjana vond het inderdaad te lang duren. Ze miste Desna natuurlijk, maar begon zich ook te vervelen in het huis van haar weldoener en vroeg zich af hoelang ze nog aanspraak op zijn gastvrijheid kon maken zonder hem tot last te worden. Op aanraden van Ivy begon ze weer sieraden te ontwerpen en ze stuurde Naeku met haar tekeningen naar een juwelier in Little

India, maar die wilde niets te maken hebben met de ontwerpen van de voormalige Maharani. Hij hoorde bij de Indiërs die Ranjana's vlucht om haar voorbestemde lot te ontlopen afkeurden en was absoluut niet van plan haar te helpen om op eigen benen te staan en haar daarmee nog verder te laten afwijken van hoe een deugdzame vrouw zich volgens hem diende te gedragen. Naeku luisterde geduldig naar zijn beledigingen aan het adres van haar meesteres en deed geen tweede poging om Ranjana's ontwerpen te verkopen.

Na afloop van het regenseizoen maakten de Derringers opnieuw een uitstapje naar Edgecumbe Farm en ze nodigden Ranjana en Naeku weer uit om mee te gaan. Ranjana genoot net als de vorige keer van haar luipaard en van het feit dat Lennox naar haar wens had geluisterd en een groot buitenverblijf voor het roofdier had laten bouwen. De andere gasten waren dit keer twee Engelse echtparen. Het waren alle vier enthousiaste jagers en de vrouwen vertelden trots over de olifant en de gazelle die ze 's ochtends hadden doodgeschoten.

'We hebben nog een zebrahuid nodig,' vertelde lady Peaborn enthousiast. 'Ga je morgen een zebra doodschieten, Bob? Of hou je vast aan je leeuw?'

Ranjana vond de gasten weerzinwekkend, maar verrijkte de avond ook dit keer met haar charme en vriendelijke conversaties. Ze beëindigde het gesprek over de jacht snel door over India te vertellen. Nadat Lennox de gasten had verteld dat er een echte voormalige Maharani aan de tafel zat, kregen ze geen genoeg van Ranjana's verhalen over haar leven in een Indiaas paleis. En natuurlijk bewonderden ze Desna, die weer geduldig bij de voeten van haar vrouwtje lag.

'Je zou bijna wroeging krijgen om op de dieren te schieten,' merkte een van de mannen op, waarna de anderen begonnen te lachen.

'Maar als ze opgezet zijn, geven ze minder werk,' voegde zijn vrouw eraan toe.

Desna kwam overeind en brulde, alsof ze het begreep, bij wijze van protest. Ranjana kon nauwelijks geloven hoe snel de daarnet nog zo onverschrokken jagers van hun stoel opsprongen en dekking zochten.

Daarna vroeg Lennox aan Ranjana om het dier naar zijn verblijf te brengen, maar ze verontschuldigde zichzelf eveneens en trok zich met Desna in haar logeerkamer terug. Daar wachtte ze ongelukkig op Naeku, hoewel haar vriendin had laten doorschemeren dat ze de volgende ochtend pas naar de boerderij zou terugkeren.

'Ik denk dat ik in de missiepost slaap en een beetje met de nonnen ga kletsen. Misschien kom ik Kurti tegen,' had ze gezegd. Dit keer had ze fruit en brood voor de aap meegenomen. 'Maar ik ga eerst langs de stam. Daar zal mijn moeder blij mee zijn.'

Naeku keek er niet naar uit om de stam weer te bezoeken, maar wilde haar moeder niet teleurstellen. Ze was echter niet van plan om nog een nacht in de lemen hut door te brengen. Ze kon zich niet voorstellen dat ze haar hele jeugd in zo'n hut had geslapen. Haar verblijf in de missiepost was veel stimulerender. Zuster Elisabeth verheugde zich over haar deelname aan de avondmis en bood haar met liefde een slaapplek in haar bescheiden gastenhut aan. Die was nauwelijks groter dan de hut van haar moeder, maar hij was in elk geval schoon en het bed was voorzien van een klamboe.

Tijdens de ochtendmis kwam ze tot haar verrassing iemand tegen die ze kende: Wawira, de kokkin van miss Ivy. Na de mis vertelde de kokkin openhartig over de veranderingen op Edgecumbe Farm nadat miss Ivy en meneer Zoeloe waren gedwongen te vertrekken. Wawira was een steunpilaar van de christelijke gemeenschap en ze was oprecht verontwaardigd over de omstandigheden onder Lennox' beheer. 'De dienstmeisjes zijn allemaal weggelopen. Meneer Lennox heeft ze schaamteloos lastiggevallen en omdat ze heel goed waren opgeleid, vonden ze meteen werk in Kijabe of zelfs in Nairobi. De gasten zijn niet meer zo voornaam als vroeger en ze geven nauwelijks nog fooien. En het huishouden... Ik overlegde altijd alles met miss Ivy, maar nu sta ik overal alleen voor, zoals de menuplanning, de boodschappenlijsten en allerlei andere dingen. Ik heb dat soort dingen nooit geleerd, Naeku. Vroeger hoefde ik alleen te koken.'

Wawira woonde in het Kikuyu-dorp en toen miss Ivy als jonge vrouw naar Edgecumbe Farm was gekomen, had ze haar meteen aangenomen als kokkin. In het begin, voordat er gasten kwamen, kookte ze alleen voor miss Ivy en de twee missiezusters. Later nam Adrian een Franse kok aan die verfijnde menu's voor de gasten bereidde, maar miss Ivy hield Wawira in dienst en inmiddels slaagde de getalenteerde kokkin erin om ook ingewikkelde westerse gerechten te koken. Ze had nooit leren lezen en schrijven, dus was het een enorme uitdaging voor haar om de leiding te hebben over alles wat met de keuken te maken had.

'Het is niet goed dat de *bwana* en meneer Reggie het resort met zijn tweeën runnen,' concludeerde Wawira. 'De *bwana* heeft een vrouw nodig die alles in het huis regelt, zoals miss Ivy dat destijds voor meneer Adrian deed.'

Susan Derringer zei hetzelfde op Edgecumbe Farm nadat het personeel de helft van haar ontbijtbestelling was vergeten en ze ontdekte dat het zilver al heel lang niet was gepoetst en de meubels in de ontvangsthal alleen vluchtig waren afgestoft. 'De sturende hand van een bekwame huisvrouw ontbreekt,' zei de koloniste gedecideerd. 'Het wordt tijd dat je trouwt, Lennox.' Ze knipoogde er veelbetekenend bij.

Lennox beweerde dat hij zijn voelsprieten al had uitgestoken. 'Goede dingen hebben tijd nodig,' zei hij. 'Vooral als je een prinses ten huwelijk wilt vragen.'

Ranjana hield haar hoofd gebogen om niet bij het gesprek betrokken te raken. Die dag voelde ze zich echter weer iets vriendelijker gestemd tegenover Lennox. Hij had haar 's ochtends vroeg meegenomen voor een rit over het terrein van Edgecumbe Farm om haar de dieren te laten zien zonder op ze te schieten. Het was fantastisch geweest om bij zonsopgang door de bush te rijden, de zon boven de savanne te zien opkomen en kuddes zebra's en giraffen langs te zien trekken. Ranjana was erin geslaagd een beetje uit haar schulp te kruipen. Ze vertelde over haar eerste verblijf op Edgecumbe Farm, toen Bori – de jonge olifantenkoe van miss Ivy – haar sluier van haar hoofd had getrokken en er overmoedig mee door haar verblijf was gerend, en over Kurti, die de sluier heel galant had teruggebracht nadat hij er maar een beetje op had gekauwd.

'Miss Ivy was destijds heel vriendelijk voor me,' voegde ze eraan toe.

Lennox wist niet goed wat hij daarop moest antwoorden.

'Ik heb haar niet echt leren kennen,' zei hij uiteindelijk. 'Mijn vader heeft met haar onderhandeld en heeft haar voorstellen met betrekking tot haar toekomstperspectieven gedaan. Daar wilde ze echter niets van weten. Ze wilde vasthouden aan haar schandelijke relatie met die zwarte.'

Ranjana beet op haar lip. 'Miss Ivy en meneer Zoeloe houden van elkaar,' fluisterde ze. 'Ik weet dat ze dat eigenlijk niet mogen, maar... soms... Ik heb ook niet gedaan wat ik had moeten doen.'

Lennox schudde zijn hoofd en legde zijn arm op de leuning van haar stoel. 'Ach, Ranjana, je kunt je weigering om jezelf samen met je overleden echtgenoot te laten verbranden toch niet vergelijken met zo'n ongepast huwelijk? Miss Ivy heeft een paria van zichzelf gemaakt. We konden haar het familievermogen niet laten houden zodat ze het met haar zwarte echtgenoot zou verbrassen.'

Ranjana kromp ineen door zijn harde woorden. Ze had altijd gedacht dat Ivy en Sanele Zoeloe het resort heel succesvol hadden beheerd, maar Lennox legde het nu heel anders uit. Misschien moest je het ook van zijn kant en eveneens vanuit het perspectief van de andere kolonisten bekijken. Susan en Peter hadden het contact met de Zoeloes tenslotte ook verbroken. Ze zweeg dus en bedankte Lennox voor de mooie rit, waarna ze het weer net zo moeilijk vond om afscheid van Desna te nemen.

'Dit keer beviel het je beter, nietwaar, Ranjana?' vroeg Susan Derringer tijdens de lange rit naar Nairobi.

Ranjana knikte en was blij toen Naeku over de missiepost begon te vertellen. Edgecumbe Farm was nog steeds een vreemde wereld voor haar en het idee om daar misschien ooit te wonen maakte haar angstig, hoe vriendelijk Lennox ook tegen haar was.

Met elke maand die verstreek terwijl Ranjana bij de familie Jeevanjee logeerde, breidde de koopman de activiteiten waaraan hij haar en zijn nichtjes liet deelnemen uit. Tegen het eind van haar rouwjaar accepteerde hij vaak persoonlijke uitnodigingen, zowel van Britse immigranten als van Indiërs. De Britse bijeenkomsten vormden geen probleem voor Ranjana. Ze voerde beleefde gesprekken met haar tafelheer, die meestal een jonge koopman of een overheidsfunctionaris was. De mannen overlaadden haar met aandacht, maar niemand kwam daarna voor een beleefdheidsbezoek naar de Jeevanjees toe. Dat had alleen Lennox Edgecumbe gedaan.

De theebijeenkomsten van de Indiërs waren een raadsel voor haar. Tijdens die gelegenheden waren de vrouwen alleen met de gastheer en de gastvrouw, die minstens een of twee zoons hadden. Ranjana en de nichtjes Jeevanjee werden nooit alleen gelaten met de jongemannen; ze wisselden hoogstens een paar woorden met hen. De moeders hadden de leiding over de gesprekken en soms had Ranjana het gevoel dat ze werd ondervraagd.

Esha en Davita lachten toen ze hen daarnaar vroeg. 'Natuurlijk ondervragen ze ons. Het zijn tenslotte gesprekken over... tja... huwelijksbemiddeling. De mannen moeten beslissen of ze ons leuk vinden en de moeders bepalen of we geschikt zijn als echtgenote, met andere woorden of we deugdzaam, gehoorzaam en zachtaardig zijn en bereid zijn om te werken.'

'We hoeven beslist niet hard te werken,' voegde Davita aan de uitleg van haar zus toe. 'De families zijn allemaal rijk, maar in de lagere kasten kijkt de moeder ook of de eventuele echtgenote sterk genoeg is om zwaar werk te verrichten.'

'En ze kijken naar je figuur.' Esha giechelde. 'Of je bekken breed genoeg is om kinderen te krijgen bijvoorbeeld.'

Ranjana voelde zich gegeneerd. Ze had helemaal niet meer gedacht aan de gewoonte van familiebezoeken in verband met huwelijksbemiddeling, hoewel ze daar in India over had gehoord. Ze was zelf nooit aan een dergelijke beoordeling onderworpen. De Maharadja had haar gezien en uitgekozen. Zijn moeder leefde destijds al niet meer.

'Dan heb je geluk gehad,' zei Davita toen ze dat vertelde. 'De moeders kunnen behoorlijk onaangenaam tegen de jonge vrouwen zijn. Als we trouwen, horen we min of meer bij de nieuwe familie en wie pech heeft komt terecht bij een schoonmoeder die het leuk vindt om haar schoondochter te kwellen. Onze oom observeert de moeders van de mannen daarom heel zorgvuldig. Hij wil niet dat we bij een tirannieke vrouw terechtkomen.'

Ranjana deed haar best om net als Esha te lachen, maar vanbinnen was ze doodsbang. Natuurlijk had ze er rekening mee gehouden dat meneer Jeevanjee haar ook in Little India probeerde uit te huwelijken, maar zou hij dezelfde voorwaarden stellen als voor zijn nichtjes? En wie zou haar bruidsschat betalen? De bruidsschat was een belangrijke kwestie bij Indiase huwelijken en Ranjana had alle luxe die ze zich kon voorstellen in het paleis van de Maharadja gehad. Ze besefte dat meneer Jeevanjee vaak onderhandelde met de families bij wie Esha en Davita op bezoek waren geweest, maar geen enkele familie in Little India leek belangstelling voor haar te hebben.

Lennox Edgecumbe verdubbelde zijn inspanningen intussen. Toen het rouwjaar definitief voorbij was en de periode van tuinfeesten en picknicks in de Britse kolonie aanbrak, nodigde hij Ranjana uit om er samen met hem naartoe te gaan. Hij lachte toen ze tegen hem zei dat hij toestemming aan meneer Jeevanjee moest vragen. 'Je bent daar zelf toch verantwoordelijk voor, Ranjana. Meneer Jeevanjee is je vader niet.'

Ranjana boog haar hoofd. 'Ik ben een gast in zijn huis en wil me niet ongepast gedragen.'

'Als je daar echt op staat, dan vraag ik hem wel om een audiëntie.'

Het verbaasde haar niet dat meneer Jeevanjee daarna met haar wilde praten.

'Ranjana...' begon hij vriendelijk. 'Ik voel me bijzonder vereerd dat je meneer Edgecumbe naar mij verwezen hebt om te beslissen of je met hem uit wilt gaan, maar eerlijk gezegd weet ik niet goed wat ik hem moet antwoorden.'

'Ik ook niet,' fluisterde Ranjana terwijl er een blos op haar wangen verscheen. 'Ik weet dat het in India niet gebruikelijk is om vóór een huwelijk met een man af te spreken... alleen af te spreken dus...'

'Goed beschouwd zou je niet alleen zijn,' legde meneer Jeevanjee uit. 'Er zijn altijd veel mensen op dit soort feesten aanwezig en je zou Naeku de opdracht kunnen geven om je op een discrete afstand te volgen, maar je hebt natuurlijk gelijk. Je mag niet uitgaan met een jonge Indiër en als je dat wel met meneer Edgecumbe doet, dan verspeel je definitief al je kansen om geaccepteerd te worden door een Indiase familie.'

Ranjana beet op haar lip. 'Maak ik dan een kans?' vroeg ze. 'Was er iemand die belangstelling voor me had na de bezoeken die we afgelegd hebben?'

Haar Indiase gastheer schudde zijn hoofd. 'De jongemannen vonden je leuk, net als de Britten aan wie je voorgesteld bent, maar de families... Het is altijd moeilijk om een weduwe uit te huwelijken en ik denk dat de families zich geïntimideerd voelen omdat je een voormalige Maharani bent. De families veronderstellen dat je eisen stelt waar een gewone welvarende familie niet aan kan voldoen. Een ander probleem is de bruidsschat. Ik kan natuurlijk een bepaald bedrag voor je uitgeven –'

'Dat kan ik niet accepteren,' zei Ranjana gedecideerd.

Meneer Jeevanjee maakte een afwijzend handgebaar. 'Het zou nooit genoeg zijn. De eisen zouden enorm zijn, tenzij we op zoek gaan naar minder gerespecteerde families.'

Ranjana schrok. Wat hadden Esha en Davita verteld over vrouwen die naar minder welgestelde families werden gestuurd? Moest ze dan met een kruik op haar hoofd naar de put gaan? Spullen op de markt verkopen? Het huis schoonmaken, de was doen en het ene na het andere kind baren?

'Of je neemt een man uit een andere etnische groep in overweging, zoals meneer Edgecumbe bijvoorbeeld.'

Ranjana slikte. 'Heeft hij om mijn hand gevraagd?' vroeg ze.

De Indiër haalde zijn schouders op. 'In zijn cultuur is het gebruikelijk om de vrouw eerst ten huwelijk te vragen, maar afgaand op zijn gedrag heeft hij absoluut serieuze bedoelingen, al zal dat natuurlijk ook afhankelijk zijn van de manier waarop zijn omgeving op je reageert. Hij wil niet buitengesloten worden, zoals Ivory Edgecumbe destijds overkomen is.'

Ranjana speelde met haar sluier. 'Moet ik... deze mensen bij de picknicks en in de countryclubs... dan van mezelf overtuigen?'

Meneer Jeevanjee lachte. 'Je zult zonder enige twijfel indruk op ze maken, Ranjana. De Britse kolonie ligt binnen de kortste keren aan je voeten.'

Ranjana ging moedeloos en van streek naar Esha en Davita. Ze hadden les van Ivy Zoeloe, die hun de hiërarchie binnen de Europese geestelijkheid en de Britse adel uitlegde. De nichtjes moesten leren hoe ze de verschillende hoogwaardigheidsbekleders correct moesten aanspreken.

'Ik ben een aartsbisschop,' zei Ebony tegen haar toen ze binnenkwam. Ze had een papieren zak op haar hoofd gezet.

'En ik ben de koning,' overtroefde Hope haar zusje.

Ranjana glimlachte vriendelijk naar de kinderen. 'Het verheugt me kennis met u te maken... Eminentie... Majesteit.' Ze maakte een buiging en keek vervolgens met een serieuze gezichtsuitdrukking naar hun moeder. 'Miss Ivy, ik... ben bang dat u me moet leren dansen.'

18

De weken erna danste Ranjana in de Muthaiga Country Club en dineerde ze met de vooraanstaande leden van de samenleving in Nairobi. Ze werd voorgesteld aan de belangrijkste leden van de Happy Valley Set, de groep aristocraten en kolonisten die bekendstonden om hun decadente levensstijl. Ranjana vond dat ze te luidruchtig waren en te veel dronken, maar Lennox probeerde de groep voor zich te winnen. De leden waren zonder uitzondering rijk en waren bijna allemaal verslaafd aan de jacht. Hij probeerde hen warm te maken voor een verblijf op zijn jachtresort.

Ranjana voelde zich zekerder als ze met koloniale ambtenaren of zakenmensen omging. Die verschenen meestal met hun echtgenotes en ze praatte voornamelijk met de vrouwen, die heel vriendelijk tegen de mooie jonge Indiase vrouw waren. Alleen een paar jongere vrouwen bekeken Ranjana met argwaan. Ze benijdden haar vanwege de aandacht die ze kreeg, maar werden toegankelijker toen ze merkten dat hun Indiase concurrente geen aanstalten maakte om met hun mannen of bewonderaars te flirten. Ranjana droeg westerse elegante avondjurken, maar gedroeg zich net zo terughoudend als een Indiase vrouw in een sari. De kolonisten vonden dat heel schattig.

Lennox Edgecumbe vond dat ze zich er fantastisch doorheen sloeg en het verraste niemand dan ook toen hij op een zondagochtend in november tijdens een formeel beleefdheidsbezoek bloemen en een ring bij zich had en haar ten huwelijk vroeg. Ranjana bloosde toen hij haar verzekerde dat hij de afgelopen maanden een intense liefde voor haar was gaan voelen.

'Ook al kan ik je geen land schenken en neem ik je niet mee naar een paleis, je zult toch de meesteres van je eigen kleine koninkrijk zijn waar zelfs de koning van de dieren aan je voeten ligt.'

'In elk geval zijn huid,' merkte Naeku koel op toen Ranjana het haar later vertelde. 'Heb je ja gezegd?'

Ranjana keek haar ongelukkig aan. 'Wat had ik anders kunnen doen?' vroeg ze. 'We kunnen niet op de zak van meneer Jeevanjee blijven teren. Hij heeft al zoveel voor me uitgegeven, alleen al de kleding voor alle bijeenkomsten heeft ongelofelijk veel geld gekost. Dat kunnen we nooit terugbetalen. Ik moet gewoon met Lennox trouwen. En... tussen ons verandert er niets.'

Lennox zou haar niet verbieden om Naeku mee te nemen naar Edgecumbe Farm. Dat had ze meteen ter sprake gebracht, waarna hij een enigszins vreemd antwoord had gegeven. 'Voor zo'n knappe jonge vrouw is er vast wel een baan te vinden.'

Ranjana was er eigenlijk van uitgegaan dat Naeku haar zou blijven bedienen, maar had besloten het onderwerp voorlopig niet aan te roeren.

'Als ik onder mijn stand was getrouwd, dan zou mijn schoonmoeder me kunnen verbieden om jou bij me te houden,' gaf ze Naeku in overweging.

Naeku knikte en trok Ranjana naar zich toe. 'Ik weet het. Ik zeg er ook niets over. Je zult een prachtige bruid zijn.'

'Maar miss Ivy zal me haten,' zei Ranjana bedroefd.

Naeku schudde haar hoofd. 'Ze zal het begrijpen en blij zijn dat we voor haar dieren zorgen. We zullen Desna weer bij ons hebben en die grappige Kurti misschien ook.'

Ranjana glimlachte. 'Het wordt geweldig,' zei ze dapper. 'Het wordt helemaal geweldig.'

Lennox wilde de bruiloft in de Muthaiga Country Club houden, waardoor het feest flink wat zou kosten. Susan en Peter Derringer hadden ervoor gepleit het feest in Kijabe te laten plaatsvinden. In het kleine stadje woonden de zakenlieden die Edgecumbe Farm van voedsel en drank voorzagen, de vaklui die reparaties op de boerderij uitvoerden, en eigenlijk iedereen die belangrijk was voor het beheren van het jachtresort. Het was belangrijk dat deze mensen de nieuwe eigenaar leerden kennen en een beetje door hem werden verwend. Het feest had ook op Edgecumbe Farm gehouden kunnen worden. Dan had hij bijna het hele stadje voor de bruiloft kunnen uitnodigen, maar dat wees Lennox af omdat hij nieuwe gasten wilde aantrekken. Daarom moest de bruiloft met pracht en praal worden gevierd en wilde hij absoluut in de kathedraal trouwen. Dat weigerden de broeders van de Orde van de Heilige Geest, die daarover beslisten, omdat Ranjana niet was gedoopt. Lennox loste het probleem op met de hulp van de missiepost op zijn landgoed. Tenslotte waren de nonnen en paters afhankelijk van hem. Een van de paters doopte zijn aanstaande vrouw en benoemde Naeku en Wawira tot haar peetouders. Hij maakte beide vrouwen persoonlijk verantwoordelijk voor haar religieuze onderricht.

'Nu zijn we voor altijd verbonden,' fluisterde Naeku na de ceremonie. 'Trek niet zo'n gezicht, Ranjana! Ze hebben mij ook nog snel gedoopt om mijn ziel te redden voordat ze me naar India stuurden. Ik was compleet overrompeld, maar het heeft gewoon niet zoveel te betekenen.'

Dat vond Ranjana wel. Ze moest Lakshmi en Kali afwijzen, de twee godinnen tot wie ze al van jongs af aan bad. De pater had haar nadrukkelijk uitgelegd dat elke terugval naar het heidendom als een ernstige zonde werd beschouwd. Ranjana vroeg zich ontdaan af of haar echtgenoot van haar zou eisen dat ze zich volledig aan deze nieuwe religie zou onderwerpen. Ze geloofde niet dat ze dat kon en verzette zich door haar doopnaam – Barbara – onmiddellijk te vergeten en aan niemand te vertellen. Ook gooide ze de afbeeldingen van Lakshmi en Kali niet weg. Ze stonden in haar eigen vertrekken in de woning van meneer Jeevanjee en telkens als ze in de gelegenheid was beloofde ze de godinnen in het geheim dat ze opnieuw een schrijn zouden krijgen.

Het uitkiezen van een trouwjurk maakte haar dodongelukkig. Toen ze met de Maharadja trouwde, droeg ze een rode sari die was doorweven met gouden draden en ze vond het ongepast om nu helemaal in het wit voor het altaar te staan, want wit was een rouwkleur voor haar. Lennox stond er echter op dat ze een traditionele jurk droeg en Naeku vroeg miss Ivy om hulp bij het uitzoeken ervan.

'Hoewel u dit huwelijk waarschijnlijk afkeurt, zou ik uw hulp bijzonder op prijs stellen,' zei ze voorzichtig.

De voormalige eigenares van Edgecumbe Farm zuchtte. 'Voor de boerderij is het alleen maar goed als er iemand woont die om de dieren geeft. Misschien wordt er dan weer voor de viervoetige wezens gezorgd zoals ik destijds deed. En als miss Ranjana echt van Lennox houdt, wie ben ik dan om af te keuren dat ze haar hart volgt? Ik heb zelf alle waarschuwingen in de wind geslagen toen ik inging op de avances van Adrian Edgecumbe, en dat terwijl ik toen al van iemand anders hield. Ik was me daar alleen niet van bewust.'

Naeku vertelde niet dat Ranjana's hart ook allang aan iemand anders toebehoorde en was blij dat miss Ivy haar niet zag blozen. Ivy Zoeloe was de afgelopen maanden tot de conclusie gekomen dat er inderdaad een liefdesrelatie tussen Ranjana en Lennox was ontstaan. Ze vertrouwde Naeku toe dat de twee haar deden denken aan haar eigen verliefdheid op Adrian Edgecumbe. Ze was tijdens haar eerste verblijf in Afrika onder de indruk geraakt van zijn charisma en zelfverzekerde optreden. Hij was echter nooit eerlijk tegen haar geweest en had haar uiteindelijk diep teleurgesteld, maar dat hoefde natuurlijk niet te betekenen dat Ranjana ongelukkig met Adrians neef zou worden.

Miss Ivy wilde graag helpen en ze koos een roomkleurige jurk voor Ranjana, met een sluier van tule en een krans van kleurige bloemen om de associatie met de dood die voor Indiërs met de kleur wit was verbonden, weg te nemen. Na de pasbeurt op de dag voor de bruiloft omhelsde ze de jonge vrouw en wenste haar geluk. Ranjana boog haar hoofd en bedankte haar zachtjes.

Sanele feliciteerde Ranjana eveneens, maar dat was puur uit beleefdheid. Hij geloofde niet dat het een huwelijk uit liefde was. Natuurlijk, iedereen in de woning van meneer Jeevanjee was onder de indruk geweest van de hardnekkigheid waarmee Lennox Edgecumbe Ranjana het hof had gemaakt, maar Sanele had de blikken gezien waarmee hij naar alle andere mooie jonge vrouwen keek, en vooral naar Naeku.

De verhalen van Naeku over de missiepost en het dorp van de Masai hadden hem ervan overtuigd dat Ranjana niet trouwde met een avonturier en jager zoals Adrian Edgecumbe, maar met een rokkenjager die alleen aan zijn eigen pleziertjes dacht. Het feit dat hij het afgelopen jaar lange autoritten had gemaakt en regelmatig niet op de boerderij was geweest om Ranjana het hof te maken, was voor Sanele een bewijs dat hij de jonge vrouw nodig had. Hij betwijfelde echter of een Indiase prinses de juiste keuze was om zijn Ivy als gastvrouw van het jachtresort te vervangen.

De bruiloft was prachtig en plechtig en Ranjana maakte geen fouten tijdens de huwelijksplechtigheid, hoewel ze even aarzelde toen het haar beurt was om 'ja' te zeggen omdat de priester haar met haar nieuwe doopnaam Barbara aansprak. Daarna volgde een diner in de elegantste countryclub van de stad en werd er tot het ochtendgloren gedanst. Bijna alle leden van de Happy Valley Set waren aanwezig, zodat de alcohol rijkelijk vloeide en er later in de nacht zelfs drugs werden gebruikt. Toen hadden Lennox en Ranjana echter allang afscheid genomen.

Lennox had een hotelkamer voor de huwelijksnacht geboekt. Naeku wachtte daar op haar vriendin om haar uit te kleden en voor te bereiden op de nacht, maar daar was Lennox het absoluut niet mee eens.

'In vredesnaam, Ranjana, dit gaat te ver! Ik kan mijn vrouw zelf uitkleden, meisje, je hoeft haar niet tot in haar slaapkamer te achtervolgen. Dit voortdurende zorgen moet sowieso stoppen.

Ik kan een dienstmeisje voor mijn vrouw accepteren, maar ze heeft geen kindermeisje nodig!'

Ranjana was zo geschrokken door Lennox' uitbarsting dat ze niets zei.

'Ze draagt haar trouwjurk morgen ook,' hield Naeku vol.

Op advies van Susan Derringer had Lennox Edgecumbe de volgende dag een receptie voor vrienden en zakenpartners in Kijabe gepland. Daarna was hij van plan om met zijn bruid naar Edgecumbe Farm terug te keren. Er was geen tijd voor een huwelijksreis omdat er nieuwe gasten werden verwacht.

'Miss Ranjana draagt haar jurk morgen tijdens het feest in Kijabe,' ging Naeku verder. 'Het is dus verstandig om hem voorzichtig uit te trekken en zorgvuldig op te hangen.'

De kersverse bruidegom wilde daar niets van weten. 'Zo moeilijk kan dat niet zijn,' snauwde hij. 'Ik zal de trouwjurk van mijn vrouw echt niet van haar lichaam scheuren. En nu wegwezen, meisje! Ik weet niet waar je slaapt, maar zoek een kamer en laat je meesteres met rust. Ze hoort vanaf nu bij mij!'

Naeku trok zich geschokt terug en hurkte in de gang naast de kamerdeur. Ze kon geen kamer nemen – Afrikanen werden weliswaar geduld als bedienend personeel, maar niet als hotelgasten – dus wachtte ze bij de deur, luisterde zenuwachtig naar de geluiden die naar buiten drongen en deed geen oog dicht.

Ranjana was doodsbang geweest voor de huwelijksnacht, maar was aangenaam verrast. Lennox Edgecumbe was weliswaar geen bekwame minnaar, maar hij was niet hardhandig. Hij dwong haar nergens toe en probeerde haar te laten ontspannen terwijl hij haar voorzichtig en liefdevol uitkleedde. Ze was verbaasd toen hij vleiende woordjes tegen haar fluisterde, haar kuste en streelde voordat hij bij haar binnendrong. Dat was volkomen nieuw voor Ranjana. De Maharadja had haar verafgood en verwend, maar had haar in bed behandeld als een pop. Hij was een corpulente man geweest die er niet over nadacht hoe hij een tenger jong meisje moest behandelen en waarschijnlijk niet eens had gemerkt dat hij haar pijn deed. Ranjana was elke keer bang geweest dat ze verpletterd zou worden door het zware lichaam van haar echtgenoot, maar Lennox was jong en slank. Hij nam haar voorzichtig en bewoog langzaam in haar. Voor het eerst voelde ze geen pijn tijdens de seks en ze was heel dankbaar toen hij uiteindelijk bevredigd naast haar ging liggen.

'Heb ik het goed gedaan?' vroeg ze angstig terwijl hij een paar minuten nodig had om op adem te komen.

Lennox lachte en trok haar tegen zich aan. 'Je was fantastisch, meisje, maar je zou wel iets actiever mogen zijn. Het is best leuk om je erbij te zien liggen als Sneeuwwitje in haar doodskist, maar ik had iets anders van een Indiase vrouw verwacht. Jullie hebben de *Kamasutra* toch?'

Ranjana bloosde. Ze had over tantra gehoord, de kunst om spirituele verlichting door middel van rituele liefdeshandelingen te bereiken en daardoor het karma te verbeteren. In de *Kamasutra*, de verzen van verlangen, werd de techniek daarvan uitgelegd. Een jonge vrouw van haar stand werd zoiets echter niet geleerd. Ze had achter gesloten deuren alleen gehoord dat hooggeplaatste heren tantra met hun concubines beoefenden en dat er tempels bestonden waar goeroes tantralessen gaven. In de bibliotheek van de Maharadja had een boek over tantra gestaan.

'Ik heb de *Kamasutra* niet gelezen,' gaf ze toe.

Lennox glimlachte en begon haar opnieuw te strelen. 'Misschien zou je dat moeten doen,' zei hij terwijl Ranjana zich erop voorbereidde om opnieuw seks met hem te hebben.

Ze liet het dit keer ook over zich heen komen en verbaasde zich erover hoeveel prettiger het voelde dan tijdens haar eerste huwelijk. Ze had alleen geen idee wat ze zelf moest doen om aan Lennox' verwachtingen te voldoen. Na de tweede keer liet hij haar los, gaf haar een tedere kus om haar welterusten te wensen en viel in slaap. Ranjana zou nu graag naast Naeku willen liggen, maar ze wist niet waar haar vriendin was en er werd blijkbaar van haar verwacht dat ze in hetzelfde bed als haar echtgenoot zou slapen. Ze schoof een stukje bij Lennox vandaan en deed haar ogen dicht. Na alle inspanningen van vandaag viel ze al snel in een diepe, vaste slaap.

19

De volgende dag reden ze naar Kijabe en Reggie Derringer, die in Lennox' terreinwagen meereed, spaarde hen niet met plagerijen en grappen over hun eerste nacht samen. Het was duidelijk dat hij er graag meer over wilde horen. Ranjana was blij dat Lennox er niet op inging en dat Naeku de hele rit sliep. Ze hadden nog geen tijd gehad om vertrouwelijk met elkaar te praten en hadden alleen een paar woorden met elkaar gewisseld toen Naeku Ranjana's reiskostuum naar de hotelkamer had gebracht en haar haar had opgestoken.

Ranjana stelde haar vriendin gerust. 'De nacht met Lennox was helemaal niet erg,' had ze haar toevertrouwd.

'Maar ik heb naast de deur van jullie kamer gezeten en heb gehoord hoe hij praat. Het klonk… het klonk alsof hij je als zijn slaaf beschouwde,' sprak Naeku haar tegen. '"Je bent nu van mij," zei hij.'

'Ik denk dat hij bedoelde dat ik nu bij hem hoor,' zei Ranjana vergoelijkend. 'En dat klopt ook. De vrouw behoort aan de man toe.'

Naeku wilde antwoord geven, maar op dat moment riep Lennox dat Ranjana bij het ontbijt werd verwacht. Dat was ook een vreemde gewoonte voor Ranjana. In India werden de maaltijden meestal in de privévertrekken geserveerd. Ze wist echter dat westerse echtparen meer tijd met elkaar doorbrachten dan Indiase stellen, ook als ze daar door gebrek aan ruimte en geld niet toe gedwongen werden. Dus glimlachte ze en voerde ze gesprekken terwijl ze onbekende gerechten zoals pannenkoeken en roerei at. In Kijabe was eveneens een hotelkamer geboekt en de receptie vond ook hier in een countryclub plaats. Het was iets rustiger dan de vorige dag. Veel bewoners van Kijabe kenden Ranjana nog niet en dit keer praatte ze meer dan ze danste. Ze slaagde opnieuw met glans. De notabelen van het stadje vonden haar charmant en de vrouwen waren erop gebrand om iets over haar leven als echtgenote van de Maharadja te horen. Ranjana hield ze aan het lijntje met de belofte over toekomstige theevisites. 'Vandaag wil ik alleen aan mijn nieuwe leven naast mijn fantastische man denken,' verklaarde ze.

Lennox was tevreden over haar en gaf haar complimenten, waarna ze hun liefdesspel van de vorige avond herhaalden. Dit keer nam hij haar maar één keer; het twee dagen durende feest had hem blijkbaar ook vermoeid.

De volgende ochtend vertrokken ze naar Edgecumbe Farm. Het resort was een paar dagen gesloten geweest, maar de volgende dag zouden er al gasten arriveren.

'Het spijt me dat je daardoor maar weinig tijd hebt om aan je nieuwe omgeving te wennen,' verontschuldigde hij zich tegenover Ranjana. 'Probeer gewoon zoveel mogelijk vertrouwd te raken met de gang van zaken. Wawira helpt je hopelijk en sommige bedienden zijn vrij goed opgeleid. Je zult ze beslist volgens je eigen wensen willen vormen en als je kleinigheden verandert, vind ik dat prima.'

Ranjana fronste haar voorhoofd. Ze was eigenlijk van mening dat ze de gang van zaken op de boerderij al redelijk goed kende en het was haar een raadsel wie ze in welke richting moest vormen. Ze durfde echter geen vragen aan Lennox te stellen. Misschien had Naeku begrepen wat Lennox bedoelde. Op de boerderij begroette ze de huisknechten en dienstmeisjes, die in een rij op de oprit stonden om hun nieuwe vrouw des huizes te verwelkomen en te feliciteren. Daarna stond ze erop om Desna te zien, waarna ze met het luipaard aan de riem het huis in liep.

Lennox was daar niet enthousiast over. 'Alsjeblieft, Ranjana, ik dacht dat je het huis even zou bekijken en daarna aan de voorbereidingen voor morgen zou beginnen. Bekijk de inschrijvingen en bedenk in welke tenten we de gasten onderbrengen. Hebben ze speciale wensen of zijn er beperkingen... Je kunt ook meteen een lijst met gereserveerde afschoten opstellen. Reggie maakt daar altijd een puinhoop van en Nio is nog veel erger.'

Het duizelde Ranjana door alle instructies. 'Kan ik... mag ik eerst mijn eigen vertrekken zien?' vroeg ze.

'Bedoel je onze slaapkamer?' vroeg Lennox. Hij grijnsde ondeugend naar haar. 'Het is vroeg genoeg om die vanavond te zien.'

Ranjana schudde haar hoofd. 'Ik bedoel... mijn privégedeelte... de plek waar ik...'

'Het kantoor is naast de ontvangsthal. Daar vind je alles wat je nodig hebt,' zei Lennox.

Reggie Derringer, die de geweerkast in de ontvangsthal had geïnspecteerd – de kast stond er voornamelijk voor de sier en bevatte hoofdzakelijk oude wapens van Adrian Edgecumbe – bemoeide zich met het gesprek. 'Ik denk dat ze een eigen kamer wil, waar ze haar kleding en de duizend paar schoenen die vrouwen hebben kan opbergen. Mijn moeder heeft er ook zo een. Ze noemt het haar kleedkamer.'

'Is het in Schotland niet gebruikelijk dat vrouwen hun eigen vertrekken hebben waarin ze zich kunnen terugtrekken?' vroeg Ranjana voorzichtig.

Lennox lachte. 'Meisje, wanneer wil je je hier terugtrekken? Je zult het heel druk krijgen als de vrouw des huizes.'

'Maar toch... Ik... Naeku moet ook ergens slapen en Desna...' Ze was niet bereid om compromissen te sluiten als het om Desna ging.

'Ik ben van plan je bediende bij het personeel onder te brengen en de kat heeft haar eigen kooi,' antwoordde Lennox.

Het was een enorme schok voor Ranjana. 'Naeku heeft altijd bij me gewoond... en Desna... Je weet toch dat ze heel tam is!' Ranjana voelde zich steeds wanhopiger worden. Ze had nog nooit ergens voor moeten vechten en was het niet gewend om ruzie te maken. Ze had geleerd om haar echtgenoot niet tegen te spreken, maar alles in haar verzette zich ertegen om geen plek in dit huis te hebben waar ze zich kon terugtrekken. Ze had een rustige zone nodig. Waar anders kon ze muziek maken, tekenen, sieraden ontwerpen en alleen zijn met Naeku?

'Doe haar dat plezier gewoon!' Het begon Reggie te vervelen. 'Er zijn genoeg lege kamers en ze moet de Indiase spullen die ze meegenomen heeft toch ook ergens kwijt?'

Meneer Jeevanjee en zijn nichtjes hadden Ranjana kastjes, kamerschermen, lampen en gordijnen gegeven om haar vertrekken op Edgecumbe Farm huiselijker te maken. De laadruimte van de terreinwagen zat vol en dit argument zou doorslaggevend kunnen zijn.

Lennox keek met een geschokte blik naar Ranjana. 'Die troep komt mijn slaapkamer niet in! Wierookstaafjes, kaarsen en Indiase godenbeelden? Geen denken aan. Goed dan, als het per se moet bedenk ik wel iets voor je.'

Na nog wat heen en weer praten bood hij Ranjana en Naeku een kleine vleugel aan die vroeger werd gebruikt voor gasten die langere tijd bleven.

'Dank je wel,' zei Ranjana opgelucht, waarna ze Naeku vroeg om hun vleugel in te richten.

Lennox ging verder met zijn instructies. 'Kijk in de tenten of de dienstmeisjes alles voor de nieuwe gasten klaargezet hebben. En mevrouw Derringer vindt dat het huis grondig schoongemaakt moet worden. Je moet het personeel aan het werk zetten, ze zijn lui als je ze niet in de gaten houdt en Wawira kan haar werk niet aan. En zoals ik al zei: maak een bezettingsplan voor de gasten. Er komen acht gasten, twee echtparen en vier vrienden uit Mombasa. De laatste groep is zonder hun vrouwen op stap om te jagen. Bij zulke gelegenheden wordt er altijd veel gedronken, dus geef die vier vrienden geen tent die naast die van de twee echtparen ligt.'

Ranjana onderbrak zijn spraakwaterval. 'Wat moet ik doen?' vroeg ze verward.

Lennox rolde geïrriteerd met zijn ogen. 'Ranjana, je hebt

toch al een huishouden geleid? Een paleis zelfs. Dan moet je dit toch ook kunnen regelen? Nogmaals: stel jezelf op de hoogte van de omstandigheden, maak een bezettingsplan, begroet de gasten morgen en zorg ervoor dat hun bagage meteen naar de tenten gebracht wordt. Bespreek het menu met de kokkin. Er komt vandaag nog een leverantie uit Kijabe; overleg samen wat jullie daarvan voor het welkomstdiner kunnen maken. Na de jacht gebruiken jullie het vlees van de geschoten dieren. Je kunt het beste meteen naar Wawira gaan om te overleggen. Als jullie iets bijzonders nodig hebben, kun je het telefonisch bestellen.'

'Ik?' vroeg Ranjana. 'Maar... doet de hofmeester dat niet? Of de butler?' In het huis van de familie Jeevanjee had Sanele deze taken op zich genomen.

Lennox' geduld begon op te raken. 'Je bent hier nu al drie keer geweest. Heb je hier ooit een hofmeester gezien?'

Ranjana wilde antwoorden dat ze die in het paleis ook zelden had gezien. Hij had zijn werk zo stil en discreet gedaan dat de heersers in het paleis hem helemaal niet opmerkten en had alleen contact met de persoonlijke bedienden van de Maharadja en de Maharani gehad. Toen ze Lennox' woedende gezicht zag, besefte ze dat ze beter kon zwijgen.

'We hebben ook geen butler, alleen een paar huisboys en bedienden die voldoende opgeleid zijn om de maaltijden te serveren. En dienstmeisjes natuurlijk. Het personeel heeft zich aan je voorgesteld. Dus maak vandaag nog gebruik van de kans om zoveel mogelijk mensen te leren kennen en zoals ik al zei: zet ze aan het werk!'

Lennox draaide zich om. 'Ik ga de jacht voorbereiden en daarna rij ik met Reggie Derringer door het resort om ons te oriënteren. Morgen, uiterlijk overmorgen, gaan we voor het eerst op jacht met de gasten en die willen zo snel mogelijk een prooi schieten.'

Ranjana bleef ontdaan achter, maar ging gehoorzaam naar Wawira toe, die ze gelukkig van haar eerdere verblijven en de doop kende. De kokkin was druk bezig, maar legde haar uit dat ze voor de gasten in de grote buitenkeuken zou koken. 'Het moet net een echte safari in de bush lijken,' herhaalde ze wat haar was geleerd. 'Daar waren ook altijd een kok en bedienend personeel aanwezig. Volkomen krankzinnig. Onze mannen gingen alleen met een speer en misschien een pijl-en-boog op jacht.'

Wawira had het over de jagers van de Kikuyu-stam. Ranjana kende de jacht ook alleen als een groots sociaal evenement waarbij de halve hofhouding de jungle in trok om het koninklijke gezelschap een hoogstaand evenement te bieden.

'Wat wilt u morgen graag eten tijdens het diner, *memsahib*?' vroeg de kokkin.

'Een lichte curry en wat fruit is genoeg,' antwoordde Ranjana. 'Maar... waarschijnlijk willen de gasten een uitgebreid diner...'

Wawira lachte en deed een paar suggesties die Ranjana dankbaar accepteerde. 'En ik maak een curry, *memsahib*,' beloofde de ervaren kokkin. 'En daarnaast het linzengerecht dat u zo lekker vindt... U hoeft alleen de wijn nog maar uit te kiezen. Daar heb ik geen verstand van en de *bwana* volgens mij ook niet. Zorg er gewoon voor dat u geen rode wijn bij de vis serveert... en vergeet de champagne als aperitief niet. Dat drinken de gasten altijd graag. U kunt beter controleren of we daar nog genoeg van hebben.'

Ranjana ging naar de tenten om ze te inspecteren, zoals haar was gevraagd. Ze vond dat ze er uitnodigend en netjes uitzagen. Daarna liep ze naar de bar en telde de flessen champagne. Het waren er drie. Ranjana, die nooit meer dan een glas had gedronken, vermoedde dat het voldoende was. 'Denk je dat drie flessen genoeg zijn?' vroeg ze aan de jonge Afrikaanse vrouw die de glazen aan het poleren was.

'Ik denk het wel, *memsahib*,' antwoordde het meisje beleefd.

Het kwam niet bij Ranjana op dat het meisje helemaal niet wist waarover ze het had. Op dat moment kwam Naeku naar haar toe en Ranjana vroeg haar om zo nauwkeurig mogelijk te herhalen wat Lennox allemaal tegen haar had gezegd. 'Jij komt hier tenslotte vandaan,' concludeerde ze. 'Weet jij nog hoe miss Ivy dit allemaal deed? Ik weet zeker dat ze ervoor zorgde dat alles wat de gasten eventueel zouden willen aanwezig was. En ze zette het personeel aan het werk, maar hoe doe je zoiets?'

'Ik ben opgegroeid in de *enkang* van mijn stam,' vertelde Naeku. 'We gaan er binnenkort samen naartoe, dan kun je zien hoe het daar is. Ik ben natuurlijk vaak in de missiepost geweest. Ik zat daar op school en soms hielp ik de nonnen als ze gasten ontvingen. Daarom weet ik hoe de Britten een tafel dekken en thee zetten, maar ik kwam hier bijna nooit. Ik weet meer over de gang van zaken in het paleis in Jodhpur dan over Edgecumbe Farm.'

'Hoe ging dat in het paleis?' vroeg Ranjana nieuwsgierig. 'Misschien was dat helemaal niet zo anders.'

Naeku wreef over haar voorhoofd. 'Oké, wat je van de *bwana* moet doen, werd in het paleis door de hofmeester gedaan.'

Ranjana kwam die dag niet veel meer te weten over haar taken. De dienstmeisjes die ze volgens Lennox' instructies probeerde te leren kennen, wisten alleen dat ze de tenten van de gasten elke dag moesten opruimen en schoonmaken.

'Voordat er een echtpaar arriveert, zetten we een schaal met fruit en een samowar in de tent,' vertelde Shania, een levendige jonge vrouw. 'Als het om mannen alleen gaat, is dat volgens de *bwana* niet nodig omdat die liever whisky of bier drinken. De huisknechten serveren de alcohol.'

Ranjana durfde de huisknechten geen vragen te stellen omdat ze het schijnbaar heel druk hadden en ontoegankelijk leken. Bovendien was ze het niet gewend om met mannelijk personeel om te gaan. Sanele was de enige uitzondering geweest, maar zijn onberispelijke beleefdheid had al haar twijfels weggenomen.

Naeku had geen last van dat soort remmingen. Terwijl Ranjana haar man naar hun gezamenlijke slaapkamer volgde, ondervroeg ze de jongemannen die een formeel uniform droegen als ze de gasten bedienden en eenvoudige kleding als ze huishoudelijke taken verrichtten. Ze kwam erachter hoe de gasten op Edgecumbe Farm werden verwelkomd. Ze werden door bedienden uit hun auto's geholpen en kregen een welkomstcocktail aangeboden, waarna ze naar de ontvangsthal in het hoofdgebouw werden begeleid. Nio, de huidige hoofdbediende die al voor Ivy en Sanele Zoeloe had gewerkt, herinnerde zich dat miss Ivy de gasten daar begroette. Naeku vergat echter te vragen wat miss Ivy daarbij voor kleding droeg en dus stond ze de volgende ochtend samen met Ranjana voor de vraag in welke outfit de gastvrouw van Edgecumbe Farm de gasten het best kon ontvangen.

De gasten werden rond het middaguur verwacht. Iedereen arriveerde met de trein. Reggie zou het jachtgezelschap uit Mombasa in Kijabe ophalen terwijl de twee echtparen een auto wilden huren.

'Hoe zit het eigenlijk met het bezettingsplan?' vroeg Naeku. 'En met de lijst met afschoten?'

Ranjana had er niet meer aan gedacht om de registratieformulieren en een brochure met informatie over de maaltijden en de jachtactiviteiten klaar te leggen. 'Kunnen de gasten hun tenten niet gewoon zelf uitkiezen?' vroeg ze.

Naeku haalde haar schouders onzeker op. 'Dat had je aan de *bwana* moeten vragen,' wees ze haar vriendin terecht.

Ranjana werd rood. Het leek haar ondenkbaar om de momenten van intimiteit binnen hun huwelijk voor alledaagse gesprekken te gebruiken. Ze was veel te gespannen als Lennox naar haar verlangde, vooral omdat hij niet meer zo vriendelijk was als tijdens de eerste dagen. Ranjana wist dat ze iets verkeerd deed, maar het was haar niet duidelijk hoe ze dat moest verbeteren. Ze had het aan Naeku gevraagd, maar die had ook geen idee.

Ranjana wachtte de aankomst van de gasten onzeker af en haar gebed tot de godinnen Lakshmi en Kali, voor wie Naeku tot Ranjana's vreugde een schrijn in hun vleugel had opgericht, kon haar hierbij niet helpen.

20

Ranjana besloot uiteindelijk dat ze zich het prettigst voelde als ze een sari droeg. Gelukkig groeide haar haar snel en het was inmiddels lang genoeg om het op de traditionele manier te dragen. Naeku maakte een middenscheiding en bond het met een haarspeld in haar nek vast. Ranjana's verfijnde gelaatstrekken en haar bijna goudkleurige teint, geholpen door zorgvuldig aangebracht poeder en lippenstift, kwamen zo het best tot hun recht.

'Je ziet eruit als een sprookjesfiguur, zon van me,' fluisterde Naeku tegen haar, waarna ze Ranjana een tedere kus op haar hoofd gaf en ze samen naar de ontvangsthal liepen. 'Je zult de gasten met je stralende aanwezigheid verwarmen. Wees niet bang, ze zullen van je houden.'

De net gearriveerde gasten, die in de ontvangsthal op haar wachtten, leken inderdaad bijzonder onder de indruk. Een vrouw met een buitenlandse uitstraling in een sari die haar tamme luipaard aan een riem had, hadden ze nog nooit gezien. De mannen uit Mombasa dronken hun eerste biertje bij wijze van verfrissing na de reis en hadden daarnet nog geprobeerd elkaar te overtroeven met verhalen over hun vroegere jachtavonturen. Nu zwegen ze en staarden ze ongelovig naar Ranjana, alsof ze een onwerkelijke verschijning was.

Lord en lady Aberdeen, zoals een van de huisknechten tegen Ranjana fluisterde, droegen safarikleding die niet nieuw was en waarschijnlijk al flink wat jachten had meegemaakt. Ze hadden rode gezichten en leken taai. Het was duidelijk dat ze verstokte jagers waren. Lady Aberdeen keek verbijsterd naar Ranjana en Desna, die braaf naast haar stond.

De andere vrouwelijke gast, mevrouw Wendersley, slaakte zelfs een gilletje van schrik toen ze zag dat de ontvangsthal niet alleen was gedecoreerd met huiden en geweien, maar dat er zelfs een levend luipaard stond. Reggie kwam na de gasten binnen en ook hij sperde zijn ogen open.

Ranjana glimlachte en begon aan haar ingestudeerde welkomstwoord. 'Ik ben Ranjana Edgecumbe en ik heet u allen van harte welkom op Edgecumbe Farm. Het verheugt mijn man en mij dat u hier bent en we hopen dat we uw verblijf op ons landgoed onvergetelijk kunnen maken.' Dat laatste had ze nu al bereikt. Mevrouw Wendersley staarde nog steeds ongelovig naar haar. 'Dit is Desna,' stelde Ranjana haar luipaard voor. 'Als... als een van jullie nog vragen heeft...'

'Waar moeten de koffers naartoe, mevrouw Edgecumbe?' vroeg Nio, die na de gasten was binnengekomen, aan de nieuwe gastvrouw. 'Hebt u het bezettingsplan voor me?'

Ranjana keek hem hulpeloos aan, maar tot haar opluchting besloot Reggie Derringer dat het tijd was om in te grijpen.

'Misschien kunnen jullie beginnen met het invullen van de registratieformulieren,' stelde hij de gasten voor. 'Waar zijn de champagnecocktails, miss Ranjana?'

Ranjana bloosde. Ze was ervan uitgegaan dat de cocktails buiten geserveerd zouden worden en dat de eerste huisknecht daar verantwoordelijk voor was.

'Verdomme, Ranjana, er is toch geen tekort aan champagne?' siste Reggie tegen haar terwijl ze hulpeloos naar het dienblad met lege glazen wees dat Nio in zijn handen had. Hij was de drankjes dus niet vergeten en riep naar een van de dienstmeisjes om snel nieuwe glazen te halen terwijl een huisknecht de tweede fles opende. Reggie Derringer verdeelde de gasten intussen over de tenten, waarbij hij de jachtgroep en de echtparen zorgvuldig gescheiden hield. 'Ik hoop dat je de tenten in elk geval hebt laten voorbereiden,' zei hij beschuldigend tegen Ranjana voordat hij de gasten naar hun accommodaties begeleidde.

Ineens besefte Ranjana dat de dienstmeisjes beslist geen fruit en theewater naar de tenten hadden gebracht omdat ze niet wisten in welke tenten de echtparen werden ondergebracht. Maar goed, de zes tenten hadden de vorige dag opgeruimd en schoon geleken, dus zouden de gasten daarover in elk geval tevreden zijn.

Terwijl ze zich probeerde te vermannen stormde Lennox woedend de ontvangsthal in. 'Ranjana, er is geen water in de tenten zodat de gasten zich kunnen opfrissen. Er is geen thee of ijswater om te drinken, er staan geen fruitschalen... En heb je eraan gedacht dat het bijna lunchtijd is? Heb je een klein buffet en snacks laten voorbereiden? De gasten moeten iets te eten krijgen. Ik doe intussen de introductie en daarna kunnen ze zich in hun tenten installeren en uitrusten tot de eerste avondsafari. Schiet op, Ranjana!'

Ranjana worstelde om haar emoties onder controle te houden. Niemand had ooit zo boos tegen haar gepraat en ze keek hoopvol naar Naeku, die probeerde te redden wat er te redden viel. Gelukkig had Wawira erover nagedacht wat ze de gasten konden aanbieden. Normaal gesproken stonden er al schalen met hapjes bij de tenten, maar de huisknechten hadden de bagage niet uit de auto's kunnen halen zolang de verdeling van de tenten niet duidelijk was.

Toen Lennox zag dat iedereen zich haastte om zijn bevelen op te volgen kalmeerde hij. 'Dit moet veel beter, Ranjana,' siste hij desondanks tegen haar. 'Voor vandaag vergeef ik je al je fouten, het is de eerste keer, maar zorg er in elk geval voor dat je tijdens het diner een goede indruk maakt.'

Zijn boosheid had tot gevolg dat Ranjana het diner met angst en beven tegemoet zag. Gelukkig maakte het personeel geen fouten, want ze had de energie niet om de tafel te controleren, hoewel ze daar voldoende tijd voor had. Tafeldecoratie had bij miss Ivy's etiquettelessen aan Esha en Davita gehoord en Ranjana was daar vol belangstelling bij aanwezig geweest.

Er ontstond opnieuw opschudding toen de gasten na hun eerste kennismaking met de dierenwereld van het jachtresort en de opwinding over het feit dat lady Aberdeen al een gnoe had doodgeschoten, binnen de kortste keren de drie flessen champagne leegdronken die in de bar bij de tenten aanwezig waren. Gelukkig herinnerde Nio zich dat er nog een fles in het huis stond, zodat de glazen in elk geval nog een keer volgeschonken konden worden voordat Lennox de gasten uitnodigde voor het diner, dat aan een lange tafel voor de tenten plaatsvond. Bij het voorgerecht moest de eerste wijn worden geserveerd en Nio vroeg aan Ranjana welke ze in gedachten had. Ze herinnerde zich Wawira's instructie. 'Witte wijn,' besliste ze, omdat het voorgerecht onder meer uit gerookte zalm bestond. 'Zuid-Afrikaanse...' Ze herinnerde zich dat ze Zuid-Afrikaanse witte wijn had gezien en dat die bij de familie Jeevanjee vaak was geschonken.

Nio besliste gelukkig zelf welke fles hij opende, maar tijdens het diner maakte hij toch fouten bij de keuze van de wijnen voor de andere gangen. Tot opluchting van Ranjana waren zowel de mannen uit Mombasa als de Aberdeens geen wijnkenners en leken de Wendersleys de humor ervan in te zien. Het jonge Engelse stel – Ranjana hoorde tijdens het diner dat ze pas waren getrouwd en een wereldreis maakten – vonden Ranjana allerliefst en haar ongewone huisdier bijzonder interessant. Het stel had waarschijnlijk graag over andere onderwerpen dan alleen jagen gepraat, maar de groep mannen en de Aberdeens, die het uitstekend met elkaar konden vinden, domineerden het tafelgesprek met jagerslatijn.

Ranjana prikte zwijgend in haar eten, dat ze zelfs als ze ontspannen zou zijn niet lekker zou vinden, maar nu stonden de rosbief en gevulde struisvogel haar ronduit tegen. Ze at alleen iets van de curry en het linzengerecht, waarover mevrouw Wendersley eveneens heel enthousiast was. Toen de jonge vrouw haar uiteindelijk vertelde dat ze zelf niet jaagde en vroeg of er iets anders was waaraan ze haar dag op de boerderij kon besteden, nodigde Ranjana haar uit voor de thee, waarna ze het gevoel had dat ze voor het eerst die dag iets goeds had gedaan.

'Het bezighouden van de niet-jagende gasten hoort natuurlijk ook bij je taken,' zei Lennox tegen haar nadat ze hem onderweg naar het huis over mevrouw Wendersley had verteld. Het gezelschap was vroeg van tafel gegaan omdat de eerste jacht de volgende ochtend om vier uur zou beginnen. Ranjana had verwacht dat hij haar een complimentje zou geven, maar dat leek niet op te komen bij Lennox. Zoals altijd wilde ze hem naar hun slaapkamer volgen. Ze voelde zich niet op haar gemak omdat ze zeker wist dat er geen water op haar wachtte waarmee ze zich kon opfrissen voor de nacht met Lennox. Haar man had echter een verrassing voor haar in petto.

'Je kunt in je eigen vleugel slapen als je dat wilt,' snauwde hij tot haar verbazing. 'Het is een inspannende dag geweest en ik moet morgen uitgerust zijn voor de gasten.'

Ranjana kon van opluchting geen woord uitbrengen, maar vermoedde dat Lennox het niet goed zou opvatten als ze hem bedankte. Daarom knikte ze alleen onderdanig naar hem en maakte een buiging. Naeku, die alleen in hun kleine rijk sliep, zou dolblij zijn.

Ranjana vluchtte in de armen van haar vriendin.

21

De volgende dag waren er minder dingen waarover Lennox boos werd; alleen de lijst met gereserveerde jachttrofeeën van de gasten ontbrak en toen Reggie die opstelde zag meneer Wendersley af van zijn wens om een luipaard neer te schieten. Zijn vrouw was hopeloos verliefd geworden op Desna. Ze aaide de grote kat en was verontwaardigd over het idee dat haar man Desna's familieleden dood wilde schieten. Hij koos daarom voor een antilope, wat Lennox veel minder geld opleverde.

Ranjana verdiende daarentegen punten met haar inspanningen om mevrouw Wendersley, die niet aan de jacht deelnam, bezig te houden. Ze kon heel goed overweg met de jonge vrouw, met wie ze levendig praatte over de landen die ze met de Maharadja had bezocht en die nog op de lijst van de Wendersleys stonden. Naeku nam haar na de thee mee naar het Kikuyu-dorp, waar mevrouw Wendersley houtsnijwerk van ebbenhout kocht, en naar de missiepost, waar de rijke jonge vrouw een flinke donatie achterliet nadat de schoolkinderen haar met een Engels lied hadden verwelkomd. Onderweg zagen ze zebra's en giraffen, waarover de Britse vrouw verrukt was, en toen ze terug wilden naar het resort kwam Kurti naar hen toe. De baviaan leek er een zesde zintuig voor te hebben dat er gasten op het resort logeerden die hem goedgezind waren. Hij liet de teleurgestelde zuster Teresa achter zonder afscheid van haar te nemen. Zelfs Reggie Derringer, die van mening was dat bavianen gevaarlijke en lastige beesten waren, kon hem niet tegenhouden toen hij het jachtgezelschap 's middags liet zien hoe goed hij was in het schudden en uitdelen van speelkaarten.

's Avonds was Ranjana niet meer zo geïntimideerd en stil. Er was champagne besteld en ze had lukraak wijnen voor de verschillende gangen gekozen. Nio gaf haar een catalogus van de wijnhandelaar die details over de verschillende soorten bevatte. 'Ik denk dat het hierin staat, maar ik kan niet goed genoeg lezen,' bekende hij.

Ivy en Sanele Zoeloe hadden er altijd voor gezorgd om alleen succesvolle leerlingen van de missieschool in leidinggevende posities te plaatsen. Afgezien van Wawira, die zo'n getalenteerde kokkin was dat het voor zich sprak, kon iedereen lezen. Ranjana bedankte hem en nam zich voor om de catalogus zo snel mogelijk grondig te bestuderen. Later besloot ze echter om het aan Naeku over te laten, die er meer belangstelling voor had en geen gasten hoefde te vermaken.

Naeku nam de daaropvolgende weken het grootste deel van de taken over die Ranjana eigenlijk moest uitvoeren. Ze zorgde ervoor dat de registratieformulieren door de arriverende gasten werden ingevuld, regelde wie waar sliep en controleerde of de dienstmeisjes de tenten op de juiste manier hadden voorbereid. Ranjana was zo opgewonden omdat ze de gasten moest begroeten dat ze geen heldere gedachte kon produceren, maar Naeku kreeg steeds meer belangstelling voor de organisatie van het jachtresort. Ze commandeerde het personeel op dezelfde manier als ze met de dienaressen van de Maharani had gedaan. Daarmee maakte ze natuurlijk geen vrienden, afgezien van Reggie Derringer, die ze op een bepaald moment tegen zijn vriend Lennox hoorde snauwen dat hij beter met de Afrikaanse had kunnen trouwen.

Lennox Edgecumbe leek dat als een uitnodiging te beschouwen om zijn geluk ook eens bij Naeku te beproeven. Net als de andere dienstmeisjes was ze al snel voortdurend op de vlucht voor zijn handen die brutaal naar haar borsten of billen grepen.

'Ik hoor deze klachten telkens weer van de meisjes. Ik dacht dat het minder zou worden als hij getrouwd was, maar ik had het mis,' zei Wawira, die het personeel eerder vertrouwde dan Naeku of zelfs Ranjana. 'In het begin heeft hij mij zelfs betast, en als hij een dienstmeisje alleen in een kamer of een tent zag, ging hij naar binnen en deed hij de deur achter zich dicht, als je begrijpt wat ik bedoel.'

Naeku wist nu in elk geval waarom het vrouwelijke personeel van de boerderij, waar Ivy en Sanele Zoeloe zo trots op waren geweest, alleen nog bestond uit ongeïnteresseerde en slecht opgeleide dienstmeisjes. De meesten waren nauwelijks ouder dan veertien of vijftien jaar. Ze praatte erover met Ranjana, die daarna extra veel moeite deed om de meisjes te motiveren en op te leiden. Ze probeerde hun gevoel voor schoonheid bij te brengen, wees hen erop hoe de meubels van ebben- en acaciahout glansden als je ze poetste en liet zien hoe mooi de kussens en plaids van luxe stoffen op de bedden van de gasten gedrapeerd konden worden. Ze zorgde voor bloemstukken in hun privéwoning, de ontvangsthal en de feestzaal. Ze vond een boek met instructies voor het vouwen van servetten, stimuleerde de dienstmeisjes om het ook te leren en decoreerde de tafel voor het diner onder de sterrenhemel met ingewikkelde creaties. Voor het thee-uurtje liet ze de scones en sandwiches op zilveren etagères op kleur sorteren en ze decoreerde het buffet met kleurige doeken en dierenfiguren die door de Kikuyu waren gemaakt. De gasten waren daar bijzonder enthousiast over, maar Lennox mopperde dat ze de tijd van het keukenpersoneel en de dienstmeisjes verspilde. Toch ontbrak het haar nog steeds aan kennis over het leiden van een huishouding. Ranjana had nog nooit een bed opgemaakt of een bad schoongemaakt en ze kon de dienstmeisjes niet leren hoe je dat het best en het meest efficiënt kon doen.

Daarnaast hadden Ranjana en Naeku beiden geen idee hoe ze zuinig met geld moesten omgaan. Het kwam niet bij Naeku op om de wijn die bij de wildgerechten werd aanbevolen niet te bestellen, maar in plaats daarvan een goedkopere te kiezen die ook voldeed. Ranjana bestelde Indiase lekkernijen om de gasten te verwennen zonder erover na te denken dat ze een fortuin kostten.

Lennox kookte van woede toen hij de eerste facturen binnenkreeg en ontdekte dat de uitgaven voor de keuken en de decoraties waren verdubbeld sinds Ranjana het huishouden leidde. Hij maakte haar opnieuw heftige verwijten die ze niet begreep en liet steeds duidelijker merken hoe ontevreden hij was, en dat was niet alleen over het huishouden. Hij raakte niet meer opgewonden van haar en gaf de schuld aan haar onderdanige houding. Ranjana begreep dat niet en de instructies die hij haar gaf om daar iets aan te veranderen, verwarden haar.

'Verdomme, beweeg toch eens, raak me aan! Je ligt erbij als een dode vis. Verweer je als je het niet leuk vindt, maar doe niet alsof je een non bent die verkracht wordt en ondertussen een rozenkrans bidt!'

'Ik... wil je dat ik ondertussen een rozenkrans bidt?' stamelde Ranjana verlegen. Dat kon ze inmiddels. Wawira nam de christelijke opvoeding van haar petekind bijzonder serieus.

'Maak je me nu ook al belachelijk?' bulderde Lennox. 'Verdwijn maar naar je wierookkamer en slaap met je roofkat! Ivory Edgecumbe had je beter een kater kunnen geven, misschien had die je het een en ander kunnen leren!'

Met de wierookkamer bedoelde hij haar Indiase kamer, zoals de Afrikaanse dienstmeisjes het kleine rijk van Ranjana en Naeku op de eerste verdieping van het huis noemden. Ze vonden het heerlijk om daar te zijn, de Indiase meubels en decoraties te bewonderen en te genieten van de geur van de wierookstokjes die Ranjana regelmatig brandde.

Ranjana vroeg Naeku en uiteindelijk zelfs zuster Elisabeth om advies. De non reageerde met ontzetting op Lennox' opmerking, perste haar lippen op elkaar, sloeg een kruis en verzekerde Ranjana vervolgens dat ze zich gedroeg als een goede christelijke echtgenote en dat er niets op haar aan te merken was. 'Je mag gerust bidden, meisje,' zei ze vriendelijk terwijl ze een zegenend gebaar maakte. 'Maar doe het in je hoofd. Daardoor is het gemakkelijker te verdragen.'

Het advies van de non hielp Ranjana weliswaar niet verder, maar ze ging toch graag naar de missiepost toe, hoewel ze niet veel op had met het christelijke geloof. Ze was echter enthousiast over de school en de plechtige kerkdiensten, vooral over het gezang en de orgelmuziek. Ze verheugde zich net als de nonnen en de vrouwen van de Masai en de Kikuyu over de gedoneerde kleding die in de Store, een soort warenhuis, werd aangeboden en tegen landbouwproducten kon worden geruild. Ranjana doneerde twee sari's en liet de vrouwen zien hoe ze deze op de juiste manier konden dragen. Ze hadden er allemaal plezier in. Ranjana leerde een beetje Masai en Kikuyu om met de kinderen te kunnen praten. Ze zou graag regelmatig op de school willen helpen en als ze er tijd voor had ging ze naar het Kikuyu-dorp – waar twee nonnen elke dag lesgaven – om met de kinderen te tekenen en te spelen. Al snel verwelkomden de kinderen Desna en Kurti enthousiast. De baviaan was verliefd op Ranjana en volgde haar overal.

'De geest van Mama wa Wanyama is teruggekeerd,' zei een van de oude vrouwen toen ze Ranjana en haar gevolg voor het eerst zag. 'Misschien komt er daardoor weer hoop en vrede in het land.'

'Mama wa Wanyama, de Moeder van de dieren, was de naam die de Kikuyu miss Ivy hebben gegeven,' legde Naeku aan haar vriendin uit. 'Maar wat ze met hoop en vrede bedoelt?'

'Misschien bedoelt ze de onrust in Nairobi en Mombasa,' overwoog Ranjana. 'De gasten praten vaak over de Afrikanen die in verzet komen tegen de kolonisten. Ze gaan de straat op en roepen leuzen omdat ze niet genoeg verdienen en onderdrukt worden. Ze hebben het erover dat ze de Britten eruit willen gooien. Ze willen... vechten.'

Het leek Ranjana ondenkbaar dat zoiets kon gebeuren, maar Naeku had gemerkt dat het personeel op Edgecumbe Farm eveneens ontevreden was. Lennox betaalde slechter dan miss Ivy en bovendien behandelde hij hen onmenselijk. Wawira, die zichzelf als een voorvechter voor haar volk beschouwde, had al geprobeerd om hogere lonen voor het personeel te krijgen, maar Lennox had haar uitgescholden en had haar vervolgens weggestuurd. Naeku vertelde trots dat in Nairobi niet lang geleden de Kikuyu Central Association was opgericht, een groepering die de belangen van het Keniaanse volk behartigde.

'In India krijgt Mahatma Gandhi steeds meer aanhangers,' vertelde Ranjana. 'Hij wil echter geen geweld.'

Naeku gaf de schuld van het groeiende protest tegen het kolonialisme niet aan de ontevredenheid van de oorspronkelijke bewoners, maar aan het gedrag van de Britse overheersers. Ook bij de Masai gistte het omdat Lennox de afspraken schond waardoor ze in staat waren om hun koeien veilig op het terrein van de boerderij te laten grazen. Het kwam regelmatig voor dat een weekendjager dacht dat hij met een buffel of een gnoe te maken had, maar in plaats daarvan per ongeluk een koe doodschoot. Tot nu toe had Lennox de eigenaars van de koeien daarvoor gecompenseerd, maar de Masai hadden een persoonlijke band met hun koeien en namen geen genoegen meer met een compensatie. Reggie kreeg daar problemen door. Hij was sinds zijn jeugd bevriend met de stam en had een vrouw in het dorp bij wie hij regelmatig langsging. Hij had zelfs een eigen hut voor haar laten bouwen. Tot nu toe had de vader dat vanwege zijn vriendschap met Reggie geen probleem gevonden, maar nu verlangde hij een bruidsschat. De vrouwen van de Masai volgden de onderhandelingen over de jonge vrouw belangstellend.

'Sodom en Gomorra,' verzuchtte zuster Elisabeth toen ze hierover hoorde.

Ranjana snapte niet wat ze bedoelde, maar ze was bang.

22

'Hoe gaat het op de boerderij?' vroeg Ivy terwijl ze een kopje thee voor Naeku neerzette. Naeku was samen met Ranjana en Lennox naar Nairobi gekomen en maakte van de gelegenheid gebruik om op bezoek te gaan bij de vrouw die ervoor had gezorgd dat ze samen met de Maharani naar India was gegaan.

Ranjana en zij woonden inmiddels een jaar op Edgecumbe Farm en waarschijnlijk had Ivy verwacht dat er al een doopfeest zou zijn gevierd. Ivy woonde nog altijd met haar gezin in het tuinhuis, maar ze begon langzamerhand bang te worden dat hun veiligheid in gevaar kwam. Ze had Naeku toevertrouwd dat de zaken van de koopman niet goed gingen. De bruidsschat die hij voor zijn nichtjes had moeten betalen had een enorme deuk in zijn vermogen geslagen en bij zijn laatste transacties had hij pech gehad. Er gingen geruchten dat hij gokte, maar dat wilde Ivy zonder bewijs niet geloven.

'Niet goed,' antwoordde Naeku. 'De Kikuyu en de Masai zijn ontevreden en de gasten blijven de laatste tijd weg. Ik weet niet waaraan dat ligt. Misschien zijn er te veel jachtresorts of houden de blanken hun geld vast. Veel van hen zijn bang dat er opstanden uitbreken en geven er de voorkeur aan om met een redelijk gevulde portemonnee naar Engeland terug te keren in plaats van hier geld aan jachtsafari's uit te geven.'

'En hoe gaat het tussen miss Ranjana en de *bwana*?' vroeg Sanele, die haar had gevraagd om hem niet meer met meneer Zoeloe aan te spreken, maar zijn voornaam te gebruiken. 'Ik hoorde de nichtjes van meneer Jeevanjee over haar praten. Ze schijnt maar heel zelden te schrijven...'

Naeku beet op haar lip. 'Ze is diep ongelukkig,' zei ze. 'De *bwana* is heel onvriendelijk en geeft haar de schuld ervan dat de zaken slecht gaan. Volgens hem zorgt ze niet goed genoeg voor de gasten.'

'Dat kan ik me niet goed voorstellen,' merkte Ivy op. 'In het begin was ze natuurlijk nog onzeker, maar uit de laatste brieven aan Esha en Davita, die ik mocht lezen zolang ze nog hier in huis woonden, bleek het beter te gaan. Ze is natuurlijk niet opgeleid om een groot huishouden te leiden, maar ze is heel charmant. Ik kan me niet voorstellen dat de gasten haar niet aardig vinden.'

Naeku wreef over haar voorhoofd. 'De gasten die we in het begin hadden mochten haar graag, maar dat is veranderd. De *bwana* richt zich niet meer op jachtsafari's, maar organiseert iets wat hij jachtfeesten noemt. Er wordt gedronken en gedanst, en het gaat meer om de gezelligheid dan om de jacht, hoewel er natuurlijk ook gejaagd wordt. Ken je de Happy Valley Set?'

Ivy schudde haar hoofd.

Sanele had weleens over deze groep rijke levensgenieters gehoord, voor wie de feesten niet wild en extravagant genoeg konden zijn. 'Ze hebben een nogal vrije opvatting over liefde en huwelijken.'

'Dat heb je goed verwoord,' lachte Naeku nadat Sanele zijn kennis over de groep kort en tactvol had samengevat. 'Die mensen zijn inderdaad... obsceen. Hun houding, gedrag, omgang met elkaar en anderen is weerzinwekkend. Ze bedriegen en beledigen elkaar en behandelen hun bedienden als slaven.'

'En deze mensen komen op Edgecumbe Farm?' vroeg Ivy verbaasd. 'Ik herinner me ineens dat mijn zus en zwager het een keer over ze gehad hebben. Rosamond noemde ze dubieus.'

Naeku knikte. 'De *bwana* nodigt ze uit, hij organiseert een jacht en daarna wordt er gefeest. Ze wonen in de Highlands, in Wanjohi Valley en omgeving. Een uitstapje naar onze regio is een afwisseling voor hen. De *bwana* biedt niet alleen safari's aan, maar gaat ook met ze naar Mount Longonot om op buffels te jagen, of hij neemt ze mee naar een van de meren. De laatste keer hebben ze bij het Naivasha-meer voor de grap minstens vijftig flamingo's doodgeschoten. Het meer was rood van het bloed. Ranjana... eh, de Maharani... de *memsahib* dus...' corrigeerde Naeku zichzelf snel, '... heeft erom gehuild. Daarom werd ze belachelijk gemaakt, ook door de *bwana*. Hij vernedert haar voortdurend tijdens deze feesten. Pasgeleden zei hij tegen haar dat ze er zelfs in een charlestonjurk uitziet alsof ze een sari draagt, maar ze zag er juist heel mooi uit. Na die opmerking lachte iedereen haar uit. Bovendien weet ze natuurlijk dat hij haar ontrouw is. Begrijp me niet verkeerd, de Maharadja had ook bijvrouwen, maar hij zou zijn vrouw nooit vernederd hebben. De *bwana* zit niet alleen achter de dienstmeisjes en mij aan, maar heeft ook affaires met de vrouwen van de Set. Die wisselen voortdurend van minnaars, maar nu lijkt het erop dat de *bwana* een favoriet heeft, Daniëlle van der Velt. Weet jij iets over haar, Sanele?'

Sanele schudde zijn hoofd. Hij kende geen details uit de wereld van de Happy Valley Set.

'Ze is getrouwd, wat de *memsahib* bijzonder schokkend vindt. In Afrika stellen de mannen hun vrouwen en dochters uit gastvrijheid of tegen betaling soms ter beschikking, maar een getrouwde vrouw die vreemdgaat... Dat is voor Ranjana... voor de *memsahib* dus... gewoon onvoorstelbaar.'

'Je kunt haar rustig Ranjana noemen,' zei Ivy. 'We weten dat jullie eerder vriendinnen dan meesteres en dienares zijn.'

Er verscheen een lichte blos op Naeku's gezicht. Ranjana en zij waren veel meer dan dat. Ranjana zocht nog altijd troost in haar armen en ze waren verbonden door de intense liefde die ze voor elkaar voelden. Ranjana leek zich daarover op geen enkele manier schuldig te voelen, hoewel ze al jaren in de missiepost kwam, waar alle lichamelijke liefde verboden was. Naeku was er vrij zeker van dat ze tegen de regels van de nonnen zondigden als Ranjana en zij liefkozingen met elkaar uitwisselden tot ze beiden bijna uit elkaar barstten van verlangen. Ze praatte er daarom voor alle zekerheid met niemand over. Ranjana was voor anderen haar *memsahib* en zij was Ranjana's dienares, die volgens de Indiase traditie naast haar bed sliep. Meer hoefde niemand te weten.

Terwijl Naeku aan haar vriendin dacht, had Sanele zitten rekenen. 'Zijn die jachtfeesten eigenlijk wel rendabel?' vroeg hij. 'De leden van de Set zijn verwend, die kun je niet zomaar een stuk gazelle van de laatste jacht voorschotelen en ze kennen het verschil tussen dure en goedkope champagne ook heel goed. Bovendien kunnen jullie niet meer dan zes stellen ontvangen.'

'Er komen meer mensen,' antwoordde Naeku. 'Die slapen in heel oude en kleine tweepersoonstenten. De voormalige *bwana* organiseerde soms alleen voor mannen buffeljachten in de bergen, dat weet je vast nog wel.'

Ivy knikte. 'Dat bevalt de leden van de Set beslist goed. Ik kan me dat levendig voorstellen. Plekken om je terug te trekken voor een snelle stoelendans tussendoor. Toch heeft Sanele waarschijnlijk gelijk. Het kan onmogelijk rendabel zijn, dus lijdt Lennox verlies. Waarom is hij eigenlijk meegekomen?'

Sinds Lennox en Ranjana getrouwd waren, was hij bijna nooit meer in Nairobi geweest.

'Hij is uitgenodigd voor de bruiloft van lady Ireen en lord Russell. De *bwana* voelt zich bijzonder vereerd.'

Er verscheen een glimlach op Saneles gezicht. 'De hele stad praat over het feest. Toch moet het langzamerhand routine voor ze zijn. Het is haar derde en zijn tweede huwelijk.'

'Horen ze bij de Happy Valley Set?' vroeg Ivy.

Sanele knikte.

'Het feest duurt drie dagen,' vertelde Naeku. 'Vandaag is er een picknick op de oever van de Nairobi-rivier. De lady heeft daar een huis en ze geeft een wit feest. Alle gasten moeten in het wit verschijnen. Ranjana is ervan overtuigd dat het ongeluk brengt.'

De Zoeloes lachten.

'Waarschijnlijk leidt het snel tot een tweede en een derde scheiding,' merkte Ivy op. 'Waarom omringt Lennox zich met zulke mensen?'

Sanele vertrok zijn gezicht. 'Omdat hij graag op grote voet leeft. Hij ziet zichzelf als een avonturier en een aristocraat. Hij wil erbij horen, wil meespelen in de hoogste klasse. Daarom was hij ook niet tevreden met de paar bezittingen die hij in Schotland geërfd zou hebben. Hij had een koninkrijk in Afrika nodig en heeft de voormalige Maharani van Rajasthan zelfs het hof gemaakt, hoewel er veel geschiktere vrouwen waren met wie hij een jachtresort had kunnen leiden. Lennox Edgecumbe is een opschepper die nergens voor terugdeinst als het in zijn eigen belang is. Wie weet wat hij bedenkt als hij het geld niet meer heeft om Edgecumbe Farm te houden.'

Naeku schrok. Ze had het nooit voor mogelijk gehouden dat het bedrijf van een blanke man failliet kon gaan, maar als zelfs een imperium als dat van Alibhai Mulla Jeevanjee kon wankelen, wat zou er dan van Ranjana en haar worden als Lennox de boerderij op een dag moest verkopen? Zelfs toen de kinderen, die in de tuin hadden gespeeld, binnenkwamen en het thee-uurtje verstoorden, kon ze aan niets anders denken dan aan de toekomst van Ranjana en haar. Eigenlijk had ze de meisjes willen vertellen over de streken van Kurti en de twee verweesde zebraveulens waarvoor Ranjana en zij zorgden. Ze was echter te veel afgeleid en zei alleen tegen ze dat ze al zo groot waren geworden.

Hope was net negen en Ebony zou dat binnenkort ook zijn, maar hoewel ze zo'n nauwe band met elkaar hadden dat ze een tweeling leken, zou niemand hen voor twee zusjes houden. Hope had de typische kenmerken van een Masai. Ze was veel langer dan Ebony, had lange ledematen, een smal gezicht, een hoog voorhoofd en een enigszins uitstekende kin. Haar kroeshaar zat in kleine vlechtjes die van haar hoofd afstonden, wat er grappig uitzag. Ze zou ongetwijfeld een heel aparte schoonheid worden. Ebony leek op een Afrikaanse versie van Ivy. Ze was klein, heel beweeglijk en ondeugend. Als ze ouder was zou ze waarschijnlijk op een elfje lijken, als ze tegen die tijd tenminste iets meisjesachtiger was geworden.

Nu liet ze haar ouders trots de broek zien die ze met de zoon van een van de Indiase tuiniers tegen een rok had geruild. 'Avan wilde een keer een meisje zijn,' vertelde ze. 'En ik kan beter een jongen worden, want dan kan ik Hope beter beschermen als we hier ooit weg moeten.'

Ivy fronste haar voorhoofd. Ze vroeg zich af hoe haar dochters wisten over het dreigende faillissement van Alibhai Mulla Jeevanjee.

'De Jadoos moeten weg,' nam Hope het woord. 'Meneer Jeevanjee heeft meneer Jadoo ontslagen. Hij heeft niet meer zoveel tuiniers nodig.'

Naeku zag dat Ivy en Sanele een bezorgde blik met elkaar wisselden. Er vonden dus inderdaad al ontslagen plaats. Ze konden alleen maar hopen dat het hun voorlopig niet zou overkomen.

23

Lennox Edgecumbe zat aan de hotelbar van de countryclub en zou zo meteen een gesprek voeren dat hem een volledig nieuw perspectief bood. Hij dronk een glas bier omdat hij zijn kamer niet in kon vanwege de vrouwen, die zich daar klaarmaakten voor het feest dat die avond zou worden gehouden, toen een enigszins gezette man met een gemiddelde lengte in safarikleding naast hem kwam zitten.

'Mag ik?' vroeg hij beleefd met een duidelijk accent.

Lennox knikte. 'Ga uw gang,' antwoordde hij.

De man bestelde eveneens een glas bier en stelde zich voor. 'Ik ben Wilhelm Jonas.'

Lennox prees zichzelf omdat hij het goed had geraden. Bij de eerste woorden van zijn gesprekspartner had hij meteen aan een Duitser, of eventueel een Nederlander gedacht. 'Uit Duitsland?' vroeg hij, waarna hij zijn eigen naam noemde. 'Lennox Edgecumbe van de Edgecumbe Farm in Kedong Valley.'

Jonas glimlachte. 'Ik ben afkomstig uit Alfeld in het Leinetal. Dat ken je waarschijnlijk niet.'

Dat klopte.

'Maar ik heb over je gehoord,' ging Jonas verder. 'Je hebt een jachtresort.'

Lennox begon geïnteresseerd te raken in het gesprek. Misschien kon hij hem als gast voor het resort werven.

'Ze zeggen dat je een tam luipaard hebt.'

Lennox lachte. 'Dat klopt niet helemaal. Hij is van mijn vrouw,' corrigeerde hij de man. 'Het is een vrouwtje en Ranjana behandelt haar als een huiskat. Desna weet echter hoe ze haar klauwen moet uitslaan.'

Toen een dronken gast Desna pasgeleden had getreiterd,

had hij daar diepe wonden aan overgehouden. De man was verontwaardigd vertrokken.

'Is het dier eventueel te koop?' vroeg Jonas.

Lennox fronste zijn voorhoofd. 'Waar heb je een luipaard voor nodig?' vroeg hij. 'Het is niet bepaald gemakkelijk om met zo'n beest om te gaan... Ik zou een roofdier als huisdier afraden.'

De Duitser lachte en hief zijn glas naar Lennox. 'Ik ben ook niet van plan om hem als huisdier te houden, maar een circus kan belangstelling hebben voor een beest dat al getemd is. Laat ik me uitgebreider voorstellen. Ik werk voor Ruhes Dierenhandel in Alfeld. We zijn gespecialiseerd in dieren voor dierentuinen en circussen, die we overal ter wereld vangen of kopen. Ik ben als vertegenwoordiger naar Kenia gestuurd om hier een jacht- en handelspost op te richten. En toen ik over het luipaard hoorde...'

Lennox dacht even na. Hij zou beslist goede zaken doen als hij Desna aan deze man verkocht, die waarschijnlijk een snel succes nodig had en goed zou betalen. Aan de andere kant kon hij zich levendig voorstellen hoe Ranjana op een dergelijk voorstel zou reageren. Zijn vrouw voldeed niet aan de verwachtingen die hij van haar als gastvrouw op Edgecumbe Farm had, maar als ze alleen nog zou mokken en huilen, zou dat zijn toch al slecht lopende jachtresort de genadeslag geven. Bovendien was Desna een van de attracties van het resort. Veel gasten vonden het opwindender om met een levend dan met een dood roofdier te worden gefotografeerd.

'Mijn vrouw zou me vermoorden,' zei hij. 'Het luipaard is alles voor haar, maar misschien ben je op zoek naar twee jonge zebra's?'

De veulens waren inmiddels redelijk tam en waren gemakkelijker te hanteren dan wilde dieren.

Wilhelm Jonas knikte geïnteresseerd. 'Misschien wel,' antwoordde hij. 'Ik kom ze graag bekijken en daarna kunnen we over de prijs onderhandelen, maar ik ben vooral op zoek naar een goede verzamelplek voor onze dieren. We vangen ze vaak zelf in plaats van ze van plaatselijke handelaren te kopen, aangezien er hier nauwelijks professionele dierenvangers zijn. We organiseren vervolgens zo vaak mogelijk een transport naar Duitsland.'

Lennox bedacht wat hij over het vangen van dieren in Afrika wist. 'Ik heb nog nooit van een dierenhandel met de naam Ruhe gehoord,' zei hij. 'Ik ken alleen Hagenbeck.'

Jonas knikte glimlachend. 'Ja, dat is de marktleider, maar zij richten zich inmiddels op een eigen dierentuin. Verder bestond dierenhandel Reiche nog, maar daarmee zijn we inmiddels gefuseerd. Je zou kunnen zeggen dat we sindsdien de grootste dierenhandel ter wereld zijn. We hebben een filiaal in Queens in New York en leveren van Rusland tot Australië aan dierentuinen en circussen.'

Lennox was onder de indruk. 'Waar wil je je opvangcentrum openen?' vroeg hij. 'Daar moeten tenslotte behoorlijk wat verblijven, kooien en stallen voor worden gebouwd, en je hebt accommodatie voor de werknemers nodig. Wie jaagt er trouwens voor je? Het is iets heel anders om dieren te vangen dan ze dood te schieten.'

'Dat klopt helemaal,' antwoordde Jonas. 'We hebben gespecialiseerde dierenvangers en daarnaast leiden we inheemse bewoners ter plaatse op. Natuurlijk moeten deze werknemers met de exploitanten van het dierenopvangcentrum kunnen communiceren, want we willen niet te ver de bush in gaan. Bovendien moet er een treinstation in de buurt zijn, maar we kunnen ons niet in een stad vestigen. Het opvangcentrum moet zich dicht bij ons jachtgebied bevinden.'

Dit opende heel nieuwe perspectieven voor Lennox. Edgecumbe Farm lag in het midden van zijn jachtgebied en er was een verharde weg naar Kijabe, waar een treinstation was. Natuurlijk waren de dieren in het resort niet gratis. De dierenhandel zou voor ze moeten betalen.

'Luister,' begon hij zijn idee onder woorden te brengen. 'Jij hebt een gemakkelijk toegankelijk jachtgebied nodig met de mogelijkheid om de gevangen dieren onder te brengen, en ik heb vijftienduizend hectare grond, dat bestaat uit struikgewas, savannes, bergen en valleien waar het wemelt van de dieren. Het zijn er veel meer dan onze gasten kunnen doodschieten. De boerderij ligt op een uur autorijden van het dichtstbijzijnde treinstation. Op het terrein woont een Kikuyu-stam. De leden daarvan hebben in de aanwezige missiepost Engels geleerd. Niet alle plaatselijke bewoners spreken het vloeiend, maar voldoende om met jullie te communiceren. Wat denk je ervan om het vangen van dieren en de dierenhandel te combineren? Ik zou natuurlijk een nog te onderhandelen prijs per dier vragen...'

Lennox zag niet dat Wilhelm Jonas' ogen oplichtten. 'Per dier dat je boerderij levend verlaat?' vroeg hij.

Lennox knikte. 'Precies. Daardoor wordt de jacht aanzienlijk eenvoudiger voor je. Wij weten waar de dieren zijn. Het gebied is enorm, maar omheind. Er kan in principe geen dier ontsnappen. Als je een luipaard wilt, dan krijg je een luipaard.'

Jonas wreef over zijn slapen. 'Ik ga het overleggen met mijn werkgever,' zei hij. 'We moeten natuurlijk ook bespreken wie voor de verbouwingen betaalt. Heb je trouwens al omheinde verblijven voor giraffen en olifanten?'

Lennox vertelde dat zijn voorganger een kleine dierentuin op de boerderij had gehad, maar dat er natuurlijk wat aanpassingen doorgevoerd moesten worden.

'Daaraan zouden we natuurlijk bijdragen,' zei Jonas. 'Ik kan me zo'n samenwerking heel goed voorstellen. Ik ga mijn baas een telegram sturen en daarna praten we verder. Mag ik je nu een whisky op onze mogelijke samenwerking aanbieden?'

Hij stak zijn hand uit en Lennox schudde die. Ze toostten opgetogen met elkaar en daarna was het tijd voor Lennox om zich klaar te maken voor het feest van de Happy Valley Set. Ranjana en Naeku zouden zo langzamerhand klaar moeten zijn. Vanavond had hij veel te vertellen. Edgecumbe Farm zou in ere hersteld worden en misschien maakte de dierenhandel hem zelfs rijk!

Ranjana was blij toen Lennox haar vertelde over zijn plan om het jachtresort in een opvangcentrum voor wilde dieren te veranderen, wat betekende dat ze niet meer misselijk hoefde te worden telkens als ze langs de schuur liep waar de dierenpreparateurs werkten. Misschien zou haar schuldgevoel tegenover Ivy Edgecumbe dan ook afnemen en zou de geest van de Moeder van de dieren, over wie de oude Kikuyu-vrouw had verteld, dan eindelijk zegevieren.

Toen Wilhelm Jonas twee weken later een bezoek aan het jachtresort bracht om de overeenkomst te sluiten, ontving ze hem hartelijk. Hij bewonderde Desna plichtsgetrouw, lachte om Kurti en praatte tijdens het diner uitgebreid over de grote liefde voor dieren van zijn werkgever, die al de derde generatie was die het bedrijf leidde. Hij bood Lennox een goede prijs voor de twee zebraveulens en stelde Ranjana, die geen afstand van de dieren wilde doen, gerust.

'U moet het als volgt bekijken, mevrouw Edgecumbe: als de dieren naar Duitsland gaan, zijn ze veilig en wordt er goed voor ze gezorgd, of dat nu in het circus of in een dierentuin is. Ze vallen niet ten prooi aan een of andere leeuw en eindigen ook niet voor de open haard van een jager. Het transport is natuurlijk vermoeiend, maar de vooruitzichten voor uw dieren zijn veel beter dan hier.'

'Ze zullen de rest van hun leven opgesloten zijn,' merkte Naeku op toen Ranjana haar later enthousiast over het diner met Wilhelm Jonas vertelde. 'Ik weet niet of de dieren daar de voorkeur aan zouden geven, maar ik heb ook nog nooit een dierentuin gezien... of een circus...'

Zuster Teresa had beide meegemaakt en de jonge non, die zoveel van dieren hield, had medelijden met de dieren die in gevangenschap moesten leven. 'Vooral in het circus zijn de kooien klein en de dresseurs gaan vaak ruw met de dieren om,' vertelde ze. 'Maar ik ben hier al een hele tijd. Misschien is er inmiddels veel veranderd,' voegde ze er hoopvol aan toe.

Naeku kon zich daar niets bij voorstellen. Tenslotte was zuster

Teresa nog maar vijf jaar in Afrika. Ze zei echter niets, om Ranjana's blijdschap niet te verstoren. Voor het eerst in lange tijd leek haar vriendin niet neerslachtig en angstig, wat ook kwam doordat Lennox haar vriendelijker dan anders behandelde en haar liefde voor de dieren tegenover Jonas benadrukte.

Hij snauwde zelfs niet tegen haar toen ze de volgende dag tijdens de uitgebreide rondleiding over de boerderij ideeën aandroeg voor de planning van de dierenverblijven en leek bijna trots op haar toen ze snel een plattegrond van het terrein maakte en de nieuwe gebouwen en omheiningen daarop schetste.

'U bent een architect, mevrouw Edgecumbe,' zei Wilhelm Jonas vriendelijk. 'Met de steun van je vrouw kan er niets misgaan, Lennox.'

Reggie Derringer en Wilhelm Jonas hadden de vorige avond kennis met elkaar gemaakt en Naeku had beseft dat de ervaren jager op groot wild het niet prettig vond om binnenkort geen gasten tijdens de jacht meer te begeleiden. Toch liet hij zich ook overtuigen door Wilhelm Jonas. 'Je zult blijven jagen,' zei hij. 'We vangen hier geen levende muizen. Sommige dieren zijn behoorlijk weerbaar en dan kan het gebeuren dat we een dier een genadeschot moeten geven, hoe spijtig we dat ook vinden.'

Ranjana was daarvan geschrokken. Ze had zich voorgesteld dat de dieren zonder gewond te raken gevangen zouden worden, met behulp van vallen waaruit ze niet konden ontsnappen. Naeku hoopte dat meneer Jonas het echt over zeldzame uitzonderingen had.

Uiteindelijk zaten Wilhelm Jonas, Lennox en Reggie Derringer bij elkaar voor de laatste bespreking op basis waarvan het contract zou worden getekend. Naeku vroeg zich af waarom Lennox Ranjana en haar niet wegstuurde, maar hij was zo euforisch dat hij hun aanwezigheid blijkbaar niet eens opmerkte. Naeku volgde het gesprek gespannen.

Wilhelm Jonas begon met een samenvatting van de beslissingen. 'Goed, we zijn het er in principe dus over eens dat meneer Edgecumbe het bedrijf Ruhe toestaat om wilde dieren te vangen op het terrein van zijn jachtresort. Bovendien verhuurt hij de faciliteiten van zijn boerderij aan ons, zodat de dieren tot het transport naar Duitsland onderdak hebben en daarnaast is hij verantwoordelijk voor hun verzorging.'

'Ik wil een bijdrage in de kosten van het voer,' zei Lennox.

Jonas knikte. 'We betalen de helft van de kosten van het voer en de salarissen van het personeel dat de dieren verzorgt. De verantwoordelijkheid voor de selectie van personeelsleden, afgezien van de door ons geleverde specialisten, ligt bij Edgecumbe Farm. Dat is de eenvoudigste manier. Jij kent de mensen, Lennox, en je werkt al langere tijd met ze samen. Je kunt ons beslist Afrikanen aanbevelen om de dieren te vangen.'

'In principe zijn dat al onze spoorzoekers en jagers,' zei Reggie Derringer.

'Zoals ik al zei volgen we graag jullie advies daarin op,' bevestigde Jonas. 'Edgecumbe Farm blijft verantwoordelijk voor de verzorging en het welzijn van de dieren die aan jullie toevertrouwd worden tot het moment van transport. Voor elk dier dat de boerderij levend verlaat, krijg je een bedrag dat afhankelijk is van de soort en de leeftijd van het dier. Zijn we het hierover eens?' Hij hield Lennox zijn hand voor.

'We beginnen volgende week meteen met de verbouwing,' verklaarde Lennox. 'We hebben goede contacten in Kijabe, dus zullen de kosten beslist niet te hoog worden.'

Wilhelm Jonas knikte vriendelijk. 'We vertrouwen je volledig en nemen de helft van de kosten op ons,' zei hij, waarna Lennox en hij elkaar een hand gaven.

Ranjana glimlachte naar Jonas. 'Wilt u een glas champagne?' vroeg ze vriendelijk. Daarmee deed ze opnieuw iets goed.

24

De bouw begon onmiddellijk en Ranjana keek gefascineerd toe hoe de verblijven die ze had geschetst werkelijkheid werden. Naeku had haar nog nooit zo enthousiast gezien, behalve wanneer de goudsmid de sieraden die hij van haar ontwerpen had gemaakt naar het paleis had gebracht. Haar vriendin vertrouwde niet op haar talent en het had haar telkens weer verbaasd als de kettingen, oorbellen en armbanden net zo mooi, functioneel en bijzonder werden als ze had bedacht. De stallen en verblijven die nu op Edgecumbe Farm werden gebouwd bleken echter heel klein te worden, wat Naeku absoluut niet aanstond.

'Het kan gewoon niet anders,' legde Ranjana verontschuldigend aan Naeku uit. 'Er is hier niet zoveel ruimte en de dieren moeten trouwens ook wennen aan een beperkte ruimte. Tijdens het transport zitten ze in nog kleinere kooien. Ik hoop alleen dat ze in de dierentuinen meer bewegingsvrijheid hebben.'

'Desna zit soms ook in haar kooi,' zei Naeku om haar gerust te stellen. 'Dat lijkt ze niet erg te vinden.'

Ranjana had erop gestaan om de roofkat in haar eigen vleugel te houden, maar als ze daar alleen werd achtergelaten moest ze in de kooi waarmee ze van India naar Afrika was gereisd. Meestal onderging ze dat gelaten.

Na verloop van tijd kwam Wilhelm Jonas weer op bezoek om de stallen en verblijven die voor de giraffen, olifanten, leeuwen en neushoorns waren gebouwd te inspecteren. Hij was uitermate tevreden, gaf aanwijzingen voor het aanbrengen van meer tralies, maar vond over het algemeen dat zijn nieuwe partners goed werk hadden geleverd. Hij had de contracten bij zich, die Lennox graag ondertekende, en had dit keer tijd voor een safaririt om zichzelf te overtuigen van de rijkdom aan dieren in het resort.

Tijdens de daaropvolgende weken werd de uitrusting voor de dierenvangers geleverd. De laatste safarigasten keken belangstellend naar de vangvoertuigen – terreinwagens die van een soort gigantische hengel waren voorzien – en zware vrachtwagens die werden geleverd voor het transport van de dieren. Ook netten en vallen werden uitgeladen, en voerhandelaren brachten hooi en stro voor de planteneters. Er werd geen voorraad vlees voor de roofdieren gebracht, wat Naeku en Ranjana verbaasde.

'Misschien concentreren ze zich eerst op zebra's en gazelles,' opperde Lennox toen Ranjana voldoende moed had verzameld om het hem te vragen.

Desna at het vlees van de doodgeschoten dieren. Na het prepareren van de dieren werd het vlees gebruikt voor de maaltijden van de gasten en meestal bleef er voldoende voor haar over. Als de leeuwen en luipaarden echter gevangen in plaats van doodgeschoten werden, zou de voorraad vlees krap kunnen worden.

Wilhelm Jonas kwam opnieuw op bezoek en stelde Lennox en Reggie voor aan Oscar Brooks, die het vangen van de dieren zou leiden. Daarmee waren ze het absoluut niet eens. Ze hadden verwacht dat ze daar zelf bij betrokken zouden worden, en dan vooral op leidende posities.

'Als jullie niet overgevoelig zijn, mogen jullie meedoen,' zei de dierenvanger kalm. 'We kunnen iedereen gebruiken.'

'Hij lijkt een beetje op de voormalige *bwana*,' zei Naeku. Ze herinnerde zich Adrian Edgecumbe's indrukwekkende gestalte nog heel goed. In feite verschilde Oscar Brooks niet veel van de jagers op groot wild van de oude stempel. Hij was slank, maar gespierd en pezig, had een woeste baard en wist hoe hij met een jachtgeweer moest omgaan. Daarnaast was hij zelfverzekerd, op het arrogante af. Hij arriveerde met een groep voornamelijk witte mannen die er net zo avontuurlijk uitzagen. Ze gingen meteen naar het Kikuyu-dorp om spoorzoekers en jagers te rekruteren en gaven daarbij de voorkeur aan fysiek sterke Afrikanen.

Lennox beloofde degenen die niet waren geselecteerd werk als dierenverzorgers op de boerderij, maar dat stuitte op weinig enthousiasme. Hij kreeg te horen dat de zorg voor de dieren vrouwenwerk was. Zij zorgden voor de schapen en geiten, terwijl de mannen de waardevolle koeien hoedden.

'Het gaat niet om schapen en geiten, maar om leeuwen en neushoorns,' maakte Lennox geïrriteerd duidelijk. 'Ik heb mensen nodig die kunnen aanpakken. Als jullie werk willen, dan mogen jullie morgen naar Edgecumbe Farm komen en dan leg ik jullie uit wat er moet gebeuren.'

'Ze komen wel, ze hebben geld nodig,' voorspelde hij tegenover Oscar Brooks, en hij kreeg gelijk.

De volgende ochtend verschenen niet alleen de dierenvangers, maar ook degenen die bereid waren om als verzorgers op de boerderij te werken. Ze begonnen met tegenzin de stallen met stro te bedekken. Brooks hoopte tegen de avond de eerste dieren gevangen te hebben, en inderdaad vroeg hij 's middags al een vrachtwagen voor het transport van een jonge neushoorn. Zijn vangers brachten vijf struisvogels, die ze met hun voertuigen in een val hadden gelokt en hadden gevangen. Ze dreven de vogels – die door het transport in een bestelwagen in paniek waren geraakt – op een meedogenloze manier in een omheind stuk grond, waar ze opgewonden rond begonnen te lopen. Eén struisvogel kon dat niet meer.

'Hij heeft zijn poot gebroken,' riep Lennox verwijtend naar de vangers, onder wie twee Kikuyu.

Brooks gaf de vangers eveneens een standje, maar maakte er geen groot probleem van. 'Dan hebben we vanavond struisvogelvlees,' zei hij terloops, waarna hij met een gericht schot een eind maakte aan het lijden van het gewonde dier.

Ranjana keek ontzet toe.

'En voor wie neushoorn lekker vindt... Ik denk dat de hoorn verkocht kan worden.'

Achter de vrachtwagen waarop de jonge neushoorn werd

vervoerd, werd een dood dier meegesleept.

'De neushoornmoeder viel ons aan,' legde Brooks kalm uit. 'We moesten het beest wel doodschieten.'

De jonge neushoorn piepte deerniswekkend toen het kadaver van zijn moeder werd weggesleept en raakte zijn hooi niet aan, in tegenstelling tot de struisvogels die al snel van het maïs en de andere granen begonnen te eten.

'Misschien heeft hij nog melk nodig,' zei Ranjana toen ze 's avonds samen met Lennox een rondje langs de stallen maakte. Ze had eigenlijk alleen met Naeku willen gaan, maar Oscar Brooks stond erop dat niemand zonder geweer in zijn handen in de buurt van de opgesloten dieren kwam. Het gebeurde blijkbaar regelmatig dat een wanhopige neushoorn of boze olifant de boel op stelten zette en uit zijn gevangenis brak.

'Ik zal de verzorgers zeggen dat ze hem morgen wat moeten geven,' zei Lennox. Hij leek eveneens geschokt omdat er tijdens de eerste dag van de nieuwe werkzaamheden al twee dieren dood waren. Het was nu in elk geval duidelijk hoe de vangers de eventuele roofdieren wilden voeden.

De volgende dag schonk een van de verzorgers volgens de instructie melk in een bak voor de kleine neushoorn, die het echter niet aanraakte.

'Miss Ivy gaf het babyolifantje geitenmelk,' herinnerde Naeku zich. 'Ik weet nog dat ze naar ons dorp kwam om geitenmelk te vragen voor het verweesde olifantje. Onze vrouwen begrepen dat in eerste instantie niet, maar daarna beseften ze dat het een bijzonder voordelige transactie voor hen was.'

'Miss Ivy gaf de dieren ook de fles, zoals je met baby's doet,' voegde Ranjana eraan toe. 'Ik heb hard gelachen toen een van haar bedienden een ladder gebruikte om een kleine giraf te voeren.'

Lennox, die de verblijven inspecteerde, fronste zijn voorhoofd. 'Zuigflesjes voor neushoorns? Ik betwijfel of ik dat aan de verzorgers kan uitleggen, maar we kunnen het in elk geval met geitenmelk proberen.'

Hij gaf de verzorger de opdracht om meteen naar het Kikuyu-dorp te gaan en daar alle beschikbare geitenmelk te kopen. De kleine neushoorn maakte hem zenuwachtig. Als het dier het overleefde en op transport ging, zou hem dat een flink bedrag opleveren, maar als het stierf, dan had hij twee dieren verloren, de moeder en het jong.

Die dag ging Oscar Brooks met een aantal plaatselijke gidsen op zoek naar luipaarden. Het was lente en veel dieren hadden jongen, dus hoopte hij op een nest katachtigen.

'Hij gaat de moeder toch niet doodschieten?' vroeg Ranjana bezorgd aan haar man.

Lennox keek geïrriteerd naar haar. 'Het plan is om de kleintjes te vangen als de moeder op jacht is. Dat lukt natuurlijk pas als ze een paar weken oud zijn en daar wil Brooks op wachten. Maar als de moeder terugkomt en de vangers in gevaar zijn...'

Lennox had de vorige avond nog lange tijd met Brooks over de methoden van de dierenvangers gepraat en had gehoord dat de jacht op giraffen, antilopen en zebra's meestal zonder bloedvergieten verliep. 'Ze laten hun jongen schaamteloos in de steek als je ze opjaagt en de jongen niet snel genoeg zijn om mee te komen,' had Ranjana hem horen zeggen. 'Olifanten, neushoorns en roofdieren zijn daarentegen moeilijker te misleiden. Dan lukt het weliswaar ook vaak om een jong de weg af te snijden en te vangen, maar als het begint te piepen komen de moeders meestal terug en gaan ze de strijd met ons aan. In dat geval moeten we ze bijna onvermijdelijk doodschieten, hoe triest dat ook is.'

Brooks leek bewondering te hebben voor die moeders, terwijl hij de vluchtdieren minachtte.

Wat Ranjana en Naeku die avond meemaakten, schokte hen diep. Ook de bavianen bleken hun jongen te verdedigen, wat de reden was dat een vanggroep onder leiding van Reggie Derringer een bloedbad onder de dieren aanrichtte. Bavianen waren de jagers een doorn in het oog. De brutale apen stalen voortdurend van alles uit de luxe tenten, intimideerden de gasten en leken 's nachts hun successen uitgebreid te bespreken en te vieren. Als een groep opgetogen bavianen het op de heupen had, sliep niemand in het safarikamp. Jagers op groot wild zoals Adrian Edgecumbe vonden het beneden hun waardigheid om de opdringerige primaten dood te schieten, dat had Naeku van miss Ivy gehoord. Meestal had hij ze met een paar waarschuwingsschoten verdreven en het gebeurde maar zelden dat hij een voorbeeld stelde. Kurti's moeder was overleden door een kogel van een dronken safarigast. Sanele had het jong in de armen van de dode aap gevonden en had het naar Ivy gebracht.

Nu meldden de dierenvangers dat een troep apen in de buurt van de boerderij acht jongen bij zich hadden en Reggie Derringer gaf toestemming om de volwassen dieren dood te schieten teneinde de kleintjes in handen te krijgen. Ranjana en Naeku hoorden de schoten en toen Kurti volkomen van streek naar het terras terugkwam en zich verstopte in de hangmat waar hij sliep, vreesden ze het ergste.

Vlak daarna kwamen de dierenvangers triomfantelijk terug met vier kooien. In elke kooi zaten twee kleine jammerende bavianen. Reggie gaf openlijk toe dat hij niet alleen van de lastige apen af was, maar tegelijkertijd een mooie buit had binnengehaald. Kurti was aan het bloedbad ontsnapt omdat hij zich soms in de buurt van zijn soortgenoten bevond, maar zich nooit bij een troep aansloot. Nu sloop hij rond de kooien van de kleintjes en leek hij niet goed te weten hoe hij moest reageren. De aapjes jammerden de hele nacht en 's ochtends was een van de beestjes dood.

'Misschien is hij gewond geraakt toen zijn moeder uit de boom viel,' opperde Oscar Brooks. 'Het is natuurlijk vervelend, maar je krijgt de apen op een andere manier niet te pakken. Je kunt vallen neerzetten, maar dan moet je ze in de gaten houden. Als je ze niet snel genoeg leeghaalt, bevrijden de andere apen hun kameraden.'

De kleine bavianen waren inmiddels in een gemeenschappelijke kooi gezet, waar ze zich in de verste hoek aan elkaar vastklampten. Pas twee dagen nadat ze gevangen waren genomen, begonnen de eersten het fruit aan te raken dat de verzorgers in de kooi wierpen en na verloop van tijd begonnen ze met elkaar te stoeien en soms zelfs te spelen. Alleen de oudsten en de sterksten overleefden het. De jongsten, die waarschijnlijk nog melk nodig hadden, en de zwakkeren die zich niet konden laten gelden als ze voer kregen, stierven. Drie van de acht baviaantjes overleefden het uiteindelijk.

Het volgende waardevolle dier dat de dierenvangers verloren was de jonge neushoorn. Hij kreeg krampen en diarree toen hij eindelijk van het voor hem ongewone voedsel begon te eten en na drie weken stierf het beestje aan uitputting.

Zijn plaats werd ingenomen door twee jonge olifanten die met veel moeite waren gevangen. Toen de jongen in paniek raakten, stonden de dierenvangers niet alleen tegenover de boze moeders, maar tegenover een volledige, strijdbare kudde olifanten. Twee mannen raakten gewond voordat de laatste olifant door een kogel was gedood. Gelukkig waren de jongen al oud genoeg om vast voedsel te eten en troostten ze elkaar. Ze overleefden het, en Ranjana zou ervan genoten hebben om ze te zien eten en spelen als ze niet had geweten wat de prijs ervoor was geweest.

25

Sanele Zoeloe voelde nattigheid toen zijn werkgever hem op een bloedhete vrijdagmiddag in januari 1931 naar zijn kantoor riep. Alibhai Mulla Jeevanjee wachtte achter zijn bureau op hem, waarop geen papieren lagen. De Indiase koopman was de afgelopen weken zichtbaar ouder geworden. Hij was afgevallen en zat niet rechtop zoals anders, maar hing enigszins verloren op zijn leren stoel.

'Ga zitten, meneer Zoeloe,' zei hij met een uitnodigend gebaar. Sanele deed wat hem gevraagd werd. 'Je bent een slimme man,' zei de koopman. 'Ik denk dat de ontwikkelingen van de afgelopen weken je niet ontgaan zijn.'

'Ik hecht geen waarde aan roddels,' zei Sanele. 'Maar ik heb natuurlijk gemerkt dat u afscheid van een aantal personeelsleden genomen hebt. Onze dochtertjes zijn heel verdrietig over het verlies van hun speelkameraadje Avan en ik had veel waardering voor zijn vader, de tuinman.'

'Ik heb bovendien mijn chauffeur ontslagen en de auto verkocht,' ging meneer Jeevanjee verder. 'Ik heb je discretie altijd bijzonder op prijs gesteld. Daarom is het des te onaangenamer voor me om nu ook afscheid van jou te moeten nemen. Dat geldt trouwens ook voor de andere personeelsleden. Ik ga het huis verkopen.'

'Is het zo erg?' ontglipte het Sanele.

Er speelde een vage glimlach rond de mond van meneer Jeevanjee. 'Het is inderdaad zo erg, meneer Zoeloe,' gaf hij toe. 'Ik heb te veel uitgegeven, heb verkeerde investeringen gedaan en heb geprobeerd mijn kapitaal aan de pokertafel terug te krijgen. Ik hoef je waarschijnlijk niet te vertellen dat dit nog nooit iemand gelukt is, maar ik heb het toch geprobeerd. Daardoor ben ik nu bijna failliet. Het geld van de verkoop van het huis wordt gebruikt om mijn schulden af te betalen. Tot mijn grote opluchting is de nieuwe familie van mijn nichtje Esha zo vriendelijk om mijn vrouw en mij in hun huis op te nemen.'

Net als veel jonge Indiërs hadden Esha en haar man nog geen eigen gezin en woonden ze in het huis van zijn ouders. Het moest een hel voor de wereldwijze, zelfstandige koopman zijn om daar te moeten verblijven en voor zijn verlegen vrouw zou het nog erger zijn.

'Dat spijt me verschrikkelijk, meneer Jeevanjee,' zei Sanele oprecht verdrietig. 'Mijn vrouw en ik werkten heel graag voor u. Ik denk dat ik ook namens haar kan zeggen dat uw tegenspoed ons persoonlijk raakt.'

'Het treft je gezin ook persoonlijk,' concludeerde de koopman. 'Hoe oud is je geadopteerde dochter nu?'

'Hope is negen,' antwoordde Sanele. 'Ze kan dus al een beetje voor zichzelf zorgen. Toen u zo vriendelijk was om mij aan te nemen en haar onder uw hoede te nemen, liep ze veel meer gevaar.'

Meneer Jeevanjee zuchtte. 'Zeg niets wat je niet meent, Sanele. Ik weet heel goed dat ook een negenjarige hulpeloos is als er gekken zijn die haar willen doden. Daarom heb ik bij mijn kennissen geïnformeerd of een van hen een baan voor je heeft. Het is echter het oude liedje. Je hebt de verkeerde afkomst en daarnaast is je huwelijk met Ivory Edgecumbe geannuleerd terwijl jullie de relatie toch voortzetten.'

Sanele knikte. 'Dat weet ik allemaal, maar maakt u zich geen zorgen om ons. We hebben een beetje gespaard en daar moeten we een huisje van kunnen kopen waarin niet zo gemakkelijk ingebroken kan worden als in de hutten in de Afrikaanse nederzettingen. Ik ga bij mijn vorige werkgevers Newland en de Tarlton-broers informeren of zij een baan voor me hebben. Misschien kan ik kantoorwerk bij hun safari-onderneming doen. Ik laat Ivy en de meisjes liever niet voor lange tijd alleen.'

Meneer Jeevanjee gaf hem een envelop met zijn laatste salaris. 'Ik heb er zoveel mogelijk ingestopt en... O, ja, ik heb nog iets voor je.' Hij liep naar een gesloten kast die Sanele vaak had laten afstoffen, maar die hij nog nooit open had gezien. De koopman haalde er een jachtgeweer en een revolver uit. 'Ik heb deze wapens nooit gebruikt,' zei hij. 'Kun je hiermee omgaan?'

'Redelijk,' antwoordde Sanele. 'Maar Ivy kan veel beter schieten dan ik.'

Ivy begreep de situatie niet meteen toen Sanele de wapens op de keukentafel in het tuinhuisje legde. 'Heeft je werkgever trek in wildpastei?' vroeg ze lachend. 'En sinds wanneer is het jouw taak om de antilope zelf dood te schieten?'

Sanele keek met een ernstige blik naar haar. 'Het gaat niet om een antilope,' zei hij. 'Eerder om zelfverdediging. We moeten uit het tuinhuisje vertrekken, Ivy. Het staat er slechter voor met meneer Jeevanjee dan we dachten. Hij heeft me deze wapens cadeau gedaan.'

'Hij is een goed mens en het spijt me verschrikkelijk voor hem, maar ergens verwachtten we het al.' Ivy nestelde zich tegen Sanele aan, maar maakte zich vlak daarna weer los om bij de kinderen te kijken, die hun huiswerk in de naastgelegen kamer maakten. Ivy gaf de meisjes noodgedwongen zelf les. De meeste Indiase kinderen gingen niet naar school; de rijke kinderen kregen thuis les van privéleraren en voor de Afrikaanse kinderen waren er missiescholen, maar Ivy en Sanele zouden het nooit aandurven om Hope daarnaartoe te sturen.

'Ga je het bij Newland en de Tarltons proberen?' vroeg ze toen ze terugkwam. 'Hoelang mogen we hier blijven?'

'Ik denk tot het huis verkocht is, maar we kunnen het best zo snel mogelijk iets nieuws zoeken. Ik ga er meteen naartoe. Wens me succes.'

Sanele kuste zijn vrouw en kinderen en vertrok naar de stadsrand van Nairobi, waar het hoofdkantoor van Newland, Tarlton & Co was gevestigd.

Er was veel veranderd sinds hij jaren geleden bij de safarionderneming had gewerkt. Destijds waren er alleen een paar schuren en stallen voor de paarden geweest. Nu leek het hoofdkantoor veel representatiever en de paarden waren vervangen door een vloot safarivoertuigen en 4x4-vrachtwagens. Omdat alles met vrachtwagens werd vervoerd, waren er geen dragers meer nodig. Voor de begeleiding van een safari volstond een klein team van jagers, spoorzoekers en personeel dat zich bezighield met de service.

Sanele had gehoord dat Newland na de oorlog naar zijn geboorteland Australië was teruggekeerd. Sindsdien leidden de Tarlton-broers het bedrijf alleen en hadden ze de zakelijke activiteiten uitgebreid. Naast het organiseren van safari's hadden ze een makelaarskantoor, handelden ze in auto's en boden ze tevens het onderhoud aan. De Tarltons waren er trots op dat ze de enige officiële Ford Motor Company-dealer in Oost-Afrika waren.

Leslie Tarlton, die vandaag in het kantoor aanwezig was, begroette zijn voormalige werknemer hartelijk. 'Sam!' riep hij vrolijk. Het was de naam die ze hem destijds hadden gegeven omdat die gemakkelijker uit te spreken was. 'Wat een onverwacht bezoek. We hadden er eigenlijk op gerekend dat je na dat gedoe over de boerderij al hiernaartoe zou komen.'

'We zijn opgelicht,' zei Sanele stijfjes.

'Miss Ivy is bedrogen,' was Tarlton het met hem eens. 'Niemand die Adrian Edgecumbe kent geloofde dit verhaal. Adrian is dood. Hij is zonder enige twijfel heldhaftig gesneuveld, iets anders was niet te verwachten van hem. Miss Ivy is een geweldige vrouw, maar misschien een beetje eigenaardig en het is natuurlijk onconventioneel dat ze later met jou... Hoe dan ook, ze is geen vrouw die haar man bedroog en Adrian was geen man die zich liet bedriegen... Maar laten we het daar verder niet over hebben. Wat kan ik voor je doen, Sam? Heb je een baan nodig?'

Sanele slikte zijn irritatie vanwege de opmerking over Ivy's onconventionele relatie met hem weg en vertelde nuchter over Hope en zijn problemen.

Leslie Tarlton floot tussen zijn tanden. 'We hebben hier al eens zo'n kwestie bij de hand gehad met een vrouw die we als schoonmaakster in dienst hadden. Haar man was een drager. Hij verstootte haar nadat ze een albinokind ter wereld gebracht had.'

Sanele knikte. 'Dat heeft meneer Harper ons verteld,' antwoordde hij. 'Het kind werd voor haar ogen vermoord, hoewel meneer Newland moeder en dochter onderdak geboden had.'

'Zo was het inderdaad,' zei Tarlton. 'Dat kunnen we natuurlijk ook voor jullie doen. Jullie kunnen in het huisje wonen dat we destijds aan Mwala ter beschikking gesteld hebben. Inmiddels hebben we een kleine nederzetting waar onze werknemers met hun gezinnen wonen. Het zijn er niet veel meer en we willen ook geen voortdurende veranderingen. Vroeger maakte dat niet uit, iedereen kon sjouwen, maar tegenwoordig hebben we minder werknemers en ze zijn beter gekwalificeerd. Je mag hier op elk moment komen werken en wij zullen proberen het kind te beschermen, maar ik kan je de garantie niet geven dat het lukt.'

'Ivy heeft wapens,' zei Sanele in de hoop dat zijn nieuwe chef dat niet zou afkeuren.

De oude jager lachte. 'En ze weet hoe ze daarmee moet omgaan. Ik herinner me nog goed hoe verbaasd Adrian was toen juist het in zijn ogen verwende en sentimentele meisje telkens weer de roos raakte. Ze moet op de schietbaan oefenen, zodat iedereen meteen weet met wie hij te maken heeft als hij het kind van Ivory Edgecumbe bedreigt.'

'Het kind van Ivory Zoeloe,' corrigeerde Sanele hem, op het gevaar af dat hij zijn nieuwe chef daarmee ergerde.

Dat was precies wat Ivy deed toen zij en haar gezin een paar dagen later het vervallen oude huisje betrokken dat iets buiten de nieuwe arbeiderswijk lag. Die bestond, net als de meeste Afrikaanse wijken in de stad, uit een verzameling uiteenlopende woningen, van golfplaten constructies tot traditionele lemen hutten. Hun nieuwe huis was het stabielste van de wijk en

Tarlton had het laten voorzien van een stevige deur, sloten en tralies voor de ramen. Sanele en Ivy waren hem daar bijzonder dankbaar voor, terwijl hun nieuwe buren eerder argwanend reageerden. Sanele werd al scheef aangekeken terwijl hij het huis leeghaalde en schoonmaakte, maar toen zijn witte vrouw arriveerde en hun meubels werden geleverd, leek er geen eind aan het geroddel te komen. Nadat de andere bewoners van de wijk hun kinderen hadden gezien, werden ze definitief buitenstaanders, ook omdat de Tarltons het gezin nadrukkelijk onder hun hoede namen. Ze riepen alle werknemers bij elkaar en dreigden iedereen die de kleine Hope iets aandeed met aangifte bij de politie en ontslag.

Ivy, die inderdaad op de schietbaan oefende, liet er geen twijfel over bestaan dat ze Hope's veiligheid wilde en kon verdedigen met haar wapens.

Ivy voelde zich vrij veilig op het terrein van het bedrijf, maar leefde volkomen geïsoleerd. De vrouwen van de werknemers zochten geen contact met haar. Integendeel, als ze naar buiten ging om bijvoorbeeld water uit de put te halen, kreeg ze vijandige blikken en sommige vrouwen spuugden zelfs voor haar voeten. Sanele schreef dat toe aan het feit dat hij meteen een leidinggevende baan had gekregen. Hij kreeg daar natuurlijk niet zoveel voor betaald als een witte man in dezelfde positie, maar veel beter dan de arbeiders die niet konden lezen en schrijven.

Ivy's leven werd gedomineerd door dodelijke verveling en spanning. Ze durfde de kinderen niet uit het oog te verliezen, maar kon ze ook niet altijd binnen houden. De meisjes waren gewend aan de vrijheid in de tuin van meneer Jeevanjee en bovendien was het nieuwe huis heel klein. Ivy gaf les en de meisjes maakten hun huiswerk, maar daarna wilden ze naar buiten, vooral omdat er rondom het hoofdkantoor van het bedrijf veel te zien en te ontdekken was. Bovendien zwierven alle kinderen uit de wijk daar rond.

Ze kwamen onvermijdelijk met Hope en Ebony in contact en waren minder bevooroordeeld dan hun ouders. Het kon hun niet schelen dat de Zoeloes door de Tarltons werden beschermd, maar toch wilden ze vanaf het begin niets met de meisjes te maken hebben. Ebony en Hope verweerden zich tegen de beledigingen en het gooien van gedroogde koemest, waarbij Hope meestal haar hoofd boog en Ebony trefzeker teruggooide. Nadat een jongen daardoor gewond raakte, moest Ivy haar gedecideerd verbieden om met stenen terug te gooien.

Ebony vocht ook verbaal terug omdat ze het moeilijk vond dat de pesterijen van de anderen altijd te maken hadden met het feit dat alle kinderen uit de wijk naar school gingen, behalve Hope en zij. Afrikaanse scholieren hadden meerdere mogelijkheden om les te krijgen. In Nairobi waren privéscholen voor de paar rijke Afrikaanse kinderen en missiescholen van diverse religieuze groeperingen voor alle anderen, vooral voor de kinderen van ouders die bekeerd moesten worden. De Tarltons moedigden hun werknemers aan om hun kinderen naar school te sturen. Hoe meer onderwijs ze volgden, hoe beter de banen waren die ze later konden krijgen. De kinderen schepten tegenover Hope en Ebony op met hun status als leerlingen van de missieschool en vermoedden dat de twee waarschijnlijk niet waren gedoopt.

'Geestenkinderen mogen niet gedoopt worden,' beweerde een brutale kleine jongen die zelf net was gedoopt en de nieuwe kleding die hij van de missionarissen had gekregen trots droeg. 'Jullie ouders hebben een pact met de duivel gesloten. Daarom mogen jullie niet in de kerk komen.'

Ebony ging woedend tegenover hem staan. 'Natuurlijk zijn we gedoopt. Toen we heel klein waren al. Dat is veel beter dan dat je eerst bekeerd moet worden. Wij zijn er vanaf het begin bij geweest.'

Hope was meteen na haar geboorte gedoopt door Fiona, wier nonnennaam Margaret was, om haar te redden van de invloed van de heidense tovenaar die haar bedreigde, en Ivy en Sanele hadden Ebony uit dankbaarheid voor de inzegening van hun huwelijk in de missiekerk laten dopen.

Ebony kon er echter alleen naar raden waar ze vanaf het begin bij waren geweest. Sinds de Zoeloes Edgecumbe Farm hadden verlaten, gingen ze niet meer naar de kerk. Nu wilden de meisjes echter heel graag naar school en ze bleven hun ouders smeken om naar de katholieke missieschool te mogen.

'Misschien kunnen we ze daar inderdaad naartoe sturen,' zei Ivy tegen Sanele. 'Ik heb het gebouw bekeken en het is vrij gemakkelijk te beveiligen. Als ik ervoor ga zitten en zorg dat er niemand binnenkomt... En in principe is het onwaarschijnlijk dat iemand een kind uit een schoolgebouw ontvoert.'

Sanele trok zijn wenkbrauwen op. 'Uit respect voor de religie en de nonnen? Onder welke steen heb je geleefd, Ivy? Als iemand Hope ontvoert kan hij haar voor een vermogen verkopen. Zelfs toen ze nog een baby was wilde de tovenaar een enorm bedrag voor haar betalen. Weet je nog? Ik heb hem overboden met een bedrag dat voldoende was om een huis te kopen. Ik wil me niet eens voorstellen hoeveel er betaald wordt voor het lichaam van een negenjarig kind. De moordenaars zouden voor de rest van hun leven financieel binnen zijn.'

'Ik dacht eerder dat een ontvoerder op school gemakkelijk herkend en opgepakt kan worden,' verdedigde Ivy zich. 'De autoriteiten zouden daar korte metten mee maken.'

Sanele zuchtte. 'Daar kun je alleen op hopen. Ik wil de meisjes graag naar school sturen en ze normaal laten opgroeien, dus als jij denkt dat je ze kunt beschermen, dan vertrouw ik daarop, Ivy. Ik weet alleen niet zeker of je de situatie goed inschat. We kunnen ons geen fouten veroorloven.'

Het is één grote nachtmerrie, schreef Ivy aan haar vriendin Fiona Harper in Tanzania, die inmiddels ook twee kinderen had. *Als je hier was, zou je me niet herkennen. Ik verlaat het huis alleen met een geweer over mijn schouder en kijk met een grimmige blik naar iedereen die ik tegenkom als ik de kinderen naar school breng. Daarna hou ik de wacht voor de ingang en af en toe maak ik een controleronde. Er is een achteringang en het schoolplein is goed te overzien, maar eigenlijk hebben we drie gewapende mensen nodig om Hope voortdurend in de gaten te houden. Ik mag van de nonnen niet in het klaslokaal komen. Ze begrijpen ons probleem wel, maar denken dat mijn geweer de kinderen bang zou maken, en daar hebben ze natuurlijk gelijk in. Ze zijn trouwens bijzonder tevreden over de schoolprestaties van de meisjes; ze lopen ver voor op hun leeftijdgenoten, wat hen helaas niet populair in de klas maakt. Onlangs beweerden de kinderen dat de geesten Hope helpen als ze een repetitie maakt. Hope blijft daar verrassend kalm onder, terwijl Ebony al twee keer een standje heeft gekregen omdat ze met haar klasgenoten heeft gevochten. Pasgeleden heb ik haar betrapt met de revolver van meneer Jeevanjee, die gelukkig niet geladen was. Ze wilde hem mee naar school nemen om haar zusje te verdedigen. Haar lerares zegt dat ze zich als een jongen gedraagt, wat natuurlijk ongewenst is. Ik vind het in principe heel goed dat ze Hope beschermt en haat het om haar om die reden straf te moeten geven. Soms denk ik dat ik het allemaal niet meer kan verdragen. Ik heb het gevoel dat we niet meer leven sinds we Edgecumbe Farm verlaten hebben. We vechten alleen nog om te óverleven. Sanele lijkt hetzelfde gevoel te hebben. Hij trekt zich steeds meer terug, is zwijgzaam en ziet er ziek uit. We praten bijna niet meer met elkaar, maar hebben ook geen mogelijkheid om ons terug te trekken. Het huisje is zo klein dat we met zijn allen in één kamer slapen. Ach, Fiona, ik hou met heel mijn hart van Sanele en de kinderen, maar vaak ben ik bang dat ik niet voldoende kracht meer heb. Ik weet niet hoe het verder moet. Heb jij een advies voor me?*

Fiona schreef meteen terug, maar had geen echte oplossing voor haar.

Als het ons in de missie aan kracht ontbrak, als we heimwee hadden of we de hitte en het voortdurende, niet altijd bevredigende werk niet meer konden verdragen, kregen we te horen dat we moesten bidden. 'Samen met God voorwaarts', waren de woorden van onze oprichter Franz Pfanner. Ik weet dat jij daar niet veel van verwacht, maar ik zal voor je bidden en weet zeker dat God zijn hand boven jullie hoofd zal houden.

Fiona had de orde verlaten, maar was haar geloof niet verloren en tot Ivy's grote verbazing gebeurde er een paar dagen later iets waarover Fiona ongetwijfeld zou zeggen dat God haar gebeden had verhoord.

Ivy deed het huishouden en de meisjes maakten hun huiswerk aan de keukentafel toen er zachtjes op de deur werd geklopt. Ivy pakte het geweer voordat ze naar de deur liep om open te doen. Over het algemeen kregen ze geen bezoek en het was verdacht als er werd geklopt.

Voor het huisje stond echter niemand die haar bedreigde, maar een Afrikaanse vrouw met kortgeknipt kroeshaar, een gerimpeld en door verdriet getekend gezicht en een door het vele wassen verbleekte jurk.

'*Memsahib*... het spijt me, *memsahib*,' begon ze zich te verontschuldigen nog voordat Ivy haar kon begroeten en vragen wat ze wilde. 'Ik... ik... het is... ik heb gehoord dat u een geestenkind hebt...'

Normaal gesproken werd Ivy meteen boos als iemand Hope zo noemde, maar deze vrouw was heel onderdanig en praatte zo zachtjes en snel dat het leek alsof ze een geheim had. Het klonk eenvoudigweg niet alsof ze het meisje wilde beledigen.

'Ik beschouw mijn dochter niet als een geest,' zei ze vriendelijk. 'Hope is een heel normaal, lief meisje dat helaas met albinisme geboren is. Ze is bijzonder gevoelig voor de zon en –'

'... heeft blauwe ogen als de hemel en een huid als melk... Het spijt me, *memsahib*, maar ik wil het meisje heel graag zien.'

Ivy voelde zich verstrakken. 'Wat verwacht je daarvan? Genezing van een of andere ziekte? Is het zien van iemand met albinisme tegenwoordig al voldoende om magische krachten te mobiliseren?'

De vrouw keek haar aan met een blik alsof ze niet snapte wat Ivy bedoelde. Ze praatte in het Kikuyu, maar Ivy beheerste die taal vloeiend. 'Nee,' zei ze. 'Nee, dat is het niet... Ik weet dat kinderen met albinisme geen magische krachten hebben. Ik ben Mwala, *memsahib*. Ik heb hier met... mijn zoontje gewoond.'

'O mijn god!' Ineens begreep Ivy het. 'Jij bent de moeder van het jongetje dat vermoord is?'

Mwala kreeg meteen tranen in haar ogen. 'Mijn zoontje heet Gachii. Hij was zo lief, zo schattig en mooi. Voor mij was hij prachtig.'

Ivy omhelsde de vrouw spontaan. 'Mijn dochter is ook mooi,' zei ze. 'Ga mee naar binnen, dan stel ik je aan haar voor.'

Ze wist dat ze Mwala eigenlijk moest fouilleren. Ze was gewaarschuwd dat iedereen die ze in de buurt van haar kind liet komen een mes kon trekken en haar iets kon aandoen, maar ze voelde dat deze vrouw oprecht was. Mwala begon te huilen toen ze Hope aan de keukentafel zag zitten; ze had een pen in haar hand en schreef geconcentreerd in een schrift.

'Hoe heet ze?' vroeg Mwala.

Hope keek naar haar alsof ze vermoedde dat het over haar ging en gaf zelf antwoord. 'Hope,' zei ze. 'Ik heet Hope. *Tumaini*.' Dat woord was Swahili voor 'hoop'. In het dorp werd ze vaak zo genoemd.

Ivy zette thee en wachtte tot Mwala enigszins was gekalmeerd.

'Is Mwala de echte moeder van Hope?' vroeg Ebony. De meisjes wisten dat Hope was geadopteerd.

Ivy schudde haar hoofd. 'Nee, ze is de moeder van een jongetje dat net zoals Hope was, maar ze heeft hem niet kunnen beschermen.'

'Niet zoals jij doet?' Het was geen vraag, eerder een vaststelling.

'Nee, niet zoals jullie vader en ik doen, hoewel ze haar uiterste best gedaan heeft.' Ivy zette een beker thee voor Mwala neer en duwde haar zachtjes op een stoel.

'Wil je ons iets over jezelf vertellen, Mwala?' vroeg ze vriendelijk. 'En over Gachii? Wat heb je gedaan nadat hij... vermoord was?'

Mwala vertelde dat ze na de moord op haar zoontje graag naar haar stam terug wilde, maar dat kon niet omdat ze een kind als Gachii ter wereld had gebracht en het bovendien had willen houden. Ze had in een fabriek en als huidhoudster gewerkt, maar had geen enkele baan lang kunnen houden.

'Wie wil een werkneemster die elke dag huilt?' vroeg ze terwijl ze opnieuw tegen haar tranen vocht.

Op dit moment leefde ze van losse baantjes en woonde ze in een hut van golfplaten en karton in een van de armste wijken aan de rand van de stad.

Ivy luisterde en nam spontaan een beslissing zonder het eerst met Sanele te overleggen. 'Wil je hier blijven, Mwala? Wil je me helpen om Hope en Ebony te beschermen? Ik kan je niets betalen, maar we delen ons eten graag met je. We kunnen een kamer aan het huisje bouwen zodat je een plek om te slapen hebt, maar dat is beslist beter dan een hut van golfplaten.'

Mwala keek haar ongelovig aan. 'Word ik hun *mami*?' vroeg ze zachtjes, waarna ze zichzelf meteen corrigeerde. 'Hun kindermeisje?'

Ivy lachte. 'Ik heb er niets op tegen als ze je Mama Mwala noemen.'

Mama was bij Afrikaanse stammen de eretitel voor alle oudere vrouwen.

'We zullen heel lief zijn,' zei Ebony, die het niet kon verdragen om mensen te zien huilen.

'We zullen je niet aan het huilen maken,' voegde Hope eraan toe.

Mwala veegde haar tranen weg. 'Ik zal niet meer huilen,' beloofde ze. 'Als jij maar blijft leven.'

26

Lennox Edgecumbe's aanvankelijke euforie over de nieuwe richting van zijn bedrijf maakte in de loop van de eerste maanden plaats voor ernstige twijfels. Hij had inmiddels vastgesteld waar het addertje onder het gras zat wat betreft de contracten die hij met Jonas had gesloten en besefte dat hij zelf het noodlottige voorstel had gedaan om zijn verdiensten aan de hoeveelheid levend afgeleverde dieren te koppelen. Er stierven voortdurend dieren in zijn opvangcentrum en ze verloren veel moederdieren bij het vangen van de jongen, die het bovendien zelden overleefden. Een van de redenen hiervoor was dat de verzorgers hun best niet deden om de moeders van de jongen te vervangen. Dat werd Ranjana duidelijk toen er luipaardjes arriveerden en ze het verschil zag tussen de manier waarop Ivy voor de welpen had gezorgd en de onverschillige manier waarop de verzorgers dat deden. Lennox dwong de mannen om de jongen die zonder hun moeders niet levensvatbaar waren met behulp van een zuigfles geitenmelk te voeren, maar de trotse Kikuyu deden dit met tegenzin omdat ze niet wilden dat hun stamgenoten die de jagers hielpen hen zo zagen. Ranjana bood aan om samen met Naeku in elk geval de katachtigen te verzorgen, maar Lennox weigerde dat koppig. Hij snauwde dat hij geen hysterische vrouwen in de dierenverblijven wilde hebben. Ranjana had al heel vaak gehuild als ze weer eens getuige van de dood van een dier was geweest.

'Het wordt langzamerhand beter,' zei hij hoopvol terwijl hij zijn best deed om zowel de dierenvangers te controleren om te voorkomen dat ze te veel moederdieren doodden als ervoor te zorgen dat de verzorgers hun beschermelingen niet verwaarloosden. Uiteindelijk verlaagde hij hun lonen als er te veel dieren stierven, waarna sommigen niet meer kwamen opdagen. Er werden ook dieren gevangen waarmee Reggie Derringer nog nooit te maken had gehad. De jagers hadden zich altijd op groot wild geconcentreerd en kenden hun gedrag goed genoeg om ze in de bush op te sporen, maar dierentuinen waren ook geïnteresseerd in kleine dieren, zolang ze maar van ver kwamen en bijzonder waren. Daarom werden er twee miereneters, hagedissen en – tot ontsteltenis van Lennox – zelfs giftige slangen gevangen.

Wat deze dieren aten, of het dag- of nachtdieren waren, of ze sociaal waren of solitair leefden, wisten zelfs de Kikuyu slechts bij benadering. Wat slangen betreft dachten Ranjana en Naeku in elk geval een bepaalde basiskennis te hebben. Overal in India waren slangenbezweerders met hun cobra's aanwezig.

'Ze eten muizen,' zei Ranjana vol overtuiging, waarna Lennox vallen liet zetten. De slangen waren echter niet geïnteresseerd in de dode knaagdieren die naar hen toe werden gegooid. Ze konden tenslotte lange tijd zonder voedsel overleven en hoewel ze dagenlang niet aten, stierven ze niet.

Ook in andere delen van Kenia waren dierenvangers actief voor Ruhe. Ze jaagden onder meer op nijlpaarden. De eerste drie jonge dieren die ze afleverden hadden bloedende wonden omdat ze waren gevangen met een soort harpoen die geen diepe wonden veroorzaakte, maar de opperhuid doorboorde waardoor de dieren vast kwamen te zitten. Brooks vertelde dat een nijlpaard gewoonlijk niet bezweek aan zulke verwondingen, maar de wonden van een van de jonge dieren raakten toch ontstoken. Hij kreeg koorts, weigerde te eten en stierf.

Later arriveerden de jonge nijlpaarden ongedeerd; de vangers waren overgegaan op het bouwen van vallen waarin alleen jonge dieren werden gevangen omdat de nijlpaardmoeders hun jongen voor zich uit lieten lopen. Het enige probleem was om daarna de nijlpaardmoeders op afstand te houden terwijl ze de jongen uit de vallen haalden. De dierenvangers praatten er niet over, maar iedereen op Edgecumbe Farm wist dat de moeders werden doodgeschoten.

Ranjana ging gebukt onder het dierenleed dat sinds de opening van het verzamelstation voortdurend plaatsvond. In principe was het erger dan toen Edgecumbe Farm een jachtresort was omdat het wild destijds in elk geval snel dood was geweest. De dierenverzamelaars bleken ruwe mannen die wat betreft hun omgang met vrouwen niet onderdeden voor Lennox. Ze maakten misbruik van de vrouwen en meisjes van de Kikuyu alsof ze recht op hen hadden, wat tot gevechten en steekpartijen met de mannen of vaders van de Kikuyu-vrouwen en -meisjes leidde. Slechts weinigen betaalden voor de seksuele diensten. Brooks probeerde vaak te bemiddelen, maar de Kikuyu klaagden meestal bij Lennox. Soms stonden de twee mannen daardoor tegenover elkaar. Brooks verdedigde zijn mannen terwijl Lennox probeerde de Kikuyu te vriend te houden door hogere schadeloosstellingen voor hen te eisen.

Ranjana en Naeku gingen nog maar zelden naar de missiepost. Ranjana trok zich terug, zoals ze altijd deed als ze zich ongelukkig en hulpeloos voelde. Ze verstopte zich in haar vleugel, tekende of speelde sitar. Naeku liet zich minder gemakkelijk intimideren, maar droeg op een goed zichtbare manier een mes bij zich en oefende met het werpen ervan naar een doelwit. Na een bezoek aan de Masai vertelde ze dat zij ook niet gelukkig waren met de nieuwe onderneming op Edgecumbe Farm. De jacht op antilopen en gnoes bracht hun koeien in de war, die vaak samen met de wilde dieren graasden. Sommige Masai zagen echter kans om geld te verdienen. De koeienherders vingen kleine dieren, zoals apen of vogels, en verkochten die vervolgens aan de werknemers van Ruhe.

De situatie veranderde toen Ranjana een bericht kreeg dat haar uit haar lethargie haalde. Een kleine jongen uit het Kikuyudorp deed haar de groeten van Mama Achera. 'Ze wil je zien, *memsahib*. Je moet naar haar toe gaan.'

Ranjana keek met een hulpeloze blik naar Naeku.

'Dat is de oude vrouw die destijds de geest van Mama wa

Wanyama in je zag,' hielp Naeku haar. 'Ze is de oudste van het dorp en heeft veel aanzien bij de stam. Ze houdt zich blijkbaar met magie bezig en praat met de geesten. Volgens Ivy heeft ze het aan haar te danken dat de Kikuyu de kleine Hope met rust gelaten hebben. Ze is er kennelijk van overtuigd dat de geest van Mama wa Wanyama sterker is dan de demonen die het kind beheerst hebben. We moeten ernaartoe, al is het alleen maar om te horen wat ze van je wil. Ik zal voor je vertalen.'

Mama Achera zat voor haar hut. Ze droeg een lang gewaad in een aardetint, had een kleurige doek over haar schouders en rond haar nek hingen kettingen. Ranjana en Naeku hadden geschenken voor haar meegenomen – kleurige stoffen en snoep – maar daar leek ze geen waarde aan te hechten.

In plaats daarvan keek ze ernstig naar Ranjana. 'Je vervult je opdracht niet,' zei ze zonder haar te begroeten. 'De geesten van de dieren zijn boos.'

'Ik ben miss Ivy niet,' zei Ranjana in de veronderstelling dat de vrouw hen misschien door elkaar haalde. 'Ik weet niet wat ik moet doen.'

'Ga naar buiten en kijk ernaar!' beval de oude vrouw haar. 'Je voelt mee met de gevangenen en dat verlamt je. Ga naar buiten en voel mee met degenen die vechten.'

'Moet ik met de dierenvangers mee naar buiten?' vroeg Ranjana.

Naeku's Kikuyu was niet perfect, maar ze deed haar best om alles te vertalen.

'Ik kan niet zomaar de bush in gaan,' protesteerde Ranjana.

'Mijn kleindochter begeleidt je,' zei Mama Achera. 'Ze is behendig en niemand zal jullie zien. En jij gaat beslist ook mee, nietwaar, Masai-vrouw?'

Naeku knikte. 'Ik laat Ranjana niet alleen met een kind de bush in gaan. Sommige dieren zijn gevaarlijk.'

De oude vrouw lachte. 'Zou je een leeuw tegenhouden als hij je vriendin bedreigt? Ja, ik zie dat je sterk bent. Maar de leeuw heeft jou en je vriendin naast zich nodig. Dus ga vandaag nog.'

Naeku en Ranjana wisten dat de dierenvangers van plan waren om op zebra's en giraffen te jagen en daarnaast zat Brooks achter twee leeuwinnen aan die samen voor hun welpen zorgden.

'Ik... moet me eerst omkleden.' Ranjana voelde zich nog steeds het meest op haar gemak in een sari en voor het bezoek aan de oude vrouw had ze traditionele kleding aangetrokken.

'Mumbi is bij jullie voordat de zon ondergaat.' Mama Achera wees naar een meisje van een jaar of twaalf dat iets verderop bij de hut onder een struik hurkte en naar het gesprek had geluisterd. Ze was mager en de westerse jurk die ze waarschijnlijk op de missieschool had gekregen was veel te ruim. Ze glimlachte naar de vrouwen, waardoor duidelijk was dat haar snijtanden ontbraken. Ze deed Naeku aan Ivory's dochtertje Ebony denken.

'Het geeft me geen goed gevoel om alleen met zo'n meisje de bush in te gaan,' zei Ranjana terwijl ze naar Edgecumbe Farm terugliepen.

Naeku glimlachte. 'Ik ging ook alleen de bush in toen ik haar leeftijd had. Ik ben alleen bang dat ik het verleerd ben om geluidloos te bewegen. Het meisje maakte een slimme indruk op me. Laten we het proberen. Je zegt tegen Lennox gewoon dat we naar de mis in de missiepost gaan.'

'Dan laat hij ons brengen,' antwoordde Ranjana. 'Je weet dat hij niet wil dat ik daar zonder bescherming naartoe ga.'

Naeku knikte. 'Dat klopt, maar hij is met Brooks de bush in. We moeten alleen eerder op de boerderij terug zijn dan hij.'

'Als hij ontdekt dat ik weg ben, wordt hij woedend op me omdat ik zonder iets te zeggen weggegaan ben,' zei Ranjana.

Naeku fronste haar voorhoofd. 'Eerlijk gezegd heb ik liever dat Lennox boos op je is dan Mama Achera. Ze klonk behoorlijk dreigend, hoewel ze je natuurlijk niets kan aandoen.'

Ranjana glimlachte. 'Misschien gaat ze me omtoveren in een kikker.'

'En dan kom je in een dierentuin terecht.' Naeku lachte. 'Vooruit, er gebeurt niets. Jij trekt je safarikleding aan en ik verander mezelf in een Masai-vrouw.'

Ranjana trok stevige schoenen aan en Naeku droeg sandalen. Mumbi liep net als alle kinderen van de stam op blote voeten. Ze begon meteen min of meer te rennen. Naeku, die een kort rood gewaad droeg, kon haar nauwelijks bijhouden en Ranjana al helemaal niet.

'Niet zo snel,' smeekte Ranjana, waarna Mumbi iets langzamer ging lopen.

'We moeten snel zijn, *memsahib*,' legde het meisje uit. 'Anders zijn we niet bij de leeuwinnen als het begint te schemeren. De mannen hebben daar een val gegraven, waar ze de leeuwinnen in willen lokken om de welpen te kunnen stelen.'

Tot Ranjana's verbazing sprak Mumbi vloeiend Engels.

'Sinds wanneer zetten ze vallen voor de leeuwinnen?' vroeg Naeku.

'De *bwana* wil niet dat de leeuwinnen doodgeschoten worden. Hij wil ze het liefst allemaal vangen, de moeders en de jongen,' vertelde het meisje.

Ranjana verbaasde zich erover dat Mumbi zo goed op de hoogte was. Misschien werkte haar vader als spoorzoeker voor de dierenvangers. Het stak haar een beetje dat Lennox haar niets over de nieuwe vangmethode had verteld. Hij zou moeten weten dat ze blij zou zijn als hij de leeuwinnen zou redden, maar tussen Lennox en haar werd het steeds meer zoals in de periode waarin het jachtresort niet voldoende geld had opgebracht. Hij leek haar alles kwalijk te nemen, hoewel ze zich van geen kwaad bewust was. Ze had hem gesteund toen hij het idee van het opvangcentrum kreeg, maar niemand had kunnen weten dat het op deze manier zou gaan.

Mumbi leidde hen over een heuvelrug waarvandaan ze een weids uitzicht over de savanne hadden.

'Daar zijn de dierenvangers,' fluisterde ze plotseling. Ze wees naar een plek op de vlakte waar daarnet nog een kudde zebra's en een paar giraffen vredig stonden te grazen.

Inderdaad verschenen er op dat moment drie safarivoertuigen die allemaal waren voorzien van een bamboestok met een lus eraan die als een soort hengel fungeerde. Ranjana en Naeku zagen voor het eerst hoe ze werden gebruikt. Twee wagens reden de kudde in, wat voor opwinding bij de dieren zorgde, maar waardoor ze nog niet in paniek vluchtten. In Ivy's tijd waren deze voertuigen geen bedreiging geweest, terwijl Lennox en zijn jagers altijd dichterbij waren geslopen.

De dierenvangers in de auto's leken zich te concentreren op bepaalde prooien. De eerste achtervolgde een jonge zebramerrie met een veulen. Beide dieren renden nu weg, net als de rest van de kudde, en de vrouwen volgden met morbide fascinatie hoe de bestuurder zo dicht mogelijk bij de zebramerrie probeerde te komen. Naarmate het dier vermoeider werd en het veulen verder achterbleef, slaagde de chauffeur daar beter in en nu kwam de dierenvanger in actie. De lus van de hengel verdween om de hals van de merrie en de wagen ging langzamer rijden. Het dier worstelde om los te komen, werd omgetrokken en een stuk meegesleept voordat de wagen tot stilstand kwam. Er sprongen drie mannen naar buiten, die controleerden of het dier zijn nek had gebroken, waarna ze de merrie vastbonden terwijl ze nog verdoofd was door de val. Het veulen naderde, geschrokken maar verlangend om bij zijn moeder te zijn, en werd eveneens omgetrokken. Meer mannen kwamen helpen.

De dierenvangers in het tweede en derde safarivoertuig richtten hun aandacht op een jonge giraf. Ze probeerden het dier klem te rijden, maar het leek bij de giraffen niet te werken om ze te laten vallen door te trekken aan de nek. Toch lukte het de bestuurder om de wanhopig vechtende giraf vast te houden. Terwijl de zebra's met een lier op de vrachtwagen werden getrokken en daarna pas werden bevrijd van de touwen waarmee ze waren vastgebonden, werd de giraf door vijf mannen in de afgesloten ruimte getrokken.

'Dit is verschrikkelijk,' fluisterde Ranjana. Toch haalde ze opgelucht adem toen ze zag dat de zebramerrie overeind kwam. Je hoefde geen deskundige op het gebied van paarden te zijn om te beseffen hoe vaak de dieren botten braken bij deze vangmethode.

'Kunnen de dierenvangers ze niet achter een omheining drijven?' vroeg Naeku.

Mumbi schudde haar hoofd. 'Dat hebben ze geprobeerd, maar dat gaat niet goed met de voertuigen. En zo'n omheining zou heel stevig moeten zijn zodat de dieren er niet doorheen breken als ze met veel zijn.'

Naeku begreep het. Er was nauwelijks materiaal voor stevige omheiningen op de savanne te vinden. Een Masai-stam omheinde de *enkang* gewoonlijk met een soort haag van gestapelde doornige takken. Dat hield de koeien, schapen en geiten binnen het dorp, maar giraffen en zebra's die in paniek vluchtten zouden zich daardoor niet laten tegenhouden en gazelles sprongen gewoon over een dergelijke omheining heen.

'Deze vangmethode geeft de beste resultaten met de minste inspanning,' concludeerde Naeku duidelijk aangedaan. Het was één ding om de uitgeputte dieren die het na hun transport bij aankomst op Edgecumbe Farm al hadden opgegeven te zien, maar iets heel anders om getuige te zijn van de wrede manier waarop ze werden gevangen. Mama Achera had gelijk: als er geesten van de dieren bestonden, dan zouden ze woedend zijn.

'We moeten verder, *memsahib*,' zei Mumbi terwijl ze naar Ranjana keek. 'Anders zie je de leeuwinnen niet. Mama Achera wil dat je ze ziet, *memsahib*, Mama wa Wanyama.'

Ze liepen over de savanne naar een bosgebied met een waterpoel in de buurt. Uiteindelijk bleef het meisje staan en ze wees naar dicht struikgewas en een wildpad dat erdoorheen liep. 'Daar is de val en daarachter is de plek waar de leeuwinnen hun welpen grootbrengen.'

Een gat in de grond was bedekt met takken en goed zichtbaar vanuit hun schuilplaats. Ranjana huiverde.

'Zoiets wordt in India voor de tijgerjacht gebruikt. Er zitten palen met punten aan.'

Mumbi schudde haar hoofd. 'Hier niet. De leeuwinnen hoeven er alleen in te vallen.'

Als de mannen de welpen probeerden te vangen, zouden ze geen last van de leeuwinnen hebben. Ze hadden het lokaas – een halve zebra – al achter de val op het wildpad gelegd. De leeuwinnen zouden het ruiken als ze hun schuilplaats verlieten. Over het algemeen gebeurde dat tijdens de dageraad en als het begon te schemeren. Ranjana wist dat Lennox de moeders de laatste tijd vaak had laten observeren. De kans dat ze dit pad naar de savanne zouden nemen om daar te jagen was groot, ook al lag het lokaas er niet. Waarschijnlijk lagen de mannen al uren op de loer en wachtten ze tot de leeuwinnen hun welpen alleen lieten.

Uiteindelijk ging de zon onder en terwijl de hemel in de mooiste rode en gouden kleuren oplichtte zagen ze een beweging bij de leeuwenkraamkamer. Ze hielden alle drie hun adem in toen ze twee prachtige leeuwinnen langzaam en majestueus over het wildpad zagen lopen. Een van de twee stopte om te ruiken: ze had de geur van het lokaas waarschijnlijk opgevangen, maar leek onzeker. Rook ze misschien ook een mensengeur? De andere leeuwin aarzelde niet, liep door en viel in de kuil. De eerste leeuwin redde zichzelf met een sprong en rende weg.

Ranjana verwachtte dat de dierenvangers eerst zouden controleren of de leeuwinnen echt weg waren, maar ze begonnen de welpen meteen te vangen. De vrouwen hoorden stemmen en Mumbi hield haar vinger voor haar mond. Ze vroeg hun om haar te volgen en ze slopen naar de rustplaats van de leeuwinnen toe, een soort hol in het struikgewas. Vier mannen met handschoenen aan waren bezig om twee blazende kleine roofkatten te pakken en in zakken te stoppen. De welpen krabden en gromden en waren absoluut niet van plan om zich in hun lot te schikken. Ineens verscheen de leeuwin die niet in de kuil was gevallen. Ze was duidelijk bereid om de welpen te hulp te schieten en gooide een man op de grond voordat een ander zijn geweer kon pakken. Ranjana herkende Brooks. Hij kon niet snel genoeg schieten om een andere man van haar aanval te redden. Was het Lennox? De leeuwin vocht en gromde en probeerde te bijten, tot er een knal klonk en ze werd neergeschoten.

Ranjana zag dat Lennox naar de leeuwin toe liep, waarschijnlijk om zich ervan te overtuigen dat ze dood was, en zag tot haar ontzetting dat er een schaduw naderde: de leeuw in de val had blijkbaar al haar krachten bijeengeraapt om uit de kuil te ontsnappen. Ze rende naar Lennox toe en Ranjana onderdrukte een gil toen haar echtgenoot opzij sprong. De leeuwin concentreerde zich nu op Reggie Derringer, die met een mes in zijn hand tegenover haar ging staan. Het volgende moment stootte hij het mes in de borstkas van de leeuwin en Brooks vuurde een kogel op haar af. Ook de tweede leeuwin viel dood neer.

'Dat heb je nu van die stomme nieuwe methode van je!' schreeuwde Brooks tegen Lennox, waarna hij naar de door de leeuwen aangevallen mannen rende. Ranjana hoopte dat ze niet levensgevaarlijk gewond waren. Ook Reggie Derringer was gewond; zijn shirt was doordrenkt met bloed, maar hij leek er trots op dat hij de roofkat met het mes had afgeweerd.

'Ga naar de auto en roep hulp via de radio!' instrueerde Brooks Lennox, die nog steeds in shock was. 'Minstens een van de twee mannen moet naar het ziekenhuis. Misschien is de missiepost voldoende, maar doe iets!'

Mumbi haalde Ranjana en Naeku uit hun verstarring. 'Laten we gaan,' zei het meisje resoluut. 'Mama Achera wacht op ons.'

'Ga je haar vertellen wat er gebeurd is?' vroeg Naeku.

Het meisje schudde haar hoofd. 'Nee, dat weet ze al.'

'Wist ze dat de leeuwinnen zouden sterven? En wilde ze dat we deze afschuwelijke praktijken zouden zien?' Ranjana voelde zich duizelig worden.

'Ze wilde dat de geesten van de leeuwinnen jou vinden. Ze

zegt dat Mama wa Wanyama, miss Ivy dus, de geesten van de dieren in de oorlog betoverd heeft toen onze mannen vertrokken om voor de blanken te vechten. Ze heeft hun de behendigheid van de gazelles en de wijsheid van de olifanten gegeven. Jij moest de moed en de kracht van de leeuwinnen krijgen. Voel je al iets?' Het meisje keek gefascineerd naar Ranjana.

Ranjana slikte. 'Ik wil ze... aanraken,' zei ze zachtjes.

Mumbi gebaarde naar Ranjana en Naeku dat ze stil moesten blijven tot de mannen het slagveld in de leeuwenkraamkamer hadden opgeruimd. Ze hadden hun voertuig blijkbaar aan de rand van het bos geparkeerd en hadden tijd nodig om alle welpen te vangen. Bovendien moesten ze wachten tot de gewonde mannen waren opgehaald. Uiteindelijk legden ze de man die het zwaarst gewond was op een brancard, waarna hij werd afgevoerd. De andere man kon, ondersteund door twee helpers, zelf lopen.

Toen ze de voertuigen hoorden wegrijden, verlieten ze hun schuilplaats en liepen ze naar de dode leeuwinnen. Niemand bekommerde zich om de kadavers. Die zouden de volgende dag waarschijnlijk worden opgehaald.

Ranjana knielde naast een van de leeuwinnen en streelde haar zachtjes. Ze was nog warm en ze had het idee dat ze het leven nog door het dier heen voelde stroomde. Ze werd niet overvallen door woede, maar had eerder het gevoel dat ze één was met het wezen van het dier, dat de ziel weliswaar verdween maar dat ze voor altijd een echo ervan in zich opnam. Ze zag dat Naeku de kop van de andere leeuwin aanraakte en haar hand op de kruin van het beest legde, zoals ze soms ook bij haar deed. Vanaf nu zouden ze allebei vechten.

27

Ranjana liep voor het eerst sinds de opening van het opvangcentrum zonder haar man en zonder zijn toestemming – en zonder Naeku – de dierenverblijven in. Ze voelde dat ze haar eerste strijd alleen moest uitvechten, dus had ze Naeku en Mumbi samen naar het dorp laten gaan om Mama Achera te vertellen wat er was gebeurd en was ze alleen naar Edgecumbe Farm teruggegaan.

Ze zag Lennox bij het hok van de leeuwenwelpen staan, dat leeg had gestaan sinds de luipaardjes waren gestorven. Nu liepen er acht jonge leeuwen rond en Lennox gaf de verzorger op bitse toon de opdracht om beter zijn best voor de welpen te doen dan hij voor de luipaardjes had gedaan. Hij keek verbaasd op toen Ranjana met fonkelende ogen van woede voor hem ging staan. 'Lennox, dit moet stoppen,' zei ze gedecideerd.

Dit was iets wat hij niet van haar kende, wat trouwens ook voor Ranjana zelf gold. Normaal gesproken hield ze haar hoofd nederig gebogen als ze met hem praatte. In het begin had hem dat opgewonden, maar inmiddels ergerde hij zich eraan. Hoe ze zich nu gedroeg leek hem echter ook niet te bevallen. Hij staarde haar ongelovig aan.

'Als je zo doorgaat sterven alle dieren op Edgecumbe Farm,' ging ze onverstoorbaar verder. 'Jullie schieten de moeders dood om de nakomelingen te kunnen vangen en –'

'Ik heb de leeuwinnen niet doodgeschoten,' onderbrak Lennox haar. 'Dat was Brooks, hij –'

Ranjana liet hem niet uitpraten. 'En daarna sterven de jongen hier... van verdriet of omdat niemand ze fatsoenlijk verzorgt.'

'Wat bedoel je daarmee?' snauwde Lennox tegen haar. 'Je weet heel goed dat ik er alles aan doe. Ik heb zelfs geiten gekocht.'

Hij had inderdaad een kudde geiten gekocht om altijd verse melk voor de gevangen jongen te hebben.

'Zelfs je geiten sterven,' ging Ranjana verder. 'Omdat je werknemers niet weten hoe zij ze op de juiste manier moeten melken.'

De geiten op Edgecumbe Farm leden vaak aan uierontstekingen en vele stierven bij de geboorte van hun jongen.

'Wat kan ik eraan doen dat dat het werk van de Kikuyuvrouwen is?' vroeg Lennox. 'Moet ik hun vrouwen soms in dienst nemen?'

'Bijvoorbeeld,' antwoordde Ranjana. 'Miss Ivy heeft dat met veel succes gedaan. Dat heb ik de eerste keer dat ik hier was al gezien. Of eis van je werknemers dat ze het leren. Dat kunnen hun vrouwen doen. Naeku zegt dat het helemaal niet moeilijk is.'

Naeku had als meisje geleerd om de schapen en geiten te melken. Ook bij de Masai zorgden de mannen alleen voor de koeien.

'Jij en jouw Naeku denken altijd dat jullie het beter weten,' viel Lennox haar op zijn beurt aan. 'Slangen vreten toch muizen? En kleine olifanten drinken geitenmelk? Jullie waardevolle adviezen hebben tot nu toe niets opgeleverd. En trouwens... wie wilde dat ik stopte met het jachtresort?'

'Dat heb je me helemaal niet gevraagd,' zei Ranjana verward.

'Maar je hebt ook geen moeite gedaan om me te steunen. Je bent een waardeloze huisvrouw en gastvrouw. De hemel weet of je het niet wilt of gewoon niet kunt. Zoals je sowieso niets kunt, Ranjana. Je kunt alleen mooi zijn en huilen. Als je Naeku niet had, zou je jezelf niet eens kunnen aankleden.'

Ze boog onwillekeurig haar hoofd en voelde Lennox' triomfantelijke blik, ook al zag ze die niet.

'Desna is in elk geval niet gestorven,' zei ze. 'Naeku en ik hebben haar grootgebracht. We hadden ook kunnen helpen met de luipaardjes, maar dat wilde je niet. Je hebt ze overgelaten aan die nietsnut Amal, die –'

'De luipaarden verdroegen de melk niet. Ze zijn aan darmkrampen gestorven, daar kon niemand iets aan doen. Moeten we de moeders gaan vangen zodat Naeku en jij ze kunnen melken?' vroeg Lennox spottend.

Amal stond grijnzend naar hen te kijken. Ranjana bloosde omdat ze in het bijzijn van de werknemer werd vernederd.

'Dat was waarschijnlijk precies wat Adrian Edgecumbe gedaan zou hebben!'

Ranjana verbaasde zich over de onverwachte steun van kokkin Wawira, die net met een kan warme melk het dierenverblijf in kwam.

'Dan zouden de leeuwinnen hun welpen verder kunnen zogen en samen met hen worden weggebracht. Dat zou de voormalige *bwana* voor elkaar gekregen hebben. Hij was een jager, maar begreep de geesten van de dieren. Hij was op de hoogte van hun magie, net als miss Ivy. En hij was voor de duivel niet bang!'

'Wil je daarmee zeggen dat ik een lafaard ben?' Lennox keek van de ene vrouw naar de andere en Ranjana zag dat hij kookte van woede.

'Je zou naar je vrouw moeten luisteren en de leeuwen aan Naeku moeten overlaten,' ging Wawira verder zonder op zijn provocatie in te gaan. Ze leek zelf ook voor de duivel niet bang, noch voor haar ontslag.

Ranjana wist dat ze al heel lang de scepter in de keuken van Edgecumbe Farm zwaaide en dat het ongetwijfeld moeilijk zou zijn om haar te vervangen.

'Hier heb ik een beetje van het melkmengsel dat miss Ivy aan de welpen voerde. Een vrouw uit het dorp herinnerde zich het recept. Maar ik zeg erbij dat het niet voldoende is om de melk gewoon in de voerbakken te doen, *bwana*. De dieren hebben meer dan melk nodig, ze hebben...'

'... liefde nodig?' maakte Ranjana haar zin af.

Lennox barstte in lachen uit. 'En dat zegt de vrouw die verstijft als een dorre tak als ze aan liefde denkt,' zei hij spottend.

'Maar goed, probeer het maar. Zorg voor de leeuwtjes, voed ze met liefde, dat is tenminste goedkoop. Kijk maar of je het beter kunt dan Amal.' Met die woorden verliet hij de stal, gevolgd door de beledigde dierenverzorger.

Wawira ging houterig op de grond zitten, doopte de punt van een linnen doek in de melk en stak de geïmproviseerde tepel in de mond van een van de welpen. Ze glimlachte toen het beestje meteen begon te zuigen. Ranjana nam het over en na de eerste kleine maaltijd masseerde ze zijn buikje, wat een van de belangrijkste handelingen bij de verzorging van leeuwenwelpen was. De dierenmoeders likten hun jongen altijd.

Ranjana glimlachte echter niet, hoe schattig het leeuwenwelpje in haar armen ook was en hoe tevreden het haar zorg ook accepteerde. 'Hoe kan hij denken dat liefde goedkoop is?' vroeg ze zachtjes. 'Is dat niet het kostbaarste ter wereld?'

Door de verzorging van Naeku en Ranjana groeiden de leeuwenwelpen inderdaad goed. Ivy had de luipaardjes destijds grootgebracht met een mengsel van geitenmelk, eieren en maïsmeel, waaraan ze later schapenvlees had toegevoegd. Naeku en Ranjana moesten experimenteren omdat de verhouding van het mengsel veranderde naarmate de welpen groeiden en het gebeurde soms dat een van de beestjes diarree kreeg of intensiever gemasseerd moest worden omdat het last had van obstipatie, maar omdat ze dat altijd meteen merkten konden ze actie ondernemen. Het verblijf van de welpen werd al snel een bron van vreugde voor alle bewoners van de boerderij.

In de rest van de verblijven bleven echter dieren doodgaan. Aangemoedigd door het succes met de leeuwenwelpen probeerden de verzorgers de andere dieren ook te voeren, zoals Wawira hun had uitgelegd, maar dat lukte niet altijd. De miereneters likten het eiermengsel enthousiast op en begonnen op krachten te komen en sommige aapjes die de Masai hadden gevangen vonden het ook lekker, maar slechts drie van hen waren nog in leven. Bij een heel jonge zebra waarvan de moeder tijdens het vangen was overleden en een giraffenjong dat onder vergelijkbare omstandigheden gevangen was genomen, veroorzaakte Wawira's recept koliek. De eerste dierenzending vanaf Edgecumbe Farm was nog steeds een toekomstdroom en Wilhelm Jonas liet duidelijk merken dat hij ontevreden was toen hij op bezoek kwam in het opvangcentrum.

'Het ligt niet aan mijn dierenvangers,' verklaarde de Duitser. 'Ze voorzien je bijna dagelijks van nieuwe aanvoer, maar we krijgen nog steeds geen dieren van je binnen. Dat moet veranderen, Lennox! Misschien moet je eens proberen om de dieren door de vrouwen van de stam te laten verzorgen. In andere opvangcentra hebben ze daar goede ervaringen mee. De mannen lijken geen talent te hebben voor het grootbrengen van de jonge dieren.'

'Misschien moeten we dat inderdaad doen,' dacht Reggie hardop na toen hij de situatie later met Lennox besprak. 'Zeg tegen de verzorgers dat ze hun vrouwen moeten sturen, hoewel ze daar niet enthousiast over zullen zijn, om redenen die je maar al te goed kent.' Hij vertrok zijn gezicht in een grimas, waarmee hij zowel humor als zijn afkeuring duidelijk maakte. Hij wist dat Lennox zijn belangstelling voor Ranjana lang geleden al was kwijtgeraakt en aangezien zijn vriend geen tijd en geld had om naar Nairobi te gaan om zich daar met de vrouwen van de Happy Valley Set te amuseren, viel hij de keukenmeisjes en schoonmaaksters weer lastig. Er waren opnieuw klachten van hun mannen geweest. Sommigen van hen hadden tijdens het werk bewezen dat ze kundig waren, waardoor ze zich zelfverzekerd voelden. Ze hoefden niet op Edgecumbe Farm te blijven. Andere bedrijven die dieren vingen en exporteerden zouden een ervaren kracht onmiddellijk in dienst nemen.

'Wat mij betreft mogen ze hun vrouwen in de gaten houden terwijl ze voor de beesten zorgen,' zei Lennox. 'Ik heb geen belangstelling voor ze en wil alleen geld verdienen. Zolang we geen dieren kunnen versturen, maak ik alleen kosten.'

Hij begon zich langzamerhand te realiseren dat het bedrijf niet zou overleven als hij nog een paar maanden geen inkomsten had.

Reggie was niet veel diplomatieker dan Lennox, maar dit keer loste hij het probleem op door de Afrikaanse werknemers toestemming te geven om hun vrouw mee te nemen en een deel van hun werk door hen te laten doen, zoals het voeden en verzorgen. Dit concept was bekend. In de dorpen waren de vrouwen daar immers ook verantwoordelijk voor.

Toch werden Lennox en Reggie geconfronteerd met een probleem waarop ze niet hadden gerekend. Amal, de verzorger van de roofdieren, keek verlegen naar Lennox toen die de nieuwe werkneemsters de volgende dag wilde ontvangen. 'Ze willen niet,' zei de Kikuyu. 'Ze weigeren. We hebben van alles geprobeerd, maar Mama Achera heeft tegen de vrouwen gezegd dat ze hier niet naartoe moeten gaan en ze luisteren naar haar.'

'Vanwege... de *bwana*?' vroeg Reggie voorzichtig. 'Luister, hij kent jullie gewoonten nog niet zo goed. In... in Schotland is het gebruikelijk dat het hoofd van een dorp... als het ware... eh... Hij zal jullie ongetwijfeld schadeloosstellen.'

Amal schudde zijn hoofd. 'Het is niet vanwege...' Hij maakte een gebaar dat geslachtsgemeenschap symboliseerde. 'Het is vanwege de geesten. Mama Achera zegt dat er geen zegen rust op wat er op Edgecumbe Farm gebeurt. De geesten zijn boos.'

Reggie wreef over zijn voorhoofd. Hij wist voldoende over de hiërarchie binnen de stam om te beseffen dat bijna niemand het zou aandurven om tegen de dorpsheks in te gaan. De vrouwen waren niet te bereiken door de mannen als bemiddelaars te gebruiken.

'De *bwana* en ik komen naar het dorp,' zei hij uiteindelijk. 'We gaan zelf met Mama Achera praten. Misschien kunnen we de *memsahib* meenemen.' Een beetje vrouwelijke steun kon beslist geen kwaad, dacht Reggie.

'Mama Achera zal met de *memsahib* praten,' zei Amal. Hij leek eveneens opgelucht. 'Ze waardeert haar, ook al ontbreekt het haar nog aan kracht.'

'Waar slaat dit op?' vroeg Lennox terwijl hij samen met Reggie naar het woonhuis liep om Ranjana op te halen en het gesprek met de wijze vrouw zo snel mogelijk achter de rug te hebben. 'Waarom ontbreekt het Ranjana aan kracht? En hoe kent ze dat oude wijf trouwens?'

Reggie haalde zijn schouders op. 'Die heks weet beter wat er op Edgecumbe Farm gebeurt dan wij,' beweerde hij. 'Ze heeft hier spionnen of heeft een zesde zintuig. En onderschat Ranjana en haar Masai-slavin niet. Als je het mij vraagt broeit er al een hele tijd iets. Die Naeku kijkt soms naar ons alsof ze van plan is het luipaard op ons los te laten. Vooral nu ik mijn relatie met Afeni verbroken heb.'

Reggie had zijn Masai-vrouw resoluut verstoten nadat haar vader er steeds meer op aandrong dat zijn eisen werden ingewilligd. Hij was beslist niet van plan om twee dozijn koeien te kopen zodat hij haar kon blijven bezoeken. In plaats daarvan gaf hij eindelijk toe aan de druk van zijn ouders en maakte hij afspraakjes met witte jonge vrouwen in Kijabe. Als het opvangcentrum eindelijk winst zou opleveren, ging hij misschien zelfs trouwen. Susan Derringer vond dat ook in Lennox' belang een goed idee. Tijdens haar laatste bezoek had ze gezegd dat ze de huishoudelijke vaardigheden van Ranjana had overschat en haar inmiddels als een verkeerde keuze voor het leiden van Edgecumbe Farm beschouwde, of dat nu een jachtresort of een dierenopvangcentrum was. Ze beschouwde zichzelf als een slimme zakenvrouw en zou het heel anders aangepakt hebben op Edgecumbe Farm. Ze had Lennox voorgesteld om de dierenverzorgers geld te vragen voor de maaltijden die ze kregen en een bar te openen waar ze 's avonds iets konden drinken. De Kikuyu gedroegen zich veel zakelijker dan hun *bwana* en verkochten hun vrouwen en meisjes nu aan de witte dierenvangers in plaats van aan de jagers. 'Maar dan moet je hun natuurlijk ook iets fatsoenlijks te eten aanbieden in plaats van het Afrikaanse voedsel van jullie kokkin Wawira,' had Susan uitgelegd. 'Ze kookte vroeger fantastisch voor de safarigasten. Ze moet alleen te horen krijgen wát ze moet koken. Maar zolang de verwende hoogheid het lekker vindt, ziet ze waarschijnlijk geen reden om iets te veranderen.'

Susan was er blijkbaar van uitgegaan dat de jonge vrouw haar terughoudende manier van doen zou opgeven zodra ze met een witte man was getrouwd en daardoor lid van de kolonistengemeenschap in Kijabe was geworden. Ranjana had echter geen belangstelling voor door de kerk georganiseerde picknicks en vrouwenbijeenkomsten, en inmiddels werd dat als arrogantie opgevat.

'Mijn moeder is van mening dat Ranjana niet naast je staat,' zei Reggie. 'Wie weet of ze geen andere man op het oog heeft, zoals Adrians vrouw destijds.'

Lennox kon zich niet voorstellen dat Ranjana in het Kikuyudorp tegen hem samenzwoer of zelfs van plan was hem te bedriegen. Toch hadden Reggies steken onder water effect. Hij ging meteen samen met zijn vriend naar het verblijf van de leeuwenwelpen, maar in plaats van Ranjana te vragen om met hem mee te gaan naar het dorp, beval hij het haar op een scherpe toon.

Ranjana, die samen met Naeku de welpen aan het voeren was, reageerde met de in haar jeugd aangeleerde onderdanigheid. Ze boog haar hoofd en zei ze dat ze natuurlijk onmiddellijk beschikbaar was, maar dat ze zich eerst wilde omkleden. Lennox zag dat haar jurk vol melkvlekken, dierenharen, stro en stof zat.

'Ranjana, ik zei nú!' snauwde hij tegen haar. 'Niet later en niet nadat je je weer eens verkleed hebt als een Maharani. We gaan zoals we zijn naar het dorp en vertellen dat oude wijf dat ze zich niet met onze zaken moet bemoeien. Je kunt de welpen later voeren.'

Toen Ranjana het stro van haar kleding klopte en met hem mee wilde gaan, stond Naeku op en deed haar schort af.

'Heeft iemand jouw naam genoemd?' vroeg Lennox aan haar.

Naeku lachte. 'Ik hoef natuurlijk niet mee, *bwana*, maar dan hebt u geen tolk. Ik denk niet dat Mama Achera via een van de mannen met u praat en u verstaat haar Kikuyu niet. Zelfs dat van meneer Reggie is niet genoeg.'

Lennox verwaardigde het zich niet om antwoord te geven en ook Reggie zweeg. Ze accepteerden zonder verdere bezwaren dat Naeku meeging.

Ranjana en Naeku hadden verwacht dat Mama Achera net als de vorige keer toen ze bij haar op bezoek waren voor haar hut zou zitten, maar dit keer wachtte de oude vrouw op het dorpsplein op hen. Ze was omringd door de andere vrouwen van haar stam, met inbegrip van kokkin Wawira, die de vertaling als vanzelfsprekend op zich nam. Naeku en Ranjana trokken zich achter de mannen terug.

'Wat willen jullie?' begon de dorpsoudste het gesprek. 'Wat willen jullie van de vrouwen van de stam?'

'Ik wil de vrouwen werk geven,' antwoordde Lennox. 'Werk in ruil voor geld, snap je? Ponden… penny's…' Hij maakte het gebaar voor geld tellen.

Mama Achera fronste haar voorhoofd. 'Dat hebben we niet nodig,' zei ze kalm. 'Wat we nodig hebben is vrede.'

Lennox lachte onzeker. 'Voert hier iemand oorlog?'

'Vrede met de geesten,' corrigeerde de Afrikaanse hem. 'De geesten zijn boos.'

'Wat kunnen we doen om de geesten te kalmeren?' mengde Reggie zich in het gesprek. 'Moeten we een paar ceremoniën houden? We willen jullie graag tegemoetkomen. We hebben hulp nodig bij het grootbrengen van de jonge dieren die we aan het buitenland willen verkopen en we denken dat de vrouwen de jongen beter in leven kunnen houden dan de mannen. Wat willen jullie dus?'

Wawira kwam naar voren. 'U moet de Moeder van de dieren terughalen, *bwana*,' zei ze vastbesloten. 'Miss Ivy heeft alle moederloze dieren die bij haar kwamen grootgebracht.'

Mama Achera verhief haar stem weer. 'Ze heeft de geesten van de dieren betoverd en gekalmeerd en heeft hun kracht zelfs op ons overgedragen. Daardoor zijn onze mannen tijdens de oorlog in leven gebleven. De geesten stonden aan hun kant terwijl ze vochten. De kracht van de Moeder van de dieren kent geen grenzen, ze heerst zelfs over de demonen van een kind dat met een vloek geboren is. Geen van onze tovenaars heeft zoveel macht als zij.'

'Jullie hebben haar zegen nodig om deze dieren levend naar een vreemd land te sturen,' voegde een andere vrouw eraan toe.

'De vrouwen van de stam komen in elk geval niet voor u werken zolang miss Ivy niet terug is, *bwana*,' zei Wawira. 'U kunt uw dieren zonder haar hulp niet redden. Het gaat niet om het uitspreken van een zegen. Dan kunt u net zo goed aan de paters vragen om voor Gods hulp te bidden. Het gaat om recepten voor voer en ervaring. U hebt miss Ivy nodig, in elk geval tot *memsahib* Ranjana en Naeku net zoveel ervaring als miss Ivy hebben.'

Lennox probeerde te glimlachen, hoewel het hem tegenstond. 'Ivory Edgecumbe wil waarschijnlijk niet voor me werken na alle problemen die we gehad hebben,' legde hij uit.

'Ze zou niet voor u werken, maar voor de dieren,' zei Wawira.

Naeku kon het niet laten. 'U zult het haar toch moeten vragen, *bwana*,' zei ze op een enigszins spottende toon.

Lennox wierp haar een woedende blik toe en keek vervolgens naar Ranjana's ongelukkige gezicht.

'Ik zal het haar vragen,' zei ze zachtjes. Zelfs Lennox zag hoeveel moeite haar dat kostte. 'Uit jouw naam en die van de dieren. Als je dus bereid bent om haar aan te nemen en meneer Zoeloe natuurlijk ook, want zonder hem komt ze beslist niet, dan ga ik naar Nairobi om het te proberen. Misschien lukt het me.'

28

Nadat Mwala bij hen was ingetrokken werd Ivy's leven een stuk gemakkelijker. Sanele had haar eveneens verwelkomd en had meneer Tarlton gevraagd om afvalhout voor de uitbreiding van het huisje, zodat ze een eigen slaapkamer had. De kamer werd zelfs heel uitnodigend, maar Mwala stond erop om op een mat bij de meisjes te slapen. Hope en Ebony vonden dat ook prettig. Hun nieuwe nanny vermaakte hen met liedjes en verhalen tot ze in slaap vielen en als een van de meisjes wakker schrok uit een nachtmerrie, was ze meteen bij hen. Ivy en Sanele gingen in de aanbouw slapen en kregen daardoor eindelijk weer een beetje privacy om van hun liefde voor elkaar te genieten. Ivy leerde Mwala op de schietbaan van het bedrijf hoe ze met een pistool moest omgaan en was verbaasd over het vurige enthousiasme waarmee de zachte, vriendelijke vrouw de kwestie aanpakte. In Mwala brandde de haat voor de moordenaars van haar zoon, hoewel ze wist dat ze hen nooit zou vinden. Als iemand Hope zou benaderen omdat hij haar wilde vermoorden, dan was ze bereid om alles te doen wat in haar macht lag om het meisje te redden.

Als de meisjes op school waren, bewaakte Ivy de hoofdingang nog steeds met haar geweer in de aanslag terwijl Mwala achter het gebouw op wacht stond. Op deze manier was Hope zo goed mogelijk beveiligd. Het kon Ivy niet schelen dat de nonnen het overdreven vonden en zich beklaagden over de verstoring van de vrede op school.

Ook in het huishouden ontlastte de nieuwe nanny Ivy. Ze had als meisje weliswaar geleerd om een huishouden te runnen, maar niemand had erover nagedacht haar te leren hoe ze moest koken en wassen. De afgelopen jaren had ze zichzelf dat aangeleerd, maar het ging haar niet gemakkelijk af. Als ze water vanaf de put naar huis had gesleept, om het huis schoon te maken of de was te doen, was ze al volkomen uitgeput. Mwala daarentegen had haar hele leven zwaar werk verzet en leek bijna moeiteloos een kruik met water op haar hoofd te dragen, wat de meisjes fascinerend vonden. Toen ze haar vroegen om het hun ook te leren, oefende Mwala met de meisjes.

Ivy en Sanele keken er vol twijfel naar. 'Moeten ze later op deze manier geld verdienen?' vroeg Ivy aan Sanele. 'Worden al onze hoop en plannen voor hen tenietgedaan omdat de huid van de een te licht en die van de ander te donker is?'

Sanele sloeg zijn arm om haar heen. 'Kenia wordt uiteindelijk onafhankelijk,' zei hij. 'De Afrikanen willen zich niet langer onderwerpen. Dat wordt duidelijk uit alle demonstraties en protestmarsen. De meisjes zullen in een land wonen dat volkomen veranderd is.'

In Nairobi vond bijna elk weekend een demonstratie plaats, die soms gewelddadig eindigde. Sanele hield zijn gezin op die momenten binnen.

'Ze willen hun land zelf regeren en op gelijke voet met de blanken onderhandelen, maar ze geloven nog steeds dat ziekten met de verpulverde ledematen van albinokinderen behandeld kunnen worden,' zei Ivy verdrietig. 'Dus wat voor land zal dat zijn?'

Hoewel Mwala's aanwezigheid de situatie voor Ivy en Sanele gemakkelijker maakte, werd hun leven de maanden erna steeds meer overschaduwd door geldgebrek.

De lerares van de meisjes nodigde Ivy uit voor een gesprek, om erover te klagen dat Ebony zo vaak storend aanwezig was in de klas. 'De laatste tijd leest ze hardop voor wat er op het bord staat en ze vertelt haar zusje de antwoorden van de opdrachten,' vertelde ze, waarna ze opmerkte dat ze zich zorgen maakte over Hope's gezichtsvermogen. Hoewel ze haar op de eerste rij had geplaatst, kon Hope de woorden op het bord niet lezen. 'Toch kon ze al lezen voordat ze op school begon en ze is nog steeds een van onze beste leerlingen, maar haar prestaties gaan achteruit. Misschien moet u eens met haar naar de dokter gaan.'

Ivy vertelde de non dat Ebony's storende gedrag en Hope's oogproblemen zeer waarschijnlijk met elkaar te maken hadden en vroeg haar om niet te streng voor haar dochters te zijn. Thuis telde ze samen met Sanele hun spaargeld en de volgende dag nam ze Hope mee naar een oogarts in de stad. Hij was eveneens een Brit, maar deze arts was vriendelijk en bijzonder nauwgezet. Hij onderzocht Hope eerst, luisterde naar haar hart en longen en voerde vervolgens een aantal oogtesten uit. Uiteindelijk vertelde hij Ivy dat Hope een bril nodig had.

'Dit is niet ongewoon bij mensen met albinisme,' legde hij meelevend uit. 'Ze hebben ook een grotere kans op hartproblemen, maar daarvoor zult u een andere specialist moeten raadplegen.'

Ivy en Sanele hadden niet genoeg geld voor meer bezoeken aan dokters en ze werden zich er opnieuw pijnlijk van bewust dat Sanele weliswaar het werk van een witte boekhouder en organisator deed, maar nauwelijks beter werd betaald dan de chauffeurs van de safarivoertuigen.

Ivy beleende een van de gouden halsbanden die Ranjana haar had gegeven en probeerde haar laatste mooie kleren te verkopen om in elk geval de goedkoopste bril en een consult bij een cardioloog te kunnen betalen. Toen ze Hope haar beste jurk aantrok, merkte Ivy bedroefd hoe snel ze was gegroeid en dat de jurk haar te kort was, hoewel ze de zoom al had uitgelegd. Ook het brilmontuur zou volgend jaar waarschijnlijk te klein voor Hope zijn en misschien had ze dan sterkere glazen nodig. De dokter had haar op het hart gedrukt om elk jaar langs te komen met Hope.

Als butler had Sanele genoeg verdiend om zijn kinderen fatsoenlijk te kunnen kleden en de nichtjes van meneer Jeevanjee hadden Ivy vaak stoffen uit hun thuisland voor haar dochtertjes gegeven, omdat ze het schattig vonden om ze in Indiase stoffen te zien. Ivy had er jurkjes en hemden van genaaid die helaas niet bepaald mooi werden. Op haar Britse particuliere school had ze weliswaar handwerkles gehad – ze kon borduren en linnen omzomen – maar kleding ontwerpen en naaien had ze nooit geleerd. Mwala bleek een redder in de nood. Ze kon razendsnel lichte, kleurige kinderkleding naaien als ze stof had en die kon Ivy voor weinig geld op de markt kopen.

Ivy was weer eens uitgeput toen ze een brief van Ranjana kreeg. De vrouw van haar neef Lennox schreef dat ze iets met haar wilde bespreken.

'Wat zou ze willen?' vroeg Ivy verbaasd aan Sanele terwijl ze de envelop in haar hand omdraaide.

Ook nu ze mevrouw Edgecumbe was, schreef Ranjana op geschept papier met gouden opdruk.

'Tot nu toe is ze nooit bij ons op bezoek geweest.' Dat deed Ivy pijn. Ze was graag in contact gebleven met Ranjana. De voormalige Maharani had haar in het begin van haar huwelijk af en toe geschreven, maar sinds Ivy met haar gezin uit het tuinhuisje van meneer Jeevanjee was vertrokken, had ze niets meer van Ranjana of Naeku gehoord.

'Nairobi ligt ver van Edgecumbe Farm,' suste Sanele haar. 'Ze kon niet bij ons op bezoek komen. En waarom ze niet meer geschreven heeft? Weet je zeker dat ze ons nieuwe adres weet? Misschien heeft ze deze brief op goed geluk naar meneer Tarlton gestuurd, of heeft ze meneer Jeevanjee kunnen bereiken door naar Esha's nieuwe familie te schrijven.'

'Ik ben in elk geval heel benieuwd,' zei Ivy. Ranjana had haar aanstaande zaterdag in een van de beste hotels van Nairobi uitgenodigd. 'Hopelijk wil ze niet van Lennox scheiden. We kunnen niet nog een kostganger gebruiken en wat betreft het huishouden is ze beslist nog onhandiger dan ik.'

Ondanks haar scepsis verheugde Ivy zich op de ontmoeting met de jonge Indiase. Ze ging tenslotte bijna nooit ergens naartoe en al helemaal niet naar zo'n chic hotel.

'Maak gebruik van de gelegenheid en bestel alle cake die je

krijgen kunt,' zei Sanele lachend tegen haar, waarna Hope en Ebony Ivy smeekten om wat lekkers voor hen mee te nemen. Ze vond het niet verstandig om de meisjes mee te nemen en dankzij Mwala kon ze ze met een gerust hart thuislaten.

Ivy trok haar mooiste jurk aan en voelde zich opgewekt toen ze in het centrum van de stad arriveerde en langs de etalages van dure winkels slenterde tot ze bij het hotel was. Ranjana wachtte al in de elegante tearoom van het hotel. Ze paste hier perfect. Ivy bewonderde haar tengere figuur in de halflange getailleerde gele linnen jurk met wijde mouwen. Haar haar was lang genoeg om het op de klassieke Indiase manier te dragen, met een middenscheiding en opgestoken in de nek. De westerse kleding vormde een mooi contrast met de subtiel met kohl omlijnde ogen en de *bindi* op haar voorhoofd. Ranjana was prachtig, maar ze had een verdrietige uitdrukking op haar gezicht.

Ivy vergat daardoor hoe negatief ze afstak bij de jonge Indiase vrouw. Haar jurk was al jaren uit de mode, ze had geen geld voor lippenstift en haar krullende haar was niet in model geknipt. Korte kapsels stonden haar goed en waren praktisch, maar haar pogingen om haar haar zelf te knippen waren mislukt, dus liet ze het nu weer groeien. Dat ging echter niet zo snel. Als ze het in haar nek bij elkaar bond, ontsnapten er telkens weer plukken, waardoor ze zich altijd een beetje onverzorgd voelde.

Ranjana glimlachte naar haar toen Ivy naar haar tafeltje liep en stond onhandig op om haar te begroeten. Ivy wist niet of een omhelzing op zijn plaats was en uiteindelijk gaf ze de vrouw van haar neef een hand.

'Ik vind het zo leuk om je weer eens te zien, Ranjana,' begon Ivy hun gesprek hartelijk. 'Je moet me alles over de boerderij vertellen. Waar is Naeku trouwens?' Ivy had Ranjana en Naeku in de woning van meneer Jeevanjee zelden apart van elkaar gezien.

Er vloog een schaduw over Ranjana's gezicht.

'Naeku zorgt voor de leeuwenwelpen,' antwoordde ze zachtjes. 'Wil je een kop thee, Ivy?'

Op de tafel stond een sierlijke porseleinen theepot en daarnaast een etagère met cake en sandwiches. Terwijl Ivy vragen over de leeuwen stelde, schonk Ranjana onhandig in voor haar gast.

'Heb je nu ook pleegkinderen op vier poten op de boerderij?' vroeg Ivy vriendelijk. 'In een jachtresort ontkom je daar waarschijnlijk niet aan. Hoeveel zijn het er? Drie of vier?'

Ranjana beet op haar lip. 'Acht,' bekende ze. 'Leeuwen dus, en daarnaast hebben we twee olifanten, twee neushoorns en... De zebra's zijn het eenvoudigst te verzorgen. Ivy, je moet ons helpen!' Ineens kon Ranjana haar tranen niet meer bedwingen. 'Er gaan zoveel dieren dood,' zei ze uiteindelijk. 'En Lennox... Eerst wilde hij helemaal geen hulp aannemen. Hij dacht dat hij genoeg had aan de Kikuyu-verzorgers, maar die hebben helemaal geen belangstelling voor de dieren. En nu Lennox eindelijk hulp gevraagd heeft aan de vrouwen die je destijds opgeleid hebt, willen ze dat niet doen.'

'Heeft Lennox Edgecumbe hulp aan de inheemse vrouwen gevraagd?' vroeg Ivy ongelovig. Ze kon zich niet herinneren dat Adrian ooit iets aan een Afrikaan had gevraagd en Lennox keek nog meer op de Afrikanen neer.

'Eigenlijk heeft hij de mannen de opdracht gegeven ze mee te nemen,' legde Ranjana uit. 'Maar ze wilden niet komen. Een oude vrouw – Reggie Derringer beweert dat ze de dorpsheks is, maar volgens mij is ze heel wijs – zegt dat de geesten van de dieren boos zijn en dat alleen jij ze kunt kalmeren. Als je niet terugkomt is alles voorbij, Ivy. Dan gaan de dieren allemaal dood en moet Lennox Edgecumbe Farm verkopen. En waar moet Naeku dan naartoe?'

Ivy haalde diep adem. Het laatste wat ze had verwacht was een aanbod van Lennox Edgecumbe om voor hem op de boerderij te komen werken. Ze nam bedachtzaam een slok thee om rustig te worden.

'Hoe denkt Lennox hierover?' vroeg ze. 'Heeft hij je gestuurd? En hoe ziet hij het voor zich? Moet ik mijn gezin in de steek laten om hem te helpen? En waarom zou ik hem trouwens willen helpen? Hij heeft de boerderij onrechtmatig van ons afgepakt, hij heeft gelogen en bedrogen –'

'Hij smeekt het je,' onderbrak Ranjana haar. 'Het aanbod geldt natuurlijk ook voor meneer Zoeloe. Jullie kinderen zouden veilig zijn op de boerderij. We zouden allemaal dolblij zijn.'

Ivy fronste haar voorhoofd. 'Het spijt me, Ranjana, maar dat geloof ik niet. Lennox Edgecumbe is absoluut niet blij als hij me terugziet en Reggie Derringer heeft Sanele altijd gehaat. Je kunt van Sanele en mij niet verlangen om als werknemers op onze eigen boerderij in dienst te komen en *bwana* tegen Lennox Edgecumbe te zeggen. Hij spijt me voor de dieren en natuurlijk ook voor jou, maar dat kan ik niet.'

De tranen schoten weer in Ranjana's mooie ogen. 'Ik... dat begrijp ik natuurlijk... niemand wil voor hem werken, maar...'

Ivy keek haar meewarig aan. 'Je hebt geen gelukkig huwelijk,' constateerde ze. 'Terwijl je toch verliefd op hem was.'

Ranjana boog haar hoofd. 'Hij was de enige die me wilde,' zei ze. 'Hij was vriendelijk. Vroeger in elk geval. Nu is hij veranderd. Ik doe iets verkeerd, maar weet niet wat. Ik kon niet mijn hele leven bij de Jeevanjees blijven. Wat zou er van ons geworden zijn nu meneer Jeevanjee zijn geld kwijt is?' Ze wreef over haar voorhoofd en haalde twee schriften uit haar handtas. 'Alsjeblieft, deze zijn voor je dochtertjes. Ze vonden het altijd zo leuk om mijn mandala's in te kleuren.'

De twee schriften bevatten een aantal pagina's met pentekeningen van diverse kunstig vormgegeven symbolen. Ivy bekeek ze bewonderend. 'Maar Ranjana, je hoefde toch niet te trouwen!' riep ze. 'Met jouw talent voor het ontwerpen van sieraden en voor tekenen... Als ik aan de portretten denk die je van meneer Jeevanjees nichtjes gemaakt hebt... Je kunt gemakkelijk zelf geld verdienen om van te leven.'

De Indiase schudde haar hoofd. 'Nee, dat klopt niet. Alle vrouwen van mijn stand worden uitgehuwelijkt. En geld verdienen... Naeku heeft het geprobeerd. Ze is met mijn ontwerpen voor sieraden naar een goudsmid gegaan. Hij wilde ze niet hebben omdat ze van mij waren. Ik was verstoten in de Indiase wijk. In eerste instantie merkte ik dat niet, maar toen meneer Jeevanjee probeerde een man voor me te vinden... Ze zeiden dat ik voor mijn lot was gevlucht. De traditie vereist dat ik mijn man in de dood volg en ik heb me daartegen verzet. Nu breng ik ongeluk...' Ze snikte. 'En dat lijkt langzamerhand echt zo te zijn.'

Ivy gaf haar een zakdoek en zag ervan af om haar te vertellen dat er buiten de Indiase wijk ook mensen waren die elegante sieraden en portrettekeningen van hun familieleden op prijs stelden. Ze kon het echter niet laten om een opmerking over Lennox Edgecumbe te maken. 'Je hoeft je echt niet schuldig te voelen over het falen van je echtgenoot. Hij heeft zijn ellendige situatie helemaal aan zichzelf te danken. Ik wil je dolgraag helpen, Ranjana, maar zelfs als Lennox Edgecumbe me persoonlijk komt smeken, ga ik hem niet helpen om Edgecumbe Farm, die op zo'n onrechtmatige wijze in zijn bezit is gekomen, te redden.'

Ze stond op en nam afscheid. Het speet haar dat ze Ranjana zo wanhopig moest achterlaten.

29

Ivy's woede begon op de terugweg naar haar huisje te zakken. Ze stond natuurlijk achter haar beslissing, maar als ze aan de dieren dacht die ze in de steek liet voelde ze toch pijn in haar hart. Misschien moet ik Lennox Edgecumbe voorwaarden stellen, dacht ze. Ik kan er misschien zelfs een deel van zijn bedrijf uit slepen. Meteen daarna stelde ze zichzelf de vraag van welk bedrijf. Een jachtresort? Het opvangcentrum voor gevangengenomen wilde dieren? Dat kon ze niet met haar geweten in overeenstemming brengen. Ongelukkig liep ze langs de golfplaten hutten van de andere werknemers naar hun huisje en negeerde het feit dat niemand haar groette. Het verschil tussen de wellevendheid en elegantie van het luxueuze hotel en de onverschilligheid in deze kleine wijk was pijnlijk duidelijk. Ze had vroeger zo genoten van het verzorgen van de gasten in haar resort!

Zelfs de aanblik van Sanele en haar dochters kon haar niet opvrolijken. Sanele merkte het meteen en nam haar in zijn armen, maar ze weerde hem af. 'Voorzichtig, je plet de cake,' zei ze.

Ranjana en zij hadden de lekkernijen op de etagère beiden niet aangeraakt en uiteindelijk had Ivy haar trots ingeslikt en had ze gevraagd of ze iets voor haar kinderen mocht meenemen.

Haar opmerking zorgde voor gejuich van Hope en Ebony. Samen met Mwala openden ze eerbiedig de mooie kartonnen doos waarin het hotelpersoneel de taartjes en sandwiches had verpakt.

Daardoor hadden Ivy en Sanele tijd om zich in hun slaapkamer terug te trekken. Terwijl de meisjes en hun nanny van het lekkers smulden, vertelde Ivy haar man over het gesprek met Ranjana en haar verzoek. 'Ik heb natuurlijk geweigerd,' besloot ze. 'Er zijn grenzen. Ik wil alles doen om aan onze ellende te ontsnappen, maar ik ben niet van plan mezelf te vernederen.'

Sanele sloeg zijn arm om haar heen. 'Ivy, dat meen je toch niet serieus?' vroeg hij voorzichtig. 'Ik begrijp je woede en je behoefte om wraak te nemen door Lennox te laten falen, maar soms... soms laat het leven je gewoon geen keus. Je hebt zelf gezegd dat we sinds het verlaten van de boerderij niet meer leven, alleen overleven. Alleen daarom laat ik me elke dag vernederen door de blanken voor wie ik werk. Ik spreek ze met "sir" aan terwijl zij "boy" naar me roepen, en word nauwelijks beter betaald dan een magazijnmedewerker, hoewel ik inmiddels zelfstandig volledige expedities organiseer. En jij ziet er voortdurend grimmig uit, je gaat zonder je geweer het huis niet uit, om te voorkomen dat iemand je dochter ontvoert of nog erger. Je weet dat het elke dag kan gebeuren. Een van de tovenaars hoeft alleen een stel idioten wijs te maken dat hij hen onkwetsbaar kan maken als ze het geestenkind naar hem toe brengen. Hoeveel mannen kun je neerschieten voordat Hope toch het slachtoffer wordt? En Ebony groeit op als een brutaal straatkind. Alleen al de woorden die ze oppikt van de jongens met wie ze vecht. Vandaag kwam ze thuis met een lap stof die ze zogenaamd van iemand cadeau had gekregen. "Mwala moet hier een jurk voor Hope van maken," zei ze.'

Hope groeide veel sneller dan Ebony en werd regelmatig uitgelachen omdat ze zulke korte jurken droeg.

'Ik geloofde er geen woord van,' ging Sanele verder. 'Als je het mij vraagt, heeft ze de stof op de markt gestolen. Je zult nog een keer met haar moeten praten. Met andere woorden... als het leven dat we leiden op de een of andere manier verbeterd kan worden, dan zul je over je eigen schaduw moeten springen.' Sanele pakte haar hand toen ze iets wilde tegenwerpen. 'Het spijt me, Ivy, maar ik heb nooit onder stoelen of banken gestoken dat trots voor mensen zoals ik een luxe is, en dat geldt nu voor ons allebei. Je hebt voor mij gekozen, in goede en in slechte tijden. Je had ook naar Schotland kunnen gaan.'

'Dan zou mijn trots helemaal gebroken zijn,' antwoordde Ivy fel.

'In Schotland zou Hope veilig geweest zijn. Nu krijgen we een nieuwe kans door het aanbod van Lennox en Ranjana te accepteren. Het zal onze boerderij niet meer zijn, maar misschien wordt het weer zoiets als… een thuis.' Hij bracht haar hand naar zijn mond en gaf er een kus op.

Ivy duwde haar gezicht tegen zijn schouder. Ze wist dat hij gelijk had en begon te huilen. Het zou moeilijk voor haar zijn om Lennox Edgecumbe onder ogen te komen, maar op een bepaalde manier keek ze er ook naar uit om naar haar boerderij terug te keren.

Ivy was zo woedend bij het weerzien met Lennox Edgecumbe dat ze helemaal geen schaamte voelde.

Hun verhuizing naar Edgecumbe Farm was snel geregeld nadat ze samen met Sanele naar het hotel was teruggegaan om haar beslissing terug te draaien. Ranjana was dolblij. 'Dan rijden we morgen samen naar Edgecumbe Farm,' had ze gezegd.

Ze was vergezeld door Susan Derringer met de trein naar Nairobi gekomen, maar nu moest er een voertuig met zes zitplaatsen en laadruimte worden gehuurd om de bezittingen van het gezin naar de boerderij te vervoeren. Sanele voerde, in gezelschap van Susan Derringer, de onderhandelingen. Hij stond op een witte chauffeur, wat het vervoer duurder maakte. Het leek Ivy en hem echter te gevaarlijk om Hope met een Afrikaan mee te laten rijden.

'Alsof er onder de blanken niet genoeg ellendelingen zijn die bereid zijn om het kind een kopje kleiner te maken,' bromde Susan. 'Ze geloven weliswaar niet dat je van de lichaamsdelen van een albino medicijnen kunt maken, maar ze pakken het geld van een tovenaar net zo graag aan als de zwarten doen.'

Daarna voegde Ivy aan haar lijst met voorwaarden toe dat

er een auto gekocht of gehuurd moest worden en dat Sanele die zou besturen. Ranjana was bereid om overal mee in te stemmen. Uiteindelijk reden ze – met uitzondering van Susan Derringer – in een aftandse auto met laadbak over de savanne. Ze hadden niet veel te vervoeren, maar Ivy wilde haar meubels beslist meenemen. Ze had een bijgebouw van de boerderij op het oog, waarin eerst de missiezusters en daarna Sanele hadden gewoond. Ranjana vertelde echter dat het gebouw, net als alle andere gebouwen op het terrein, in een dierenverblijf was veranderd.

'Dan gaan we naar de Kikuyu,' besliste Ivy snel, waardoor Mwala meteen doodsbang werd. Pas na een lange verklaring van Ivy liet ze zich ervan overtuigen dat Hope geen gevaar liep in het Kikuyu-dorp. Uiteindelijk was ook Mwala bereid om Ivy magische krachten toe te dichten omdat het Sanele en haar was gelukt om hun dochter tien jaar lang te beschermen.

Sanele was er echter niet enthousiast over om in een lemen hut te gaan wonen. 'In die lage hutten kun je nauwelijks rechtop staan,' wierp hij tegen. 'En wat wil je met je meubels doen? Ik denk dat we als voorwaarde moeten stellen dat Lennox Edgecumbe ons een fatsoenlijke woning ter beschikking stelt.'

'Was jij niet degene die zei dat trots een luxe is voor mensen zoals wij?' plaagde ze hem. 'Maar echt, ik wil absoluut niet onder hetzelfde dak als Lennox wonen. We kunnen toch gewoon een grote hut bouwen?'

Sanele reed eerst naar het Kikuyu-dorp. Ivy was zeer ontroerd door de hartelijke begroeting die ze hier kregen. Mama Achera kwam persoonlijk naar het dorpsplein om Mama wa Wanyama te verwelkomen en de vrouwen wedijverden met elkaar om Ivy en haar gezin hun hut aan te bieden of er meteen een voor het gezin te bouwen.

Sanele ontdekte intussen een groot stabiel houten huis in het dorp dat ze nog niet kenden.

'Dat is de school,' vertelde Ranjana, die door de kinderen liefdevol Mama Ranjana werd genoemd. Ze waren net klaar met de les die zuster Teresa onder een van de brede bomen gaf. De jonge non volgde haar leerlingen langzaam met een innemende glimlach op haar gezicht.

'Ik heb de school laten bouwen,' zei Ranjana. 'Zodat er ook tijdens het regenseizoen fatsoenlijk les gegeven kan worden. Als de nonnen en de paters er niets op tegen hebben, kunnen jullie daar voorlopig wonen.'

Voordat Sanele en Ivy iets konden antwoorden, rende er nog iemand op Ivy af om zijn blijdschap over haar terugkeer te tonen. Kurti had in de boom gezeten en had aandachtig naar de les geluisterd. Zuster Teresa behoorde tot zijn favoriete personen. Toen hij Ivy herkende, kon hij zijn enthousiasme niet bedwingen. Met een juichkreet die Ivy nog nooit van hem had gehoord rende hij naar haar toe, sprong in haar armen, nestelde zich tegen haar aan en maakte aan één stuk door geluiden, alsof hij haar alles wilde vertellen wat er tijdens haar afwezigheid op de boerderij was gebeurd. Ivy kon nauwelijks blijven staan toen hij in haar armen sprong. Hij was tenslotte al een volwassen baviaan en geen klein aapje meer.

'Zo blij is hij nog nooit met mij geweest,' merkte zuster Teresa gespeeld jaloers op. Kurti rende nu naar de meisjes toe en begroette zijn voormalige speelkameraadjes net zo enthousiast. Al snel sprong hij krijsend met Ebony rond. Hope was terughoudender. Zij zou haar vriendschap met de aap in een langzamer tempo opnieuw opbouwen.

'Miss Ivy is min of meer zijn moeder,' legde Ranjana glimlachend aan zuster Teresa uit.

Ivy verbaasde zich erover dat ze helemaal niet geremd was tegenover de missiezuster, maar ongedwongen grapjes met haar maakte. Misschien was dat omdat ze even oud waren en net zo goed bevriend waren met elkaar als zuster Margaret en zij destijds waren geweest.

Zuster Teresa glimlachte naar Ivy. 'Mama wa Wanyama. Ik heb al veel over je gehoord. Niet alleen van miss Ranjana en Naeku, maar ook van zuster Elisabeth en de dorpsbewoners.'

Ivy wreef over haar voorhoofd. 'Bedoel je de kwestie met de beschermende amuletten?' vroeg ze voorzichtig. 'Het was oorlog, we hadden geld nodig en...'

'Als de mannen geloofden dat de door jou gemaakte amuletten hielpen, dan heb je het juiste gedaan. Tenslotte kan Gods zegen net zo goed tot uiting komen in de wijsheid van de olifant of de kracht van het luipaard.' Zuster Teresa knipoogde naar haar en Ivy besefte meteen dat ze haar sympathiek vond.

De jonge non mocht natuurlijk niet over het oneigenlijke gebruik van het schoolgebouw beslissen, maar het regenseizoen liet nog even op zich wachten en Ivy en Sanele zouden sowieso overdag op de boerderij zijn terwijl Hope en Ebony – argwanend bewaakt door Mwala – naar school zouden gaan. In tegenstelling tot de nonnen in Nairobi nodigde zuster Teresa de nanny van de meisjes meteen uit om mee te doen aan de lessen. 'Als je wilt, kun je leren lezen en schrijven,' bood ze de Afrikaanse aan.

Hope en Ebony smeekten Mwala om ja te zeggen. 'We kunnen je voorzeggen,' zei Ebony ondeugend.

Zuster Teresa maakte lachend een vermanend gebaar met haar vinger. 'Ik hoor alles,' beweerde ze.

'En nu?' vroeg Sanele toen ze met behulp van de Kikuyu-vrouwen hun bezittingen in het schoolgebouw hadden gebracht.

Ranjana en zuster Teresa stelden de meisjes intussen voor aan de andere schoolkinderen. Ranjana deed dat heel handig. Ivy vroeg zich af waarom ze zelf nog geen kinderen had. De Maharadja had misschien geen behoefte aan een kind gehad omdat hij al zoons uit zijn eerste huwelijk had, maar Lennox Edgecumbe zou ongetwijfeld een erfgenaam willen.

'Laten we naar de boerderij rijden om naar onze pleegkinderen op vier poten te kijken,' zei Ivy. 'Bovendien wil ik graag een korte safari maken. Is dat vanavond nog mogelijk?'

Ranjana wist dat niet alle safarivoertuigen van de boerderij in de schemering onderweg zouden zijn, maar had geen idee of Lennox of Reggie tijd had om hen te begeleiden.

'Ik hoef geen begeleiding van die twee,' zei Ivy. 'Sanele en ik kennen elk hoekje van het resort. We hebben geen gids nodig. Vroeger wist ik precies waar ik welke dieren zou vinden als ik met mijn gasten op stap ging.'

Ranjana beet op haar lip. 'Ik ben bang dat er veel veranderd is,' zei ze.

30

De eerste veranderingen vielen Ivy en Sanele op zodra ze over de oprit reden. Vroeger was alles zorgvuldig onderhouden en beplant met bloemen om de gasten op een gepaste manier te verwelkomen en meteen een goede indruk te maken. Nu was een deel van de tuin opgeofferd aan dierenverblijven en voeropslag. Overal stonden vangvoertuigen en kooien, en chagrijnig uitziende Kikuyu-mannen duwden kruiwagens met hooi en mest voor zich uit. Een van hen leegde net een kruiwagen vol met in vieren gedeelde watermeloenen in het verblijf van de zebra's.

Ivy was geschokt. 'Wat doe je?' vroeg ze aan de man. 'De zebra's mogen dat niet eten, net zomin als de paarden. Het gaat gisten in hun maag waardoor ze koliek krijgen en doodgaan.' Ineens zag ze dat het Amaniel was, een voormalige huisknecht.

'Mijn koeien verdragen het prima,' antwoordde de jongeman korzelig, waarmee hij zichzelf verried. Het was beslist niet toegestaan om het voer dat voor de dieren op de boerderij was bedoeld aan zijn eigen koeien te geven.

Sanele, die zijn voormalige chef was geweest en daardoor nog steeds autoriteit uitstraalde, verweet hem dat meteen terwijl Ivy het aan hem uitlegde. 'Koeien zijn herkauwers,' zei ze. 'Ze hebben een heel ander spijsverteringssysteem. Haal die meloenen meteen uit het verblijf en geef de zebra's liever hooi. Waar hebben jullie al dat fruit trouwens vandaan?'

'De *bwana* krijgt alles wat niet verkocht wordt op de markt in Kijabe,' antwoordde Amaniel. 'Het is erg goedkoop en is ook goed voor de koeien.' Hij keek met een verontschuldigende blik naar Sanele.

'Aan wie voeren jullie die meloenen nog meer?' informeerde Ivy.

‘Aan de giraffen.’

Ze besliste dat de giraffen ook geen fruit meer mochten krijgen, hoewel ze niet goed op de hoogte was van hun maag-darmkanaal. De twee jonge dieren in het aangrenzende verblijf verdroegen waarschijnlijk sowieso nog niet veel vast voedsel, dus was het beter om ze melk te geven.

‘Maar dat willen ze niet,’ legde Amaniel uit terwijl hij naar de watertrog wees.

Daarin zat een melkmengsel voor de giraffen, die dat echter weigerden. Ze waren beslist nog niet lang van hun moeders gescheiden en wisten waarschijnlijk niet hoe ze hun kop moesten buigen om met gespreide voorpoten te kunnen drinken, ook al knabbelden ze een beetje aan het hooi.

Ivy zag af van verdere uitleg. Mama Achera had haar verzekerd dat de Kikuyu-vrouwen de volgende ochtend kwamen helpen. Sommigen van hen hadden al ervaring met het grootbrengen van wilde dieren en de anderen zouden het ongetwijfeld probleemloos leren.

Ze ging verder met haar controleronde in het opvangcentrum en zag uitgemergelde neushoornjongen en olifantenbaby’s, en aapjes die, hoewel zij het juiste voedsel kregen, verdrietig en angstig tegen elkaar aan kropen. Ze bewonderde de miereneters – die schuw waren, waardoor ze er nog nooit een van dichtbij had gezien – en uitte haar twijfel bij de struisvogels, die oude groenten te eten kregen. De wrattenzwijnen, die met behulp van vallen werden gevangen en niet moeilijk te verzorgen waren, deden zich daarentegen tegoed aan hun voer en leken het te verdragen.

‘Varkens eten alles,’ zei Ivy. ‘En waar zijn de leeuwen?’

Ranjana liep voor haar uit naar het verblijf van de leeuwenwelpen. Toen Ivy en Sanele naar binnen gingen was Naeku met de welpen aan het spelen en Ranjana ging meteen naast haar zitten. Ivy dacht terug aan hoe de jonge Maharani destijds met de luipaardjes had gespeeld. Ineens zag ze Desna, die Naeku in een hoek van het verblijf had vastgebonden. Ze lag vorstelijk uitgestrekt op een zachte met gouddraden doorweven deken. Ivy dacht met genegenheid terug aan de cadeaus die Ranjana haar voor Desna's broertje en zusje had gestuurd. De gouden halsbanden hadden haar de afgelopen maanden geholpen om Hope's artsen te betalen.

Naeku begroette Ivy en Sanele eveneens opgelucht. 'Ik wil jullie dolgraag omhelzen,' zei ze met een blik op haar vieze schort. 'Maar het is denk ik beter om dat niet te doen. Het werk hier laat sporen na.'

Ivy lachte terwijl ze naar haar verontschuldigingen luisterde. 'Mama wa Wanyama… ik doe die naam pas eer aan als ik eruitzie en ruik als een leeuwenmoeder. Die kleintjes zijn zo schattig!' Ze tilde een van de welpen voorzichtig op en begon hem te aaien. 'Dat heb je goed gedaan, Naeku, hoe verdrietig het verhaal ook is. Zijn de moeders geen natuurlijke dood gestorven?'

Naeku en Ranjana knikten en vertelden over de vangactie die ze hadden gezien. Het enige wat ze konden doen was zo goed mogelijk voor de welpen zorgen.

'Tot aan het transport,' zei Sanele, waarmee hij hen aan de bittere realiteit herinnerde. 'Jullie zullen binnenkort afscheid van de welpen moeten nemen.'

Ivy knikte gedesillusioneerd. Ze had de dieren op de boerderij nu al in haar hart gesloten en was helemaal vergeten dat ze straks niet in het resort werden vrijgelaten, zoals haar beschermelingen destijds, maar dat er een lange reis naar het onbekende op hen wachtte. Ze vermande zich. 'Laten we een safarivoertuig nemen om te kijken wat er van onze safarilodge geworden is,' zei ze tegen Sanele.

De sleutels zaten net als vroeger in de voertuigen. In dit eenzame gebied hoefden ze niet bang voor dieven te zijn. Sanele ging achter het stuur van het dichtstbijzijnde safarivoertuig zitten en Ivy nam naast hem plaats.

'Ik hoop dat er zo meteen geen kogels om onze oren vliegen,' zei hij enigszins bezorgd.

'Dat gebeurt niet,' stelde Naeku hem gerust. 'De dierenvangers schieten hun prooi meestal niet van een grote afstand dood. Ze proberen de moeders eerst bij de jongen weg te lokken. Ik kan je verzekeren dat je geen gevaar loopt.'

Hun aanvankelijke geluksgevoel om eindelijk weer over de vertrouwde paden te rijden veranderde al snel in teleurstelling. Vroeger waren ze vlak na het verlaten van het gedeelte waar het woonhuis, de bijgebouwen en de safaritenten stonden kuddes gnoes, zebra's, giraffen en antilopen tegengekomen, maar nu lieten de dieren zich niet zien. Bij een van de waterpoelen, die normaal gesproken in de schemering druk werd bezocht door allerlei soorten dieren, ontdekten ze een neushoornstier die meteen wegrende toen hij de auto hoorde of zag. Op ongeveer een uur rijden van het huis zagen ze gieren cirkelen en deden hyena's zich tegoed aan een kadaver. Twee olifanten waren hier waarschijnlijk dezelfde ochtend gestorven, beslist door tussenkomst van de dierenvangers. Tot groot ongenoegen van de aaseters stapte Sanele uit om de dode dieren van dichtbij te bekijken. De olifanten waren doodgeschoten.

Ivy kookte van woede toen ze weer bij de boerderij waren en Lennox Edgecumbe samen met Reggie Derringer op de oprit zag staan.

Reggie glimlachte naar hen alsof er nooit iets was voorgevallen. 'Je bent dus terug, Ivy, en je hebt je man meegenomen. Lennox en ik waren net aan het bedenken hoe Sanele zich hier nuttig kan maken. We hebben geen butler nodig, maar mijn moeder dacht –'

'Het is heel vriendelijk van je dat je ons wilt helpen, Ivy,' onderbrak Lennox hem met een beleefde glimlach. 'Ik mag je toch Ivy noemen? Of wil je liever dat ik tante tegen je zeg?'

Ivy keek met fonkelende ogen van woede naar hem. 'Je kunt me noemen zoals je wilt,' zei ze terwijl ze nauwelijks in staat was om haar boosheid in bedwang te houden. 'Ik verwacht sowieso geen respect van je. Ik vraag me alleen af hoe je je familie-eer in overeenstemming kunt brengen met het vernietigen van het levenswerk van je oom. Adrian zou je een flinke uitbrander geven als hij zou zien wat je met zijn resort gedaan hebt.'

Lennox lachte. 'Ik heb het teruggebracht naar datgene wat hij ervan wilde maken. Een jachtresort in plaats van een kinderboerderij zoals jij voor ogen had. Adrian –'

'Adrian was een jager,' onderbrak Ivy hem. 'En voor de jacht bestaan regels waar hij zich aan hield. Hij doodde geen jonge dieren en geen moederdieren. Hij respecteerde de jachtseizoenen en zorgde ervoor dat de populatie in evenwicht bleef. Maar jij... jij bent in het gunstigste geval een handelaar. Helaas ook nog een slechte, want een goede handelaar let op zijn goederen en houdt zijn voorraad op peil omdat hij de komende jaren ook nog iets wil verkopen. Als je op deze manier doorgaat en er voor elk dier dat je verkoopt minstens drie dieren overlijden of worden gedood, dan zijn hier binnenkort geen dieren meer. En nieuwe dieren komen niet zo snel binnen de omheining.'

Adrian Edgecumbe had zijn landgoed omheind en had het hekwerk voorzien van poorten waardoor de wilde dieren wel naar binnen kwamen, maar niet meer naar buiten konden.

'Je stelt je aan, Ivy,' bemoeide Reggie zich ermee. 'Er zijn hier nog steeds heel veel dieren, ze laten zich alleen niet meer zo vaak zien. Het probleem is de verzorging van de gevangen dieren. Dat... hebben we nog niet helemaal onder de knie.'

'Het probleem is dat u zich bij het afsluiten van het contract hebt laten bedriegen,' zei Sanele. 'U had geld moeten vragen voor elk gevangen dier en eigenlijk ook voor de dieren die per ongeluk gedood zijn. Dan zou het bedrijf al mensen gestuurd hebben die verstand van dierenverzorging hebben en waren de dierenvangers de mantel uitgeveegd zodat er minder moederdieren doodgaan.'

'Hoe kun jij dat in vredesnaam weten? Hoe moet ik je trouwens noemen? Meneer Zoeloe? Wat weet een inboorling zoals jij van zaken?' snauwde Lennox Edgecumbe tegen Sanele.

Ivy kromp ineen door de beledigende manier waarop haar neef tegen haar man praatte, maar ze realiseerde zich ook dat hij zich betrapt voelde. Hij wist allang dat hij zich tijdens de onderhandelingen niet bepaald slim had opgesteld. Blijkbaar was het bij niemand opgekomen om ook geld voor de gedode moederdieren te vragen.

'Ik heb lange tijd voor de gebroeders Tarlton gewerkt,' antwoordde Sanele onbewogen. Hij negeerde de denigrerende benaming die veel kolonisten voor de Afrikanen gebruikten. 'Mijn vrouw Ivy en ik leidden de safarilodge samen en keken altijd graag naar de dieren. Ik ging regelmatig met de voormalige *bwana* op safari, dus ik kan me heel goed voorstellen hoeveel verliezen er zijn als je groot wild levend wilt vangen en daarbij de nadruk op de jonge dieren legt. Als jager had u dat ook moeten weten, meneer Reggie.'

Lennox en Reggie keken beiden woedend naar Sanele, de een omdat hij hem niet erkende als jager, de ander omdat hij inderdaad niet had nagedacht over de consequenties van het levend vangen van groot wild.

'En nu we het toch over zaken hebben...' bemoeide Ivy zich ermee. 'We moeten over onze vergoeding praten. Ranjana heeft me een royale vergoeding in het vooruitzicht gesteld als ik hier help.'

Haar neef ontplofte bijna. 'Ranjana heeft niets te maken met het beheer van de boerderij en veroorlooft zich te veel vrijheden.' De blik die hij Ranjana toewierp maakte duidelijk dat dit consequenties voor haar zou hebben, maar Ivy liet zich niet intimideren.

'Je verwacht toch niet dat we hier met al onze expertise voor niets komen werken?' zei ze. 'Doe maar een voorstel.'

'Ik doe helemaal niets!' snauwde Lennox. 'En met mensen zoals jij onderhandel ik niet,' zei hij terwijl hij met een minachtende blik naar Sanele keek. 'Die accepteren zonder te protesteren wat ik ze wil geven.' Hij keek weer naar Ivy. 'En wat jou betreft... Laten we naar mijn kantoor gaan.'

Ivy wilde tegen hem ingaan, maar Saneles blik vertelde haar dat ze niet te ver moest gaan. Ze volgde Lennox dus het huis in en bewees het uur erna dat ze veel meer verstand van zakendoen had dan haar neef. Ze was boos genoeg om zich niet te laten beïnvloeden door haar bezorgdheid over de dieren, maar onderhandelde hard. Uiteindelijk stemde Lennox in met een vergoeding waarvan ze goed kon leven met haar gezin. Om zich in te dekken eiste ze bovendien dat het contract meteen werd opgesteld en ondertekend.

Trots op zichzelf ging ze naar haar man terug. Op dat moment besefte ze pas dat ze geen vergoeding voor hem had geëist.

'Het is ook nog niet duidelijk wat ik hier precies ga doen,' troostte Sanele haar. 'Of ik hier wel ga werken. Als ze me niet nodig hebben, dan vraag ik werk bij de missiepost. Daar is altijd iets te doen voor iemand die zowel Masai als Kikuyu spreekt.'

31

Ivy's werk op de boerderij begon goed. De Kikuyu-vrouwen verschenen volgens afspraak de volgende ochtend om te werken. De ervaren dierenverzorgsters werkten samen met Ivy aan geïmproviseerde zuigflessen in verschillende maten. Anderen molken de geiten en verzorgden de dieren die aan uierontsteking leden. Hun geiten hadden af en toe ook een uierontsteking en ze kenden allemaal huismiddeltjes om de dieren mee te behandelen. 's Middags zogen de eerste olifantenkalfjes al aan de geïmproviseerde zuigflessen met het melkmengsel. De vrouwen regelden een opstapje om de giraffen in een natuurlijke houding te laten drinken en Ivy probeerde de ernstig getraumatiseerde neushoornbaby aan de fles te laten wennen. De jonge olifanten, die hun moeders de vorige dag blijkbaar waren verloren, toonden nog geen belangstelling voor voedsel dat door mensen werd aangeboden. De apen klampten zich daarentegen aan hun nieuwe verzorgsters vast zoals ze vroeger aan hun moeders deden. Alle vrouwen kregen een aapje toegewezen waar ze vanaf nu exclusief voor zouden zorgen. Ivy had de dierenvangers horen zeggen dat ze nog niet genoeg bavianen, meerkatten en franjeapen voor het transport hadden, dus zouden er nog meer jonge dieren worden binnengebracht.

Sanele begon met de bouw van een hut in het Kikuyu-dorp. Die zou lemen wanden en een dak van gevlochten wilgentakken krijgen, zoals de traditionele hutten van de Afrikanen, maar hij stond erop dat er ramen in kwamen en een houten deur die op slot kon. De vrouwen, die volgens de traditie verantwoordelijk waren voor het bouwen van de hutten, hielpen enthousiast mee en zelfs de mannen verlaagden zich tot het zagen van takken. Iedereen was blij dat hun Mama wa Wanyama in het dorp kwam wonen, hoe groot de vooroordelen tegenover het geestenkind Hope ook mochten zijn. Ivy had tijdens de jaren waarin ze de boerderij leidde hun respect verdiend en had voor algemene welvaart gezorgd. Ze had ook respect getoond voor de Kikuyu, wat Lennox en Reggie nooit hadden gedaan. Ze begrepen niet goed waarom Ivy en Sanele niet in het woonhuis van Edgecumbe Farm konden wonen – de ruzies tussen de witte mensen waren voor de meeste Kikuyu onbegrijpelijk – maar ze namen het gezin graag in hun dorp op.

Vlak voor het begin van het grote regenseizoen betrokken Ivy, Sanele, de kinderen en Mwala hun nieuwe hut, die in drie kamers was verdeeld: een woonkamer, een slaapkamer voor de kinderen en hun nanny en een slaapkamer voor Ivy en Sanele. Ze waren heel klein, maar boden in elk geval een beetje privacy. Er was geen mogelijkheid om te koken, maar Mwala had genoeg aan de vuurplaats voor de hut. Ivy bracht haar dagen op de boerderij door en kreeg eten van Wawira.

De nanny ging elke dag met de meisjes mee naar school. De lessen werden nu weer in het door Ranjana geschonken gebouw gegeven. Hope groeide al snel uit tot de favoriete leerling van zuster Teresa en zuster Luitgard, die samen verantwoordelijk waren voor de Kikuyu-school. Ze was beleefd, leergierig en slim. Ebony bezorgde de nonnen weliswaar problemen, maar viel niet meer op door ruzie met andere kinderen te maken, zoals in Nairobi. Dat kwam doordat de anderen niet gemeen tegen Hope durfden te zijn. Ze keken in het begin met een mengeling van angst en ontzag naar het geestenkind, dat werd beschermd door de machtige Mama wa Wanyama, maar toen ze eenmaal gewend waren aan hun nieuwe klasgenoot en beseften dat ze niets met magie te maken had en er geen gevaar van haar uitging, vergaten ze het geloof van de medicijnmannen. De Kikuyu in het dorp waren allemaal gedoopt en de kinderen hadden van jongs af aan onder invloed van de missiepost gestaan, dus waren ze bereid te erkennen dat Hope door haar doop net zo goed een kind van God was geworden als de andere kinderen en daarmee was bevrijd van de geesten die haar huid wit hadden gekleurd.

'Als Hope ook een kind van God is, net als wij, waarom heeft Hij haar huid dan niet zwart gemaakt?' vroeg een van de slimmere kinderen op een dag tijdens de godsdienstles.

Zuster Teresa legde uit dat Ivory Edgecumbe Hope meteen na de geboorte had geadopteerd. 'Miss Ivy is ook blank,' voegde ze eraan toe. 'Ze was destijds nog niet getrouwd met meneer Zoeloe. Nadat ze met hem getrouwd was werd Ebony geboren. Daarom heeft zij een huid die donkerder is dan die van miss Ivy.'

Toen Mwala 's avonds over het voorlichtingsgesprek vertelde, wat Ivy heel grappig vond, kreeg Ebony een idee. 'Kunnen we God niet een handje helpen? We hebben alleen wat goudbruin poeder van miss Ranjana nodig en dan smeren we Hope's gezicht daarmee in. Dan ziet ze er net zo uit als ik en hebben de tovenaars geen belangstelling meer voor haar.'

Ivy moest op haar lip bijten om niet in lachen uit te barsten. Uiteindelijk lukte het haar Ebony ervan te overtuigen dat de tovenaars zich niet zo gemakkelijk lieten misleiden. 'Dat heb je al een keer met de crème van de nichtjes van meneer Jeevanjee geprobeerd,' voegde ze eraan toe. 'De volgende ochtend was het kussen helemaal bruin.'

Na school gingen de meisjes meestal naar Edgecumbe Farm, samen met de andere kinderen van de moeders die voor de dieren zorgden. Ivy had dit destijds verboden: de huishoudelijke hulpen en dienstmeisjes moesten hun kinderen in het dorp laten om de gasten niet te storen. Nu er geen gasten waren vond ze dat niet nodig, dus wemelde het 's middags van de kleine helpers die zich nuttig maakten of kattenkwaad uithaalden. Ebony had in de Indiase wijk van Nairobi genoeg over slangen gehoord om te weten dat je ze kon oproepen en Ivy haalde haar net op tijd uit de schuur waar de reptielen verbleven voordat ze een jonge rotspython een fluitserenade kon brengen.

Ivy had in eerste instantie geprobeerd de slangen eieren te voeren en had daar succes mee. Ze had in het tuinhuisje van meneer Jeevanjee een keer een slang betrapt die zich tegoed deed aan haar voorraad eieren. De Kikuyu-vrouwen vertelden haar dat de grotere slangen kippen stalen en daarnaast – precies zoals Ranjana en Naeku al hadden gezegd – muizen en ratten aten.

'Maar geen dode,' lachte Mumbi, die elke dag na school kwam helpen en gefascineerd was door de reptielen. 'Die willen ze zelf vangen, miss Ivy, en dan vreten ze ze met huid en haar op.'

De jongens bouwden vallen waarmee ze de kleine knaagdieren levend konden vangen en al snel hadden Ivy en haar verzorgsters meer muizen dan slangen. Andere kinderen zochten insecten voor de rotsagapen, een soort hagedis. De dierenvangers maakten gebruik van het seizoen om op de wilde dieren te loeren, die tijdens een verfrissende regenbui vaak uitgelaten speelden of zo gulzig van het verse gras aten dat ze de jagers niet opmerkten.

Het opvangcentrum werd overspoeld met antilopen en hyena's, en zelfs twee halfvolwassen luipaarden kwamen in een val terecht. Het was moeilijk om deze dieren te verzorgen omdat ze weliswaar nog niet volgroeid waren, maar ook geen welpen meer waren. Omdat ze gevaarlijk konden worden, zetten de dierenvangers ze in kleine kooien. Ranjana's hart bloedde als ze de wilde katten zag lijden.

Na Ivy's terugkeer verslechterde de relatie tussen haar gezin en de dierenvangers steeds meer. Ze maakte er geen geheim van dat ze de meeste mannen, vooral Brooks, minachtte en de mannen hadden er plezier in om Sanele te vernederen of – wat nog erger was – Hope bang te maken. De meesten van hen waren lang genoeg in Afrika om te weten hoe er met geestenkinderen werd omgegaan en ze dreigden haar telkens weer met opmerkingen om haar neus of oren af te snijden om er medicijnen tegen verkoudheid of oorpijn van te maken. Dat meenden ze natuurlijk niet serieus, maar Hope geloofde het en was doodsbang.

Ivy en Sanele konden het er niet over eens worden of ze haar die angst uit het hoofd moesten praten of juist een beetje moesten aanwakkeren.

'Susan Derringer heeft gelijk. Er zijn zowel Afrikaanse als blanke schurken en sommige van deze dierenvangers behoren tot het uitschot van de samenleving,' merkte Sanele op. 'Wie weet of ze er niet op ingaan als een inheemse tovenaar hun veel geld voor een persoon met albinisme zou bieden.'

Ivy eiste van Lennox dat hij zijn mannen tot de orde riep en hoorde van hem dat hij na het eind van het grote regenseizoen op reis wilde gaan. 'Ik ben uitgenodigd om in Naivasha te komen jagen en heb beloofd om op bezoek te gaan bij vrienden in Wanjohi Valley. En omdat ik hier momenteel niet nodig ben…'

'De Happy Valley Set gaat dus weer feestvieren?' vroeg Ivy. Ze wist inmiddels iets meer over Lennox' nieuwe vrienden, die vaak in de kranten in Kenia werden genoemd in artikelen over hun escapades en avonturen. In Nairobi had ze zelden een krant gelezen, maar nu volgde ze de berichten over mensen zoals Geoffrey Buxton, de graaf van Erroll en Idina Sackville. 'Neem je je vrouw mee?'

'Ga je me dat verbieden?' vroeg Lennox strijdlustig. 'Ja, er wordt weer gefeest en nee, ik laat de Indiase met de tere ziel en haar opstandige dienares thuis. Ik ben het zat om alleen maar verwijten naar mijn hoofd te krijgen. Ik heb genoeg van het gekrijs van de dieren, het geschreeuw van de kinderen en het gedrag van mijn ondergeschikten die denken dat ze hier de baas zijn.'

Sanele had voorgesteld om zich nuttig te maken op Edgecumbe Farm door toezicht op het huispersoneel te houden. Lennox had nog steeds twee dienstmeisjes en twee huisknechten in dienst om het huis schoon en netjes te houden terwijl Wawira samen met haar keukenhulpen het eten verzorgde. Sommige werknemers veroorzaakten voortdurend problemen en Wawira klaagde dat er gestolen werd en dat Lennox en Reggie de dienstmeisjes behalve voor huishoudelijke werkzaamheden ook voor hun pleziertjes gebruikten. Een van de twee deed dat blijkbaar vrijwillig, de ander werd aangemoedigd door haar man. Beiden werden minder meegaand en luier naarmate ze er meer van overtuigd raakten dat hun diensten aan Lennox en Reggie werden gewaardeerd. Sanele zou ze meteen ontslagen hebben, net zoals hij een eind had gemaakt aan de prostitutie van de Kikuyu-vrouwen en -meisjes in het kamp van de dierenvangers. De mannen van het dorp luisterden naar Ivy en Sanele. Het was vroeger verboden geweest om seksuele diensten aan te bieden en ze stelden die regel na hun terugkomst opnieuw in.

Lennox wilde Sanele weliswaar nog steeds niet betalen, maar hij had geen bezwaar gemaakt toen Susan Derringer haar voorstel herhaalde om een bar en een restaurant voor de dierenvangers te openen en Sanele vervolgens met dat idee aan de slag ging. Tot verbazing van Lennox floreerde het restaurant vanaf de eerste dag en leverde het aanzienlijke inkomsten op. Dat hielp beslist om zijn reis naar Wanjohi Valley te financieren. Sanele kreeg uiteindelijk een klein deel van de ontvangsten, maar Reggie vond zelfs dat nog te veel.

'Neem je Reggie mee?' vroeg Ivy hoopvol zonder commentaar op zijn klaagzang te geven.

Reggie Derringer, die Sanele nooit had gemogen, deed nog steeds zijn uiterste best om hem te provoceren.

'Nee, die vent kletst te veel. Wie weet wat hij allemaal gaat rondbazuinen. Bovendien moet iemand hier de boel draaiende houden.'

Ivy zuchtte. Met Reggie Derringer als plaatsvervangend hoofd van de boerderij waren er in Adrians tijd al problemen geweest.

Ranjana reageerde kalm op het vertrek van haar man. Ze zou Lennox niet missen, maar was wel bang dat ze door berichten in de kranten – misschien werd hij in één adem met Daniëlle van der Velt genoemd – in de ogen van de koloniale gemeenschap gezichtsverlies zou lijden.

Naeku had daar minder moeite mee. 'Hij is degene die zichzelf belachelijk maakt, niet jij,' zei ze. 'En wie is er in Kijabe zo belangrijk voor je dat je je voor hem of haar schaamt vanwege Lennox' gedrag?'

Ranjana werd niettemin vuurrood toen ze maar een week na zijn vertrek las over een jachtpartij op de boerderij van de Van der Velts die in de buurt van het Naivasha-meer werd gehouden. De journalist schreef dat Daniëlle van der Velt bij voorkeur met Lennox Edgecumbe op jacht ging terwijl William van der Velt alleen oog had voor de roofkatachtige zwartharige schoonheid Tilda Milton-Temprest.

'Die journalist weet het kernachtig te formuleren,' zei Ivy en ze had moeite om niet in lachen uit te barsten toen ze het laatste stuk van het bericht las.

Zoals altijd bij het aanschouwen van de gepassioneerde schuinsmarcheerders van de Happy Valley Set met hun affaires, roddels en de enorme hoeveelheid sterkedrank die ze consumeren, vraagt de waarnemer zich af of het een goed idee is dat deze dames en heren vuurwapens in hun handen hebben. In dat opzicht is het verheugend om te kunnen melden dat er ook dit keer alleen leeuwen en luipaarden zijn gedood.

'Vat het niet zo serieus op, Ranjana,' zei Naeku met een glimlach terwijl ze de hand van haar vriendin vastpakte. 'Lennox is snel weer terug.'

Het opvangcentrum barstte inmiddels uit zijn voegen door alle gevangen dieren, en Wilhelm Jonas was bezig met het organiseren van het eerste transport naar Duitsland.

'Laten we het hopen.' Ivy zuchtte. 'Anders gebruikt Sanele binnenkort een wapen. Hij heeft eindeloos veel geduld, maar Reggie Derringer gaat te ver.'

Reggie had er meteen na Lennox' vertrek een gewoonte van gemaakt om zijn avonden door te brengen aan de bar bij de tenten van de dierenvangers, waar Sanele bediende. Wawira grilde daar samen met twee keukenmeisjes vlees en maakte bijgerechten. Sanele had twee voormalige huisknechten gerekruteerd om de vrouwen te beschermen tegen de grijpgrage dierenvangers, die al snel dronken werden. Hij probeerde zijn waardigheid als butler te behouden en behandelde de dierenvangers net zo beleefd als hij de gasten vroeger tegemoet trad. Hij had namelijk gemerkt dat een professionele benadering zelfs dronken mannen die lastig werden in bedwang hield. Nu ondermijnde Reggie Derringer dat door hem consequent 'boy' in plaats van 'meneer Zoeloe' te noemen, bier te morsen en erop te staan dat Sanele het opruimde.

Soms begon hij een provocerend gesprek door Sanele te vragen om hem en zijn vrienden uit te leggen hoe hij het voor elkaar had gekregen om een blanke vrouw in bed te krijgen. Een andere keer beval hij de bedienden en Sanele om zich informeler te kleden. 'Het is hier toch geen luxe hotel? Laat dat rokkostuum thuis, boy!'

Sanele beet woedend op zijn lip, maar vroeg toch beleefd in welke kleding Reggie Derringer het bedienend personeel achter de bar wilde zien. Hij reageerde niet toen Reggie aanbood de gasten om suggesties te vragen, die prompt met ideeën zoals rieten rokjes, zwemkleding en Schotse kilts kwamen.

'Je hoort het, boy, ik verwacht morgen een beetje afwisseling,' snauwde hij, waarna hij in lachen uitbarstte.

Sanele reageerde hierop door de bar en de barbecue de volgende dag niet te openen, waarna Reggie Derringer zelf vlees op de barbecue legde en bier en whisky inschonk. Het werd Sanele en Wawira niet duidelijk of hij hiervoor geld van de dierenvangers aanpakte of dat hij voor hen betaalde. Hoe dan ook, het personeel was de volgende ochtend urenlang bezig om het gebied rond de bar op te ruimen en schoon te maken. Ivy had nooit gedacht dat ze zou verlangen naar de terugkeer van Lennox Edgecumbe, maar nu kon ze niet wachten tot Reggie Derringers heerschappij voorbij was.

Eindelijk kwam de dag waarop het eerste dierentransport vanaf Edgecumbe Farm zou vertrekken. Een lange stoet reed naar Kijabe. De dieren werden deels op vrachtwagens getransporteerd en deels door sterke mannen geleid. Bij de zebra's, giraffen en olifantenkalveren ging dat redelijk goed, maar de twee jonge neushoorns en het nijlpaard werden in kleine kisten gepropt, terwijl de apen in kooien werden gestopt, wat zowel bij de beestjes als de vrouwen die hen hadden verzorgd tot tranen leidde. Ranjana huilde toen ze de leeuwenwelpen, die Naeku en zij zo toegewijd hadden verzorgd, in een transportkooi moesten zetten. De welpen zouden het ongetwijfeld overleven, ze aten inmiddels zelfstandig, maar de scheiding viel hun zwaar.

'Wat staat ze te wachten?' vroeg Ranjana. Ze had nog nooit een Europese dierentuin gezien en kende alleen de kleine dierentuin in het paleis van de Maharadja, waar haar man pauwen en papegaaien in plaats van wilde dieren had gehouden.

Ivy zweeg. Ze geloofde niet in een mooi leven voor hun beschermelingen.

'Lennox gaat dit beslist niet nog een keer doen,' zei ze verdrietig. 'Het opvangcentrum heeft vast en zeker niet zoveel opgeleverd dat hij de verblijven meteen weer met dieren vult.'

'Wat moet hij in plaats daarvan doen?' vroeg Naeku. 'Zijn jachtresort heropenen?'

'Misschien laat hij de leiding weer aan ons over en richt hij zijn aandacht op de gasten die niet willen jagen,' antwoordde Ivy. 'Dat heeft tot nu toe het meest opgebracht en aangezien Lennox toch liever feest dan jaagt...'

32

Eigenlijk had Ivy gedacht dat Lennox haar op de hoogte zou brengen van zijn plannen. Ze verwachtte min of meer dat Sanele en zij ontslagen zouden worden omdat er geen dieren meer waren om voor te zorgen en de dierenvangers waren vertrokken. De bar en het restaurant konden dus gesloten worden. Ze moest echter geduld hebben, want haar neef besloot eerst nog een tijdje vrij te nemen.

Lennox was dit keer van plan om Ranjana mee te nemen naar de Van der Velts bij de Nyahururu-watervallen. Ze wist niet waarom hij dat wilde. Hadden de krantenartikelen hem te vaak met Daniëlle van der Velt in verband gebracht? Of ontbrak het de leden van de groep aan iemand om belachelijk te maken? Ze zou het liefst weigeren en raapte al haar moed bijeen om Lennox te vragen haar op de boerderij achter te laten.

Lennox gaf echter niet toe. 'Je moet er af en toe even uit,' zei hij resoluut. 'En een paar feestjes met de mensen van de Set is precies wat je nodig hebt. Misschien leer je dan eindelijk iets.'

Ranjana vroeg zich af wat ze van vrouwen zoals Daniëlle van der Velt kon leren, maar ze gehoorzaamde toen hij tegen haar zei dat ze Naeku mee mocht nemen. Tot haar verbazing hoefde ze daar niet eens om te vragen, maar stelde hij het zelf voor.

'Maar het luipaard blijft hier,' snauwde hij tegen haar.

In principe waren de leden van de Set tijdens hun bezoekjes op de boerderij bijzonder gecharmeerd geweest van Ranjana's bijzondere huisdier. De vrouwen hadden uitdagende houdingen aangenomen terwijl ze met Desna poseerden, en de mannen wilden hun voet graag op haar nek zetten, zoals ze deden met de roofdieren die ze hadden doodgeschoten. Desna weigerde dat echter consequent. Het luipaard had ook geen goede band met Lennox. Meestal trok ze zich terug als hij in de buurt kwam, maar soms blies ze agressief naar hem. Ze leek te voelen dat haar vrouwtje terughoudend tegenover mannen was. Lennox stond er daarom op dat ze opgesloten werd als Ranjana naar de verblijven van de gevangengenomen dieren ging, waar ze de jagers kon tegenkomen.

Ranjana knikte gehoorzaam. Ze had Desna toch niet willen meenemen. Zelfs op de boerderij was ze bang dat Desna iets zou overkomen als ze haar naar de tenten van de feestvierende dierenvangers zou vergezellen.

'Miss Ivy kan op haar passen,' zei ze.

Desna had haar verzorgster weliswaar niet herkend, maar tijdens Ranjana's verblijf bij de Jeevanjees en nu, nadat ze naar de boerderij was teruggekomen, hadden de twee hun vriendschap nieuw leven ingeblazen.

Ranjana en Naeku reisden dus samen met Lennox naar de op een kasteel lijkende boerderij van de Van der Velts. Het echtpaar bezat koffieplantages, maar hield zich niet bezig met de exploitatie ervan. Beiden waren afkomstig uit rijke families en ze lieten het beheer en het toezicht op de Afrikaanse arbeiders aan Britse werknemers over. De armoedige hutten van de Afrikanen waren zichtbaar vanaf de oprit en hoewel Naeku het enorme contrast tussen arm en rijk uit India kende, was ze onaangenaam getroffen door de overduidelijke ongelijkheid. Dit was geen dorp van de inheemse bevolking zoals op Edgecumbe Farm, maar een verzameling armoedige hutten die de bewoners ervan niet veel bescherming tegen de zon en de regen boden.

Het huis van de plantage-eigenaren straalde daarentegen pure luxe uit. Daniëlle en William begroetten hun gasten met wangkussen en Ranjana deed haar best om niet naar achteren te deinzen door Williams aanraking. De kamer die Ranjana en Naeku kregen was zo ruim dat Naeku er eveneens kon slapen en terwijl de gastheer en gastvrouw Lennox en de andere inmiddels gearriveerde gasten uitnodigden om te gaan paardrijden, liet Naeku het enorme bad vollopen met water en geurend badschuim. Ze gingen er vervolgens samen in liggen, zodat Ranjana een beetje kon ontspannen. Voor het feest zou Ranjana een donkerrode avondjurk dragen terwijl Naeku van plan was een eenvoudige sari aan te trekken.

'Ga je mee naar het feest?' vroeg Ranjana verbaasd.

Naeku knikte. 'De gastheer heeft me uitgenodigd,' vertelde ze. 'Hij begon tegen me te praten en vroeg of het in India gebruikelijk was dat een dienares haar meesteres op de voet volgde. Ik bevestigde dat en hij zei dat het een mooie traditie was en dat hij me niet zou tegenhouden als ik je naar het diner en het feest zou begeleiden. Ik vond het ook heel vreemd, maar ik ga natuurlijk graag mee, ook al krijg ik niets te eten.'

Ze lachte toen Ranjana veelbetekenend naar de fruitmand en de schaal met bonbons en gebakjes wees die in hun kamer stonden.

Ze hadden zich beiden mooi gemaakt toen het tijd was om naar de eetzaal te gaan. Naeku baarde opzien toen ze de zaal waar het diner werd gegeven binnenkwam en naast de deur bij de muur ging staan. William van der Velt bleek de tafelheer van Ranjana te zijn, wat Tilda Milton-Temprest niet leek te bevallen. Lennox zat tegenover haar en naast Daniëlle van der Velt, zodat Ranjana de kans kreeg om haar rivale te observeren. Daniëlle droeg haar platinablonde, perfect gegolfde haar op kinlengte terwijl haar rode avondjurk strapless was en veel sneeuwwitte huid liet zien. Ze leek de zon te vermijden. Haar brede, volle lippen waren felrood gestift en haar ogen hadden een betoverende groene kleur.

'Als ik had geweten dat het vandaag toegestaan was, dan had ik mijn dienstmeid ook meegenomen,' zei Daniëlle met een spottende glimlach tegen Ranjana. 'Ik moet echter toegeven dat mijn Molly een minder decoratief element is dan jouw... hoe noem je haar ook alweer?'

Ranjana glimlachte geforceerd. 'Ik noem haar bij haar voornaam. Naeku dus,' zei ze.

'Wat een mooie naam,' mengde haar tafelheer zich in het gesprek. 'Is dat Indiaas? Ze ziet er niet bepaald Indiaas uit, maar ze is inderdaad heel decoratief. Waar heb je haar vandaan?'

Ranjana begon kalm te vertellen hoe Naeku en zij elkaar hadden ontmoet. Ze vond het niet prettig om over haar vriendin en dienares te praten alsof ze niet aanwezig of doof was, maar dat leek niemand in dit gezelschap te storen. 'Vanaf die tijd is Naeku een trouwe vriendin en metgezel van me,' beëindigde ze haar verhaal. Ze wilde naar Naeku glimlachen, maar durfde het niet.

'Wat schattig,' zei Daniëlle. 'Het lijkt een beetje op Nydia en Ione in het boek van Edward Bulwer-Lytton. Deelt ze ook je liefde voor je echtgenoot?' Ze glimlachte door haar toespeling op de vriendschap tussen de meesteres en de slaaf in de roman 'De laatste dagen van Pompeii'. Ranjana bloosde. 'Je kunt je slaaf toch aan hem ter beschikking stellen, of is dat de gewoonte niet in India?'

Ranjana beet op haar lip. Ze had het voorgerecht dat inmiddels was geserveerd nog niet aangeraakt. 'Ze is mijn slaaf niet,' zei ze.

Lennox grijnsde. 'Dat moet ik helaas bevestigen, want anders zou ze sinds ons huwelijk ook van mij zijn en zou ik haar hier aan iedereen kunnen aanbieden. Maar het staat jullie vrij een poging te doen haar voor jullie te winnen, heren. Ik waarschuw alleen dat ze behoorlijk opvliegend is.'

William van der Velt en de andere gasten die in hun buurt zaten begonnen te lachen. Ranjana dacht dat ze Naeku's woede bijna fysiek kon voelen, maar haar vriendin beheerste zich net als zij zelf met een ijzeren wil.

De tafelgesprekken gingen nu over de buitenrit van de afgelopen middag, de jacht die de volgende dag georganiseerd zou worden en allerlei sociale evenementen. Ranjana kon en wilde niet aan het gesprek deelnemen. Ze keek liever hoe de gasten met elkaar omgingen. Lennox was bijzonder vertrouwelijk met Daniëlle, hij raakte af en toe een schouder of een hand aan en ze pakte lachend een stuk vlees van zijn bord dat haar smakelijker leek dan dat van haar. William was terughoudender tegenover Ranjana, tot ze na het derde glas wijn zijn hand op haar knie voelde. De aanraking ging als een elektrische schok door haar heen. Ze sprong geschrokken op van haar stoel en wist niet wat ze moest doen.

William keek met een onschuldige glimlach naar haar. 'Wat is er aan de hand? Je ziet eruit alsof je een muis gezien hebt,' zei hij plagerig.

'Ik... ben inderdaad geschrokken,' antwoordde Ranjana. 'Maar ik ben niet bang voor muizen.'

Daniëlle lachte. 'Inderdaad. Ik heb gehoord dat onze Indiase prinses ze in hoogsteigen persoon vangt om aan haar slangen te voeren. Heb je je dierentuin uitgebreid, Ranjana? Met een cobra misschien? Die zou je heel goed staan.'

Ranjana wist niet wat ze moest antwoorden, maar ineens mengde Naeku zich ongevraagd in het gesprek. 'Cobra's zijn erg giftig,' zei ze. 'In Kenia hebben ze bovendien de interessante gewoonte om vergif in het gezicht van hun vijanden te spugen.'

Daniëlle lachte zenuwachtig terwijl haar man verrukt was over Naeku's tussenkomst.

'Je vriendin is niet alleen mooi, maar ook heel gevat,' zei hij tegen Ranjana. 'Waarom ga je niet zitten? En jij mag gerust wat dichterbij komen, Naeku. Je lijkt spraakzamer dan je meesteres. Waarom draag je trouwens Indiase kleding? Vind je sari's mooier dan de kleding van je stam?'

Naeku wierp hem een woedende blik toe. 'Het leek me niet gepast om in een strapless rode jurk te verschijnen, ook al lijkt dat in de mode te zijn.' Ze bekeek de gastvrouw van top tot teen.

Lennox stond op. 'Wie denk je wel niet dat je bent, meisje?' snauwde hij tegen haar. 'Neem je meesteres mee naar buiten zodat ze kan kalmeren, ook al heb ik geen idee waardoor ze zo geschrokken is, en als je terugkomt hou je je mond en toon je respect!'

Naeku liet zich niet intimideren. 'Ik ben uitgenodigd,' zei ze.

'Ga mee, *memsahib*, dan help ik u opfrissen.'

Ranjana stond in de badkamer op het punt om in te storten. 'Meneer Van der Velt... William... heeft me aangeraakt,' vertelde ze. 'Wat... moet ik nu doen?'

Naeku zuchtte. 'Je moet weer naar binnen gaan. En als het nog een keer gebeurt, dan steek je dit in zijn hand.' Ze haalde een speld uit haar sari.

Ranjana begon te lachen. 'Dan moet hij uitleggen waarom hij van zijn stoel opspringt. Een man kan zich niet achter een muis verschuilen.'

'Deze mensen... Het is alsof ze elkaar allemaal observeren,' zei Naeku. 'Daniëlle van der Velt is niet de enige die voortdurend hatelijke opmerkingen maakt, het lijkt normaal voor ze te zijn om zo met elkaar om te gaan. Het is alsof... alsof de lucht elektrisch geladen is, net als vlak voordat er een onweersbui losbarst.'

'Het ontlaadt alleen niet,' antwoordde Ranjana. 'Dat is in elk geval niet gebeurd zolang ik erbij was. Ze schijnen die spanning heerlijk te vinden. Ik wil hier helemaal niet zijn, Naeku.'

Naeku keek haar begripvol aan. 'Voorlopig hebben we geen keus. Hou je afzijdig, antwoord beleefd als ze je iets vragen en laat je niet provoceren.'

Ranjana lachte weer. 'En dat zegt de dienares die zich ongevraagd in het gesprek van de dames en heren gemengd heeft. De Maharadja had je laten onthoofden.'

Naeku lachte eveneens. 'Dan ben ik blij dat er hier geen beul is. Ze doden alleen met woorden, Ranjana. Luister gewoon niet naar ze.'

De rest van het diner verliep zonder complicaties. Daniëlle werd in beslag genomen door haar geflirt met Lennox en was gestopt met het provoceren van Ranjana, en William gedroeg zich beleefd. Hij leek bovendien meer belangstelling voor Naeku dan voor Ranjana te hebben en begon er uiteindelijk zelfs over.

'Kun je tussen de mooie Afrikaanse en mij bemiddelen?'

vroeg hij aan Ranjana. 'Ze is je slaaf natuurlijk niet, maar ze luistert ongetwijfeld naar je. Misschien wil ze een keer met me dansen.'

Na het diner verplaatste het gezelschap zich naar de danszaal, die toegang gaf tot een terras. Een speciaal ingehuurde band speelde swingmuziek en de eerste paren begaven zich op de dansvloer. De meeste gasten namen echter eerst nog een drankje. Het maakte William van der Velt moediger. Hij liep naar Naeku toe, die achter de bank stond waarop Ranjana zat, en begon met haar te flirten. Een paar vrouwen gingen bij Ranjana zitten. Ze waren allemaal modieus gekleed en zwaar opgemaakt en poseerden met hun sigarettenpijpjes alsof het om een paringsdans ging. De vrouwen dronken cocktails, de mannen cognac of whisky.

Ranjana hield haar glas champagne krampachtig vast en probeerde mee te praten over onschuldige onderwerpen zoals mode en muziek. Na haar huwelijk met Lennox had ze zich op een paar vrouwenbladen geabonneerd en die bestudeerde ze elke maand plichtsgetrouw. Het werd moeilijker toen de vrouwen dubbelzinnig werden en Ranjana vroegen of ze zich niet verveelde op de afgelegen boerderij en of er misschien iemand was die voor een beetje afleiding zorgde.

'Een hij of een zij?'

Ilka von Lund giechelde. Ze was een mooie blonde Deense die samen met een roodharige Engelse, die Jean Copeland-Lytton heette, naar het feest was gekomen. Ze droegen beiden mondaine zijden broekpakken en Ilka rookte een cigarillo.

Ranjana werd vuurrood. Ze voelde zich betrapt, maar probeerde zich eruit te praten, zelfs als dat betekende dat ze zich weer belachelijk maakte. 'We... hebben een tamme baviaan die... het leven op de boerderij heel grappig maakt... en...'

'Ach, liefje!' riep een van de vrouwen, waarna ze hard met de anderen meelachte. 'Je bent zo'n onschuldig klein ding. Wat doet Lennox toch met je?'

Lennox danste met Daniëlle, en William probeerde Naeku

over te halen met hem te dansen. Ranjana keek bezorgd naar haar vriendin, die zich voortdurend aan zijn opdringerige gedrag moest onttrekken.

Een andere man, Geoffrey, de graaf van Rennant, vroeg Ranjana ten dans en duwde zijn lichaam net zo opdringerig tegen haar aan als Lennox bij Daniëlle deed. Ze was geschokt toen ze voelde dat hij een erectie had.

'Laat me los!' Ranjana probeerde hem af te weren, maar had niet genoeg kracht. De man duwde zijn lichaam alleen nog steviger tegen haar aan.

'Vooruit, jij vindt dit toch ook leuk,' fluisterde hij in haar oor. Toen hij haar iets minder stevig vasthield, tastte ze naar de speld die Naeku haar had gegeven en liet ze haar hand naar beneden glijden.

'Ja...!' Geoffrey grijnsde. 'Ja, nu begrijp je het. Laat je gaan, schatje.'

Hij maakte zich van haar los om haar de gelegenheid te geven haar hand op zijn kruis te leggen en op dat moment stak ze de speld in hem. Ze kon hem niet echt pijn gedaan hebben met de speld, maar het verrassingseffect werkte. Geoffrey duwde haar weg, schreeuwde het uit en greep naar zijn broek, waar de speld rechtop in stak. De dansers om hen heen bleven staan, begrepen wat er was gebeurd en barstten in lachen uit.

'Het Indiase bijtje heeft gestoken,' gilde Ilka terwijl ze vol leedvermaak toekeek hoe de graaf de speld uit zijn kruis trok. 'Of heeft de cobra je gebeten, Geoffrey?'

Ranjana, die geschrokken was van haar eigen moed, keek op zoek naar Naeku om zich heen.

Haar vriendin had haar benarde situatie in de gaten en gaf William van der Velt een harde klap in zijn gezicht. Daarna liep ze naar Ranjana toe en ze begreep de situatie in één oogopslag.

Ze glimlachte troostend naar de graaf. 'Ik kan u verzekeren dat de speld niet giftig is,' zei ze.

33

Ranjana schaamde zich dood voor de ophef die ze tijdens het feest had veroorzaakt, terwijl de gasten de kwestie alleen grappig leken te vinden. Om zowel de klap als de prik met de speld werd uitbundig gelachen; alleen degenen die er rechtstreeks bij betrokken waren en Lennox, die eveneens het mikpunt van spot was geworden, waren geïrriteerd.

'Twee vrouwen is gewoon te veel voor onze Lennox,' zei Ilka von Lund hatelijk. 'Die krijgt hij niet onder controle.'

Ranjana verontschuldigde zich de volgende dag bij de gastheer en gastvrouw en vroeg of ze mocht vertrekken. De boerderij lag echter afgelegen en het dichtstbijzijnde treinstation was alleen met een auto te bereiken.

Daniëlle lachte haar uit. 'Ach, liefje, neem het niet zo serieus. Je hebt juist bijgedragen aan het amusement van mijn gasten. Het was een bijzonder geslaagde avond.'

'Toch wil ik naar huis,' hield Ranjana vol. 'Ik... mijn man dacht dat ik hier misschien iets kon leren, maar ik zou niet weten wat... en ik weet ook niet of ik wíl leren wat er hier te leren valt.'

Daniëlle lachte opnieuw. 'Zolang jij het niet leert hoef ik niet jaloers te zijn, liefje,' zei ze neerbuigend. 'En dat terwijl je zo mooi bent. Het is heel jammer... vooral voor Lennox... Maar misschien zou je meer plezier met Ilka en Jean hebben...'

Ranjana bloosde en toen ze opnieuw zei dat ze naar huis wilde, liet Daniëlle een auto voorrijden.

'We zien elkaar snel weer op jullie prachtige boerderij,' zei Daniëlle bij het afscheid. 'We verheugen ons er nu al op om jullie gasten te zijn.'

‘Wat bedoelt ze daarmee?’ vroeg Naeku toen ze opgelucht in de auto zaten.

Ranjana keek haar vriendin verdrietig aan. ‘Blijkbaar is Lennox van plan ze uit te nodigen. Nu de dierenvangers weg zijn en er weer geld is… Soms wil ik alleen nog vluchten, Naeku.’

Lennox kwam pas een week later terug en Sanele was vastbesloten hem zo snel mogelijk uit te horen over zijn plannen voor Edgecumbe Farm.

‘Ik wil niet weer van de ene dag op de andere op straat staan,’ legde hij Ivy uit. ‘Vooral omdat we niet opnieuw bij de Tarltons kunnen aankomen.’

De safari-ondernemer was niet blij geweest toen Sanele ontslag nam om samen met Ivy en de kinderen naar Edgecumbe Farm terug te keren. Sanele sprak Lennox beleefd aan zodra zich een mogelijkheid voordeed en vroeg of hij hem een rondleiding over de boerderij mocht geven.

‘Wat moet er met de tenten gebeuren, sir?’ vroeg hij onderdanig. ‘Tijdens uw afwezigheid heb ik samen met het personeel geprobeerd om de tenten in orde te maken, maar het spijt me, voor gasten die gewend zijn aan luxe zijn de accommodaties niet acceptabel meer.’

Toen Lennox het jachtresort in handen kreeg, waren de tenten, die waren voorzien van stabiele houten constructies, in een uitstekende staat geweest. Het had bij Adrians strategie gehoord om de jagers daar te laten slapen om het verblijf in zijn resort zoveel mogelijk op een meerdaagse safari in het wild te laten lijken. De gasten moesten het gevoel krijgen dat ze in de bush overnachtten. Ze genoten onder de Afrikaanse sterrenhemel van het diner terwijl ze de dieren bij een van de waterpoelen op het terrein konden observeren. ’s Nachts hoorden ze de geluiden van de savanne, zoals het gekrijs van de vogels, het gemurmel van de ’s nachts actieve bushbaby’s en de aardvarkens. Deze unieke ervaring was vroeger alleen mogelijk geweest door te paard of met terreinwagens de wildernis in te gaan. Het transport van de tenten en de luxeartikelen waarop de verwende gasten rekenden was duur en tijdrovend geweest, en de jagers hadden zich lange tijd vrij moeten maken. Het zakelijke idee van Adrian Edgecumbe om een jachtresort met gegarandeerde afschoten binnen een beperkte tijd te beginnen was bijzonder succesvol gebleken.

Ivy en Sanele hadden hun eigen visie eraan toegevoegd, maar hadden de luxueuze stijl behouden. De dagelijkse schoonmaakbeurt van de zes tenten door de dienstmeisjes en de zorgvuldige behandeling door de gasten, die thuis ook aan veel luxe gewend waren, hadden ervoor gezorgd dat alles goed onderhouden bleef. Nu had Lennox de dierenvangers echter in de tenten laten bivakkeren – ruwe mannen die geen aandacht besteedden aan de inrichting van hun accommodatie en geen gevoel voor schoonheid hadden – en dat was de tenten niet ten goede gekomen. De tapijten zaten onder de modder, het meubilair vertoonde sporen van gemorste drank en uitgedrukte sigaretten, het beddengoed en de handdoeken waren vies, de matrassen zaten vol vlekken en de houten planken van de terrasvloeren waren geruïneerd.

'U moet beslissen of we de inrichting gedeeltelijk zullen vervangen om de vroegere standaard te herstellen, of dat u de tenten blijft gebruiken als onderkomen voor het personeel of als accommodatie voor minder veeleisende gasten,' zei Sanele nadat hij Lennox Edgecumbe de tenten had laten zien.

Lennox reageerde met gevloek en getier toen hij de schade zag. Hij dreigde om de kosten door de dierenvangers of de firma Ruhe te laten betalen. Sanele wachtte kalm op het antwoord op zijn vraag, waarmee hij duidelijkheid over de langetermijnplannen van de *bwana* zou krijgen.

'Ik geef over een maand een groot feest,' was het enige wat zijn werkgever zei. 'Ik ben de laatste tijd zo vaak te gast geweest bij vrienden dat ik mijn dankbaarheid daarvoor moet tonen. En omdat mijn vrienden gewend zijn aan een bijzonder hoge levensstandaard, moeten we de tenten in overeenstemming daarmee brengen. We moeten ook een paar minder luxe tenten huren of kopen. Ik verwacht ongeveer zeventig mensen, dus zelfs als we de gastenkamers meetellen hebben we niet genoeg slaapplaatsen.'

Sanele deed zijn best om zijn ongenoegen niet te tonen. 'Zoals u wenst, sir,' zei hij. 'Zal ik de noodzakelijke aankopen regelen of wilt u dat zelf doen?'

'Ik doe het zelf, boy,' zei Lennox. 'Ik ben niet van plan om zo overdreven royaal met mijn geld om te gaan als mijn oom destijds deed. Jij bent alleen verantwoordelijk voor de champagne en de andere drankjes die bij mijn verwende gasten in de smaak vallen, en daarnaast voor een geslaagd, buitengewoon diner onder de sterrenhemel.'

Sanele perste zijn lippen op elkaar. 'Ik kan niet garanderen dat het een heldere nacht zal zijn,' merkte hij op.

Lennox keek met een boze blik naar hem. 'Veroorloof je geen vrijheden omdat ik je een keer gebruiken kan, boy. Ik bedoel natuurlijk een exclusief menu. Ik ben van plan journalisten uit te nodigen die positief over mijn vrienden denken, want ik wil dat iedereen de dag erna praat over het jachtfeest dat ik op Edgecumbe Farm gegeven heb.'

'Dat wijst op een heropening van het jachtresort,' zei hij toen hij Ivy naderhand over het gesprek vertelde. 'En hij lijkt dit keer van mijn ervaring als butler te willen profiteren in plaats van erop te hopen dat Ranjana haar huishoudelijke vaardigheden ontdekt.'

'Hij zal haar toch nodig hebben,' zei Ivy. 'Ze moet representatief zijn. De vraag is alleen of ze nog steeds zo meegaand is. Het schandaal bij de Van der Velts was al een bijzonder opstandige daad voor haar en sinds hij terug is ontwijkt ze hem.'

'Bedoel je dat ze hem afwijst?' vroeg Sanele verbaasd.

Ivy haalde haar schouders op. 'Op basis van wat ik uit incidentele opmerkingen van haar of Naeku afleid wel. Zuster Elisabeth heeft ook een soortgelijke opmerking gemaakt. Heel voorzichtig natuurlijk, maar ik heb toch begrepen dat Ranjana haar mening gevraagd heeft over bepaalde... liefdeskwesties.'

'Jij en je vrouwelijke intuïtie.' Sanele moest ondanks de ernst van de situatie lachen.

'Tja, hij schijnt niet tevreden te zijn over het lichamelijke aspect van hun huwelijk,' zei Ivy. 'De laatste keer schijnt hij tegen haar gezegd te hebben: "Verdomme, Ranjana, als ik op een lijk wil liggen waarbij de rigor mortis al ingetreden is, kan ik net zo goed een kadaver uit de schuur van de preparateurs halen!"'

Sanele hapte naar adem.

'Je wilde het weten,' zei ze. 'En je moet toegeven dat er niet veel vrouwelijke intuïtie nodig is voor het interpreteren van deze woorden.' Ze glimlachte verdrietig.

'Wie heeft je dit verteld?' vroeg hij.

'Een van de dienstmeisjes heeft het gehoord. De volgende dag vertelde ze iets over de *bwana* en dode dieren en Wawira hoorde dat en stelde er vragen over. Het gerucht heeft zich natuurlijk snel verspreid.' Ivy zuchtte. 'Ranjana heeft me pasgeleden trouwens verteld dat ze de *Kamasutra* gekocht heeft en daarin gelezen heeft dat de man in een huwelijk moet proberen zich in de gedachten van zijn vrouw in te leven,' ging ze verder. 'Dat lukt Lennox natuurlijk maar ten dele. Ranjana geeft echter toe dat ze geen begeerte voelt en niet weet hoe ze geloofwaardig moet doen alsof. Dat raadt de *Kamasutra* in een dergelijk geval aan.'

Sanele begon te lachen. 'Dat klinkt alsof je het boek ook gelezen hebt.'

Ivy knipoogde naar hem. 'Ik had het voor geen goud willen missen. Het interessantste deel gaat echter over de recepten om met behulp van tincturen en poeders de aantrekkingskracht te verhogen. Je mengt bijvoorbeeld het fijngemaakte hart van een mangoest met de gemalen botten van een kameel in de schedel van een mens...'

Sanele fronste zijn voorhoofd zogenaamd bezorgd. 'Moet ik me voortaan zorgen maken als je voor me kookt?' vroeg hij.

'Alleen als je passie vermindert,' antwoordde Ivy lachend. 'Maar serieus, Ranjana heeft weinig baat bij het bestuderen van de liefdeskunst gehad. Ik denk dat ze daarvoor nog steeds te verlegen is. Ze heeft ook geen zin om te doen alsof, want ze ergert zich aan hoe hij met haar omgaat, dat hij haar bedriegt en niet eens moeite doet om het voor haar te verbergen. Ze wilde een volgzame vrouw zijn, maar kan niet aan zijn verwachtingen voldoen. Ze was vanaf het begin de verkeerde keuze. En ze huivert nu al als ze aan het feest met de Happy Valley Set denkt. De *bwana* wil trouwens ook dat de Masai-krijgers en de Kikuyu-meisjes hun dansen uitvoeren.'

Sanele vertrok zijn gezicht.

Adrian had eveneens dansavonden voor zijn gasten georganiseerd en had weggekeken als een goedgebouwde Masai vervolgens de tent van een alleenreizende vrouw binnenging of meisjes de jagers meer of minder vrijwillig gezelschap hielden.

'Dat wordt een orgie.' Ivy zuchtte weer. 'Hopelijk is het in elk geval goed voor het aantrekken van nieuwe gasten.'

De dagen erna zorgde Reggie Derringer voor het boeken van de Masai-dansers en Ivy benadrukte tegenover de Kikuyu-vaders dat hun dochters werden betaald om te dansen en nergens anders voor. Sanele bestelde een enorme hoeveelheid champagne en Lennox liet de tenten opnieuw inrichten, maar tot Ivy's ongenoegen eerder opzichtig dan smaakvol.

'De tenten zien er nu uit als een bordeel,' zei Ivy. 'Tenminste, zoals ik me een bordeel voorstel. Waarom heeft hij voor rode lampen gekozen?'

Sanele lachte cynisch. 'Geen idee. Misschien heeft hij een heel andere vorm van jagen in zijn resort voor ogen. Adrian Edgecumbe zou zich omdraaien in zijn graf, als hij er tenminste een heeft.'

Lennox had naast de gastententen meer tenten laten neerzetten. Ze waren eenvoudiger, maar absoluut geschikt voor een aantal overnachtingen.

'Misschien blijft Edgecumbe Farm een jachtresort, maar alleen minder luxe,' speculeerde Ivy. 'Hij kan op die manier meer gasten per keer onderbrengen en het daardoor goedkoper maken. Dat zou heel goed kunnen werken.'

Sanele schudde zijn hoofd. 'Dat bestaat al,' zei hij. 'Er worden tegenwoordig jachtsafari's in alle prijsklassen aangeboden. De Tarltons waren daar heel goed van op de hoogte en het irriteerde hen mateloos. Het schaadt hun bedrijf. Wie boekt een dure safari in de wildernis als je comfortabel en voor weinig geld op elk gewenst moment een leeuw voor je geweer kunt krijgen?'

Voor de gasten van Lennox' feest werden eveneens kamers in het woonhuis klaargemaakt. De bedienden die ze meenamen zouden in de voormalige dierenverblijven slapen, die waren schoongemaakt en van een minimum aan comfort waren voorzien.

De eerste gasten arriveerden al in de week voor het feest, wat in Afrika niet ongewoon was. De afstanden tussen de plantages en boerderijen waren groot, dus bijna niemand kwam voor een of twee dagen. Edgecumbe Farm was klaar voor de gasten en Lennox had voldoende personeel ingehuurd. Omdat hij boodschappen aan het doen was, begroetten Ranjana en Sanele twee echtparen uit de omgeving van Kakuma, twee vrijgezellen uit Garissa County, die meteen zeiden dat ze er helemaal geen moeite mee hadden om een tent met elkaar te delen, en een excentrieke vrouw van middelbare leeftijd die zichzelf als een kunstenares beschouwde en meteen een schildersezel neerzette om de waterpoel en de dieren die daar af en toe weer bewonderd konden worden op het witte doek vast te leggen. Leonora Ashley droeg een kaftan en had een tulband op haar bruine haar, was zwaar opgemaakt en sprak iedereen aan met 'darling'. Ze deed dat zelfs tegen Sanele, die zijn butleruniform weer droeg en thee serveerde aan de vrouwen op het terras van het woonhuis.

Ranjana droeg deze middag een hooggesloten knielange jurk

met een Japanse kraag in een felgele kleur en een dessin van grote bloemen. Ze probeerde een luchtig gesprek met de twee vrouwen aan te knopen en merkte dat ze eigenlijk heel vriendelijk waren. Blijkbaar bewaarden ze hun aanstellerige gedrag voor de losbandige feesten van de Set. Het streelde hun ego om erbij te horen en ze kopieerden het gedrag van de aanvoerders, zoals de graaf van Rennant of Daniëlle en William van der Velt. Nu hun vrienden niet in de buurt waren, maakten ze Ranjana niet belachelijk, maar toonden ze zelfs belangstelling voor haar, vooral toen Sanele – hij had Ranjana eveneens gevraagd om hem bij zijn voornaam te noemen – een kop thee en een glas cognac op de tafel naast Leonora's schildersezel neerzette en tegen haar begon te praten.

'Als ik een opmerking mag maken...' hoorde Ranjana hem voorzichtig zeggen. 'De echtgenote van meneer Edgecumbe tekent eveneens. Misschien vindt u het leuk om daarover met haar van gedachten te wisselen.'

Leonora Ashley begon te lachen. 'Ach, darling, wie tekent er tegenwoordig niet? Maar een artistieke blik op de wereld is niet voor iedereen weggelegd en een uitwisseling... Hoe moet ik vertellen wat ik voel en vormgeef?'

'Teken je, Ranjana?' Lady Moreland, een van de vrouwen met wie ze aan het praten was, keek haar enthousiast aan. Met haar halflange, krullende haar, lichte teint en intens blauwe ogen was ze een heel mooie vrouw. 'Aan welke onderwerpen geef je de voorkeur?'

Ranjana wreef over haar slapen. 'Ik... eh... teken mandala's. Dat zijn symbolen die volgens de Indiase traditie niet alleen een decoratieve functie, maar ook een spirituele betekenis hebben.' Omdat de vrouwen hier blijkbaar niets van begrepen voegde ze er snel aan toe: 'En ik teken portretten.'

Deze onthulling veroorzaakte een golf van enthousiasme.

'Liefje, je moet ons tekenen,' zei lady Morris-Grant, de derde vrouw van het groepje, dwingend. 'Je hebt ons nieuwsgierig gemaakt.'

'Zal ik uw schetsboek halen, *memsahib*?' vroeg Naeku, die op de achtergrond stond en op instructies van haar meesteres wachtte, maar haar het liefst wilde steunen.

Ranjana glimlachte naar haar. 'Dat is lief van je, Naeku. En de houtskool en kleurpotloden graag...'

'Nu meteen?' vroeg lady Moreland. 'Hoeven we niet urenlang... hoe noem je dat...'

'Te poseren?' vroeg Ranjana. 'Nee. Het wordt geen olieverfschilderij...' Ze keek naar Leonora, die royaal olieverf op het witte doek aanbracht.

Toen Naeku terug was sloeg Ranjana het schetsboek open en maakte ze snel een houtskooltekening. Met maar een paar lijnen tekende ze de glimlachende lady Moreland en daarnaast lady Morris-Grant in een voor haar karakteristieke houding. Ze had de gewoonte om haar woorden te onderstrepen met gebaren, vooral als ze opgewonden was. Dat wist Ranjana inmiddels. De vrouwen keken gefascineerd naar de tekening en ze herkenden zichzelf erin: lady Moreland was kalm en zachtaardig en lady Morris-Grant was levendig.

'Dit is ongelofelijk!' riep de laatste enthousiast terwijl Ranjana de tekening inkleurde. 'Kijk eens, Leonora! Ranjana heeft ongelofelijk veel talent!'

Leonora keek vluchtig naar de tekening en glimlachte goedkeurend. 'Heel charmant, darling,' prees ze haar.

Lady Moreland en lady Morris-Grant onderdrukten een lach. 'Onze Leonora is verschrikkelijk ongetalenteerd,' fluisterde lady Morris-Grant tegen Ranjana. 'Maar ze exposeert over de halve wereld. Alle galeriehouders zijn bang voor haar en toch stellen ze hun tentoonstellingsruimte aan haar ter beschikking omdat ze daar enorme bedragen voor betaalt. Ze heeft alleen nog nooit iets verkocht.'

Ranjana legde uit dat ze geen geld voor haar tekeningen vroeg.

Naeku had inmiddels een paar van de door Ranjana ontworpen mandala's gehaald en het uur erna discussieerden ze levendig over de betekenis van de verschillende symbolen en tekens van de yantra's – wat mystieke diagrammen waren – en mandala's binnen de Indiase religie. De vrouwen stelden Ranjana vragen over haar land en zijn tradities, en ze vermaakten zich allemaal uitstekend.

Vlak voor het diner arriveerden er nog twee vrouwen, van wie één werd vergezeld door een man. Sandrine, de hertogin van Tane, leek bijzonder vertrouwelijk met haar partner, die Gaylord Parton-West heette en die Ranjana uit krantenartikelen kende. Hij leek een belangrijke rol in de Set te spelen en nam meteen het woord om te bedanken voor de uitnodiging. Dat werd gevolgd door ideeën over de invulling van de komende dagen. Zijn begeleidster lachte veel en vermaakte de andere gasten aan tafel met de laatste roddels over de Set. Sanele en de andere bedienden serveerden wildgerechten en wijn in het woonhuis omdat het buiten regende. Daarna was het tijd voor cognac en likeur, maar de eerste avond bleef het gedrag binnen de perken. De gasten waren blijkbaar vastbesloten om niet op het feest vooruit te lopen. De hertogin van Tane ging in de foyer achter de piano zitten en vermaakte de gasten met klassieke stukken en jazz.

'Speel jij ook piano?' vroeg lady Moreland aan Ranjana. 'Het is een prachtige vleugel.'

'Nee,' antwoordde Ranjana, 'de vleugel is van miss Ivy, de vorige eigenares van Edgecumbe Farm. Ze nodigde soms muzikanten uit om haar gasten te vermaken,' legde ze uit. 'Bij jullie leren de dochters uit de hogere kringen pianospelen. Bij ons wordt sitar in de vrouwenvertrekken gespeeld,' zei ze bij wijze van grapje.

Lady Morris-Grant, die sinds de middag niet meer van Ranjana's zijde was geweken, smeekte haar om iets te spelen. 'Of mag je buiten de vrouwenvertrekken geen instrument bespelen, Ranjana?' vroeg ze. 'Is dat misschien alleen voor jullie godinnen bedoeld?'

De godinnen van het hindoeïsme waren 's middags eveneens besproken en de vrouwen waren bijzonder geïnteresseerd geweest in de rituelen waarmee Kali en Lakshmi werden vereerd.

Ranjana glimlachte. 'Nee, daar rust geen taboe op,' antwoordde ze. Ze voelde zich veel zekerder in dit gezelschap dan bij de Van der Velts. 'Maar een echtgenote die met haar man naar een feest gaat, vermaakt de andere gasten niet met muziek. Dat zou ongepast zijn. Vrouwen die muziek maken voor mannen verwacht je eerder in een... harem.'

De belangstelling van de vrouwen was nu definitief gewekt en ook een paar mannen hadden zich bij de groep muziekliefhebbers in de foyer gevoegd. Ze drongen er allemaal bij Ranjana op aan om haar sitar te halen. Een van de vrijgezellen die zonder partner waren gekomen, Michael Mainard, stelde vrolijk voor om eerst toestemming aan Lennox te vragen. Hij liep vervolgens inderdaad naar de salon waar de andere heren zich met jagerslatijn en bordspelen bezighielden terwijl Naeku de sitar alvast haalde.

'Je echtgenoot staat uitdrukkelijk toe dat je ons met je kunst amuseert,' zei hij lachend. 'Dit mag je niet weigeren, Ranjana. Laat ons de muziek van je land horen.'

Ranjana speelde dus op de sitar en zong erbij met haar zachte stem, en Naeku viel in met haar krachtigere stem.

'Dat was net een gezongen mandala!' riep lady Moreland enthousiast. 'Echt prachtig, Ranjana. Heeft het ook een speciale betekenis?'

Ranjana stond plotseling in het middelpunt van de belangstelling, en dat zonder angstig te worden. Ze praatte ongedwongen en aan het eind van de avond kreeg Lennox van meerdere gasten te horen dat hij een charmante en bijzonder getalenteerde vrouw had.

'Het is niet te geloven,' zei hij toen hij voor de deur naar Ranjana's vleugel afscheid van haar nam. Hij had alcohol gedronken en leek vanavond geen zin in haar te hebben. 'Misschien kruip je toch nog eens uit je schulp.'

Ranjana vatte het op als een compliment, maar vroeg zich wel af hoe het haar moest lukken om op een andere manier dan via spiritualiteit uit haar schulp te kruipen.

34

De dagen voor het feest verstreken met verschillende keuzemogelijkheden qua amusement voor de gasten, van wie er steeds meer arriveerden. Sommigen gingen op jacht, maar de leden van de Happy Valley Set hadden daar geen belangstelling voor. Ze woonden bijna allemaal in wildrijke gebieden en konden op de savanne en in de bergen naar hartenlust jagen. Meestal concentreerden ze zich daarbij op de leeuwen die op dit moment bijna niet voorkwamen op Edgecumbe Farm. Er was wel veel belangstelling voor een rit naar Kijabe om wapens in de winkel van de Derringers te kopen. Reggies ouders deden goede zaken omdat bijna alle gasten nieuwe jachtgeweren kochten. Er werd muziek gemaakt en omdat Edgecumbe Farm geen tennisbanen had werd er croquet en badminton gespeeld. De vrouwen lieten zich door Ranjana tekenen en doneerden op haar verzoek geld aan de missiepost.

Ivy's dochters en de nieuwsgierige Kurti kregen eveneens veel aandacht van de gasten. Ze vonden Hope apart en noemden Ebony, die achter Kurti aan ging als hij weer eens met de hoed van een van de vrouwen in een boom klom, een schattig klein aapje. Toen Sanele dit hoorde verbood hij zijn dochters uitdrukkelijk om op de dag van het feest op de boerderij te komen. Desna kon ook op veel belangstelling rekenen. Leonora Ashley besloot het luipaard en haar mooie vrouwtje te schilderen, waarna Sarah Morris-Grant tegen Ranjana zei dat ze het schilderij niet persoonlijk moest opvatten.

Lennox leek nog steeds tevreden over Ranjana, die de gasten nauwlettend in de gaten hield en de relaties tussen de mannen en de vrouwen oplettend volgde, en ze verraste hem door steeds vaker fysiek contact te zoeken. Ze zag niet langer op tegen het feest, maar keek er met gespannen verwachting naar uit.

Een dag voor het grote feest verschenen Daniëlle en William van der Velt.

Daniëlle van der Velt leek te voelen dat er iets was veranderd tussen Lennox en Ranjana, of liever gezegd tussen haar en het volledige gezelschap, waarvan ze zichzelf als het middelpunt beschouwde. William en zij werden als de koning en de koningin van de Happy Valley Set beschouwd.

Nu probeerden meelopers zoals de Morelands en zelfs de invloedrijke Gaylord Parton-West bij Ranjana in de gunst te komen, deels bewonderend, deels enigszins neerbuigend, maar absoluut welwillend. De mannen probeerden natuurlijk met haar te flirten, maar niemand kwam te dichtbij. Alleen de graaf van Rennant, die op dezelfde dag als de Van der Velts arriveerde, keek nog steeds boos naar haar.

Daniëlle registreerde duidelijk geïrriteerd dat Ranjana en Lennox het diner samen voorzaten – het ging er iets formeler aan toe dan tijdens de eerdere diners omdat bijna alle gasten inmiddels waren gearriveerd – en de nieuwkomers verwelkomden. Ranjana droeg een goudkleurige zijden jurk die, zoals bijna al haar jurken, hooggesloten was. Hij stond haar prachtig.

'Draag je geen sari, Ranjana?' vroeg Daniëlle tijdens het aperitief. 'Deze jurk is heel mooi, maar het lijkt me lastig om er een dolk in te verstoppen.'

'Mijn vrouw heeft in haar eigen huis geen dolk nodig,' merkte Lennox op.

Ranjana constateerde verbaasd dat hij geïrriteerd was omdat Daniëlle over het incident met de graaf van Rennant begon.

'Misschien moet je niet voortdurend steken onder water geven, Daniëlle,' voegde de hertogin van Tane eraan toe. 'Dat zou namelijk tot een escalatie in de keuze van wapens kunnen leiden.'

Daniëlle beet geërgerd op haar lip. De pianiste was een van de prominente leden van de Set. Haar muziek, maar ook het aantal minnaars dat ze had gehad, was legendarisch. Tijdens het diner liet Daniëlle Ranjana uiteindelijk met rust, maar begon ze weer met Lennox te flirten.

'Ik wil morgen absoluut met je op jacht om meer van je te leren, Lennox!' zei ze vleierig tegen hem. 'Het was geweldig bij het Naivasha-meer... De soepele manier waarop je je aan je prooi wijdt... je vaste hand... je vastberadenheid als jager... Krijg jij ook altijd kippenvel, Ranjana, als hij met een getrokken wapen voor je staat, klaar om te vechten of zich over te geven?' Ze likte over haar lippen.

Ranjana begon de oude onzekerheid weer te voelen. Wat bedoelde ze met het getrokken wapen? Een paar gasten grinnikten, dus moest het een toespeling zijn, maar waarop? 'Mijn... mijn man bedreigt me niet,' zei ze, waardoor de gasten begonnen te lachen, maar niet zo uitbundig als tijdens eerdere diners als ze iets doms had gezegd. Ze kreeg meelevende blikken, maar bijna niemand durfde tegen Daniëlle in te gaan.

Ook de graaf liet zich niet onbetuigd terwijl ze na het diner bij elkaar zaten en de gasten zich veel ongeremder dan de afgelopen dagen gedroegen. Verschillende vrouwen nestelden zich in armen van mannen die niet van hen waren en de vrijgezellen Michael Mainard en Leonard van Hall zaten dichter naast elkaar dan Ranjana ooit bij mannen had gezien.

'Zullen we muziek maken?' vroeg de hertogin van Tane, die blijkbaar nog geen nieuwe man op het oog had, terwijl ze vol verwachting naar Ranjana keek.

De afgelopen dagen hadden ze de piano, de sitar en de stemmen van de zangeressen op elkaar afgestemd en nu beschikten ze over een klein repertoire met muziekstukken die harmonie en een vredige sfeer moesten bewerkstelligen. De hertogin was gefascineerd door de Indiase muziek als achtergrond voor meditatie en de klanken die genezing zouden bevorderden. Ranjana had echter toegegeven dat ziektes er niet echt door werden beïnvloed, maar dat het de geest van de zieke kalmeerde en hem of haar kracht gaf.

'Nee, nee, geen slaapmuziek,' zei de graaf zodra de eerste tonen klonken. 'Daar wordt iedereen depressief van. Laat mij maar, Sandrine.'

Hij schoof de hertogin van de pianokruk en nam de achtergrondmuziek bij de gesprekken voor zijn rekening. Hij speelde uitdagende jazz die een rustig gesprek min of meer onmogelijk maakte. Het resultaat was dat de eersten al snel begonnen te dansen. Ranjana zag dat Daniëlle Lennox mee naar de dansvloer trok, de hertogin liet zich door William meevoeren en de rustige avond veranderde in een klein feestje. Ranjana werd eveneens uitgenodigd om te dansen en ze wilde zich er niet aan onttrekken, maar ze merkte dat de mannen opdringeriger werden naarmate ze meer alcohol dronken.

'Als niemand hier een eind aan maakt, zijn ze over twee uur allemaal dronken en feesten ze door,' zei Ivy bezorgd. 'Dan zijn ze morgen te brak voor het echte feest.'

'Of ze nemen een beetje cocaïne om weer in topvorm te komen en dan wordt het morgen pas echt wild en ontstaan er weer incidenten,' antwoordde Sanele.

Er was een reden waarom de media zoveel belangstelling voor de feesten van de Happy Valley Set hadden. Vroeger hadden er vechtpartijen en verkrachtingen plaatsgevonden en er werd reikhalzend naar het volgende schandaal uitgekeken. Ivy en Sanele hadden zich voorgenomen om een dergelijke situatie op Edgecumbe Farm te voorkomen.

'Ik schakel de generator uit,' zei Sanele nadat hij even had nagedacht.

Het woonhuis werd sinds een aantal jaren elektrisch verlicht en hoewel er voor het feest fakkels en lantaarns zouden branden om de sterrenhemel beter te laten uitkomen, stonden die nog niet klaar. Vanavond vermaakten de gasten zich in het woonhuis en niet bij de tenten. Een gesimuleerde stroomstoring zou voor nuchterheid zorgen en het feest hopelijk beëindigen.

'Dat is een geniaal idee,' zei Ivy. 'Ik ga op zoek naar kaarsen. We zullen de gasten bij kaarslicht naar hun kamers moeten brengen.'

Het gevaar bestond natuurlijk dat de gasten de stroomstoring grappig zouden vinden en bij kaarslicht verder wilden dansen. Sanele hoopte echter dat hij de zaal zou kunnen ontruimen met het excuus van eventuele kapotte lampen die tot een brand zouden kunnen leiden. Lennox en Reggie snapten niets van elektriciteit en dat gold hopelijk ook voor de anderen.

De plotselinge duisternis zorgde inderdaad voor angstige gilletjes en vervolgens voor – wat net zo voorspelbaar was – het gegiechel van paren die zich in de armen van een nog niet zo bekende danspartner bevonden en gebruikmaakten van de gelegenheid om de kennismaking te verdiepen.

Tot Saneles opluchting was Lennox nuchter genoeg om naar hem te luisteren en te accepteren dat ze de avond beter konden beëindigen. 'Als het een groot defect is, *bwana*, sir, kan het uren duren om het te verhelpen. En morgen moet alles perfect zijn. Het is beter als we het probleem rustig kunnen oplossen.'

Lennox knikte. 'En het is ook prettiger als iedereen morgen uitgerust is,' zei hij onverwacht begripvol. 'Goed, vrienden, de bush heeft gesproken! Waarschijnlijk heeft een of ander rotbeest aan de stroomdraden geknaagd en nu moet het stroomnetwerk gerepareerd worden. We beëindigen ons feestje nu dus en iedereen mag naar zijn accommodatie gaan. Ik hoop dat iedereen weet waar hij of zij slaapt.'

De kaarsen waren inmiddels aangestoken en hij keek met een veelbetekenende blik naar Daniëlle. De Van der Velts, de hertogin, Gaylord Parton-West en Geoffrey, de graaf van Rennant, waren in de gastenkamers in het woonhuis ondergebracht. Het personeel kon er alleen naar raden waar de gasten vannacht zouden eindigen.

Ivy deelde kaarsen uit aan de gasten in het woonhuis, en de gasten in de tenten kregen zaklampen mee.

'Ik hoop dat ze het huis niet in brand steken,' zei ze toen iedereen was vertrokken. 'De tenten moeten nog gecontroleerd worden. Doe je dat later?'

Sanele knikte. Voor vannacht was het gevaar van een volkomen uit de hand gelopen feest geweken, maar hij maakte zich geen illusies over de volgende avond. Dan zouden de leden van de Happy Valley Set hun reputatie volledig waarmaken.

35

Daniëlle van der Velt en Lennox gingen zoals ze van plan waren de volgende ochtend om vier uur op jacht. Niemand zag uit welke kamers ze waren gekomen. Reggie leidde een kleine groep over het landgoed, voornamelijk vrouwen die liever niet deelnamen aan de grote jachtpartijen van de Set, omdat die te veel moeite en te weinig comfort met zich meebrachten. De vrouwen hoopten op Edgecumbe Farm dit keer een schot te kunnen lossen, waarbij ze geen hoge eisen stelden; dat hadden ze de vorige avond in elk geval beweerd. Ze waren volkomen tevreden met een mooi gewei van een antilope of een zebravacht als trofee. De rest sliep uit en de laatste gasten van het feest werden 's middags verwacht.

Sanele en Wawira hadden een ontbijt in het woonhuis klaargezet, zowel een *petit déjeuner* voor degenen die niet veel honger hadden als een uitgebreid jachtontbijt. Aangezien Lennox nog niet terug was, moest Ranjana daarbij aanwezig zijn. Ze dronk dus thee en knabbelde op een snee toast terwijl Michael Mainard en Leonard van Hall haar op een aangename manier bezighielden. Beiden hadden een scherpe tong en waren humoristisch, en ze hadden helemaal geen respect voor het koningspaar van de Set. Ze hadden er plezier in om Daniëlle belachelijk te maken en hoewel Ranjana zich sinds de vorige dag weer onzeker voelde, lachte ze af en toe toch.

Tot Reggies jachtgroep terugkwam, onder wie lady Morris-Grant. 'Ranjana, er ligt een dood luipaard met een halsband om zijn nek op de binnenplaats voor de schuur van de dierenpreparateurs. Dat is jouw luipaard toch niet?'

Ranjana voelde alle kleur uit haar gezicht wegtrekken. Ze stond op en keek om zich heen naar Naeku, maar zag haar niet. 'Desna...' fluisterde ze. 'Ik moet...'

'Laten we samen gaan, Ranjana,' zei Michael zorgzaam. 'Als er iets gebeurd is...'

Ranjana hoorde hem niet en ze voelde zijn arm, die hij beschermend om haar schouders had gelegd, nauwelijks. Het was alsof ze in trance was. Desna was de afgelopen nacht in haar vleugel geweest en Ranjana had haar voor het ontbijt naar het buitenverblijf gebracht. Dat wilde ze niet, maar ze was daar veilig en had er meer ruimte dan in de kleine kooi in Ranjana's vleugel. Stel dat ze daaruit ontsnapt was? Stel dat iemand haar had doodgeschoten?

Ze zag de glanzende, gevlekte vacht al vanuit de verte, net als de leren halsband om de hals van het dode dier. Het luipaard lag naast de andere slachtoffers van de jacht die vanochtend vroeg had plaatsgevonden: antilopen, zebra's en een wrattenzwijn.

'Desna!' Ranjana liet zich op haar knieën naast het kadaver vallen en begon te huilen nog voordat ze zich helemaal naar haar toe boog en haar kop begon te strelen. Ineens stopte ze verward. De tekening van de vacht was anders dan die van Desna. Ze kreeg hoop en het volgende moment hoorde ze Michaels opgeluchte uitroep. 'Ranjana, hier is je luipaard, samen met je dienares. Dit moet een ander dier zijn!'

Naeku kwam net met Desna aan de riem uit het buitenverblijf en keek verbaasd naar Ranjana, die huilend naar haar toe rende en de net zo verbaasde Desna overlaadde met liefde. 'Ik dacht dat ze dood was!' riep ze uit.

De gasten die het incident hadden meegekregen keken ontroerd toe hoe het luipaard haar poten op Ranjana's schouders legde alsof ze haar wilde omhelzen.

Naeku zag het kadaver nu ook en haar ogen fonkelden van woede. 'Wie heeft deze wrede grap uitgehaald?' vroeg ze. 'Het moet een luipaard van het jachtresort zijn. Waarom draagt het een halsband?'

'Het is inderdaad een luipaard van het resort, Naeku,' hoorde Ranjana Ivy zeggen, die waarschijnlijk op het kabaal was afgekomen. 'De enige die het overleefd heeft toen haar jongen van haar zijn afgepakt. Ze was beslist weer zwanger. Wie heeft in godsnaam de opdracht gegeven dit dier dood te schieten?'

'Mijn vrouw heeft het neergeschoten,' zei William van der Velt voorzichtig. Hij was als een van de laatsten uit het huis gekomen om te zien wat er buiten aan de hand was. 'Ze is in onze kamer en kleedt zich om, maar ik zag haar in de gang en ze heeft het verteld. Ze is er heel trots op.'

Ranjana keek hem ongelovig aan.

'De *bwana* heeft het dier dus voor de loop van het geweer gedreven,' zei Ivy verbitterd.

'Maar hoe komt het luipaard aan die halsband?' vroeg lady Moreland. 'Ga mee naar binnen, Ranjana. Drink een kopje thee met veel suiker. Je bent volkomen van streek.'

'Iedereen kan het dier de halsband omgedaan hebben om een grap met Ranjana uit te halen,' zei lady Morris-Grant. 'De groep die met Reggie meegegaan is, heeft de jachttrofeeën voor de schuur neergelegd en toen lag het luipaard er al. Het moet iemand geweest zijn die vanaf de tenten naar het ontbijt is gegaan, of iemand die voor het ontbijt een wandeling gemaakt heeft.'

'Of Daniëlle van der Velt.' Naeku zei hardop wat iedereen dacht. 'Met of zonder medeweten van de *bwana*.'

Ivy keek haar afkeurend aan. 'Beschuldigingen helpen hierbij niet, Naeku. Het is het beste om je meesteres en Desna mee te nemen naar jullie vleugel en ervoor te zorgen dat ze kalmeert. Ik zal Wawira instrueren om kruidenthee te maken, je hoeft die alleen op te halen. In de tussentijd bekijken wij de halsband van het dode luipaard nader. Desna draagt die van haar, dus heeft iemand anders er ergens een gevonden. Misschien heeft een van de personeelsleden iets gezien.'

Ivy geloofde dat niet en eigenlijk wilde ze ook helemaal niet weten wie Ranjana deze gemene streek had geleverd. Als dat bekend werd, zou diegene vermoedelijk niet eens door iedereen worden veroordeeld. De meeste gasten zouden op zijn laatst als ze aangeschoten waren lachen om het incident.

'De dag begint in elk geval niet goed,' zei ze tegen Sanele. Ze hadden de herkomst van de halsband onderzocht. Het was de neusriem van het hoofdstel van een van de paarden die Lennox had geleend om zijn gasten paardrijtochten te laten maken. Bijna iedereen kon hem uit de stal gehaald hebben en bij het dode dier omgedaan hebben.

Sanele knikte. 'Maar deze Daniëlle van der Velt had Ranjana's luipaard ook uit het buitenverblijf kunnen halen om haar vervolgens neer te schieten omdat ze zich zogenaamd bedreigd voelde door Desna. Als je het mij vraagt, is ze een vrouw zonder emoties. Ik sluit ook niet uit dat de graaf van Rennant iemands huisdier doodschiet. Naeku heeft verteld dat hij destijds begonnen is met het schieten op de flamingo's toen de leden van de Happy Valley Set samen met Lennox bij het Naivasha-meer waren. Zorg ervoor dat je Kurti vanavond opsluit. Het beste zou zijn om hem naar zuster Teresa in de missiepost te brengen.'

De laatste gasten werden met veel kabaal begroet. Daniëlle van der Velt liet zich echter niet zien. Haar timide echtgenoot William, die opnieuw probeerde om de hertogin van Tane voor zich te winnen, vertelde dat ze een schoonheidsslaapje deed. De hertogin maakte zich echter nog steeds druk over het incident met het luipaard en leek dat William van der Velt persoonlijk kwalijk te nemen.

Aan het eind van de middag trokken alle vrouwen zich terug om wat te rusten en zich klaar te maken voor het feest.

Ivy ging naar de vleugel van Ranjana en Naeku en was opgelucht toen ze zag dat de jonge Indiase zich aan het omkleden was. Ze leek inderdaad gekalmeerd. Naeku hielp haar met het aantrekken van een sari in verschillende tinten rood die met zilveren draden was doortrokken, wat Ivy verbaasde. Ranjana was van plan geweest een westerse nauwsluitende avondjurk te dragen.

'Toch een sari?' zei ze. 'Je ziet er prachtig uit, Ranjana.'

Ranjana glimlachte. 'Het is gemakkelijker om een mes in

de plooien van een sari te verstoppen,' zei ze, waarop Ivy ook glimlachte.

Naeku drapeerde een bijpassende sluier over Ranjana's haar. De stof was zo fijn dat de kunstig opgestoken vlechten eronder goed zichtbaar waren.

'Zal ik jou straks ook mooi maken met poeder en rouge, Ivy?' vroeg Naeku. 'Dat wil ik al een hele tijd doen. Ik heb nog nooit een blanke vrouw opgemaakt.'

Ivy lachte. 'Een andere keer graag, Naeku, maar ik ben niet van plan me vanavond op te doffen, al is het alleen maar omdat ik alleen avondjurken heb die al jaren uit de mode zijn. Ik ben trouwens niet van plan om aan het feest mee te doen, maar help het personeel liever. Iemand moet de Kikuyu-meisjes in de gaten houden als ze gedanst hebben. Naeku, misschien kun jij Wawira helpen. Ze is nogal opgewonden omdat ze niet goed kan lezen en sommige recepten die ze vanavond moet maken zijn nogal ingewikkeld. Ik draag zelf een eenvoudige middagjurk en meng me onder de gasten, maar zonder te dansen en te drinken. En ik hou ook een oogje op jou, Ranjana. Als iemand te dicht bij je komt, dan grijp ik in.'

'Ik hou Desna bij me,' zei Ranjana vastberaden.

Ivy beet op haar lip. Hiermee zorgde de jonge Indiase er natuurlijk voor dat niemand ongevraagd in haar buurt kwam. Aan de andere kant was ze het met Sanele eens dat de kinderen en huisdieren beter uit de buurt van de boerderij konden blijven. Zuster Teresa had Kurti inmiddels meegenomen naar de missiepost en zou hem daar vertroetelen, en Mwala had strenge instructies gekregen om Hope en Ebony in het dorp in de gaten te houden.

'Let goed op haar,' zei Ivy.

Ranjana lachte. 'We letten op elkaar,' zei ze.

Ivy maakte een rondje rond het woonhuis en controleerde of de fakkels en kaarsen goed waren neergezet. Voor de schuur van de dierenpreparateurs zag ze Lennox Edgecumbe. Hij inspecteerde de jachttrofeeën, vooral het luipaard. Ivy dacht niet lang na. Haar boosheid van vanochtend laaide weer op en ze liep naar hem toe. 'Was dit het waard?' vroeg ze. 'Een dier dat van onschatbare waarde is voor het vergroten van de hoeveelheid luipaarden in het gebied opofferen om indruk op je arrogante vriendin te maken? En wie heeft bedacht om het kadaver een halsband om te doen? Je vrouw bedriegen is één ding, maar haar op deze manier kwetsen...'

Lennox draaide zich geërgerd naar haar om. 'Ik heb niets met de halsband te maken en Daniëlle ook niet. Iemand anders moet dat bedacht hebben. Aan de andere kant moet Ranjana zich niet zo aanstellen. Misschien stuur ik het beest naar een dierentuin als we niet genoeg luipaarden bij elkaar kunnen krijgen.'

'Bij elkaar kunnen krijgen?' Ivy fronste haar voorhoofd. 'Wil je daarmee zeggen dat je weer dieren op Edgecumbe Farm gaat vangen? Wil je het dierenbestand dat je oom en ik opgebouwd hebben opnieuw voor een habbekrats van de hand doen? Om het geld daarna met rijke nietsnutten en hoeren te verspillen?' Ze had niet zo duidelijk willen zijn, maar ze was woedend.

Lennox had zijn antwoord meteen klaar. 'En dat zegt de achterbakse vrouw die mijn oom bedrogen heeft met een of andere inboorling en hem van zijn eigen land verdreven heeft?' beet hij haar toe.

'Geloof je nu je eigen leugens al?' Ivy's ogen schoten vuur.

De confrontatie trok de aandacht van Sanele en Reggie Derringer. Ze kwamen net uit een van de stallen die voor het feest als opslagruimte werden gebruikt. Sanele duwde een handkar vol dozen met drank voor zich uit. Ivy wist dat hij 's ochtends al voor een ruime voorraad in de bar bij de tenten had gezorgd, maar de dorstige gasten leken de eerste flessen al soldaat gemaakt te hebben. Ivy zag aan Sanele dat hij geïrriteerd was en nu stond Lennox ook nog eens dreigend tegenover zijn vrouw.

Sanele liet de handkar staan en liep vastberaden naar hem toe. Hij bleef echter kalm. '*Bwana*, sir, ik moet u verzoeken om mijn vrouw met gepaste beleefdheid te behandelen. Het feit dat u uw succes vandaag met uw vrienden kunt vieren, hebt u vooral aan Ivy te danken,' zei hij tegen Lennox.

'Aha, daar praat de huisboy die denkt dat hij iets is omdat hij zich als butler mag verkleden,' viel Lennox hem aan. Hij leek niet nuchter te zijn. Waarschijnlijk had hij 's ochtends al met Daniëlle op het gedode luipaard geproost en had hij daarna met de andere gasten verder gefeest. 'Ik zal blij zijn als ik je hier binnenkort niet meer hoef te zien, boy,' ging hij verder. 'Vanaf volgende maand mogen jullie weer naar Nairobi verdwijnen, of waar jullie ook naartoe willen. We weten nu zelf wel hoe we de gevangen dieren moeten verzorgen.' Lennox draaide zijn rug demonstratief naar hem toe en liep naar de tenten.

Sanele wilde zijn arm kalmerend om Ivy heen slaan, die trilde van woede, maar Reggie Derringer hield hem tegen. 'De handkar, boy!'

Sanele worstelde zichtbaar met zijn trots, trok Ivy even naar zich toe en duwde de kar met de drankvoorraad daarna verder.

Ivy liep verslagen naar het woonhuis terug. Ze had zich nooit moeten laten overhalen om naar Edgecumbe Farm terug te keren. Nu zouden ze opnieuw van voren af aan moeten beginnen terwijl het elke keer moeilijker werd om hulp te vinden.

36

Het feest begon goed. De volle maan en de sterrenhemel straalden en het personeel stak honderden kaarsen aan om de tafel en de dansvloer sfeervol te verlichten zonder de natuurlijke lichtbronnen te overtreffen. De gasten pakten hun aperitief van de dienbladen van de attente bedienden. Ze stonden in groepjes bij elkaar, dronken en praatten.

Ranjana had alles achter de ramen van haar vleugel geobserveerd en verscheen als een van de laatsten. Ze schreed alsof ze een prinses was waardig naar binnen. Ze had in Rajasthan geleerd hoe ze zichzelf moest presenteren en deed dat nu, ook al voelde ze zich lang niet zo zeker als ze leek. Voor het diner wisselde ze met iedereen een paar vriendelijke woorden en ze zweefde als een figuur uit Duizend-en-een-nacht tussen de gasten door, met Desna naast zich, die een halsband droeg die bij haar sari paste. Het luipaard liep net zo trots en waardig als zijn vrouwtje deed. Ze kregen bewonderende, maar ook afgunstige en zelfs hatelijke blikken.

Lennox droeg een smoking, net als de meeste mannen, en leek bijzonder gedistingeerd naast zijn tafeldame Daniëlle van der Velt, die meteen beslag op hem legde. Hij sprak geen welkomstwoord samen met Ranjana uit, maar dat leek niemand ook te verwachten. Iedereen praatte met elkaar over hoe prachtig deze avond was en hoe geweldig de decoraties waren.

Toen de gasten uiteindelijk aan tafel gingen – het diner werd aan meerdere feestelijk gedekte tafels geserveerd – bleek Ranjana naast Thomas Hargraves te zitten, de echtgenoot van Daniëlles vriendin Marian. Het stel was de vorige dag pas gearriveerd. Hij schonk helemaal geen aandacht aan haar en keek alleen naar zijn vrouw, die met de graaf van Rennant flirtte, als je dit nog flirten kon noemen. De twee konden nauwelijks van elkaar afblijven en Thomas Hargraves leek daar steeds bozer over te worden. Zijn spanning was bijna tastbaar, waardoor de gevoelige Desna niet tot rust kon komen.

William van der Velt zat aan Ranjana's andere kant. Hij had zijn pogingen om de hertogin voor zich te winnen blijkbaar opgegeven. Daarom overlaadde hij Ranjana en zijn tafeldame Leonora, de schilderes, nu met overdreven complimenten. Hij liet zijn glas wijn voortdurend bijvullen. Ranjana hoopte dat Sanele het zou merken en minder vaak een bediende langs zou sturen, maar Sanele leek vanavond niet goed op te letten.

Nadat het hoofdgerecht was geserveerd werd de maaltijd onderbroken voor de dans van de Kikuyu-meisjes. Ivy had deze zo vroeg mogelijk gepland, zodat de mannelijke gasten nog niet dronken waren en ze de jonge vrouwen niet zouden lastigvallen. Alles verliep inderdaad volgens plan, afgezien van de vijandige blikken die Lennox Ivy toewierp. Ranjana wist dat zowel Reggie als Lennox graag had gewild dat de meisjes zich na de dans nog een beetje onder de gasten zouden mengen, zoals Lennox het noemde. Ze zag dat veel mannen – en ook vrouwen – de schaars geklede meisjes wellustige blikken toewierpen. Toen zuster Teresa aan het eind van de voorstelling verscheen, die met haar leerlingen een paar Engelse nummers had ingestudeerd om de gasten te verrassen, moesten ze de behoefte om hun fantasieën in daden om te zetten definitief opgeven. De non begeleidde de meisjes opgewekt met een accordeon tijdens 'The Lambeth Walk', en daarna bracht ze de meisjes veilig naar het dorp terug.

Sanele keek voortdurend naar Ivy. Ranjana verbaasde zich erover dat hij zo'n geforceerde gezichtsuitdrukking had en vroeg zich af wat er gebeurd was. Ze had nog nooit meegemaakt dat die twee ruzie hadden, maar deze avond hing er zoveel spanning in de lucht dat ze alles voor mogelijk hield.

Na het dessert werd er zoals altijd cognac en likeur geserveerd en daarna begon het feest een eigen leven te leiden. Sommige gasten rookten en keken naar de sterren, andere dansten op de muziek van een grammofoon. Een paar mannen trokken zich op het terras terug om poker te spelen. Als ze zo doorgingen met drinken zouden de inzetten al snel heel hoog worden. Op het plein voor de tenten was de dansvloer. Daar dansten paren steeds onbezorgder naarmate iedereen meer dronk. Michael Mainard en Leonard van Hall dansten schaamteloos met elkaar, net als Ilka von Lund en haar vriendin Jean Copeland-Lytton. Marian Hargraves en de graaf wreven hun lichamen tegen elkaar aan alsof ze hier zo meteen midden op de dansvloer zouden... Ranjana keek beschaamd weg. Thomas Hargraves vroeg haar om met hem te dansen en dat was het laatste wat ze wilde, omdat ze bang was dat hij zou proberen te dicht bij haar te komen om zijn vrouw jaloers te maken. Desna voelde haar tegenzin en gromde. Thomas Hargraves trok zich terug, maar Lennox had het gezien. 'Breng dat roofdier weg, ze valt de gasten lastig,' snauwde hij tegen haar.

Ranjana schrok, maar durfde niet te weigeren en zo kon ze zich in elk geval even terugtrekken van het feest. Het leek haar te riskant om Desna naar het buitenverblijf te brengen. Het scenario dat ze vanochtend voor haar geestesoog had gezien – een luipaard dat per ongeluk was vrijgelaten en vervolgens was doodgeschoten – stond haar nog helder voor de geest, dus ging ze naar haar vleugel en sloot Desna op in de kooi die daar stond.

'Het is niet voor lang,' troostte ze het dier voordat ze met tegenzin naar het feest terugging. Nu zou ze moeten dansen als ze geen standje van Lennox wilde riskeren.

Aan de rand van de dansvloer werd absint gedronken, vol enthousiasme vanwege het hoge alcoholgehalte van de verboden drank. Ranjana zag Daniëlle van der Velt gekheid maken. Ze probeerde tevergeefs een fles champagne op haar hoofd in balans te houden en begon tegen Ranjana te praten.

'Vooruit, Ranjana, dit moet jij kunnen. De vrouwen in India dragen toch allemaal lasten op hun hoofd?'

Ranjana schudde haar hoofd. 'Een Maharani draagt alleen juwelen op haar hoofd. Om precies te zijn in haar haar. De bedienden in de keuken konden het echter wel. Waarom vraag je niet aan Wawira om je te laten zien hoe het moet?'

Wawira was nog bezig met het schoonmaken van de keuken. Ze zou zo meteen naar de veel kleinere keuken bij de tenten gaan om de snacks voor middernacht voor te bereiden.

Daniëlle lachte. 'Nee, ik heb geen belangstelling voor de kunsten van het keukenpersoneel. Waar is Naeku?'

Dat wilde Ranjana ook graag weten. Ze nam aan dat haar vriendin nog steeds in de keuken hielp.

Michael merkte dat Ranjana opnieuw het slachtoffer van Daniëlles spottende opmerkingen werd. Ranjana zag dat hij even met zijn vriend fluisterde en vervolgens naar haar toe kwam om haar te redden. Ze nam zijn uitnodiging om te dansen graag aan en danste het uur erna met de ene na de andere man, gelukkig alleen met mannen die haar niet lastigvielen.

Daniëlles vriendin Marian danste met de graaf, maar richtte haar aandacht vervolgens op William, die vanavond blijkbaar geen andere vrouw kon verleiden. De graaf leek zich daar niet echt druk om te maken. Ranjana zag verbaasd hoe ze met zijn drieën op de muziek dansten. William hield Marian van voren vast en Geoffrey duwde zijn lichaam tegen haar rug aan.

Thomas Hargraves danste niet, hij dronk alleen en kon zijn ogen niet van zijn vrouw Marian afhouden, die hem in het begin nog lachend uitdagende blikken had toegeworpen. Hij was niet in staat zijn jaloezie te verbergen. Ranjana verwachtte dat zijn gezicht, dat steeds chagrijniger werd, Marian langzamerhand bang zou maken, maar ze maakte zich los van haar danspartners, wierp hun korte kushandjes toe en liep vervolgens naar Daniëlle en Lennox toe. Die twee lachten uitbundig.

'Wat doen ze?' vroeg Ranjana aan haar huidige danspartner Leonard van Hall.

Leonard lachte. 'Een drinkspel. "Ik heb nog nooit..." heet het. Dan zegt de een tegen de ander een zin zoals...' Hij dacht even na. '... zoiets als... "Ik heb de *Kamasutra* nog nooit gelezen".'

'Ik wel,' bekende Ranjana.

Leonard lachte opnieuw. 'En nu moet je drinken omdat de ander je betrapt heeft en de volgende vraag moet jij stellen.'

'Ik heb nog nooit zoveel gedronken,' zei Ranjana. 'In elk geval zoveel dat ik dat leuk gevonden zou hebben.'

Leonard glimlachte naar haar. 'Ik wel, ben ik bang,' zei hij. 'Maar vanavond ben ik dat niet van plan,' voegde hij eraan toe en hij leidde haar aandacht handig van Daniëlle en Lennox af.

Ranjana hoorde nog net dat Lennox tegen Daniëlle zei: 'Ik heb nog nooit een trio met een man en een vrouw gehad.' Ze keek geïrriteerd naar hen.

Daniëlles antwoord was niet te verstaan, maar ze liep met Lennox naar de bar en wenkte Marian, de graaf en William. Daarna pakten ze meerdere flessen champagne en verdwenen vervolgens.

'Wil je ook een glas champagne?' vroeg Leonard vriendelijk terwijl hij Ranjana naar een van de tafels begeleidde.

Lady Moreland en haar man rookten zelfgedraaide sigaretten die langer en dikker dan gewoonlijk waren en vreemd roken. Ranjana vond dat ze een beetje onder invloed leken. Ze was blij toen Leonard met Michael terugkwam. De twee mannen amuseerden de Morelands en haar door commentaar op het losbandige gedrag van de andere gasten te geven. Sommigen schoven lijntjes van een wit poeder op de tafel en snoven dat op.

'Cocaïne,' legde Michael uit. 'Het houdt je wakker en je kunt langer blijven feesten als je het neemt. Heroïne, een middel dat anderen nemen, veroorzaakt hallucinaties. En marihuana...' – hij wees naar de Morelands – '... is relatief onschadelijk. Het kleurt de wereld alleen roze. Sommigen vinden elkaar aantrekkelijker als ze voor het... liefdesspel een beetje daarvan roken.'

'En misschien vallen ze heerlijk in slaap voordat ze eraan toekomen om ervan te profiteren.' Leonard lachte. 'Ga mee, Michael, laten we nog een keer dansen. Je mag me perfect door een wals leiden als er geschikte muziek voor gespeeld wordt.'

Ranjana keek een beetje verward maar welwillend toe terwijl de twee mannen dansten. In India was het niet gebruikelijk om samen met een partner te dansen, maar nadat Ivy de nichtjes van meneer Jeevanjee en haar een paar dansen had geleerd, deed ze het graag. Het liefst met Naeku, die nog steeds niet terug was.

Op een bepaald moment realiseerde ze zich dat ze Lennox ook niet meer had gezien sinds hij met Daniëlle en de anderen was vertrokken. Had hij zich definitief teruggetrokken? Als Naeku hier was geweest, hadden ze samen van het feest kunnen vertrekken, maar als ze alleen naar haar vleugel terugging zou haar vriendin haar straks zoeken. Ranjana besloot het nog een tijdje vol te houden hoewel de gasten, die naarmate het later werd meer onder invloed raakten, haar een steeds ongemakkelijker gevoel gaven. Ze besloot Desna op te halen. Met het luipaard naast zich voelde ze zich altijd veiliger en Desna vond het bovendien niet prettig om in de kleine kooi te moeten verblijven.

Daniëlle en Marian, Lennox, William en de graaf hadden zich in het huis verzameld nadat ze aan Marians man Thomas waren ontsnapt en lachten nu om de streek die ze hem hadden geleverd.

'En nu?' vroeg Daniëlle. 'Neem je ons mee naar je slaapkamer voor een spelletje met ons vijven?' Ze keek met een wellustige blik naar de anderen. 'Lennox heeft me daarnet opgebiecht dat hij nog nooit een trio met een man en een vrouw heeft gehad. Misschien kunnen we hem daarmee helpen.'

Lennox voelde zich een beetje voor schut gezet. Voor Danielle leek groepsseks niets nieuws te zijn. Ze wierp haar vrienden zinnelijke blikken toe.

'Heb... heb je daar geen bezwaar tegen?' Lennox keek onzeker naar William. Hij was tenslotte de echtgenoot van zijn minnares.

William lachte en sloeg zijn arm om Marian heen. 'We zijn toch één grote, gelukkige familie?'

Marian omhelsde Lennox en Daniëlle duwde haar lichaam tegen zijn rug aan, zoals de andere mannen eerder met Marian hadden gedaan.

'Waar gaan we naartoe, Lennox?' vroeg de graaf. 'We hebben een bed nodig, voordat Daniëlle besluit om het op deze zebrahuid te doen.' Hij wees naar de vacht die in de hal lag.

'Ik heb het nog nooit op een zebrahuid gedaan.' Daniëlle giechelde. 'Maar dit beest is te klein voor ons vijven. We gaan naar je slaapkamer, Lennox. Of die van je Maharani. Ja, laten we dat doen! We maken er een Indiase orgie van. Ik vroeg me gisteren al af hoe haar kamers eruitzien.'

In de gang van de logeerkamers was ook de deur naar Ranjana's toevluchtsoord.

Marian was het enthousiast met haar eens en Lennox zag geen reden om de wens van de twee vrouwen niet in vervulling te laten gaan. Hij pakte snel nog een paar champagneglazen van een tafeltje in de hal en liep vervolgens voor zijn vrienden uit naar Ranjana's vleugel. Hij was daar al heel lang niet meer geweest en had niets met de Indiase stijl waarin die was ingericht. De twee vrouwen verbaasden zich over de kleurige stoffen, de kasten met houtsnijwerk, de zitkussens en godenbeelden, evenals het kleine heiligdom voor de godinnen Kali en Lakshmi. Daniëlle nam speels de dansende houding aan waarin Kali was afgebeeld. In de naastgelegen open ruimte – Ranjana's kleedkamer – stonden kledingkasten, een prachtig vormgegeven kaptafel en Desna's kooi. De vrouwen schrokken toen ze zagen dat het luipaard erin lag.

'Kan ze er niet uit ontsnappen?' vroeg Marian zenuwachtig. De houten kooi leek haar niet bepaald veilig.

Lennox schudde zijn hoofd. 'Ze is erin van India naar Afrika gereisd,' antwoordde hij. 'En ze slaapt meestal...'

Dat beweerde Ranjana tenminste altijd als hij haar vroeg of het veiliger zou zijn om het roofdier in een kooi met ijzeren tralies te houden. Hij had haar tot nu toe inderdaad altijd slapend op een deken in de kooi gezien, maar dat was nu niet zo.

Desna leek het niet leuk te vinden om opgesloten te zitten, of misschien was ze geïrriteerd door het onverwachte bezoek. Ze stak haar poten tussen de tralies door en blies. Lennox zei tegen haar dat ze stil moest zijn, maar dat hielp niet.

Daniëlle had geen aandacht meer voor het roofdier. 'Kijk eens wat een boel sari's!' riep ze. Ze had Ranjana's kledingkast zonder te aarzelen geopend en had naast haar westerse kleding een aantal Indiase gewaden ontdekt. Ze haalde er een uit en hield hem voor zich. 'Deze zou me heel goed staan,' beweerde ze, en ineens verscheen er een dronken glimlach op haar gezicht. 'Luister, ik heb het! We doen alsof we in India zijn.' Ze trok haar jurk uit en drapeerde de sari over haar ondergoed. 'Marian en ik zijn... tempelhoeren... en jullie moeten de goden eren door seks met ons te hebben.'

Marian vond het een fantastisch idee. Ze kleedde zich eveneens uit en de mannen werden net zo enthousiast toen Daniëlle op een Mata Hari-achtige manier begon te dansen. Marian probeerde zogenaamd in het Indiaas te zingen tot de graaf haar met een kus op haar mond tot zwijgen bracht, haar op Ranjana's bed gooide en probeerde de sari van haar lichaam te halen. Lennox sloeg zijn armen om Daniëlle heen en trok haar naar zich toe terwijl William achter haar rug kwam staan en haar eveneens omhelsde.

Ze merkten niet dat de deur naar het slaapgedeelte openging en Ranjana in de deuropening verbijsterd naar hen keek.

Daniëlle keek haar lachend aan. 'Kijk eens wie er mee wil doen!' riep ze.

37

Ebony luisterde naar het zachte gesnurk van Mwala. Het kindermeisje was al ruim een uur diep in slaap. Vroeger had ze heel licht geslapen, maar nu ze wist dat niemand in het dorp het op haar beschermelingen had gemunt, leek het alsof ze de slapeloze nachten inhaalde en bijna niet wakker te krijgen was. Ebony schoof naar haar zusje toe. Er was niet veel ruimte in de hut en de twee zusjes deelden een brede slaapmat. 'Word wakker, Hope. Als we naar Edgecumbe Farm willen, moeten we dat nu doen.'

Hope werd maar langzaam wakker. 'Ik weet niet of ik dat wil,' mompelde ze. Zoals altijd was ze de gehoorzaamste van de twee zusjes. 'Papa en mama hebben het verboden.'

Ebony schudde geïrriteerd haar hoofd. 'Toe nou, Hope,' fluisterde ze. 'We hebben het samen bedacht. We mogen natuurlijk niet betrapt worden, maar jij wilt toch ook weten wat een orgie is?' Hun ouders hadden de term meerdere keren lachend gebruikt als ze het over het feest hadden en ze wilden het met hun eigen ogen zien.

'Ik weet het al,' fluisterde Hope. 'Een feest met goddeloze mensen die zich overgeven aan aanstootgevende en losbandige genoegens. Dat zei zuster Teresa in elk geval toen ik het haar vroeg. En ze werd rood.'

'Dat wordt ze altijd als ze een vraag eigenlijk niet beantwoorden wil,' zei Ebony. Ze stond op, pakte haar jurk om die buiten aan te trekken en keek vragend naar haar zus. 'Vooruit! Je laat me toch niet alleen gaan?'

Dat zou Hope inderdaad nooit doen. Ze stond met tegenzin op, waarna ze op blote voeten langs hun slapende kindermeisje naar de woonkamer van de hut slopen en vervolgens naar buiten gingen. De volle maan baadde het dorp in een mysterieus licht. Op dit tijdstip was er niemand buiten. Het kon natuurlijk dat iemand uit zijn hut kwam om zijn behoefte te doen, maar hun hut lag aan de rand van het dorp. Ze waren met een paar stappen uit de nederzetting en liepen over het platgetrapte pad naar Edgecumbe Farm. Ze konden de muziek en het lawaai dat de gasten maakten in de verte al horen.

Ebony en Hope glipten via de voordeur het woonhuis in. Het was donker, behalve de lampen die altijd in de ontvangsthal brandden, dus niemand kon hen betrappen. Op het terras waren mensen. Een paar mannen dronken alcohol en kaartten. Er lag veel geld op tafel. Hope en Ebony hadden al mannen zien kaarten en kenden zelf ook een paar eenvoudige spellen, maar daarbij speelden ze hooguit om een paar centen. Voor deze mannen lagen stapels bankbiljetten en ze vertrokken hun gezicht terwijl ze dingen zeiden als 'ik pas' of 'ik ga mee'. De meisjes hadden zich een orgie eigenlijk spannender voorgesteld, hoewel ze zich konden voorstellen dat hun vrome lerares zelfs vanwege kansspelen zou blozen.

'We moeten langs ze sluipen,' zei Ebony. Ze hoopte dat er bij de tenten iets spannenders te zien was. 'Ga mee!' Ze pakte Hope's hand vast. Hope wierp nog even een blik uit het raam en keek in de ogen van een van de spelers, die net opkeek van zijn kaarten.

'Wat was dat?' schreeuwde de man. 'Was dat een... geest?'

De anderen lachten.

Hope was een paar seconden verlamd van angst en daarom zagen de andere mannen haar eveneens. Pas toen de mannen opstonden liep ze achter Ebony aan naar buiten. De meisjes renden weg, maar de kaartspelers gingen achter hen aan. Toen Hope struikelde voelde ze een sterke hand rond haar arm.

'Die kleine geest voelt heel reëel,' grijnsde de man die haar vasthield.

Ebony trok aan Hope's andere arm, maar ze kon niets uitrichten tegen de volwassen man.

'Laat los, Ebony. Rennen!' riep Hope naar haar zusje. Ze

was bereid om de straf voor hun nachtelijke uitstapje alleen te dragen.

Ebony aarzelde even, maar rende vervolgens weg voordat de mannen haar eveneens te pakken kregen.

Hope werd op het door lantaarns en windlichten verlichte terras getrokken.

'Wat hebben we hier?' vroeg een van de mannen verbaasd toen hij haar gezicht en kroeshaar zag. 'Een kind van inboorlingen met een blanke huid... Dat kan toch helemaal niet.' Hij hield haar zo vast dat iedereen haar kon zien.

Een andere man lachte. 'Jazeker, dat kan wel, Gordon. Heb je nog nooit van albino's gehoord? Die zijn wit en hebben rode ogen. Ik heb zo'n hond gehad, maar die heeft niet lang geleefd.'

'Dit kind heeft geen rode ogen,' klonk een andere stem.

'Het is ook geen hond,' zei de man die Hope vasthield. 'Bij mensen zijn de ogen blauw.' Hij hield een kaars bij Hope's gezicht zodat ze het allemaal konden zien. 'En we hebben het nog nooit gezien omdat albino's niet lang leven, Gordon.'

'Maar ze sterven niet vanzelf,' voegde de vierde pokerspeler eraan toe. 'Ze worden meestal aan medicijnmannen verkocht omdat de inboorlingen geloven dat albino's magische krachten hebben en dat je medicijnen van ze kunt maken. Ze hakken hun armen en benen eraf en verkopen die...'

Hope begon te huilen. 'Laat me alsjeblieft gaan,' smeekte ze. 'Of... of breng me naar mijn moeder.' De boosheid van haar ouders leek haar minder erg dan wat deze mannen eventueel met haar van plan waren.

'Niet zo snel,' zei de man die haar nog steeds stevig vasthield. 'Het lijkt erop dat je heel waardevol bent. Laten we haar meenemen, jongens. Of laten we om haar spelen. Degene die wint mag haar verkopen.'

Een andere man lachte. 'We kunnen haar ook verdelen. Als we haar hier meteen in stukken hakken, kan iedereen een deel krijgen.'

'Het is misschien interessant om haar uit te kleden,' zei een van de mannen, die met een vreemde blik naar haar keek. 'Je bent toch een meisje? Niemand van ons heeft tot nu toe een albino gehad.'

'Hou je kop, Paul, ze is nog een kind, je bent toch niet serieus van plan...' Een man met een vriendelijk gezicht leek haar te willen helpen. 'Waar woon je, meisje?'

'Ach, de meisjes hier worden vroeg uitgehuwelijkt. Misschien is ze niet eens meer een maagd.' De onaangename man maakte aanstalten om haar vast te pakken.

Hope probeerde hem te schoppen en naar hem te spugen, maar ze werd met een ijzeren greep vastgehouden. Ze overwoog om te vertellen wie ze was. De mannen wisten beslist niet dat ze Ivy's dochter was, maar ze kon geen woord uitbrengen van angst en huilde hartverscheurend.

Ineens zag ze Ebony. Een donkere schaduw sloop langs de rand van het terras. Haar zus was teruggekomen om haar te helpen. Stel dat de mannen haar ook te pakken kregen? Hope schreeuwde wanhopig om de mannen af te leiden en worstelde om los te komen uit de handen van de man, die haar bovenarmen vastgeklemd hield als een bankschroef.

Ze zag dat Ebony het terras op klom, een van de windlichten pakte waarin dikke kaarsen brandden en die naar de mannen gooide. Het projectiel vloog in de richting van Hope, die instinctief wegdook, een schreeuw hoorde en plotseling werd losgelaten.

'Rennen, Hope, rennen!'

Nog meer windlichten vlogen over het terras. Hope sprong van het terras en Ebony volgde haar voorbeeld. Ze renden naar het dorp zonder ook maar één keer achterom te kijken.

38

Naeku was degene die de brand ontdekte. Ze had Wawira geholpen met het maken van allerlei kleurige hapjes omdat een van de keukenmeisjes ziek was geworden en Wawira haar meteen na het diner naar huis had gestuurd. Daarna had ze Naeku gevraagd om haar te helpen, die haar aanwijzingen graag opvolgde. Ze ging ervan uit dat ze Ranjana vanaf de keuken bij de tenten in de gaten zou kunnen houden en zag dat haar vriendin inderdaad praatte en danste met gasten die het goed met haar voorhadden. Nu het personeel met grote dienbladen tussen de gasten door liep om hapjes aan te bieden dwaalde Naeku doelloos door het tentenkamp, waar verrassend veel gasten feestvierden, dronken en dansten. Ranjana moest zich ergens tussen hen bevinden. Naeku keek om zich heen. Was ze naar het woonhuis gegaan? Ineens zag ze een enorme lichtflits die veel helderder was dan de lantaarns en kaarsen die het terras verlichtten. Er klopte iets niet.

'Meneer Reggie, sir?' Naeku praatte zo beleefd mogelijk tegen Lennox' vertrouweling om niet meteen terechtgewezen te worden. 'Ik… ik denk dat er brand in het woonhuis is.'

Reggie Derringer lachte. Hij amuseerde zich duidelijk prima op het feest. De vrouwen van de Set waren veel uitbundiger dan de saaie vrouwen uit Kijabe aan wie zijn moeder hem wilde koppelen. 'Iemand heeft vast een kampvuur ontstoken,' zei hij terwijl hij een glas met een groene vloeistof, dat iemand hem net had gegeven, vasthield. Hij hield het Naeku gul voor. 'Wil je proeven, schatje? Dat maakt je misschien een beetje losser. Het is absint, een spel met vuur!' Reggie lachte om zijn eigen grap.

Naeku draaide zich om en keek of ze Sanele zag en toen ze hem had gelokaliseerd, waren er in het achterste deel van het huis al vlammen te zien. Sanele, wiens butleruniform ondanks het late uur nog steeds onberispelijk was, zette het dienblad met bladerdeegpasteitjes, die hij de gasten net wilde aanbieden, onmiddellijk neer. Naeku haalde opgelucht adem. Hij was er in elk geval klaar voor om te helpen. Ze hoorde de eerste gasten roepen en schreeuwen. Geen van hen was nuchter genoeg om het gevaar in te kunnen schatten en kalm te blijven. Ze wist niet wat er zou gebeuren als er paniek uitbrak.

Sanele haalde de naald van de grammofoonplaat. 'Dames en heren, er schijnt in het hoofdgebouw iets aan de hand te zijn,' zei hij luidkeels. 'We zullen het probleem onmiddellijk aanpakken, maar ik wil u verzoeken om miss Ivy naar de waterpoel te volgen.' Hij zocht zijn vrouw tussen de gasten en wierp haar een indringende blik toe.

Ivy had ontspannen maar waakzaam tussen de gasten heen en weer gelopen, klaar om in te grijpen als iemand zich opdringerig gedroeg tegenover het personeel of bewusteloos raakte door overmatig alcohol- of drugsgebruik. Nu keek ze naar het woonhuis en Sanele wist dat ze meteen besefte dat hij niet overdreven handelde. Ze riep de gasten snel op een luchtige toon bij elkaar. 'Ga allemaal met me mee! Verheug jullie op een nacht op de savanne. De drankjes kunnen jullie natuurlijk meenemen.'

Ze verzamelde de mannen en vrouwen gedecideerd. Het vuur was nu overal zichtbaar. Het was blijkbaar overgeslagen naar de houten dierenkooien in de voormalige tuin.

Sanele riep een van de bedienden en stuurde hem naar het Kikuyu-dorp. 'In principe moeten ze de vlammen daar ook kunnen zien, maar als ze zelf niet op het idee komen, moet je ze het bevel geven om allemaal hiernaartoe te komen om het vuur te blussen. We moeten vanaf de waterpoel een rij vormen en emmers met water aan elkaar doorgeven.'

Een aantal mannelijke en vrouwelijke personeelsleden verschenen al met emmers en schalen. Ivy en hij wisten dat ze er niet op hoefden te rekenen dat de gasten hen zouden helpen.

'En overtuig jezelf ervan dat de kinderen bij Mwala zijn, Kymani!' riep hij de boodschapper na.

Sanele controleerde eerst de tenten en rende pas naar het woonhuis toen de eerste tent door de vonken in brand vloog. Het afgelopen uur was de wind opgestoken en dat was in hun nadeel. Hij moest checken of er iemand in het huis was, hoewel was afgesproken dat het feest beperkt zou blijven tot het gebied rond de tenten. Hij wist in elk geval dat er op het terras bij het woonhuis werd gepokerd, maar dacht dat hij die mannen al had gezien in de groep die Ivy naar de waterpoel begeleidde. Misschien waren ze alweer bij de tenten geweest toen de brand uitbrak.

Naeku maakte zich ernstige zorgen over Ranjana en rende achter Sanele aan naar het huis. Reggie Derringer haalde hen in. Hij leek de ernst van de situatie nu ook in te zien en zocht de *bwana*. Hij keek met een ronduit vijandige blik naar Sanele en rende vervolgens naar het huis terwijl Sanele zich naar de stallen haastte. Als de bedienden van de gasten die hier sliepen het vuur nog niet hadden opgemerkt, moesten ze gewekt worden. Bovendien moesten de paarden vrijgelaten worden.

Naeku liep via de hoofdingang het huis in. De hal stond nog niet in brand, maar ze rook de brandlucht al. Ze liep haastig de trap op naar Ranjana's deel van het huis om te controleren of haar vriendin al in haar vleugel was. Verbaasd stelde ze vast dat de deur naar haar vleugel openstond. Misschien was Ranjana hier geweest en was ze al gevlucht. Misschien had haar vriendin de brand eerder dan de anderen ontdekt en was ze naar boven gerend om Desna te bevrijden.

Toen ze naar binnen ging schrok ze echter. Overal lagen champagneflessen en gebroken glazen. Ze wilde zich niet eens voorstellen wat hier was gebeurd. Ineens zag ze vlammen in de kleedkamer. Ze naderde een man die op de vloer lag. Lennox Edgecumbe lag in een plas bloed die zich rond zijn hoofd en borstkas had gevormd. Naeku wilde zich bukken om te controleren of hij dood was, maar op dat moment zag ze Ranjana, die met een deken om zich heen ineengedoken op het rommelige bed zat. Haar gezicht drukte grenzeloze ontzetting uit.

'Vandaag word ik toch nog een *sati*,' zei ze nauwelijks hoorbaar terwijl ze naar de vlammen keek, die nu de broekspijpen van haar echtgenoot bereikten.

'Dat laat ik niet toe!' riep Naeku.

Ze trok haar lijkbleke vriendin uit de kamer. Zou het haar lukken om Ranjana de trap af te dragen? Naeku riep om hulp en haalde opgelucht adem toen Sanele onderaan de trap verscheen. Hij rende naar hen toe en tilde Ranjana zwijgend op. Buiten kwamen ze Reggie weer tegen.

'Waar is de *bwana*?' snauwde hij tegen hen.

'Hij is dood,' antwoordde Naeku. 'Breng uzelf in veiligheid, meneer Reggie, het huis kan elk moment instorten.'

Reggie Derringer keek met een blik vol haat naar Sanele. 'Wat is er gebeurd, boy? Heb jij...'

Sanele negeerde hem volkomen. 'Naeku, ik denk dat de *memsahib* zichzelf niet is. Denk je dat we haar naar het dorp moeten brengen?'

'Naar de missiepost,' antwoordde Naeku zonder een moment te aarzelen. 'Ze heeft een dokter nodig.'

Sanele knikte en zette de verwarde, afwezige Ranjana op de achterbank van een van de safarivoertuigen.

Naeku sloeg een van de dekens die altijd achter in de voertuigen lagen om haar heen en legde Ranjana's hoofd op haar schoot. 'Het komt goed, liefste,' fluisterde ze in het Hindi. 'Alles komt goed.'

39

Voor de kerk van de missiepost heerste een ongewone drukte voor dit uur van de nacht. De paters en nonnen hadden de vlammen die uit Edgecumbe Farm sloegen na de middernachtmis gezien en hadden een hulpteam bijeengeroepen. De Masai uit het nabijgelegen dorp waren al op de hoogte gesteld en zouden eveneens komen.

Sanele remde, sprong uit de auto en informeerde het hoofd van de missiepost, pater Christopher, over de gebeurtenissen. 'Jullie moeten snel zijn! Het vuur is in het achterste deel van het huis of op het terras begonnen. De oorzaak is niet bekend. Voor zover wij weten is er niemand gewond geraakt, alleen meneer Edgecumbe is overleden. We weten niet onder welke omstandigheden dat gebeurd is.'

Naeku riep zuster Elisabeth, die net een grote EHBO-tas in een van de missie-auto's tilde. 'Zuster, kunt u me helpen met miss Ranjana? Ze ligt op de achterbank van de auto en is… Ik weet niet wat er gebeurd is… Ik heb haar zo in haar bed gevonden en ik denk dat ze… dat ze is…'

Zuster Elisabeth gaf de tas aan een jongere non. Ze keek naar Ranjana's bleke gezicht, zag de verwijde pupillen en liet haar door een van de paters naar de ziekenboeg brengen. Toen hij weg was en zuster Elisabeth de deken van haar af haalde, schrok ze van de stank die van Ranjana's naakte lichaam af kwam. Ze rook naar wijn, urine, zweet en sperma.

'Help me haar schoon te maken,' instrueerde ze Naeku, die het mishandelde lichaam van haar vriendin begon te wassen terwijl zuster Elisabeth Ranjana onderzocht en haar hartslag opnam. Ze kreeg een versterkend medicijn en zuster Elisabeth onderzocht haar onderbuik. 'Ze heeft een paar blauwe plekken op haar dijbenen en polsen, maar ze bloedt niet,' vertelde ze.

'We weten natuurlijk niet of ze interne verwondingen heeft, maar ik denk dat ze in elk geval niet ernstig gewond is.'

'Maar waarom zegt ze dan niets? Ze... ze is wakker, maar ze lijkt... helemaal niets te merken...' Naeku keek wanhopig naar haar vriendin.

'Ze heeft een shock en is catatonisch,' legde de non uit. 'We moeten de bloedcirculatie versterken en haar opwarmen. Het zou het beste zijn als ze een paar uur zou slapen. Laten we afwachten of ze uit zichzelf in slaap valt. Zo niet, dan moeten we haar laudanum geven.'

Naeku wreef met warm water over het lichaam van haar vriendin terwijl zuster Elisabeth ervoor zorgde dat er kruiken met warm water werden gevuld en hete thee met rum in Ranjana's mond werd geschonken.

'In dit geval is het een geneesmiddel,' merkte ze op. 'Hoewel het drinken van alcohol normaal gesproken natuurlijk altijd af te raden is.'

Naeku merkte dat Ranjana's blauwe lippen langzaam hun natuurlijke kleur terugkregen en haar handen en voeten warmer werden. Aan de starre blik in haar ogen veranderde echter niets en bovendien trilde ze nu en verkrampte haar lichaam met regelmatige tussenpozen.

Zuster Elisabeth gaf haar uiteindelijk toch een flinke dosis laudanum, waarna Ranjana ontspande. 'Weet je wie haar dit aangedaan heeft?' vroeg zuster Elisabeth met opeengeperste lippen.

Naeku keek naar haar vriendin, die nu kalm tussen de schone lakens sliep, en schudde haar hoofd. 'Ik heb haar zo gevonden... en... de *bwana*...'

'Bedoel je haar echtgenoot?' De non keek naar haar slapende patiënt en gebaarde dat Naeku met haar mee naar buiten moest lopen. 'Laten we in de gang verder praten. Je weet nooit hoeveel een patiënt in deze toestand hoort.'

Sanele stond voor de behandelkamer te wachten. Hij had het blijkbaar niet over zijn hart kunnen verkrijgen om naar

Edgecumbe Farm terug te rijden voordat hij wist hoe het met Ranjana was.

'Er zijn beslist genoeg mensen om te helpen met het doven van de vlammen,' zei hij.

Naeku vertelde Sanele en de non wat ze in Ranjana's vleugel had aangetroffen. 'De *bwana* lag in een plas bloed. Het was duidelijk dat hij dood was, maar ik heb niet gekeken hoe hij precies gedood is.'

'Bedoel je dat iemand hem vermoord heeft?' vroeg Sanele.

Naeku haalde haar schouders op. 'Ik weet alleen dat hij erbij lag als een dier dat leeggebloed was, maar ik kon niet zien waar het bloed vandaan kwam. De vlammen waren al te dichtbij en ik moest Ran... de *memsahib* redden.'

'Kan zij het gedaan hebben?' vroeg Sanele. Hij wees naar de behandelkamer waar Ranjana sliep.

Naeku en de non ontkenden dat tegelijkertijd.

'Ze had geen bloed aan haar handen,' zei Naeku. 'En er zat ook geen bloed op het laken waarop ze zat. Bovendien heb ik geen bloederige voetsporen naar het bed gezien...'

'En meneer Edgecumbe was een sterke man,' voegde de non eraan toe. 'Hij had zich gemakkelijk tegen haar kunnen verweren. Als die arme Barbara al tot zoiets in staat geweest zou zijn, dat lieve kleine ding...'

De missiezusters hadden Ranjana de afgelopen jaren leren waarderen en bleven haar doopnaam koppig gebruiken.

'Het is zeer waarschijnlijk dat de Edgecumbes de afgelopen uren niet de enigen waren in Ranjana's vleugel,' ging Naeku verder. 'Het beddengoed lag op een hoop, overal lagen kledingstukken, lege champagneflessen en gebroken glazen. En het was me eerder al opgevallen dat Daniëlle van der Velt en de graaf van Rennant zich niet tussen de gasten bevonden. Ik heb die twee in de gaten gehouden om de *memsahib* als dat nodig was van die twee te kunnen redden.'

'Moest jij Ranjana van bepaalde mensen redden?' vroeg de non verward.

Naeku vertelde over de spottende opmerkingen waaraan Ranjana tijdens alle bijeenkomsten van de Happy Valley Set was blootgesteld. 'Ze zou door deze mensen in haar kamer verrast kunnen zijn of misschien is ze gedwongen met ze mee te gaan. Lady Van der Velt heeft de neiging om grove grappen te maken.'

'Als de *memsahib* morgen wakker wordt, kan ze ons meer vertellen,' zei Sanele.

Zuster Elisabeth trok haar wenkbrauwen op. 'Als God dat wil,' zei ze. 'Het lijkt erop dat ze dingen heeft moeten zien en meemaken die haar tot in het diepst van haar ziel geschokt hebben. Soms verliezen mensen hun geheugen of zelfs hun verstand door zoiets.'

40

‘We moeten de politie waarschuwen,’ zei Sanele terwijl ze naar Edgecumbe Farm terugreden. Naeku zat naast hem. Zuster Elisabeth had haar verzekerd dat Ranjana zeker tot ’s middags zou slapen en op de boerderij was iedereen nodig om te helpen. ‘Zijn dood moet onderzocht worden.’

Naeku knikte. ‘En wat er met Ranjana gebeurd is,’ zei ze zachtjes, maar zonder veel hoop. Het was hoogst onwaarschijnlijk dat iemand van de Happy Valley Set zou worden aangeklaagd wegens misbruik.

De vlammen laaiden niet meer zo hoog op toen ze arriveerden, maar Edgecumbe Farm was in een ruïne veranderd. Er werd nog steeds geblust en iemand had de bluswerkzaamheden uitstekend georganiseerd. Er waren drie rijen met mensen gevormd die emmers water vanaf de waterpoel doorgaven, waarna ze op de smeulende resten werden gegooid. Omdat er bij de bouw van het huis voornamelijk hout was gebruikt, omdat het een houten terras en houten meubels had en het al wekenlang niet had geregend, had het droge hout aangewakkerd door de wind als een lont gebrand. De safaritenten waren eveneens verwoest door het vuur, net als de dierenverblijven.

Er waren geen gewonden onder de gasten, behalve een man die op weg naar de waterpoel was gestruikeld en door Ivy was verzorgd. Ze vroegen zich af wat ze met de uitgeputte, nog steeds dronken gasten die op de grond lagen te slapen moesten doen. Sommigen wilden waarschijnlijk vertrekken zodra ze enigszins bij bewustzijn waren. Hun bagage was verbrand, maar de auto’s stonden op een redelijke afstand van het huis en waren niet beschadigd. De chauffeurs hadden natuurlijk niet gedronken en stonden klaar om hun werkgevers naar huis te brengen.

Ivy was er echter niet zeker van of de gasten het terrein mochten verlaten zolang de oorzaak van de brand niet was opgehelderd, vooral omdat er een dode te betreuren was. Reggie Derringer, die uiteindelijk ook naar de waterpoel was gekomen, had gestameld dat de *bwana* dood was en had Sanele daarmee in verband gebracht. Ivy wist niet in hoeverre ze zijn dronken beweringen en beschuldigingen serieus moest nemen, maar ze maakte zich zorgen over haar man, met wie ze niet meer had gepraat voordat hij naar de missiepost was gereden. Nu hoorde ze van Sanele wat er met Ranjana was gebeurd.

'Denk je dat het iets met de brand te maken heeft?' vroeg ze. De zon kwam net op en ze konden een inventarisatie van de schade maken. Het huis was een zwartgeblakerde ruïne.

'Ik denk het niet,' antwoordde Sanele. 'Naeku heeft de eerste vlammen op het terras achter de woning gezien. Als het vuur in de vleugel van Ranjana was ontstaan, zou het dak meteen vlam gevat hebben.'

'Wat moeten we nu doen?' vroeg Ivy terwijl ze naar de puinhopen van haar levenswerk keek.

'Een ontbijt verzorgen,' zei Sanele. 'Ik ga Wawira zoeken. Ze moet iets in het dorp regelen. De gasten hebben koffie nodig om weer bij zinnen te komen. Ik ben ervan overtuigd dat de nonnen de school ter beschikking zullen stellen om de gasten die niet meteen kunnen vertrekken tijdelijk onderdak te bieden. Misschien kunnen ze ook met de verzorging helpen. Zuster Teresa is tenslotte heel slim. En iemand moet de politie op de hoogte stellen. Het zou ook goed zijn om een paar tenten te regelen voor degenen die helpen met de opruimwerkzaamheden...'

'Bedoel je dat we gewoon doorgaan?' vroeg Ivy.

Sanele sloeg zijn arm om haar heen. 'Wat anders?' antwoordde hij. 'We gaan het stap voor stap aanpakken. We moeten maar zien hoe het verloopt nu Lennox dood is. Ranjana is zijn erfgename.'

Ivy werd zich nu pas bewust van het feit dat door het overlijden van Lennox haar grootste zorg, om opnieuw van Edgecumbe Farm te worden verdreven, was verdwenen. Ranjana zou haar beslist niet wegsturen. Ze voelde zich schuldig omdat er door die gedachten een last van haar schouders viel. Er was geen huis en geen resort meer, maar de dieren en het respect van de Kikuyu voor Mama wa Wanyama bestonden nog steeds. Hope was veilig in het dorp.

'We moeten kijken hoe het met de kinderen is,' mompelde Ivy terwijl ze tegen Sanele aan ging staan. 'En iemand moet de paarden vangen, voordat ze ten prooi vallen aan de leeuwen.'

Sanele glimlachte. 'Dat is een taak voor de Moeder van de dieren. Ik verzamel de gasten en breng ze naar het dorp.'

De brakke gasten, die verzorgd werden door hun geschokte bedienden die Sanele 's nachts inderdaad slapend had aangetroffen, waren chagrijnig, geïrriteerd of bang. Ze verlangden allemaal naar koffie. Nu bestookten ze Sanele met vragen en volgden ze hem met tegenzin naar het dorp van de Kikuyu, die goede gastheren bleken te zijn. Wawira en andere personeelsleden hadden ook zonder Saneles aanwijzingen begrepen dat er iets georganiseerd moest worden voor de verwende leden van de Happy Valley Set. De kokkin had iemand naar de missiepost gestuurd om de koffie- en theevoorraad van de nonnen en paters te plunderen en de nonnen, die normaal gesproken lesgaven in het dorp, hadden een bijdrage geleverd door brood en andere ingrediënten voor een westers ontbijt te doneren. Ze hielpen bij de voorbereidingen van de maaltijd en luisterden bereidwillig naar de opgewonden mannen en vrouwen, die allemaal hun verhaal kwijt wilden.

Ivy had de paarden al snel gevonden en stond nu voor het probleem dat ze geen touwen meer hadden om ze vast te binden. Gelukkig vond ze een paar stukken touw in de safarivoertuigen, waar altijd van alles in lag voor een noodsituatie, zoals een ongeluk of pech in de bush. Terwijl ze het laatste paard aan een boom vastbond en zich afvroeg hoe ze de dieren het best naar het dorp konden brengen, reed een politiewagen het erf op. Twee agenten stapten uit en keken naar de rokende ruïne waarin Edgecumbe Farm was veranderd.

'Zo, dat is snel,' begroette Ivy de twee agenten. 'Mijn man was net van plan om jullie op de hoogte te stellen van de brand. Goed dat jullie hier zijn. Hoe eerder jullie klaar zijn met het onderzoek, des te eerder kunnen de gasten van het feest van gisteren naar huis.'

'U lijkt haast te hebben,' zei een van de agenten. 'Mag ik vragen wie u bent?'

'Dit is mevrouw Ivory Edgecumbe,' zei de oudste van de twee agenten, 'de voormalige eigenares van het jachtresort. Aangenaam, mevrouw Edgecumbe, mijn naam is sergeant Young en dit is agent Wilbur. We zijn hier om een eerste onderzoek naar de moord op Lennox Edgecumbe in te stellen...'

'Bent u de weduwe?' vroeg agent Wilbur verbaasd.

'Stel niet zulke stomme vragen,' berispte sergeant Young zijn ondergeschikte. 'Mevrouw Ivory Edgecumbe is, voor zover ik van meneer Derringer begrepen heb, geen slachtoffer maar een profiteur van de dood van meneer Edgecumbe.'

'Wat?' zei Ivy geïrriteerd. 'Op welke manier zou ik voordeel van de dood van Lennox Edgecumbe kunnen hebben? Of mijn man, tegen wie meneer Derringer gisteren de meest absurde beschuldigingen heeft geuit. Ik moet daaraan toevoegen dat hij stomdronken was.'

'We zijn hier vanwege die beschuldigingen,' zei sergeant Young. 'Meneer Derringer vermoedt dat Sanele Zoeloe, de Afrikaan met wie u getrouwd bent nadat u dacht dat uw man Adrian dood was, meneer Lennox Edgecumbe vermoord heeft en vervolgens brand gesticht heeft om dat te verbergen.'

Ivy greep naar haar voorhoofd. 'Dit is belachelijk,' zei ze. 'Mijn man Sanele Zoeloe is tijdens het feest de hele tijd bij de tenten geweest omdat hij de gasten daar bediende. En wat Lennox Edgecumbe betreft... U hebt niet eens een lijk, alleen de getuigenis van een bediende die Lennox in een plas bloed heeft zien liggen. In de privévleugel van zijn vrouw.'

Sergeant Young gebaarde met zijn kin naar de afgebrande ruine. 'Als hij nog niet dood was, dan is hij dat nu wel,' merkte hij volkomen terecht op. 'Luister, we zullen goedschiks of kwaadschiks met alle betrokkenen moeten praten. Dus met meneer Derringer en uw –'

'Meneer Zoeloe is nog steeds mijn echtgenoot en was de bedrijfsleider toen ik het resort nog runde,' zei Ivy. 'Hij had eveneens de leiding over de organisatie van het feest van gisteren.'

'Ik ben de bedrijfsleider!' Reggie Derringer was met een van de safarivoertuigen het erf op gereden en had Ivy's laatste woorden blijkbaar gehoord. 'Sanele Zoeloe is niet meer dan een hulpkracht en dat bevalt hem niet, nadat hij eerst met eer werd overladen door een vrouw die blind was van verliefdheid. Daarom koesterde hij wrok tegen de *bwana*. Gisteren ben ik getuige geweest van een ruzie die bijna in gewelddadigheden eindigde.'

'Gewelddadigheden tegen mij,' verdedigde Ivy haar man. 'Lennox ergerde zich aan me en Sanele zag dat ik bedreigd werd...'

'Kunnen we dit op een rustiger plek dan een plaats delict bespreken?' vroeg sergeant Young. 'Waar is de beschuldigde trouwens?'

'Hij is gisteren gevlucht,' beweerde Reggie. 'Hij was urenlang onvindbaar...'

'Hij was in de missiepost,' vertelde Ivy. 'Dat kunnen alle nonnen en paters bevestigen. Hij heeft de enige getuige, mevrouw Ranjana Edgecumbe, daarnaartoe gebracht. Ze is helaas nog niet bij bewustzijn.'

'Is ze gewond?' vroeg agent Wilbur.

Ivy keek met een kille blik naar hem. 'Ze is... verkracht,' zei ze vervolgens. 'De gebeurtenissen hier zijn absoluut niet zo duidelijk als meneer Derringer u wil laten geloven. Meneer Zoeloe is op dit moment in het Kikuyu-dorp om voor de gasten te zorgen.'

'Die moeten we in het kader van het onderzoek natuurlijk ook ondervragen,' vertelde sergeant Young. 'En het verhoren van eventuele getuigen zal gemakkelijker zijn zolang de gasten van het feest hier nog zijn. Als we afgaan op de gastenlijst – als die tenminste niet verbrand is – en we daarvoor bij de mensen thuis langsgaan, zijn sommigen van hen misschien niet bereid om met ons te praten.'

Ivy begreep het. Het verschijnen van de politie in de herenhuizen of op de plantages van de Happy Valley Set zou met net zo weinig enthousiasme worden ontvangen als pijnlijke vragen over het verloop van de uitbundige feesten. Al deze mensen waren rijk, velen van hen hadden invloed bij de gouverneur en een van hen was waarschijnlijk een moordenaar. 'Misschien moeten we een tijdelijk kantoor voor u regelen. Dat kan het best in de school in het dorp. De nonnen en paters zijn zo vriendelijk geweest om die ter beschikking te stellen voor het verzorgen van de gasten. We hebben ervoor gezorgd dat niemand voorlopig vertrekt.'

Sergeant Young wees naar de ruïne. 'De forensisch patholoog-anatoom houdt zich met het lijk bezig. Hij komt hiernaartoe zodra we de woning in kunnen om de doodsoorzaak vast te stellen. Verander hier niets en begin nog niet met de opruimwerkzaamheden.'

Ivy knikte bereidwillig. Wat zou ze hier op moeten ruimen?

Ze nam de agenten mee naar het dorp. De gasten dronken koffie of thee en vertelden elkaar over de gebeurtenissen van de afgelopen nacht, wie waar was geweest en wat ze hadden meegemaakt.

'Onze Lennox weet hoe hij vuurwerk moet afsteken,' probeerde een van de gasten grappig te zijn. Sommige gasten leken nog helemaal niet te weten dat hun gastheer dood was.

Ivy gaf een paar jongens uit het dorp de opdracht om de paarden op te halen en stelde de agenten voor aan Sanele, Wawira en de andere personeelsleden, die de gasten bedienden.

Sanele begroette de agenten beleefd en praatte met de nonnen, waarna ze meteen een kleine opslagruimte voor schoolmaterialen als kantoor voor hen inrichtten. Terwijl ze een tafel en stoelen naar binnen brachten, legde Reggie Derringer nog een keer op zijn pretentieuze manier uit hoe hij de vorige dag had gezien dat Sanele de laatste was geweest die in de richting van de gastenkamers in het huis was gelopen.

'Was de brand toen al uitgebroken?' vroeg sergeant Young.

Reggie knikte.

'Dan kan de brand dus niet aangestoken zijn om de moord te verhullen,' concludeerde de agent.

'Ik ben helemaal niet in de kamers geweest,' verdedigde Sanele zich. 'Ik kwam Naeku, de dienares van de *memsahib*, op de trap tegen. Ze droeg de volkomen apathische echtgenote van Edgecumbe naar beneden en vertelde dat het vuur al naar hun vleugel was overgeslagen. Ik kon niet meer op een veilige manier naar binnen en ik heb de dode meneer Edgecumbe helemaal niet gezien.'

Inmiddels was de geïmproviseerde verhoorkamer klaar en de agenten lieten de ene na de andere gast binnen om ze te ondervragen. Ze lieten zowel het personeel als de gasten over het verloop van de avond vertellen. De meesten hadden niet veel te melden. Alleen Naeku's verklaring lichtte een tipje van de sluier met betrekking tot de gebeurtenissen op. Ze beschreef levendig hoe ze de vleugel van de *memsahib* had aangetroffen en vertelde ook bijzonder duidelijk over de toestand waarin Ranjana zich had bevonden. Vervolgens noemde ze de namen van degenen die naast Lennox Edgecumbe aan de orgie hadden meegedaan, waarna Daniëlle van der Velt, haar echtgenoot, de graaf van Rennant en Marian Hargraves tegelijkertijd werden verhoord. Ze gaven alle vier openlijk toe dat ze de uren voor de brand met de Edgecumbes in Ranjana's privévleugel hadden doorgebracht.

'We deden spelletjes,' antwoordde Daniëlle op de vraag wat ze daar deden. 'Nogal… uitdagende spelletjes… als u begrijpt wat ik bedoel, agent.'

Agent Wilbur, die nog vrij jong was, werd vuurrood. Hij begreep het blijkbaar niet.

'En iedereen deed daar vrijwillig aan mee?' vroeg sergeant Young. 'Voelde niemand zich buitengesloten, beledigd of bedrogen?'

'We zijn allemaal niet preuts,' antwoordde Marian. 'We hadden gewoon plezier.'

'Plezier? Volgens de bediende van mevrouw Edgecumbe was ze erg van streek,' merkte sergeant Young op.

De graaf haalde zijn schouders op. 'Ze heeft de moord op haar man blijkbaar gezien. Wij waren toen al weg. Toen we hoorden dat het huis in brand stond zijn we meteen weggerend. We dachten dat Lennox en zijn Indiase vrouwtje achter ons aan zouden komen. Daarna heeft Ivy ons meegenomen naar de waterpoel. Ik nam aan dat Lennox zich bezighield met het organiseren van de bluswerkzaamheden. Toen we hen achterlieten was hij in elk geval nog springlevend en was die betoverende *memsahib*... heel tevreden...'

Ze lachten allemaal, afgezien van de agenten.

Sergeant Young sloot zijn notitieboekje. 'Mag ik jullie handen zien?' vroeg hij. Hij besefte dat ze allemaal de gelegenheid hadden gehad om zich te wassen, maar als een van hen iets met de moord te maken had, dan zaten er misschien nog bloedsporen onder de nagels. Toen hij niets vond, slaakte hij een zucht van verlichting. De vervolging van deze vier invloedrijke kolonisten zou niet eenvoudig zijn geweest. Ranjana Edgecumbe kon natuurlijk aangifte van verkrachting doen, maar daar hadden vrouwen zelden succes mee. En omdat alle getuigen unaniem verklaarden dat niemand ergens toe was gedwongen, waren de kansen voor de Indiase vrouw zo goed als nul. Er zou waarschijnlijk niet eens een aanklacht worden ingediend.

Bij het idee van een aanklacht dacht sergeant Young weer aan Sanele Zoeloe en hij vroeg de vier getuigen of de butler volgens hen de hele tijd bij de tenten was geweest.

Daniëlle van der Velt fronste haar voorhoofd. 'Sergeant, u verwacht toch niet van ons dat we de namen van al die Afrikaanse boys onthouden? Er waren minstens drie of vier bedienden die drankjes en hapjes serveerden, maar ik heb niet goed naar ze gekeken.'

In principe kwam dit overeen met de verklaringen van de andere gasten. Afrikaanse bedienden keek je niet aan, laat staan dat je ze bij hun naam noemde. Alleen de chauffeurs en dienstmeisjes herinnerden zich Sanele en verklaarden dat hij hen had gewekt en hen op die manier van de vlammen had gered.

'Hij was dus in het huis,' merkte sergeant Young tegen zijn collega op. 'Of in elk geval in de bijgebouwen. Er zijn waarschijnlijk niet veel andere verdachten.'

Natuurlijk bevestigden de andere bedienden van Edgecumbe Farm eveneens dat Sanele Zoeloe zijn werkplek bij de tenten pas had verlaten nadat de brand was uitgebroken, maar zij waren ook Afrikanen die uiteraard zouden liegen om een van hun eigen mensen te beschermen. De enige blanke die beweerde dat ze de Afrikaan de hele avond bij de tenten had gezien was de voormalige eigenaresse van het jachtresort en zij was beslist vooringenomen.

'Is dat alles?' vroeg Ivy toen alle gasten aan het eind van de middag hun verklaring hadden afgelegd en de agenten afscheid wilden nemen.

'Nog niet,' antwoordde sergeant Young stijf. 'We moeten nu de resultaten van de forensisch patholoog afwachten. De verdenkingen tegen uw... voormalige bedrijfsleider... zijn nog niet weggenomen. Ik denk dat we meneer Zoeloe nog een keer moeten ondervragen. Voor vandaag zijn we echter klaar en ik zou u nog een fijne dag willen wensen...' Hij keek in het dorp rond en vervolgens naar de rook die nog steeds van de geblakerde ruïne opsteeg. '... maar ik ben bang dat dat cynisch zou klinken. We nemen contact met u op als we weten hoe we verdergaan.'

Ivy maakte zich zorgen, maar besloot de komende gebeurtenissen af te wachten. Misschien had Naeku het mis en was Lennox toch om het leven gekomen door een ongeluk dat verband hield met het vuur. Hij kon geraakt zijn door het instortende dak of een losgeraakte balk. Naeku had ongetwijfeld alleen op Ranjana gelet. Ze loog beslist niet, maar had de situatie misschien verkeerd geïnterpreteerd. Bovendien zouden ze Ranjana's verklaring nog krijgen. Zij was wellicht de enige die wist wat er was gebeurd.

De meeste gasten lieten hun auto's voorrijden, voor alle anderen regelde Sanele dat ze naar Kijabe werden gebracht. Ze konden daar in een hotel overnachten en de volgende dag met de trein naar huis gaan. Zowel Ivy als Sanele haalde opgelucht adem toen ze eindelijk tijd kregen om zich met andere dingen bezig te houden. De bezorgdheid om Ranjana kwam natuurlijk op de eerste plaats. Ivy dacht ook aan Desna. Het luipaard week normaal gesproken niet van Ranjana's zijde, maar nu had ze het dier sinds de vorige dag niet meer gezien.

'Waar is Desna eigenlijk?' vroeg ze aan Naeku toen die naar de missiepost wilde gaan om te kijken hoe het met Ranjana was. 'Is ze niet omgekomen in de brand? Had Ranjana haar niet in de kooi opgesloten?'

'Door alle commotie ben ik Desna helemaal vergeten,' zei Naeku geschrokken. 'Ze zat niet in haar kooi toen ik de kleedkamer in kwam, dat weet ik zeker. Het vuur was net overgeslagen naar de kamer, dus kon ze op dat moment nog niet dood zijn. Dan hadden we haar horen brullen. Ranjana heeft haar blijkbaar vrijgelaten voordat... haar dat overkomen is...'

'Desna is vermoedelijk in paniek weggelopen,' zei Ivy. 'Net als de zwerfkatten, maar die zijn nu terug.'

'Misschien bevalt het haar goed om vrij te zijn,' overwoog Naeku. 'Eigenlijk hoort ze in de wildernis thuis. Het is alleen vreemd dat...'

'... dat Ranjana haar zomaar heeft laten gaan?' maakte Ivy Naeku's zin af. 'Je hebt gelijk, dat zou ze nooit doen. En een roofdier vrijlaten in een kamer vol dronken idioten zou...

Misschien was Desna al eerder weg. Kan ze in haar buitenverblijf geweest zijn? Dat is bij de stal aangebouwd en dan is ze waarschijnlijk omgekomen bij de brand.'

'Sanele heeft de stal en de directe omgeving gecontroleerd,' zei Naeku. 'Hij vermoedde dat er stellen naartoe waren gegaan om alleen te zijn, maar dan zou hij Desna bevrijd hebben.'

'Ik hoop het,' verzuchtte Ivy. 'Het zou Ranjana's hart breken als het luipaard de brand niet overleefd heeft.'

41

Ranjana was ook op de tweede ochtend na de brand nog niet aanspreekbaar. Ze was wakker, maar lag opgerold als een foetus in het ziekenhuisbed in de missiepost en staarde apathisch naar de muur. Ze reageerde net zomin op de energieke woorden van zuster Elisabeth als op de smekende vraag van Naeku om haar eindelijk aan te kijken. Tegen de middag sprak de non haar krachtig toe, draaide haar om en beval haar om te gaan zitten en iets te drinken en te eten. Ranjana liet zich rechtop trekken en slikte door wat Naeku haar voerde, maar daarna trok ze zich meteen weer terug. Het was onmogelijk om haar door de politie te laten verhoren.

Inmiddels was de patholoog-anatoom op Edgecumbe Farm verschenen, een oudere, gedrongen arts die samen met twee assistenten en enkele gerekruteerde Kikuyu-mannen op zoek ging naar de stoffelijke resten van Lennox. Reggie Derringer was er ook bij. Hij verlaagde zich niet tot meezoeken, maar gaf alleen aan waar Ranjana's kleedkamer ongeveer was geweest. De trap was verkoold, maar was zo stabiel dat hij niet was ingestort tijdens de brand. De helpers waren een halve dag bezig om verkoolde balken, as en houtresten op te ruimen voordat ze het lichaam van Lennox eindelijk vonden. Hij was ernstig verbrand, maar dokter Hollander meende toch een inschatting van de doodsoorzaak te kunnen geven nadat hij het lijk grondig had onderzocht. Zijn assistenten stopten het stoffelijk overschot in een lijkzak en brachten het naar Kijabe.

De bewoners van Edgecumbe Farm hoorden een paar dagen niets over het onderzoek. Ze begonnen met opruimen, schepten puin weg, haalden bruikbaar hout uit de ruïne en zochten naar waardevolle spullen die de brand hadden overleefd. Ze vonden niet veel. Ranjana bezat bijna geen sieraden, maar de Kikuyu vonden wel kostbaarheden in de kamers van de gasten die in het woonhuis hadden gelogeerd en tussen de as van de volledig verbrande tenten. Ivy liet hen de buit houden in plaats van de eigenaren van de gesmolten sieraden op te sporen en ze terug te geven. Ze hadden het goud en zilver ongetwijfeld minder hard nodig dan de Afrikanen die, nu Edgecumbe Farm was afgebrand, werkloos waren.

Bijna een maand na de brand zag het terrein er al iets netter uit, maar Ranjana's herstel vorderde niet. De arts uit Kijabe had het over catatonie, maar had geen idee hoe dat genezen moest worden. Naeku vertrouwde op liefdevolle toewijding en de nonnen baden voor haar. Ze betrokken de jonge vrouw in al hun gebeden en zongen kerkliederen voor haar kamer, nadat Naeku een grammofoon en een plaat met sitarmuziek had geregeld en die elke dag voor Ranjana afspeelde. Als muziek kon genezen, zeiden de nonnen, dan zou dat eerder door lofzangen komen dan door de verfijnde psychedelische klanken van de sitar. Naeku negeerde hun adviezen en zat urenlang naast haar, fluisterde lieve woordjes en kalmerende zinnen in Ranjana's moedertaal in haar oor en vertelde verhalen uit hun gezamenlijke leven. Natuurlijk vertelde ze ook over Desna, die nog steeds niet was teruggekeerd. Sanele en Ivy waren er echter van overtuigd dat het luipaard niet tijdens de brand was omgekomen. De enige verbrande dierenkadavers die waren gevonden, waren de trofeeën van Adrian Edgecumbe waarmee het huis gedecoreerd was geweest.

Na verloop van tijd verschenen er opnieuw agenten in het Kikuyu-dorp. Ze reden in een bestelwagen die werd gebruikt om gevangenen te transporteren. Het was vroeg in de ochtend en de opruimwerkzaamheden bij het huis waren nog niet begonnen. De Kikuyu waren aan hun dagelijkse taken begonnen. Sanele en Ivy ontbeten met hun kinderen en met Mwala. Ze aten platbrood en een linzengerecht, precies zoals voor de andere hutten werd bereid. Na het ontbijt zouden de missiezusters beginnen met lesgeven. Ivy en Sanele dronken een kop koffie. Het wortelsap of het bier dat de Kikuyu brouwden vonden ze niet lekker om 's ochtends te drinken.

Ze keken geschrokken op toen de agenten na het uitstappen meteen naar hun hut liepen. Sergeant Young was er dit keer niet bij, maar agent Wilbur wel. De tweede agent stelde zich niet voor en ging tegenover Sanele staan. 'Sanele, achternaam Zoeloe, hetgeen verwijst naar de stam waartoe je behoort?'

Sanele knikte. Hij voelde onheil.

'Het spijt me, maar ik moet je vragen om mee te komen. Enkele ernstige vragen over de dood van Lennox Edgecumbe zijn nog onbeantwoord en de inspecteur wil op het politiebureau met je praten.'

Sanele waardeerde het dat de man beleefd bleef, afgezien van het feit dat hij hem tutoyeerde. Afrikanen werden nooit formeel aangesproken door de witten, tenslotte volgde er na de aanspreekvorm meestal een bevel, wat zelden met 'alsjeblieft' werd geassocieerd.

'Ben ik gearresteerd?' vroeg hij.

'Nog niet,' antwoordde agent Wilbur. 'Maar het is heel goed mogelijk dat het Openbaar Ministerie besluit om een aanklacht tegen je in te dienen. Het is verstandig om wat spullen mee te nemen.'

'Willen jullie hem daar houden?' vroeg Ivy geschokt. 'In de gevangenis? Terwijl hij niets gedaan heeft?'

'Dat noemen we voorlopige hechtenis, mevrouw,' zei de agent. 'Die kan gehandhaafd worden tot de rechtszaak als er voldoende redenen voor verdenking zijn. Vooral bij een misdrijf dat zo ernstig is als moord.'

'Ik heb niemand vermoord,' bezwoer Sanele. 'Dat was helemaal niet mogelijk. Ik ben maar heel even alleen geweest en toen was de brand al uitgebroken. Verder zijn er getuigen –'

'Die allemaal verhoord zullen worden,' kalmeerde agent Wilbur hem. 'Als je niets hebt gedaan, dan heb je ook niets te vrezen.'

Ivy was als in trance terwijl ze Sanele hielp om wat kleding in te pakken. Hij stond erop om zijn zondagse pak mee te nemen om tijdens het verhoor of in het ergste geval de rechtszaak netjes gekleed te zijn. Pas toen het busje met Sanele was vertrokken, kwam ze tot bezinning.

'Hij heeft een advocaat nodig,' zei ze tegen de geschrokken meisjes en de verbaasde Mwala. Inmiddels waren er verschillende dorpsbewoners om hen heen komen staan om informatie te krijgen. 'Sorry, ik leg het jullie later uit, maar eerst moet ik naar de missiepost.'

De paters hadden een telefoon en ze hoopte dat ze die mocht gebruiken om Abraham Lorimer te bellen. Wilden ze dat niet, dan zou ze naar Kijabe moeten rijden om een openbare telefoon te gebruiken.

'Blijf hier, mama!' riep Hope. Ebony en zij klampten zich geschrokken aan Ivy vast. 'Jij mag niet ook weggaan.'

Ivy legde uit dat ze alleen naar de missiepost ging en Ebony zeurde dat ze met haar mee wilde. Ivy schudde haar hoofd echter resoluut. 'Nee, het spijt me, kinderen, maar ik kan jullie daar niet gebruiken. Jullie gaan naar school en als ik na de lessen nog niet terug ben, zorgen Mwala en Mama Achera voor jullie.'

Als ze meerdere dagen weg zou zijn, was het absoluut verstandig om Hope nogmaals expliciet onder de bescherming van de oude medicijnvrouw te plaatsen.

Uiteindelijk liet ze haar dochters met pijn in haar hart achter, ging achter het stuur van een van de safarivoertuigen zitten en reed naar de missiepost. Naeku bracht Ranjana net naar een ligstoel in de schaduw van de enorme parapludoornboom die het plein voor de kerk domineerde. Ivy putte daar hoop uit, die echter meteen weer verdween toen ze de lege blik in Ranjana's ogen zag.

'Zijn jullie een wandeling aan het maken?' vroeg ze toch opgewekt. 'Wat heerlijk dat je een beetje frisse lucht binnenkrijgt, Ranjana. Gaat het beter met haar, Naeku?'

Naeku liep naar haar toe en keek haar verdrietig aan. 'Sinds een paar dagen kleed ik haar elke dag aan zodat ze tenminste een paar uur uit bed is,' zei ze zachtjes. 'Zuster Elisabeth is van mening dat ze weer aan het leven in de missiepost moet meedoen, misschien dat haar verstarring dan langzamerhand verdwijnt. Ze doet het allemaal wel, maar volkomen emotieloos.'

'Weet je zeker dat ze er iets van merkt?' vroeg Ivy meelevend.

Ze wist niet met wie ze meer medelijden had: met de geschokte Ranjana, de wanhopige Naeku of Sanele, die nu onschuldig in voorlopige hechtenis zat omdat Ranjana niet voor hem kon getuigen.

'Zuster Elisabeth denkt dat ze alles als door een dunne muur waarneemt,' zei Naeku. 'Ik denk dat ze het wel voelt en hoort als iemand haar aanraakt en vriendelijk tegen haar praat. Ze kan alleen geen antwoord geven. Haar ziel is op de een of andere manier... opgesloten. Ik heb aan een sjamanistische ceremonie gedacht. Soms helpt dat. In ons dorp roepen we de tovenaar er altijd bij als iemand zich vreemd gedraagt, maar dat wijzen de nonnen af.'

Ivy knikte, waarna ze Naeku over de recente gebeurtenissen vertelde.

'Ik snap het niet, ik heb hem toch vrijgepleit,' zei Naeku verontwaardigd. 'Ik heb de agenten twee keer verteld hoe het gegaan is en dat ik Sanele pas ben tegengekomen toen ik Ranjana de trap af droeg. Wat had hij daar kunnen doen? Een van de leden van de Set moet Lennox vermoord hebben en is net zo verantwoordelijk voor wat er met Ranjana gebeurd is. Misschien wilde Lennox haar helpen.'

Dat kon Ivy zich niet voorstellen, maar het was haar duidelijk dat zowel de officier van justitie als de gouverneur veel liever zou hebben dat Sanele de moordenaar was dan bijvoorbeeld William of Daniëlle van der Velt.

'Ik moet nu in elk geval een advocaat voor hem regelen,' zei ze. 'Als de paters me tenminste laten bellen. Wens me succes, Naeku!'

In het kantoor van pater Christopher was een jonge non bezig met administratief werk. Ze vroeg vriendelijk hoe het op Edgecumbe Farm ging en wees meteen naar de telefoon aan de muur toen Ivy vroeg of ze mocht bellen. 'Bel gerust, miss Ivy, dat vindt de pater beslist niet erg. We bidden elke dag voor die arme Barbara en vanaf nu ook voor meneer Zoeloe. Wees gerust. God wil niet dat er onrecht plaatsvindt.'

Ivy zou willen dat ze ook zo'n kinderlijk geloof had, maar ze was al blij dat ze zonder al te veel problemen werd doorverbonden met het advocatenkantoor van Abraham Lorimer junior.

'Met Abe Lorimer. Wat kan ik voor u betekenen?'

Er viel een last van Ivy's schouders toen de advocaat meteen opnam. Ze beschreef de situatie zo snel en gedetailleerd mogelijk aan hem.

Abe floot tussen zijn tanden. 'Ik kan alleen maar zeggen dat een blanke met zo weinig bewijs nooit gearresteerd zou zijn... Maar goed, we moeten het ermee doen. Het is belangrijk dat je echtgenoot niets meer zegt voordat ik hem gesproken heb. Bij alle andere verhoren ben ik aanwezig, maar ik kan vandaag helaas niet naar Kijabe komen. Je man zal echter ongetwijfeld binnen de kortste tijd naar Nairobi gebracht worden. In Kijabe ontbreekt de mogelijkheid om mensen lang vast te houden. De rechtszaak zal sowieso hier plaatsvinden. Ik bel nu eerst naar Kijabe om te horen hoe de situatie is en misschien kan ik even via de telefoon met hem praten. Bovendien vraag ik om inzage in het dossier. Ik bel je zodra ik meer weet.' Toen Ivy na zijn woordenstroom even zweeg, ging hij verder. 'Is er nog iets?' vroeg hij.

Ivy vermande zich. 'Ik wacht op een geruststellende opmerking, zoals dat ik me geen zorgen hoef te maken,' probeerde ze er een grapje van te maken.

Abe zuchtte. 'Die komt niet, Ivy. Alle zorgen die je hebt zijn terecht.'

Tegen de avond stuurde pater Christopher een Masai-jongen met het bericht dat Abe Lorimer had gebeld.

'Meneer Zoeloe wordt naar Nairobi overgebracht,' vertelde het jongetje. 'En u moet daar ook naartoe komen zodat hij met u kan praten.'

'Meneer Zoeloe?' vroeg Ivy hoopvol. 'Mag ik bij hem op bezoek?'

'Dat weet ik niet,' zei de jongen. 'Ik denk bij de... de... de...'

'De advocaat?' probeerde Ivy.

De jongen knikte. 'Krijg ik nu een paar koekjes?'

Over het algemeen werden kinderen die een bericht van de missiepost kwamen brengen beloond met wat koekjes uit Wawira's keuken, maar dit keer moest Ivy de kleine boodschapper teleurstellen. Wawira kookte op dit moment boven een open vuur en koekjes werden in een oven gebakken.

'Ik neem uit Nairobi koekjes voor je mee,' beloofde Ivy en ze herhaalde die belofte vlak daarna tegenover haar dochters. Hope en Ebony wilden absoluut niet dat hun moeder zonder hen naar de grote stad ging, zelfs niet als er een kans was dat ze hun vader daar kon zien.

'Straks ben jij ook weg...' huilde Hope.

Ebony probeerde haar te troosten door avontuurlijke plannen voor te stellen over de manier waarop ze hun vader uit de gevangenis konden bevrijden.

'Ik beloof dat ik terugkom,' zei Ivy. 'En vanavond mogen jullie allebei bij mij in bed slapen. Dan houden we elkaar vast en troosten we elkaar. Maar nu moet ik even bij Mama Achera op bezoek. Ik ben zo terug. Mwala geeft jullie avondeten, oké?'

Mama Achera zat voor haar hut en Mumbi zat naast haar. Het meisje was na school altijd bij haar in de buurt. Ivy vermoedde dat de wijze vrouw het levendige meisje als haar opvolgster beschouwde en dat het nu alles moest leren wat ze in haar lange leven aan kennis had vergaard.

'Heb je gehoord wat er met mijn man gebeurd is?' vroeg Ivy.

Ze was er zeker van dat Mama Achera ervan op de hoogte was, maar wist niet hoe ze het gesprek anders moest beginnen.

De oude vrouw knikte. 'Ja. Hij roept je. Hij heeft de kracht van Mama wa Wanyama nodig.'

Ivy glimlachte neerslachtig. 'Ik betwijfel of ik hem kan helpen, maar ik wil je om jouw kracht vragen. Hou een oogje op mijn kinderen. Ik moet weten dat Hope hier veilig is als ik een paar dagen weg ben.'

Mama Achera lachte. 'Waarom heb je mij daarvoor nodig? Jullie blanken zijn vreemd. Je hebt zoveel macht, meer dan al jullie wapens van de wereld en alle schepen en machines kunnen geven, maar je gelooft er zelf niet in. Mama wa Wanyama, we hebben allemaal gezien waartoe je in staat bent.'

'Ik?' vroeg Ivy. Ze had zich nog nooit zo hulpeloos gevoeld als in de afgelopen uren. 'Wat heb ik dan gedaan?'

De oude vrouw keek onderzoekend naar haar. 'Misschien heb je het niet bewust gedaan en hebben de geesten het voor jou tot stand gebracht. Denk na, Moeder van de dieren. Er was een man die jou en de aarde en de dieren onrecht aangedaan heeft, en nu is hij dood.'

'Daar heb ik helemaal niets mee te maken gehad,' protesteerde Ivy.

Tegelijkertijd besefte ze echter waar Mama Achera naartoe wilde. Wie zou het wagen om Hope iets aan te doen nu Hope's moeder met pure magie wraak op de blanke *bwana* had genomen?'

'De geest van het kind is veilig,' bevestigde de oude vrouw. 'Mijn stam zou haar geest niet alleen niets aandoen, maar zou haar zelfs verdedigen als er iemand anders zou komen. Zolang jij ons ook blijft beschermen.'

Ivy maakte een buiging. 'Ik zal het proberen,' zei ze.

42

Ivy reed de volgende dag naar Kijabe en nam de trein naar Nairobi zonder met iemand te praten. Ze boekte een kamer in een eenvoudig hotel waarna ze naar Abe Lorimers kantoor ging terwijl ze zich afvroeg hoe ze alle kosten moest betalen die door deze arrestatie op haar afkwamen.

Abe Lorimer ontving haar meteen en zoals altijd enthousiast en vriendelijk. De advocaat was nog steeds slungelachtig en zijn kostuum zat niet heel goed. Hij had een baard laten staan, waarschijnlijk om er ouder en gedistingeerder uit te zien. Gedurende de jaren dat hij als advocaat werkte was hij beslist een aantal illusies kwijtgeraakt, maar hij leek nog steeds vastbesloten om voor gerechtigheid te vechten.

'Goed,' zei hij na de korte begroeting. 'Ik heb een kopie van het dossier met de verklaringen van alle gasten, het personeel en meneer Derringer. Daarnaast bevat het dossier het verslag van de patholoog-anatoom. Wil je het horen?'

Ivy knikte bedrukt en Abe begon voor te lezen.

'Met het oog op de omstandigheid dat het lijk ernstig was verbrand, kan de moord alleen bij benadering worden gereconstrueerd. Het moordwapen lijkt een bijzonder scherp mes te zijn geweest. Het heeft sporen op een rib en de wervelkolom achtergelaten. Het slachtoffer is in de keel en de borstkas gestoken. Dit is een nogal ongebruikelijke aanpak, meestal steekt een dader meerdere keren in de borstkas of snijdt hij, vaak van achteren, de keel door. Mogelijk heeft er een gevecht plaatsgevonden en is de keel per ongeluk geraakt. De kracht van de aanval wijst in de richting van een mannelijke dader. Een vrouw zou buitengewoon veel lichamelijke kracht moeten hebben om op deze manier te steken. De echtgenote kan dus uitgesloten worden als dader.'

'En hoe belast dit Sanele?' vroeg Ivy.

De advocaat legde het autopsieverslag in het dossier terug. 'Eigenlijk helemaal niet,' antwoordde hij. 'Toch is op basis van de bevindingen, de getuigenverklaring van meneer Derringer en de gegronde veronderstelling dat mevrouw Edgecumbe, de enige getuige van de moord, misbruikt is, een scenario bedacht dat ze nu door meneer Zoeloe willen laten bevestigen. Je man zal dat echter nooit toegeven, het verhaal is volkomen belachelijk.'

'Hoe luidt het verhaal dan?' vroeg Ivy met een verstikte stem.

'De hypothese luidt dat meneer Zoeloe na het uitbreken van de brand, die hij mogelijk zelf in het achterste deel van het huis aangestoken heeft, de kamers inderdaad wilde controleren op overgebleven gasten en daarbij specifiek op zoek was naar een vrouw omdat hij behoefte aan seks had. In de vleugel van mevrouw Edgecumbe trof hij de jonge vrouw aan, die niet samen met haar speelkameraadjes gevlucht is maar misschien nog spullen bij elkaar zocht die ze wilde redden. Hij viel haar aan en werd betrapt door meneer Edgecumbe, die ging kijken waar zijn vrouw bleef. Er ontstond een gevecht waarbij meneer Zoeloe meneer Edgecumbe doodstak. Meneer Zoeloe vluchtte, kwam op weg naar de tenten het dienstmeisje Naeku tegen en deed alsof hij haar wilde helpen toen ze haar meesteres in de deplorabele toestand aantrof waarin ze zich waarschijnlijk nog steeds bevindt.' Hij wreef over zijn voorhoofd.

'Dat gelooft toch niemand?' zei Ivy geërgerd, maar ze boog haar hoofd toen Abe veelzeggend naar haar keek. Hij herinnerde zich waarschijnlijk ook het net zo ongeloofwaardige verhaal waarmee Adrians broer en neef de boerderij destijds in bezit hadden gekregen. 'Naeku en Sanele zijn samen van het feest vertrokken,' ging Ivy desondanks verder. 'En daarvoor was Sanele de hele avond bij de tenten om leiding aan de bedienden te geven. Dat kunnen alle bedienden en keukenhulpen bevestigen.'

Abe zuchtte. 'Maar niemand van de gasten,' zei hij. 'Ze letten er niet op wie hun champagne serveert en het kan ze ook niet schelen wie er verantwoordelijk wordt gehouden voor de brand en de moord. Ze willen alleen maar al te graag dat het onderzoek snel achter de rug is. Meneer en mevrouw Van der Velt, de Hargraves en de graaf van Rennant zijn al drie keer ondervraagd over de zaak. Ze dringen erop aan met rust te worden gelaten. Meneer Zoeloe is natuurlijk de ideale zondebok en we hebben geluk dat de vier hem nog niet expliciet beschuldigd hebben. Er is echter sprake van een ruzie op de middag voor het feest, waarover meneer Derringer heeft verteld. En het is geen geheim dat Sanele en jij wrok tegenover meneer Edgecumbe koesterden. Als de zaak voor de rechtbank komt, zal ik natuurlijk alles proberen, maar mijn enige troef is tot nu toe het ontbrekende moordwapen. De patholoog-anatoom en zijn mensen hebben het huis zorgvuldig doorzocht, maar hebben geen mes gevonden.'

'Er waren messen in de keuken,' zei Ivy.

Abe knikte. 'Dat klopt, maar waarom zou meneer Zoeloe zich daarmee bewapenen voordat hij de kamers controleert? En als hij dat toch had gedaan omdat hij de daad had gepland, waar zou hij het mes dan verstopt hebben toen hij Naeku op de trap tegenkwam? Er zijn nauwelijks aanwijzingen. Zoals ik al zei: tegen een blanke zou onder deze omstandigheden nooit een klacht ingediend worden. Was er maar een blanke die voor Sanele kan getuigen...'

'Ik ben blank,' zei Ivy.

Abe schudde zijn hoofd. 'Jij wordt als bevooroordeeld beschouwd en je relatie met Sanele zal worden aangehaald als nog een bewijs dat hij mevrouw Edgecumbe verkracht heeft. Hij heeft tenslotte duidelijk een voorkeur voor vrouwen met een lichte huid.'

'Mevrouw Edgecumbe is een Indiase. Haar huidskleur is veel donkerder dan die van mij.'

Abe haalde zijn schouders op. 'Dan beweren ze gewoon dat hij zich aangetrokken voelde tot vrouwen met een hoge sociale status. Jij was tenslotte zijn leidinggevende toen je een relatie met hem begon.'

Ivy keek hem wanhopig aan. 'Zo was het niet. Sanele en ik houden van elkaar, we zijn zielsverwanten. De kleur van onze huid speelde net zomin een rol als mijn sociale status.'

Abe streelde haar hand kalmerend. 'Dat weet ik, Ivy,' verzekerde hij haar. 'Ik geef alleen maar aan hoe de tegenpartij zal redeneren. Het spijt me, maar ik kan alleen een vrijspraak garanderen als Ranjana Edgecumbe verklaart dat Sanele er niets mee te maken heeft. Is ze nog steeds niet aanspreekbaar?'

Ivy schudde haar hoofd. 'Nee. De dokters denken erover haar naar een ziekenhuis in Nairobi over te brengen. Een van de dokters daar denkt dat een dergelijke gemoedstoestand kan worden genezen door de patiënt kamfer in de aderen te spuiten. Dat zou krampen veroorzaken en die zouden de verstarring kunnen opheffen. Zuster Elisabeth beschouwt dat echter als een marteling. Ze vindt dat we moeten afwachten en op God moeten vertrouwen.'

De advocaat zuchtte. 'Voor Sanele zit er ook niet veel anders op,' merkte hij ongelukkig op.

Gelukkig mocht Ivy haar man de volgende dag bezoeken in het huis van bewaring. Ze wist niet hoe Abe dat voor elkaar had gekregen omdat ze officieel niet meer als Saneles vrouw werd beschouwd, maar ze was de advocaat bijzonder dankbaar. Saneles aanblik vervulde haar echter met wanhoop. Hij leek afgevallen en toen ze tegenover elkaar zaten besefte ze dat zijn lip gescheurd was en een van zijn ogen gezwollen was.

'Wat is er gebeurd?' vroeg ze geschokt.

Sanele wuifde het weg. 'Een stel overijverige politieagenten in Kijabe wilden me helpen met mijn bereidheid om te praten. Ik moest een belachelijk verhaal bevestigen, met andere woorden: toegeven dat ik Lennox had vermoord en Ranjana had... verkracht. Gelukkig kwam er op dat moment een telefoontje uit Nairobi. Ik ben je bijzonder dankbaar dat je Abe Lorimer meteen ingeschakeld hebt. Sinds ik een advocaat heb, ben ik niet meer mishandeld. Bij de komende ondervragingen is Abe Lorimer aanwezig. De gevangenis is echter niet bepaald een veilige plek. Iedereen is geïrriteerd. Er wordt over alles gevochten en ik… ben het mikpunt…'

Ivy wilde dolgraag haar armen om hem heen slaan. Natuurlijk viel deze gevoelige, beleefde man op tussen de ruwe mannen die de gevangenis bevolkten. Ze vroeg er niet naar, maar ging ervan uit dat de mannen in de gevangenis voor inboorlingen op een bijzonder beperkte ruimte op elkaar geperst zaten. Het eten was volgens Sanele vreselijk, maar hij had onder de huidige omstandigheden sowieso geen eetlust.

'Ik doe wat ik kan,' beloofde ze hem. 'Ik… ik weet niet eens hoe ik Abe moet betalen.' Tot nu toe had ze zich kunnen inhouden, maar nu kwamen de tranen toch.

'Ik denk dat we het in termijnen kunnen betalen,' zei Sanele. 'Op dit moment is dat de minste van mijn zorgen. Hoe gaat het met Ranjana?'

De vraag hoe het met Ranjana ging, bepaalde de weken erna Ivy's leven. Ze ging elke dag naar de missiepost, soms met haar dochters, soms zonder hen, en overlegde met Naeku en zuster Elisabeth. Naeku deed nog steeds alles om Ranjana terug te laten keren naar het gewone leven. Ze ging met haar wandelen, zorgde voor een tobbe waarin ze een heet bad voor haar kon maken, vertelde haar verhalen en zong voor haar. Als de nonnen hen alleen lieten probeerde ze zelfs om Ranjana op te winden zoals ze vroeger had gedaan, om haar te troosten of te plezieren. Ze voelde zich daardoor verschrikkelijk, alsof ze haar vriendin dwong om seks met haar te hebben, maar Ranjana toonde nog steeds nauwelijks een reactie. Als er al een verbetering was, dan merkte Naeku dat alleen in heel kleine gebaren, aan het feit dat Ranjana haar armen om haar nek sloeg als ze haar uit bed hielp en soms haar hoofd tegen haar schouder legde. Soms knipperde ze met haar ogen als ze tegen haar praatte, maar zuster Elisabeth vertelde dat het niet meer dan reflexen waren.

'Ik ben bang dat Naeku zich iets inbeeldt,' zei ze tegen Ivy tijdens een van haar bezoeken. 'Ze doet alles voor haar meesteres! Zoveel toewijding, zoveel liefde, ik zou willen dat de Heer haar zou belonen door Ranjana weer wakker te laten worden. Ik bid elke dag voor haar, maar daar hebben wij niets over te zeggen.'

Naeku was echter niet van plan het op te geven. Als Ranjana sliep, dwaalde ze urenlang door de bush op zoek naar Desna.

'Het luipaard betekent zoveel voor haar,' vertelde ze. 'Ze wordt beslist wakker als ze haar hoort miauwen en haar vacht voelt. Als ik haar maar kon vinden! Er zal haar toch niets overkomen zijn?'

Ivy wist niet goed wat ze hierop moest antwoorden. Naeku was bij haar stam opgegroeid, ze kende de wetten van de bush en wist dat leeuwen en luipaarden aartsvijanden van elkaar waren. Het was niet onmogelijk dat Desna, die niet gewend was aan het leven in de wildernis, aan een leeuw ten prooi zou vallen. Ook olifanten waren weerbaar als ze werden aangevallen en zelfs een grote antilope kon zich verzetten tegen een roofdier dat nooit had leren jagen. Daar kwam Desna's hoge leeftijd nog bij; ze was bijna negentien. Het roofdier was weliswaar altijd gezond en levendig geweest, maar misschien kon ze de vermoeienissen van haar plotselinge vrijheid niet aan?

Zuster Teresa, die zoveel van dieren hield, probeerde het probleem op haar eigen manier op te lossen en gaf Naeku een mand met een nest kittens. 'Kijk, ik heb ze gered. Ze zijn van een van onze missiekatten, maar de paters vinden dat we niet meer dan één muizenvanger nodig hebben en wilden ze verdrinken. Jullie mogen ze hebben. Ze spinnen zo lief.'

Naeku legde uit dat luipaarden niet spinden. Toch pakte ze de kittens aan en bracht ze ze naar Ranjana toe. Ze dacht opnieuw kleine reacties bij haar vriendin te zien. Ze legde haar hand op het kopje van een van de kittens en draaide zich naar een van de beestjes om toen het miauwde. Toch vervloog de hoop steeds meer dat Ranjana zou herstellen voordat de rechtszaak tegen Sanele begon.

Abe Lorimer keek telkens als Ivy in Nairobi bij hem langsging bezorgder.

'Hoe zit het met het vrijgeven van de erfenis,' vroeg ze aan de advocaat. 'Er staat veel geld op de rekening van Lennox Edgecumbe en ik moet de mensen die helpen met opruimen langzamerhand gaan betalen, los van het feit dat de rekening van Sanele en mij leeg is.'

Abe zuchtte. 'Zelfs als het geld zonder de persoonlijke verschijning of in elk geval de handtekening van mevrouw Edgecumbe wordt vrijgegeven, mag jij er niet over beschikken. Ik wil graag geloven dat je een bijzonder goede relatie met Ranjana Edgecumbe hebt en dat ze je beslist graag zou willen helpen, maar zolang ze in zo'n betreurenswaardige toestand is... Ik zou dit trouwens niet aan de grote klok hangen als ik jou was. Als de familie van Lennox daar lucht van krijgt, zouden ze op het idee kunnen komen om Ranjana onder curatele te stellen en dan zouden ze zowel de grond als het geld krijgen. Dit is één grote ramp, ik weet met de beste wil van de wereld niet wat ik nog kan aanvoeren en kan doen om je te helpen. De datum van de rechtszaak is vastgesteld op 16 mei. We weten dus in elk geval waar we aan toe zijn.'

'Dan is het daarna in elk geval afgelopen,' zei Sanele moedeloos toen Ivy na het gesprek bij hem op bezoek ging.

Hij zag er verschrikkelijk uit; uitgemergeld en verouderd. De wonden waren genezen, maar hij had rimpels in zijn gezicht die misschien nooit meer zouden verdwijnen.

'Wat bedoel je daarmee, Sanele?' Ivy keek ongerust en bang naar hem.

'Je moet wakker worden, Ivy. Als ze me veroordelen, dan krijg ik de doodstraf.' Sanele sprak datgene uit waar Ivy de afgelopen weken niet aan had willen denken. 'Bij moord of doodslag is die verplicht. En tot nu toe is niemand van plan de aanklacht te verzachten. Als de rechtbank het verhaal gelooft, word ik opgehangen. Ivy, het spijt me verschrikkelijk, maar je moet vertrouwd raken met de gedachte dat het zo kan eindigen.'

Ivy begon wanhopig te huilen. 'Dat mag niet, ze mogen je niet ter dood veroordelen. Wat gebeurt er met de meisjes als ik jou kwijtraak? De Kikuyu beschermen Hope omdat ze denken dat ik magische krachten heb, maar als die tekortschieten...'

Sanele dwong zichzelf te glimlachen. 'Misschien falen ze niet. Voor mij heb je altijd magische krachten gehad. Geef het niet op! Kun je een amulet voor me zegenen?'

Ivy glimlachte door haar tranen heen. 'Moet ik je de behendigheid van een slang geven zodat je jezelf uit de strop kunt bevrijden?'

'Bijvoorbeeld,' antwoordde Sanele. 'Nu glimlach je tenminste en dat is een begin. Ik wil je tot de laatste minuut zien glimlachen, Ivy. Wil je dat voor me doen?'

Ivy beloofde het, maar wist niet of ze zich aan die belofte kon houden.

43

Ivy huilde nog steeds toen ze na het bezoek aan Sanele haar spullen inpakte om de avondtrein naar Kijabe te nemen. Ze probeerde haar bezoeken aan Nairobi zo kort mogelijk te houden om geld op de overnachtingen te besparen. Ook dit keer had ze voor maar één nacht een kamer in het eenvoudige kleine hotel waar ze altijd sliep genomen. Ze had af en toe overwogen om haar zus te vragen of ze bij haar kon slapen, maar dat had ze tot nu toe niet over haar hart kunnen verkrijgen.

Ze schrok toen er op de deur werd geklopt. Inmiddels verwachtte ze geen goed nieuws meer. Elke klop op de deur, elke vraag voelde bedreigend voor haar.

In de gang stond een piccolo.'Mevrouw Edgecumbe? Ik heb een telefoontje voor u van meneer Abraham Lorimer. Wilt u naar beneden komen om het gesprek aan te nemen?'

Ivy knikte verbaasd. Ze had Abe nog maar een paar uur geleden gesproken. Ze liep achter de piccolo aan naar de lobby van het kleine hotel, waar een telefoon aan de muur hing.

'Wat is er, Abe? Zijn er nieuwe rampen?' vroeg ze verdrietig.

Aan de andere kant van de lijn lachte iemand met een duidelijk zwaardere en oudere stem dan die van Abe. 'Ivy, met Abraham Lorimer senior. Herinner je je me nog? Ik ben je voormalige, bijzonder tevreden safarigast en heb onderzoek gedaan naar de dood van Adrian Edgecumbe. Mijn zoon vertelde me dat je nog in de stad bent.'

'Nog maar een uur,' antwoordde Ivy.'Ik neem de avondtrein naar Kijabe.'

'Verzet die reis,' zei de voormalige rechercheur van Scotland Yard.'Ik moet dringend met je praten en ben over een halfuur in je hotel. Komt dat uit?'

'Ik…' Ivy was volkomen overrompeld.

'Ik heb goed nieuws, Ivy,' vertelde Lorimer vrolijk. 'Dat wil ik je persoonlijk vertellen. Wacht alsjeblieft op me. Laten we in de foyer afspreken.'

Ivy had eigenlijk geen zin in het gesprek en ze had de meisjes beloofd om de volgende ochtend weer bij hen te zijn. Toch kon ze het verzoek van Abe's vader niet weigeren en ze was natuurlijk ook nieuwsgierig. Ze ging aan de kleine bar van het hotel zitten, bestelde een kop koffie en wachtte op de voormalige detective van Scotland Yard.

Meneer Lorimer was op tijd en begroette haar hartelijk. 'Als je al vertrokken was, dan was ik naar je boerderij gekomen,' begon hij te vertellen. 'Ik heb nieuws, Ivy... mevrouw Zoeloe!'

Ivy zuchtte. 'Officieel ben ik nog steeds mevrouw Edgecumbe,' zei ze.

'Maar niet lang meer.' Lorimer straalde over zijn hele gezicht, dat haar altijd aan een vriendelijke – en vanavond bijzonder vrolijke – boxer deed denken. Tegelijkertijd hield hij haar een metalen plaatje voor dat aan een al tamelijk verweerd koord hing.

'Wat is dat?' vroeg Ivy.

Lorimer liet het plaatje voor haar bungelen. 'Dit, mevrouw Zoeloe, is het identificatieplaatje van je overleden echtgenoot, korporaal Adrian Edgecumbe. Bovendien heb ik de verklaring van de man die het van zijn lichaam gehaald heeft. Hij is onder ede verhoord. De zaak is waterdicht.'

'Maar... maar waarom is het niet eerder opgedoken? Waar heb je dit vandaan?' Ivy zette haar koffiekopje met een trillende hand neer. Ze kon het nauwelijks geloven.

Lorimer lachte. 'De kwestie heeft me nooit losgelaten,' zei hij. 'Het was zo'n intens gemene intrige tegen je en de rechtbank had daar nooit in mee mogen gaan. Ik ben er altijd over blijven piekeren en op een bepaald moment bedacht mijn vrouw dat het gebied waar meneer Edgecumbe gesneuveld is, na zijn dood nog urenlang in Duitse handen geweest is.'

'Eerder in handen van de Askari,' corrigeerde Ivy hem. 'Volgens majoor Wiltshire werd zijn eenheid in een hinderlaag gelokt om de aandacht van het werkelijke strijdtoneel af te leiden. Koloniale hulptroepen hadden zich in de bush verschanst en konden pas later, met behulp van zware wapens, door de Britten of de Portugezen of wie daar ook vochten, verdreven of vernietigd worden.'

'Precies,' zei Lorimer. 'En wij weten dat de Askari de neiging hadden om de lichamen van de gesneuvelde soldaten te plunderen. De Duitsers stonden dat toe. Dus moesten we de mannen vinden die zich in de bewuste hinderlaag hadden verschanst, wat in eerste instantie een onmogelijke taak leek. Mijn vrouw is van oorsprong Duitse, ze spreekt de taal heel goed, en ze heeft verschillende boeken over hooggeplaatste leden van de Duitse koloniale troepen gelezen. Weet je dat de Duitsers in Oost-Afrika als onoverwinnelijk werden beschouwd en in het thuisland als helden onthaald werden?'

Ivy schudde haar hoofd.

'Dat is een legende of anekdote uit de oorlog,' ging Lorimer verder. 'Lettow-Vorbeck, de commandant van het koloniale leger in Duits Oost-Afrika, bevond zich in Noord-Rhodesië toen de wapenstilstand in Compiègne werd getekend. Hij liet zonder verdere gevechten de wapens neerleggen en had dus geen rechtstreekse nederlaag geleden. Toen de troepen na een korte internering in Berlijn terugkwamen, werden ze binnengehaald alsof ze onoverwinnelijk waren en daarover is een boek geschreven.'

Lorimer klonk opgewekt. 'Mijn vrouw ontdekte wie de slag om Moshi had geleid en nam contact op met de man, die in Berlijn woont. Gelukkig was hij een man die hart voor zijn Askari had. Hij wist tot welke stammen de mannen behoorden die in een hinderlaag hadden gelegen, en daarna zijn we verder gaan zoeken. Het was moeilijk en heeft jaren geduurd, maar onze zoektocht had uiteindelijk succes. Een van de mannen van de Hehe-stam verzamelde de identificatieplaatjes van de vijanden die hij had gedood of van wie hij de lichamen had gevonden. Die dingen zijn niet waardevol, maar voor hem waren het trofeeën. Toen we dat eenmaal wisten, hoefde ik alleen Adrians dienstnummer nog te achterhalen en daarna zijn Anne en ik naar Tanzania gereden om persoonlijk bij de man langs te gaan. En voilà!'

Het duizelde Ivy. 'Betekent dit... betekent dit dat het eerdere vonnis wordt herroepen? Wordt er een nieuwe overlijdensakte opgesteld? Wordt het huwelijk van Sanele en mij opnieuw erkend? En de boerderij...'

'Edgecumbe Farm wordt weer van jou,' bevestigde Lorimer. 'Wat er met het geld moet gebeuren dat Lennox Edgecumbe in de loop der jaren voor jou heeft verdiend, moet nog uitgezocht worden. Misschien moet je een proces tegen de familie aanspannen.'

'Het gaat me niet om het geld,' zei Ivy. 'Het is veel belangrijker dat daarmee Saneles motief voor de moord op Lennox vervalt.' Ivy had het gevoel dat er een zware last van haar schouders was gevallen.

Lorimer fronste zijn voorhoofd. 'Tja, dat zou kunnen als hij op het moment van de brand al op de hoogte was van de veranderde situatie. Dat wist hij echter niet, en daar kunnen we ook niet over liegen omdat de Askari zijn beëdigde verklaring pas twee weken geleden afgelegd heeft. Het spijt me, maar dat gaat je echtgenoot niet helpen. Als de officier van justitie slim is, gebruikt hij de nieuwe informatie zelfs tegen Sanele omdat zijn wrok tegen Lennox Edgecumbe daardoor nog begrijpelijker zou zijn. Hij voelde dat hij in zijn recht stond en is op een gegeven moment geëxplodeerd.'

Ivy kon en wilde het niet geloven. Ze besloot nog een nacht in het hotel te blijven, gaf haar treinkaartje naar Kijabe terug en maakte een nieuwe afspraak met Abe. De advocaat had zojuist over het onderzoek van zijn vader gehoord en feliciteerde haar toen ze de volgende ochtend naar zijn kantoor kwam.

'Hoe gaat het nu verder?' vroeg ze.

Abe dacht even na. 'Ik ga het nieuwe bewijs bij de betreffende autoriteiten indienen en om een nieuwe hoorzitting of rechtszaak vragen zodat het eerdere vonnis ingetrokken wordt. Daarna wordt overgegaan tot vervolging van Ailbert Edgecumbe en iedereen die een valse getuigenis afgelegd heeft dat ze je man na zijn overlijden nog gezien hebben. Meineed, misleiding van de rechtbank, misschien zelfs fraude. Ik vermoed echter dat Ailbert Edgecumbe zich daar niet veel van aantrekt. Hij zit in zijn landhuis in Schotland en is echt niet van plan om zich aan de Afrikaanse autoriteiten over te geven. Misschien worden de Britse autoriteiten om hulp gevraagd, maar ik geloof niet dat een vermogende landeigenaar aangeklaagd of uitgeleverd wordt. Is Lennox' familie trouwens al over zijn dood geïnformeerd?'

'Dat weet ik niet,' antwoordde Ivy. 'Ik heb ze in elk geval niet meegedeeld wat er gebeurd is en Ranjana is daar nog niet toe in staat. Misschien heeft Reggie Derringer het gedaan, maar ik heb daar niets over gehoord.'

'Dan laten we dat voorlopig rusten,' raadde Abe haar aan. 'Mijn vader heeft je al verteld dat het onduidelijk is wat er gaat gebeuren met het geld dat Lennox verdiend heeft.'

'Met het geld waarvoor hij onze dieren verkocht heeft,' corrigeerde Ivy hem boos.

'Zo kun je het ook zeggen,' zei Abe. 'Als Lennox nog zou leven, dan zou je kunnen proberen het geld van hem terug te vorderen. Nu moet je daarvoor contact met zijn weduwe opnemen.'

'Die zoals bekend niet aanspreekbaar is,' verzuchtte Ivy. 'Maar als we het geld buiten beschouwing laten, hoe helpt deze informatie ons dan bij de rechtszaak tegen Sanele? De feiten zien er nu heel anders uit. Lennox heeft meineed gepleegd, hij was een bedrieger...'

'Je mag een bedrieger die meineed gepleegd heeft ook niet doodsteken,' zei Abe. 'Het spijt me, Ivy, maar mijn vader heeft je ook al verteld dat als degene die bedrogen is de bedrieger vermoordt, dan is dat eerder een aanwijzing voor zijn schuld. We kunnen dat tijdens de rechtszaak beter niet ter sprake brengen. Ik kan me echter voorstellen dat het Openbaar Ministerie er toch van op de hoogte is. Het wordt moeilijk, Ivy, heel moeilijk.'

'Toch is het goed nieuws,' zei Sanele tijdens haar volgende bezoek. 'Ik zal in elk geval rustiger sterven als ik weet dat de meisjes en jij veilig op de boerderij zijn.' Ivy wilde protesteren, maar hij hief zijn hand en ging verder: 'De Kikuyu zullen je blijven beschermen en misschien kun je Edgecumbe Farm zelfs weer opbouwen. Als Ranjana herstelt, kun je met haar over het geld onderhandelen. En zo niet... Abe zegt dat over een jaar geprobeerd kan worden haar onder curatele te laten stellen, waarna er over een schikking onderhandeld kan worden.'

Ivy vocht alweer tegen haar tranen. 'Ik wil absoluut geen rechtszaak tegen haar aanspannen. Op dit moment wil ik haar alleen wakker schudden zodat ze eindelijk weer bij bewustzijn komt.'

Sanele schudde zijn hoofd. 'Denk je nu echt dat onze energieke zuster Elisabeth dat niet al gedaan heeft? Ik durf er heel wat onder te verwedden dat ze alles probeert. Hoe zit het trouwens met het luipaard? Is Desna nog steeds niet opgedoken?'

Ivy schudde haar hoofd. 'Ik geloof niet in een wonderbaarlijke genezing door het luipaard,' zei ze. 'Naeku heeft al van alles geprobeerd en zij staat waarschijnlijk dichter bij Ranjana dan Desna. De dokter zegt dat de tijd alle wonden heelt en er wordt elke dag voor haar gebeden, maar we hebben niet veel tijd meer.'

De rechtszaak zou ruim drie maanden na de brand plaatsvinden. Dat bevestigde Abe in zijn vermoeden: 'Ze willen het snel afhandelen, ook vanwege de nieuwe informatie over Adrian Edgecumbe's overlijden. Als de kranten daarover berichten, kan de stemming omslaan.'

'Wordt Sanele zwartgemaakt?' vroeg Ivy zachtjes.

Abe knikte. 'Een Afrikaan die zijn *bwana* vermoord heeft

en diens vrouw verkracht heeft, is de ultieme vijand voor de kolonisten; het verhaal bevestigt hun ergste angsten. Ze willen dat er zo snel mogelijk een voorbeeld wordt gesteld.'

44

De dag van de rechtszaak kwam steeds dichterbij zonder dat er nieuws was. Abe Lorimer werkte aan zijn pleidooi en maakte een lijst met getuigen. Dat waren er niet veel; hij zou alleen Naeku, twee bedienden die vrij goed Engels spraken, Ivy en Sanele oproepen. De officier van justitie had ook niet veel getuigen. Hun belangrijkste getuigen waren Reggie Derringer en de vrienden met wie Lennox vlak voor zijn dood samen was geweest.

'Zet dat Lennox niet in een kwaad daglicht?' vroeg Ivy toen Abe haar de lijst met getuigen liet zien. 'Ik bedoel… de obscene spelletjes die daar werden gespeeld…'

'Ik kan me voorstellen dat de verklaringen een beetje worden verfraaid,' antwoordde Abe. 'Ik zal natuurlijk proberen om de getuigen te laten verklaren wat de aard van die spelletjes was, om in elk geval de aanklacht van verkrachting door Sanele af te zwakken, maar deze mensen zijn zelfverzekerd en waarschijnlijk bedreven leugenaars. De kans is groot dat ze niets bekennen.'

'Hoe gaat het met Sanele?' Ivy's laatste bezoek aan Sanele voor de rechtszaak was afgewezen om te voorkomen dat de getuigen hun verklaringen op elkaar zouden afstemmen. 'Alsof we daar niet al drie maanden de tijd voor hebben gehad,' had Ivy verbitterd gezegd toen haar dat werd verteld. 'Om nog maar te zwijgen van het feit dat er altijd iemand bij mijn bezoeken aanwezig was.'

'Hij is heel kalm,' antwoordde Abe. 'Hij weet wat hem te wachten staat en is bijzonder opgelucht dat je de boerderij terugkrijgt. Hij maakt zich veel meer zorgen om jou en de kinderen dan om zichzelf.'

'Ebony smeedt nog steeds plannen om hem te bevrijden,' vertelde Ivy met galgenhumor. 'Misschien moet ik haar serieus gaan nemen.'

Naeku wilde natuurlijk voor Sanele getuigen, maar was van plan zo snel mogelijk bij Ranjana terug te zijn. Ze zou dus 's ochtends vroeg de eerste trein van Kijabe naar Nairobi nemen. Ze wist nog niet hoe ze naar het station zou gaan, maar ging ervan uit dat ze met iemand kon meerijden. De twee bedienden zouden de dag voor de rechtszaak vertrekken en zouden bij een vriend in Nairobi slapen.

Terwijl ze Ranjana op de ochtend van de rechtszitting waste, vertelde ze haar nogmaals over Sanele en hoe bezorgd iedereen over hem was. Ze schrok zich dood toen haar vriendin plotseling begon te kokhalzen. Ze braakte hevig en lag daarna uitgeput, maar opnieuw apathisch in bed.

'Ranjana's maag is van streek,' vertelde ze opgewonden aan zuster Elisabeth nadat ze haar vriendin had schoongemaakt. 'Ze heeft overgegeven. Kunt u naar haar kijken, zuster? En juist nu ik naar Nairobi moet. Misschien voelt ze dat wel en –'

'Rustig aan, liefje,' bromde de non. Ze kwam net terug van het ochtendgebed en had nog niet ontbeten, wat haar humeur niet ten goede kwam. 'Hoe kan haar maag van streek zijn van wat je haar voert? Je geeft haar meestal pap of puree of bouillon. Wat kan daar mis mee zijn?'

Naeku haalde haar schouders op. 'Eigenlijk niets, maar ze eet de laatste tijd iets beter en ik denk dat ze misschien zelfs een beetje aangekomen is.'

Zuster Elisabeth fronste haar voorhoofd. 'Aangekomen? Hoe is dat mogelijk met die kleine porties? Gepureerde groenten, bouillon en een beetje pap – hoe kan ze daar dikker van worden?'

Naeku wees naar haar borsten. 'Ze is hier aangekomen. Haar borsten zijn groter en steviger. Dat denk ik tenminste.'

Zuster Elisabeth wreef over haar slapen. 'Ik drink eerst een kop koffie,' mompelde ze. 'Maak je niet druk, Naeku, ik denk niet dat ze ziek is.'

Een halfuur later stonden zuster Elisabeth en een jonge leerling-verpleegkundige bij Ranjana's bed. Ze lag met gesloten ogen opgerold in bed nadat ze had overgegeven. Naeku dacht haar oogleden heel even te zien bewegen toen de nonnen haar op haar rug legden en haar begonnen te onderzoeken. Zuster Elisabeth inspecteerde Ranjana's borsten, die inderdaad waren veranderd, en voelde haar buik.

'Hoe zit het met haar bloedingen?' vroeg ze aan Naeku. 'Heeft ze sinds de brand gebloed?'

Naeku keek haar met grote ogen aan. 'Nee, nee... u... had toch gezegd dat ze niet bloedde, dat ze...'

'Ik bedoel haar menstruatie,' voegde de non er ongeduldig aan toe.

Naeku dacht na. 'Ik heb er niet op gelet, maar ze had inderdaad al drie keer moeten bloeden.' Naeku had de menstruaties van haar meesteres altijd vrij nauwkeurig bijgehouden. Ze zorgde voor maandverband om vervuiling van haar kleding of gênante ongelukjes te voorkomen. 'Er is iets mis... er moet iets mis zijn...' Met trillende vingers pakte ze Ranjana's hand vast.

'Dat kun je op verschillende manieren zien,' merkte de non op. 'Het is vreemd dat ze nu pas met misselijkheid te maken krijgt. Meestal is dat de eerste drie maanden zo en daarna is het over. Normaal gesproken feliciteer ik vrouwen in een toestand als die van onze patiënt. Ranjana is in blijde verwachting, maar in de huidige situatie...'

Naeku zocht in haar Engelse woordenschat naar de betekenis van 'in blijde verwachting', maar er schoot haar niets te binnen.

'Ze is in gezegende omstandigheden,' legde de leerling-verpleegkundige uit, die zag dat Naeku het niet begreep. 'Ze krijgt een kind.'

Het werd Naeku even zwart voor de ogen. Dat kon niet waar zijn! Tijdens haar huwelijk met de Maharadja en daarna met Lennox was Ranjana niet zwanger geraakt. 'Ik dacht dat ze niet zwanger kon worden,' stamelde ze. 'Ze is zo tenger...'

Zuster Elisabeth trok haar wenkbrauwen op. 'Ze is ongetwijfeld heel jong uitgehuwelijkt. Sommige kindbruidjes raken meteen zwanger. Ik heb genoeg twaalf- en dertienjarigen met complicaties op mijn behandeltafel gehad. Anderen beginnen laat met menstrueren en raken niet zo gemakkelijk zwanger. Maar wat de reden is dat ze tot nu toe geen kind heeft gekregen… Ze is nu een volwassen vrouw en misschien was het gewoon een kwestie van tijd. Het kan heel goed zijn dat dit het kind van haar echtgenoot is en geen vrucht van de schande.'

Naeku, die Ranjana's hand nog steeds vasthield, dacht een trilling te voelen.

'Maar zuster Elisabeth, een kind is toch altijd een zegen,' wierp de leerling-verpleegkundige tegen. 'Als ze in haar toestand de zwangerschap tenminste kan uitdragen. Ik maak me daar nu al zorgen over.'

Zuster Elisabeth zuchtte. 'Als het de Heer behaagt om haar ook nog eens een zwangerschap op te leggen, dan brengt ze het kindje ter wereld, maar wat er daarna van moet komen…'

'Ik zorg voor de baby,' verzekerde Naeku haar. 'En miss Ivy ook.'

De non schudde haar hoofd. 'Was het maar zo eenvoudig. Het kind heeft familie. Grootouders. In elk geval in Schotland, en misschien ook in India. Die willen het misschien bij zich in huis nemen… of niet natuurlijk… We kunnen alleen blijven bidden voor Ranjana en proberen ervoor te zorgen dat ze beter gaat eten. Ik zal met de dokter overleggen als hij weer langskomt. Dan kan hij haar nog een keer onderzoeken.'

'En u weet het zeker?'

Zuster Elisabeth zuchtte. 'Ik heb al zoveel kinderen ter wereld gebracht, Naeku, van jonge en oude moeders, van zwarte en blanke. Daar vergis ik me niet in. We kunnen alleen maar bidden dat het niet verwekt is in de nacht van de brand, omdat we dan niet eens weten wie de vader is.'

Naeku wachtte tot de nonnen de kamer hadden verlaten, waarna ze Ranjana in haar armen nam. 'Zon van me, heb je het gehoord? De godinnen hebben ons gezegend. We krijgen een kind!'

Er ging een huivering door Ranjana's lichaam heen.

'Je moet nu wakker worden,' ging Naeku verder. 'Je wilt toch voor ons kind zorgen en voelen hoe het in je groeit? Het moet je horen lachen en huilen en je stem leren kennen. Je ziel zit in je lichaam opgesloten, maar nu moet je haar wakker maken, haar bevrijden.' Naeku streelde haar vriendin en voelde ineens tranen. Ranjana huilde tegen haar schouder. 'Je mag niet toestaan dat ze het kind naar Schotland of India sturen. Ze mogen het niet van ons afnemen. Ranjana, liefste van me, stop met huilen. We moeten blij zijn. We moeten lofliederen voor Kali en Lakshmi zingen.'

Ranjana tilde bijna onmerkbaar haar hoofd op. 'Ons… ons kind?' Haar stem was schor omdat ze zo lang niet had gepraat en klonk zwak, alsof die van heel ver weg kwam.

'Ja. Lennox is dood. Het kind is alleen van jou. En van mij, als je dat wilt.'

Naeku wiegde haar zachtjes terwijl er een oneindige liefde voor haar vriendin en het kind door haar heen stroomde. Ineens voelde ze Ranjana knikken. Haar verzwakte armen omhelsden haar. Naeku trok haar benen op het bed en ging naast haar vriendin liggen, waarna ze elkaar stevig vasthielden. Naeku fluisterde lieve woordjes en op een gegeven moment begon Ranjana weer te praten.

'Hij… is Lennox echt dood? Heb ik dat niet gedroomd?'

'Liefste, hoe had je dat moeten dromen? Je hebt niet geslapen, je was…' Naeku wist niet hoe ze het moest verwoorden.

'Ik was in het land achter de sluiers. Je weet toch dat ik daar altijd naartoe vluchtte als de Maharadja bij me in bed kwam?' Ranjana maakte zich los uit Naeku's armen en keek met wakkere, maar omfloerste ogen naar haar.

'Dit keer ben je daar heel lang geweest,' zei Naeku.

Ze was oneindig gelukkig dat Ranjana bij bewustzijn was, maar haar hoop dat haar herinneringen Sanele konden ontlasten, begon af te nemen. Ranjana had haar vaak verteld over het droomland waar ze in gedachten naartoe vluchtte als haar echtgenoot bij haar in bed kwam. Daar was geen tijd, geen pijn en geen herinneringen.

'Dit keer was het moeilijk om door de sluiers heen te breken,' fluisterde Ranjana. 'Ik was te ver weg... en het was te... verschrikkelijk...'

'Kon je niet naar binnen gaan of er niet uit komen?' vroeg Naeku. 'Ik kreeg het idee dat je het land niet kon verlaten.'

Ranjana schudde haar hoofd. 'Ik wilde niet weg. Ik voelde me daar veilig en was er zeker van dat jij er ook was. Terwijl buiten... ik wilde de verschrikking niet meemaken.'

Naeku stond op. 'Ik ga thee en toast en een beetje soep voor je halen terwijl jij uitrust. Je moet eten zodat je aansterkt. En daarna moet je me vertellen wat er gebeurd is, hoe pijnlijk het ook is. Er staat een mensenleven op het spel, Ranjana. Je moet je herinneren wat er die nacht gebeurd is.'

Naeku klopte midden in de nacht op de deur van zuster Teresa's kleine kamer. De jonge non deelde hem met de andere non die lesgaf op school en met wie ze goed kon opschieten. Ze werden beiden wakker door het kloppen.

'Is het alweer tijd voor de ochtendmis?' hoorde Naeku de slaperige stem van zuster Luitgard vragen. 'Ik dacht dat ik na het avondgebed net in slaap was gevallen.'

Het avondgebed, dat om middernacht plaatsvond, was verplicht voor de missionarissen, als ze tenminste in een grotere missiepost zoals deze woonden. Als maar één of twee nonnen een nieuw bolwerk voor de orde creëerden, sloegen ze de nachtelijke gebeden vaak over door pure uitputting.

'Doe open, zuster, ik ben het,' fluisterde Naeku. Het was beter als er niet nog meer nonnen wakker werden.

'Naeku.' De deur ging open en een hartvormig gezicht dat was omlijst door kort blond haar verscheen in de deuropening. 'Is er iets met mevrouw Edgecumbe? We hebben gehoord dat ze...'

‘Ze is wakker,’ zei Naeku. ‘En ze heeft me verteld wat er gebeurd is. Nu moeten we haar naar Nairobi brengen. Ze moet met me mee om voor Sanele Zoeloe te getuigen.’

De non leek niet meteen te begrijpen waarom het ging. ‘Wil zij dat ook?’ vroeg ze slaperig.

‘Ze beseft dat ze geen andere keus heeft als ze Sanele wil redden. Als ze niet getuigt, wordt hij morgen ter dood veroordeeld.’

‘Je kunt toch tegen een vonnis in beroep gaan als er nieuw bewijs is?’ wierp zuster Luitgard tegen. ‘Dan komt de zaak opnieuw voor de rechtbank.’

Naeku schudde haar hoofd. ‘Sanele is een Afrikaan en zowel de rechter als de juryleden zijn blank. Als er eenmaal een vonnis is… Misschien laten ze iemand die ter dood veroordeeld is meteen executeren. Er is geen andere optie. Miss Ranjana moet morgenochtend in Nairobi zijn.’

‘Je zou toch met de eerste trein gaan?’ vroeg zuster Luitgard.

‘Dat klopt, maar miss Ranjana kan dat niet aan in haar toestand. Het zou veel te vermoeiend voor haar zijn. Ik kan haar niet meenemen naar Kijabe en daar samen met haar de trein naar Nairobi nemen. Ze zou tussen vreemden zitten en daarna een taxi naar de rechtbank moeten nemen. Ik wil niet dat ze weer achter de sluiers vlucht, of het kind zelfs verliest. We hebben een auto nodig en iemand die ons rijdt. Nu.’

‘Ik kan jullie brengen,’ zei zuster Teresa. Ze reed elke dag in een van de terreinwagens van de missiepost naar het dorp van de Kikuyu om daar les te geven.

‘Ik weet het,’ legde Naeku uit. ‘Maar wíl je dat voor ons doen?’

‘De paters en de moeder-overste vinden dat nooit goed,’ zei zuster Luitgard terwijl zuster Teresa haar habijt al over de onderkleding waarin ze had geslapen aantrok en haar sluier zocht.

‘We gaan het ze niet vragen,’ zei zuster Teresa vastbesloten. ‘Ik kom naar jullie toe, Naeku. Kleed jij miss Ranjana alvast aan en neem haar mee naar buiten. Ik haal een auto.’

‘Dat horen ze beslist,’ zei zuster Luitgard bezorgd. ‘Denk je niet dat we op God moeten vertrouwen?'

'Naeku en miss Ranjana moeten stil zijn en snel instappen. Dan kan ik meteen wegrijden,' zei zuster Teresa. Als we weg zijn, zijn we weg. En als de moeder-overste ons niet hoort, verontschuldig me dan voor de ochtendmis. Vertel wat je wilt, maar we kunnen niet toestaan dat een onschuldige man opgehangen wordt. Dat kan God niet willen.'

Voordat zuster Luitgard haar kon verzekeren dat God andere manieren had om dat te voorkomen, was zuster Teresa al samen met Naeku naar buiten gelopen.

'Ik wacht in de auto op jullie. Schiet op,' zei ze.

Naeku's hart bonkte. Ze moesten het redden.

45

Zuster Teresa's rijstijl getuigde van haar uitgesproken vertrouwen in God. Nadat Naeku Ranjana op de achterbank van de auto had geschoven – na het lange liggen was ze zo zwak dat ze nauwelijks naar de parkeerplaats kon lopen – schoot het voormalige safarivoertuig bij de boerderij weg en hobbelde over de onverharde weg naar de ingang van het resort, waarna ze even snel over de asfaltweg reed. Gelukkig was er zo vroeg in de ochtend weinig verkeer. Zuster Teresa leek ook niet bang te zijn voor de dieren die elk moment de weg konden oversteken.

'Zoveel haast hebben we niet,' zei Naeku op een gegeven moment. 'Het is nog vroeg.'

Als ze eerlijk tegen zichzelf was, had ze nog nooit zoveel en uit het diepst van haar hart gebeden als tijdens deze rit. Ze verlangde er alleen nog naar om levend in Nairobi aan te komen.

Ranjana merkte er nauwelijks iets van. Na de vermoeiende dag en de herinneringen was ze volkomen uitgeput en ze sliep diep met een deken om zich heen en haar hoofd op Naeku's schouder.

Uiteindelijk bereikten ze na een rit van drie uur de hoofdstad en moest zuster Teresa zich aan de verkeersregels houden omdat er inmiddels mensen in auto's, te voet en op fietsen, paarden of ezelskarren onderweg waren. In de buitenwijken van Nairobi zagen ze geïmproviseerde hutten die van afvalhout en golfplaten waren gebouwd. Hier woonden de Afrikanen onder erbarmelijke omstandigheden. Ranjana werd wakker en zei dat de hutten haar aan India deden denken. Ook daar leefden mensen in onvoorstelbare armoede. In de wijken was al veel bedrijvigheid. Mensen vertrokken naar de boerderijen en naar de witte huishoudens, waar ze voor weinig geld werkten.

Zuster Teresa reed nu erg langzaam, uit angst dat ze een van de kinderen die op straat en tussen de hutten in de modder speelden aan zou rijden. In het centrum van de stad was veel verkeer en hier moesten de voorrangsregels gerespecteerd worden. Die leek zuster Teresa echter niet te kennen. Ze manoeuvreerde door het verkeer en werd gevolgd door een concert van claxons.

'Ik heb in de missiepost leren rijden,' bekende ze, waarna ze haar beschermengel bedankte. 'Ik heb nog nooit in een stad gereden, alleen op het terrein van Edgecumbe Farm.'

Naeku huiverde en durfde nauwelijks uit het raam te kijken. Toch bewonderde ze de moed van de jonge vrouw. Ze kon haar niet genoeg bedanken voor haar hulp.

Inmiddels hadden ze alle drie honger en dorst, maar geen van hen had geld bij zich.

'We rijden rechtstreeks naar de rechtbank,' zei zuster Teresa. 'Hoe laat begint de zitting?'

'Ik moet er uiterlijk om tien uur zijn,' antwoordde Naeku. 'Meneer Lorimer vertelde dat de getuigen van de officier van justitie eerst worden verhoord en daarna die van de verdediging. Het kan zijn dat ik tegen de middag pas aan de beurt ben, maar hij wil zijn getuigen graag vroeg bij elkaar hebben.'

Nadat ze de weg naar het gerechtsgebouw hadden gevraagd en zuster Teresa met behulp van haar beschermengel de rit door het ochtendverkeer had overleefd, stopte ze onder de indruk voor het grote stenen gebouw, dat was voorzien van het stadswapen en zuilen. Alleen Ranjana leek niet onder de indruk van het paleisachtige gebouw. Ze was stil en in zichzelf gekeerd, maar bleef bij haar voornemen om voor Sanele te getuigen.

Uiteindelijk gaven Naeku en zuster Teresa Ranjana een arm en liepen ze het gebouw in, argwanend bekeken door bewakers, gerechtsdienaren en advocaten die in en uit liepen. Nonnen zag je hier beslist zelden, wat ook gold voor een Afrikaanse en een Indiase in eenvoudige kleding. Nadat hun volledige garderobe was verbrand, had Naeku voor haar en Ranjana wat kleding in de winkel van de missiepost gekocht.

Naeku sprak een van de bewakers aan, maar die wilde niet naar haar luisteren. Pas toen zuster Teresa zich ermee bemoeide en energiek vroeg naar de zaal waar de rechtszaak tegen Sanele Zoeloe zou plaatsvinden, kregen ze antwoord. Vlak daarna stonden ze in een brede gang, samen met een paar mannen met camera's en notitieboekjes die bij de ingang van de zaal stonden.

'Kunnen we gewoon naar binnen?' vroeg zuster Teresa. 'En wat doen al die mensen hier?'

'Dat zijn journalisten,' fluisterde Ranjana. Tijdens haar reizen met de Maharadja was ze regelmatig met de pers geconfronteerd.

Terwijl Naeku zich afvroeg of ze de beveiliger die voor de rechtszaal stond konden vragen of ze naar binnen mochten, hoorde ze iemand luidkeels 'pauze' roepen, waarna de deur openging. Toeschouwers en deelnemers aan de zitting stroomden naar buiten.

Naeku zocht naar een bekend gezicht, maar alle rechters en advocaten droegen pruiken van paardenhaar en toga's die aan priestergewaden deden denken. Het volgende moment schrok ze zich dood. Ze zag Daniëlle van der Velt, haar man, haar vriendin Marian en de graaf tussen de stroom mensen. Als Ranjana nog voordat ze aan de beurt was om te getuigen met haar kwelgeesten werd geconfronteerd... Naeku kreeg het tegelijkertijd warm en koud, maar op dat moment deed een van de formeel geklede mannen zijn pruik af en herkende ze meneer Lorimer, die een keer in de missiepost was geweest om haar getuigenis persoonlijk met haar door te nemen. Hij zag haar eveneens en liep snel naar haar toe.

'Naeku, daar ben je! De andere werknemers van Edgecumbe Farm wilden je van het station halen, maar je was er niet. Hoe...?' Hij zweeg en zag de non en Ranjana nu pas. 'Naeku, is dat... is dat... is dat...' Hij leek zijn ogen niet te kunnen geloven.

Ranjana gaf de advocaat een hand. 'Ik ben Ranjana Edgecumbe,' zei ze zachtjes. 'En ik ben hier om de rechter te vertellen wat er echt gebeurd is.'

De advocaat straalde van blijdschap. 'Ik ben Abraham Lorimer, de advocaat van Sanele Zoeloe. Is Sanele... onschuldig?'

Ranjana keek geïrriteerd naar hem. 'Natuurlijk,' antwoordde ze.

Op dat moment ontdekte Daniëlle van der Velt Ranjana. Naeku zag dat ze iets tegen haar man fluisterde, waarna ze stralend begon te lachen en in Ranjana's richting liep.

Abraham Lorimer kreeg net op tijd zijn kalmte terug. 'Ga mee,' zei hij. 'Laten we naar de advocatenkamer gaan. De rechter heeft zojuist een pauze van een halfuur afgekondigd. De officier van justitie is klaar met zijn getuigen. We moeten nog het een en ander bespreken.'

Ranjana pakte de arm van zuster Teresa vast en Naeku hield Daniëlle van der Velt op afstand. 'Mevrouw Edgecumbe is niet beschikbaar,' zei ze ijzig. 'En ze wil ook niet met u praten.'

Daniëlle van der Velt hapte naar adem. Ze had waarschijnlijk nog nooit meegemaakt dat een dienstmeisje zo tegen haar praatte.

'Met jou ben ik nog niet –' hoorde Naeku haar nog zeggen voordat ze achter de advocaat, Ranjana en zuster Teresa de kamer die was bedoeld voor de verdediging in glipte. Ze was opgelucht toen ze miss Ivy en de twee bedienden van Edgecumbe Farm daar zag.

Miss Ivy was met stomheid geslagen toen ze Ranjana herkende, die zich uitgeput op een stoel liet vallen. Ze omhelsde haar stormachtig en meteen daarna Naeku, zonder om uitleg te vragen.

'Ze is gisteren bij bewustzijn gekomen,' zei Naeku. 'Zuster Teresa heeft ons hiernaartoe gereden. Ranjana is nog te zwak voor een treinreis.'

Naeku was blij om te zien dat miss Ivy de jonge non eveneens omhelsde. 'Dat gaat ons helpen, nietwaar, Abe? Dat zal Sanele redden.'

Abraham Lorimer knikte. 'Dat hoop ik wel. Het hangt er

natuurlijk van af wat mevrouw Edgecumbe ons te vertellen heeft, maar ik denk het wel.'

'Hoe is het tot nu toe gegaan?' vroeg Ivy. Als getuige voor de tegenpartij had ze tot nu toe niet bij het proces mogen zijn.

De advocaat zuchtte. 'Zoals verwacht. Meneer Derringer heeft Sanele beschuldigd en heeft geprobeerd geloofwaardig te maken dat hij de laatste persoon in het brandende huis was. Hij zag er nu in elk geval van af om Sanele ook nog van brandstichting te beschuldigen. Mevrouw Van der Velt en de anderen hebben hun activiteiten in de vleugel van mevrouw Edgecumbe gebagatelliseerd. Er werd niet meer over onzedelijke uitspattingen gepraat. Ze waren daar alleen geweest om te praten en champagne te drinken omdat meneer Hargraves jaloers was. Dat was natuurlijk volledig ongefundeerd. Mevrouw Edgecumbe kwam eveneens naar de vleugel en toen ze de brand ontdekten brachten de gasten zichzelf in veiligheid terwijl de Edgecumbes nog wat waardevolle spullen wilden meenemen. Meer wilden ze er niet over zeggen en het lukte me niet om de waarheid uit ze te krijgen. Daarna heeft de forensisch arts conform zijn verslag getuigd. Ik heb bij zijn verhoor het ontbreken van het moordwapen genoemd en hij gaf toe dat hij dit ook vreemd vond. Meer had het Openbaar Ministerie niet te bieden, maar dat wisten we al. Het zou opnieuw een kwestie zijn van wat de rechter en de juryleden willen geloven en wat niet. De jury bestaat natuurlijk uit blanken, allemaal rechtschapen kolonisten die Afrikaanse bedienden hebben en die alles geloven. Hoe gaan we nu verder? Mevrouw Edgecumbe, kunt u me snel een samenvatting geven van wat er echt gebeurd is?'

Abe Lorimer besloot de rechter meteen te wijzen op de onverwachte ontlastende getuige en formeel toestemming te vragen om haar te mogen verhoren. Hij wilde de bedienden, Ivy en Naeku eerst laten getuigen en Ranjana als laatste oproepen.

'Eigenlijk hoeven we niet meer te getuigen,' merkte Ivy op. 'Ranjana is de enige die voor opheldering kan zorgen.'

Abe glimlachte ondeugend. 'Dat is precies mijn strategie. We laten de tegenpartij denken dat ze veilig zijn. Laat de officier van justitie jullie allemaal maar verhoren en de jury ervan overtuigen dat jullie zo'n goede band met meneer Zoeloe hebben dat jullie ongetwijfeld voor hem zouden liegen. Als de jury daarna de waarheid hoort, zullen er mensen zijn die zich misschien toch een beetje schamen.'

Ranjana was de laatste die de advocatenkamer verliet om haar getuigenis af te leggen. De anderen waren voor haar opgeroepen en bleven vervolgens in de rechtszaal. Gelukkig wachtte zuster Teresa samen met haar en bad ze voor haar. Ranjana luisterde niet. In gedachten was ze bij Naeku en haar vrienden Ivy en Sanele, die op haar rekenden.

Uiteindelijk liep ze rechtop en ogenschijnlijk kalm de rechtszaal in. De toeschouwers begonnen met elkaar te fluisteren. De afgelopen maanden was in de media uitgebreid over de zaak bericht, dus wisten alle aanwezigen over Ranjana's verleden als de Maharani van Rajasthan. Nadat ze in de getuigenbank had plaatsgenomen, wond de officier van justitie zich erover op dat ze juist de vorige dag uit haar coma was ontwaakt en vroeg hij zich openlijk af of dit geen poging tot misleiding van de verdediging was.

Abe Lorimer corrigeerde hem dat de getuige niet in coma had gelegen en de rechter onderbrak de discussie met de expliciete wens om de getuige te horen.

Ranjana keek naar Sanele Zoeloe. Hij droeg een mooi kostuum, maar zag er niet waardig en gedistingeerd uit. Het leek eerder alsof hij de kleren van een andere, stevigere man droeg. Sanele was vermagerd en zijn gezicht zat vol rimpels. Hij leek een persoon die het had opgegeven, maar nu hij haar zag en ze onopvallend naar hem knikte, leek hij weer hoop te krijgen.

Ranjana bevestigde haar identiteit en begon daarna met een vaste stem te vertellen. 'Ik had een getemd vrouwtjesluipaard, Desna. Die avond ging ik naar mijn privévleugel om haar op te halen. Bij de tenten werd veel gedronken en de mannen werden... onfatsoenlijk. Ik wist dat mijn echtgenoot het niet zou toestaan als ik eerder van zijn feest vertrok. Daarom wilde ik Desna bij me hebben, zodat ze me zou beschermen. Ze zat op me te wachten in haar houten kooi in mijn kleedkamer, waar ze elke nacht doorbrengt. De deur naar mijn vleugel bleek open te staan en...'

De rechter, de advocaten en de jury luisterden geboeid naar haar verhaal.

'Kijk eens wie er mee wil doen,' riep Daniëlle van der Velt, die in de armen van Lennox lag en haar naaktheid slechts met een van Ranjana's sari's bedekte.

Een andere man omhelsde haar van achteren en leek bij haar binnen te dringen terwijl ze Lennox kuste. Op haar chaise longue had een ander stel seks en ineens voelde ze de armen van iemand om zich heen. De graaf trok haar op het bed, rukte haar zijden jurk van haar lichaam, stamelde smerige woorden en zoog aan haar borsten.

Ranjana walgde ervan. Ze had de vaak ruwe genegenheid van de Maharadja geduldig verdragen en had zich bereidwillig aan Lennox gegeven, maar dit hoefde ze niet te dulden. Verontwaardigd verzette ze zich en schreeuwde naar haar man, maar Lennox was niet bereid om haar te helpen. Integendeel, hij zei tegen haar dat ze haar mond moest houden. Haar man leverde haar over aan een vreemde en had tegelijkertijd seks met zijn minnares op het tapijt. Hij deed onuitsprekelijke dingen waarvan Daniëlle duidelijk genoot. Geoffrey, de graaf van Rennant, misbruikte Ranjana's lichaam met een ongelofelijke meedogenloosheid. Haar lichaam verstarde, wat altijd gebeurde als de fysieke liefde ondraaglijk pijnlijk voor haar was. Ze wist niet hoeveel tijd er verstreek, alleen dat de mannen elkaar afwisselden terwijl ze haar misbruikten... wat ook gold voor de vrouwen. Tussen Naeku en haar was de liefde altijd gekenmerkt door tederheid en warmte, maar Daniëlle en Marian waren net zo bruut als de mannen.

Ranjana was nauwelijks nog bij bewustzijn toen er buiten werd geroepen.

'Brand!'

'Het huis staat in brand!'

Haar belagers lieten haar bijna onmiddellijk los. De vrouwen en mannen raapten hun kleren bij elkaar en ze bleef versuft op het bed liggen.

'Weg hier!' riep Lennox.

Ze wist niet of hij het tegen haar of tegen zijn vrienden had, maar ze was niet in staat om te bewegen. Ze keek alleen geschokt naar haar kleedkamer, waar de gordijnen in brand vlogen. En ze hoorde Desna, die haar lichaam grommend tegen de tralies van haar kooi gooide.

Ineens leek alles tegelijk te gebeuren.

'De juwelen!' schreeuwde Lennox terwijl hij zijn kleding haastig fatsoeneerde. 'We moeten de juwelen redden!'

Op dat moment braken de houten tralies van Desna's kooi en het luipaard stormde in paniek naar de slaapkamer, op de vlucht voor het vuur, maar in de deuropening tussen de twee kamers stond Lennox. Hij versperde haar de weg.

Ranjana schreeuwde toen Desna sprong. Haar messcherpe klauwen boorden zich in Lennox' borstkas en hals, en hij viel door haar gewicht op de grond. Daarmee was de weg vrij. Het luipaard rende door de slaapkamer naar de gang. Ranjana zag haar bloedende man en de vlammen die zich vanaf de gordijnen een weg naar hem toe baanden.

Nu zou ze toch een sati worden en dit keer zou ze haar lot accepteren. Ze verheugde zich bijna op de zuivering door de vlammen… waarna ze definitief naar haar eigen wereld achter de sluiers verdween.

'Het was dus een roofdier?' vroeg de rechter verbaasd toen Ranjana uitgeput zweeg. 'Was er geen moordenaar?'

Ranjana knikte. 'Ik geloof niet dat Desna hem wilde doden, ze wilde alleen weg. Daarom mag ze niet doodgeschoten worden. Hoewel ze nu toch verdwenen is,' voegde ze er zachtjes aan toe. 'Sinds de nacht van de brand is ze niet meer gezien.'

'Hebt u vragen voor de getuige?' vroeg de rechter aan de officier van justitie.

Die leek zijn zelfbeheersing te verliezen. Hij zou Ranjana's verklaring waarschijnlijk graag belachelijk willen maken, maar kon niet ontkennen dat dit de meest plausibele verklaring was voor Lennox' verwondingen en voor het verloop van de gebeurtenissen zoals Naeku en Sanele die hadden beschreven, en uiteindelijk paste dit ook beter bij Reggie Derringers verklaring dan zijn eigen interpretatie.

'Ik heb nog een paar vragen aan de patholoog-anatoom,' zei de officier van justitie uiteindelijk. 'Ik wil graag weten hoe... hij zich zo heeft kunnen vergissen. Ik...'

Dokter Hollander werd uit een andere rechtszaal gehaald en nam bereidwillig weer plaats in de getuigenbank.

Abe Lorimer genoot van zijn optreden. 'Zonder u, zoals mijn zeer gewaardeerde collega doet, een vergissing te verwijten, want in feite hebt u de verwondingen van de overledene correct beschreven, wil ik toch iets van u weten. Kunnen de vermeende messteken in Lennox Edgecumbe's borstkas en hals misschien door de klauwen van een roofdier veroorzaakt zijn?'

De patholoog-anatoom lachte. 'Dat zou inderdaad heel goed kunnen. En dat is meteen een verklaring voor het ontbreken van het moordwapen. Ik zou dat zelf eveneens bedacht kunnen hebben als iemand me eerder had verteld dat het echtpaar Edgecumbe een luipaard als huisdier hield. In de puinhopen wees niets daarop.'

'Het luipaard is door de tralies van haar kooi gebroken toen ze in paniek raakte door de naderende vlammen, en de kooi is natuurlijk verbrand. Heel erg bedankt, meneer Hollander, u hebt aanzienlijk bijgedragen aan het ophelderen van de zaak,' zei Lorimer, waarna hij een lichte buiging maakte. Hij kon het niet laten om zich met een soort slotpleidooi tot de jury te richten. 'Heren, zoals u ziet berust dit proces op een vergissing of op de wens van een mislukte man die gedreven wordt door rassenhaat en misschien ook jaloezie. Meneer Derringer heeft mijn cliënt altijd gehaat en zag nu een kans om zijn leven met een verzonnen verhaal te vernietigen. Er is geen moord gepleegd. Het was een ongeluk. Een aanval van een dier dat in paniek was geraakt. Sanele Zoeloe had niets met de kwestie te maken. Zoals hij consistent verklaarde, net als de bediende trouwens, is hij die nacht helemaal niet in de vleugel geweest. Hij heeft Naeku alleen geholpen om haar bewusteloze meesteres uit het brandende huis te redden. Ik wil niet ingaan op de verklaringen van meneer en mevrouw Van der Velt, mevrouw Hargraves en de graaf van Rennant. Het is aan mevrouw Edgecumbe om te beslissen of ze deze dames en heren wil aanklagen wegens verkrachting. Ranjana Edgecumbe heeft in elk geval niet vrijwillig meegedaan. Ze kwam naar haar vleugel om haar tamme luipaard op te halen dat ze niet graag langdurig opsloot. Als ze daar haar echtgenoot en de anderen niet had aangetroffen, dan was dit nooit gebeurd.'

'Ik denk dat daar alles mee gezegd is,' merkte de rechter op. 'Ik denk niet dat de jury zich wil terugtrekken voor beraad, maar als de officier van justitie erop staat, mag hij natuurlijk een slotpleidooi houden. Ik wil geen procedurefouten maken. Als iedereen het ermee eens is, wil ik deze zaak graag afsluiten met een vrijspraak voor meneer Sanele Zoeloe. Meneer Lorimer wil waarschijnlijk nog onderhandelen over een schadevergoeding, maar daarvoor plannen we een andere afspraak. Mag ik nu dus formeel uitspraak doen?'

De jury en de officier van justitie hadden daar geen bezwaar tegen.

Ivy hoorde de laatste woorden van de rechter niet meer. Daar was ze te geëmotioneerd voor. Lachend en huilend tegelijk wierp ze zich in Saneles armen toen hij volkomen verbijsterd was opgestaan, voor het eerst in weken zonder bewaker en zonder handboeien. Ranjana werd door Naeku en zuster Teresa omhelsd en Abe Lorimer door de twee huisknechten, die hun blijdschap eveneens wilden tonen. Abraham Lorimer senior en zijn vrouw waren ook aanwezig en kwamen naar voren om Ivy en Sanele te feliciteren. Verder stroomde de zaal leeg.

Daniëlle van der Velt en haar entourage verdwenen vernederd uit Ranjana's leven.

'Nu komt alles goed,' fluisterde Naeku tegen haar.

'Nu weten we alleen nog niet wie de brand gesticht heeft,' zei Sanele tegen Ivy terwijl hij opgelucht als een vrij man de rechtszaal verliet. Voor het eerst sloeg hij in het openbaar zijn arm om de schouders van zijn vrouw. Hij was niet meer bang en was niet meer van plan hun liefde te verbergen, alleen omdat anderen niet van de kleur van zijn huid hielden. 'Het moet in de salon of op het aangrenzende terras begonnen zijn. Ik denk dat een van de windlichten omgevallen is, maar daar waren mannen aan het pokeren. Herinner je je dat nog? Ik heb erover verteld. Die mannen hadden iets moeten merken.'

'Misschien waren ze zo dronken en onder invloed dat ze niets meer hoorden en zagen,' opperde Ivy. 'Of ze hadden hun pokerspel al beëindigd voordat de brand uitbrak. Toen ik de gasten meenam naar de waterpoel waren zij erbij. Waarschijnlijk zullen we daar nooit achter komen.' Ze zuchtte. 'En eigenlijk maakt me dat ook niet uit,' voegde ze er liefdevol aan toe. 'Ik heb je terug, je leeft en bent bij mij. Bovendien krijgen we onze boerderij terug. We kunnen opnieuw beginnen en weer in vrede leven. Ik hou van je, Sanele Zoeloe. En voortaan vieren we elke dag die ons gegeven wordt.'

46

De weken erna werden gevuld met veel bezoeken aan overheidsinstanties en bezoeken aan de advocaat. Abe slaagde erin om een schadevergoeding voor Sanele te krijgen die hoger was dan ze hadden verwacht. Hij regelde een verklaring van erfrecht voor Ranjana en de vrijgave van Lennox Edgecumbe's bankrekening. Het was moeilijker om het oude vonnis tegen Ivy ongedaan te maken en Adrian Edgecumbe opnieuw dood te laten verklaren. Hierover volgde de ene hoorzitting na de andere. Lorimer senior en zijn vrouw moesten gedetailleerde informatie geven over hun zoektocht naar de vermiste persoon. Er werd ook een expert op het gebied van militaire geschiedenis en memorabilia geraadpleegd om het identificatieplaatje als echt te laten verklaren. De overduidelijke onwil van de autoriteiten om hun fout toe te geven en te corrigeren trok een zware wissel op de zenuwen van zowel Ivy als Sanele. Het zich voortslepende proces belemmerde elke beslissing en actie met betrekking tot de wederopbouw van de boerderij, terwijl het voor Sanele belangrijk was om iets te kunnen doen. Hij herstelde maar langzaam van de ontberingen in de gevangenis en de mentale kwelling om als onschuldige op zijn executie te wachten. Soms vertelde hij over de pesterijen van de andere gevangenen, de slechte hygiëne en de barre omstandigheden in de gevangenis en de meedogenloosheid van de bewakers. De meeste ervaringen leek hij echter voor zich te houden; die achtervolgden hem in zijn dromen. Ivy schudde hem dan wakker en omhelsde hem tot hij gekalmeerd was.

Overdag hervatten ze hun ritten en wandelingen over de savanne en door de bush. Het deed hun goed om het land dat hen samen had gebracht en waarvan ze beiden zoveel hielden opnieuw te verkennen. Het maakte hen ook gelukkig dat de dieren zich opnieuw lieten zien. In de tijd waarin ze werden gevangen, hadden ze zich steeds meer teruggetrokken in de dichte bosgebieden en schuilplaatsen. Zelfs de kuddedieren zoals gnoes en zebra's, die normaal gesproken nauwelijks aandacht aan mensen besteedden, waren gevlucht zodra ze het geluid van een auto hoorden of de geur van een mens roken. Nu kwamen ze echter steeds meer leeuwinnen met hun welpen of neushoornstieren op zoek naar gezelschap tegen.

Sinds de wilde dieren niet meer gevangen werden, keerden ze zelfs terug naar de waterpoel die zichtbaar was vanaf het terras van het voormalige woonhuis en de tenten voor de gasten. Vroeger verstopten ze zich daar altijd om de dieren van dichtbij te kunnen observeren. Sanele en Ivy hadden al jarenlang hun favoriete plekken tussen het riet en die zochten ze nu weer op om ongestoord alleen te zijn. Al snel zagen ze giraffen, antilopen en zebra's en soms zelfs neushoorns naar het water komen. De olifantenpopulatie was nog lang niet hersteld; de dieren hadden hun hoge verliezen psychisch nog niet verwerkt. Er waren weliswaar olifanten op het terrein van het resort, maar ze zouden mensen nog heel lang wantrouwen.

Grote roofdieren hadden zich zelden zo dicht bij de boerderij laten zien; zij gaven de voorkeur aan de waterpoelen die verder weg lagen en meer beschutting boden. Daarom verbaasde het Sanele des te meer toen ze op een dag, ongeveer een halfjaar na de brand, luipaardsporen vonden.

'Weet je dat zeker?' Ivy was geen goede spoorzoeker en ook Sanele was er minder goed in dan de Kikuyu en de Masai.

'Heel zeker. Kijk, hier zijn uitwerpselen. Zullen we het spoor volgen? Misschien...'

Eigenlijk hadden ze alle hoop om Desna terug te vinden inmiddels opgegeven, maar ze hadden nog nooit luipaarden bij de waterpoel gezien. Langzaam en geconcentreerd volgden Ivy en Sanele het spoor. Ze hadden natuurlijk met een spoorzoeker terug kunnen komen, maar ze waren te opgewonden om de zoektocht uit te stellen. Tot hun vreugde was het niet moeilijk om het dier te volgen. Het was snel en doelgericht naar de waterpoel gelopen en was vervolgens weer teruggegaan. Naar een schuilplaats? Ruim vijfhonderd meter verder stuitten ze op dicht struikgewas. Het luipaard was erin verdwenen. Sanele en Ivy twijfelden eerst of ze hem zouden volgen door het ruige terrein. Als ze werden opgemerkt kon het dier aanvallen, hoewel de kans dat het vluchtte veel groter was.

Ivy bukte zich uiteindelijk vastbesloten en volgde het pad dat de roofkat had achtergelaten een tijdlang. Daarna stopte ze en ze zakte langzaam en geruisloos door haar knieën om beter tussen de struiken door te kunnen kijken. Ze gebaarde naar Sanele dat hij hetzelfde moest doen, en vervolgens staarden ze beiden gebiologeerd naar het luipaard dat in een soort hol van struikgewas haar welpen zoogde. Ze leek volkomen ontspannen en gelukkig met haar twee jongen. Ivy dacht dat ze het gesmak van de kleintjes kon horen. Ze waren schattig en het luipaard was net zo mooi en goed gevoed als ze zich herinnerde.

'Dit is heel ongewoon,' zei Sanele toen ze weer naar huis liepen. 'Op haar leeftijd... Het is sowieso een wonder dat ze het overleefd heeft.'

'Alleen haar halsband is versleten. Vreemd dat die niet gescheurd is,' zei Ivy nog helemaal vervuld van de ontmoeting. 'Al die maanden...'

Sanele lachte. 'Er is in elk geval geen twijfel mogelijk. Vertellen we het Ranjana meteen of nemen we haar morgen bij wijze van verrassing mee naar haar lieveling?'

'Haar lieveling gedraagt zich inmiddels waarschijnlijk als een wild dier,' merkte Ivy op. 'Desna heeft een halfjaar in vrijheid overleefd; ze is geen knuffelkatje meer. Ook Ranjana moet haar heel voorzichtig benaderen.'

Sanele knikte. 'Dat begrijpt ze beslist, maar we mogen haar niet laten wachten. Ze heeft zich zoveel zorgen over Desna gemaakt en dat is waarschijnlijk nog steeds zo.'

Ranjana en Naeku konden het nauwelijks geloven toen ze hoorden wat Sanele en Ivy hadden gevonden en waren het liefst meteen naar Desna toe gegaan. Het werd echter avond en de Zoeloes waren kort voor de dageraad naar de waterpoel vertrokken; nu de zon was ondergegaan konden ze geen uitstapje meer riskeren. Dat begreep Ranjana, maar ze wilde meteen bij zonsopgang vertrekken.

Naeku adviseerde haar om later te vertrekken. 'Dan is ze beslist op jacht. Daarvoor moet ze de welpen alleen laten. Als ze dan mensen in haar buurt ruikt, kan ze ons als vijanden beschouwen.'

'Desna zal me nooit als een vijand zien,' antwoordde Ranjana, maar toch volgde ze de raad van haar vriendin op.

Ivy en Sanele waren vlak na zonsopgang bij Ranjana en Naeku, beiden met een geweer.

'Jullie willen toch niet op ze schieten?' vroeg Ranjana ontzet.

Sanele schudde zijn hoofd. 'Natuurlijk niet. Dat zouden we alleen doen als het niet anders kan. Wees alsjeblieft verstandig, Ranjana. Riskeer geen aanval. Naeku en Ivy hebben gelijk; Desna is geen tam luipaard meer. Ze is vrij en zou haar jongen kunnen verdedigen, en dan moeten we op zijn minst in staat zijn om in de lucht te schieten om haar af te schrikken.'

Ranjana zag eruit alsof ze eerder bereid was zich door haar luipaard te laten opeten dan toe te staan dat er op haar werd geschoten, maar ze vertrouwde zowel het dier als Ivy en Sanele. Er zou niet per ongeluk geschoten worden.

'Kun je eigenlijk nog wel zo ver lopen?' vroeg Ivy bezorgd terwijl ze naar Ranjana's zwangere buik keek.

Ranjana glimlachte. 'Als Desna met twee baby's in haar buik nog kon jagen, dan kan ik absoluut een kleine wandeling maken om haar te bezoeken.'

Inderdaad leek de weg naar het hol van het luipaard vanochtend korter dan de vorige avond, toen Sanele en Ivy Desna's sporen geconcentreerd hadden gevolgd. Na ongeveer een kwartier lopen bereikten ze de schuilplaats van de vorige dag en Ranjana straalde van geluk toen ze tussen de struiken door keek. Desna was bij haar welpen en had haar laatste prooi, een kleine springbok, meegenomen. De kleintjes zouden er waarschijnlijk nog niet veel mee kunnen, maar zo kon Desna zelf eten zonder haar welpen uit het oog te verliezen.

De kleintjes hadden blijkbaar genoeg gedronken en speelden onhandig tussen de poten van hun moeder. Eén welpje probeerde zich aan Desna's nek op te trekken en kwam met zijn poot onder de halsband terecht. Het moest trekken en worstelen om weer vrij te komen en gromde geïrriteerd.

Ivy lachte om de boze baby, maar Ranjana schrok. 'Dat is gevaarlijk,' zei ze. Ze kwam overeind en schoof de struiken uit elkaar. Het luipaard hief haar kop. 'Desna!' riep Ranjana.

Sanele kreunde en hief zijn geweer. Desna maakte echter geen aanstalten om aan te vallen. Ze rekte zich uit als een verzadigde luie huiskat die erop wachtte om door haar baasje te worden gestreeld. Ranjana praatte liefdevol tegen haar terwijl ze naar haar toe liep alsof het de normaalste zaak van de wereld was.

Desna stond voorzichtig op om niet op haar welpen te trappen. Sanele en Ivy hielden hun adem in terwijl Naeku eveneens opstond en achter Ranjana aan liep. Wat er ook zou gebeuren, ze zouden het samen doorstaan.

Desna liep langzaam en met een zwiepende staart naar Ranjana toe, maar al snel wreef ze haar lichaam tegen haar vrouwtje aan zoals ze vroeger altijd deed. Naeku begroette het luipaard ook liefdevol. Desna keek telkens weer naar haar welpen, alsof ze haar vriendinnen de kleintjes wilde laten zien.

'Geef dat maar aan mij,' zei Ranjana teder. Ze streelde het luipaard en maakte de gesp van de oude halsband los. 'Die heb je niet meer nodig.'

Ivy herinnerde zich de jonge Maharani van negentien jaar geleden, toen ze haar de luipaardwelpen had laten zien. De destijds zestienjarige Ranjana was verrukt van de beestjes geweest. Ze had haar vlecht, die tot haar heupen kwam, onder haar sluier vandaan gehaald en had de welpen ermee laten spelen. Nu deed ze hetzelfde met Desna's jongen terwijl Naeku het luipaard streelde. Ivy zag dezelfde extatische uitdrukking op haar mooie gezicht, het pure geluksgevoel. Maar destijds was ze een kind geweest dat de schattige welpen wilde hebben, of dat nu goed voor ze was of niet. Ivy had zich eraan geërgerd dat Adrian en de Maharadja bereid waren geweest om toe te geven aan die wens en ze had met een lach en een traan naar de gouden halsbanden en kettingen gekeken die Ranjana bij de welpjes had omgedaan. Vandaag las ze echter geluk op het gezicht van de volwassen vrouw, die wist dat de vrijheid van haar geliefde luipaard beter bij haar paste dan sieraden, zelfs al waren ze van puur goud.

Uiteindelijk streelde Ranjana Desna nog een laatste keer voordat ze afscheid van haar en haar welpen nam. Ze zou het luipaard waarschijnlijk niet meer bezoeken voordat haar eigen kind was geboren.

'Tot ziens,' zei ze liefdevol. 'De volgende keer dat we hiernaartoe komen laat ik jullie ons kind zien.'

47

Hope en Ebony hadden beiden last gehad van angstgevoelens en nachtmerries zolang hun vader in de gevangenis had gezeten. Zelfs Mwala's liefdevolle zorg kon hen niet kalmeren als hun moeder noodgedwongen in Nairobi was. Nu Sanele terug was in het dorp en daar bleef terwijl Ivy nog steeds dingen in de stad moest regelen, ontspande Hope in elk geval. Ze was bang geweest zonder de bescherming van haar vader en voelde zich nu weer veilig. Ivy en Sanele maakten zich echter zorgen om Ebony. Het normaal gesproken zo levendige en open meisje werd steeds stiller, ze viel af, was bleek en sliep slecht.

Ivy ging uiteindelijk met haar naar het missieziekenhuis om haar door zuster Elisabeth te laten onderzoeken. Daar informeerde ze ook meteen naar de verblijfplaats van zuster Teresa, die na haar eigenmachtige handelen naar het moederhuis in Mariannhill was gestuurd om daar in retraite te gaan. Ze had huilend afscheid genomen van Ivy, Naeku en Ranjana. De kans dat ze naar het Kikuyu-dorp terug zou mogen als ze haar straf had uitgezeten, was niet groot. 'Ik moet naar de plek gaan waar God me wil hebben,' had ze desondanks moedig gezegd en ze had Ranjana's tegenwerping dat niet God maar de moeder-overste over haar overplaatsing besliste niet willen accepteren. 'God werkt via zijn vertegenwoordigers op aarde,' had ze er bij wijze van verklaring aan toegevoegd.

Ranjana en Naeku hadden haar alleen geluk kunnen wensen. De twee hadden de missiepost meteen na het proces tegen Sanele verlaten. Ze waren boos en teleurgesteld dat de paters en de moeder-overste niet bereid waren geweest om zuster Teresa haar eigenzinnigheid te vergeven. Ze beweerden dat ze de rit naar Nairobi hadden toegestaan als ze hadden geweten hoe urgent het was. Zuster Teresa werd niet gestraft voor haar ongeoorloofde vertrek uit de missiepost, maar vanwege haar gebrek aan vertrouwen, en daarvoor kenden de moeder-overste en de paters geen pardon.

Ivy verbaasde zich niet over de strengheid van de orde. Ze had tenslotte meegemaakt hoe onbarmhartig de nonnen konden zijn toen haar vriendin zuster Margaret besloot de orde te verlaten. Naeku en Ranjana vonden het echter onmenselijk. Ze wilden meteen weg uit de invloedssfeer van de missionarissen en waren voorlopig in een comfortabele tent getrokken die Sanele op het terrein van het voormalige resort had laten neerzetten.

Toen Ivy samen met Ebony in de missiepost arriveerde, trof ze daar tot haar verrassing de twee vriendinnen aan. Zuster Elisabeth had Ranjana daarnet onderzocht en had vastgesteld dat de zwangerschap goed verliep. De twee vrouwen waren daar blij over en Ivy deelde in hun vreugde. Zuster Elisabeth was echter nog niet zover om Ranjana's kind als een zegen te beschouwen.

'Die twee waren helemaal door het dolle heen,' bromde ze toen de vriendinnen waren vertrokken en Ivy en haar dochter aan de beurt waren. 'Naeku gedraagt zich alsof ze de vader is. En of de extreem hechte band tussen een meesteres en haar bediende gezond is? Ik kan alleen maar hopen dat er geen godslasterende dingen tussen die twee gebeuren. De Heer veroordeelt sodomie.'

Ivy vroeg zich hetzelfde af, maar zag niets kwaads in de relatie tussen Naeku en Ranjana. Op het feest had ze Ilka von Lund en Jean Copeland-Lytton van de Happy Valley Set geobserveerd, net als Michael Mainard en Leonard van Hall. Die twee stellen leken haar veel minder excentriek en losbandig dan de heteroseksuele stellen waren.

Ranjana had afgezien van een aanklacht tegen de Van der Velts en hun vrienden, en de pers had bovendien niets of maar weinig bericht over de verkrachting van de jonge vrouw tijdens het feest op Edgecumbe Farm. In plaats daarvan stortten de media zich op het laatste schandaal, namelijk dat William en Daniëlle van der Velt gingen scheiden.

'Ze schrijven alleen wat de Set goedkeurt,' merkte Sanele op. Hij las de krant weer elke dag, maar was veel kritischer over de berichten dan voor zijn gevangenschap. 'Scheiden en hertrouwen maken deze mensen interessant, maar niemand krijgt te lezen over wreedheden of zelfs misdaden tegen de zwakkeren.'

'Het is toch mooi dat Naeku de bewondering en liefde voor haar meesteres nu ook voor haar baby voelt,' antwoordde Ivy op de argwanende opmerking van zuster Elisabeth. 'Het zou tenslotte kunnen dat Ranjana op een gegeven moment een afkeer voor de baby ontwikkelt. De omstandigheden van de verwekking waren tenslotte bijzonder pijnlijk en beangstigend. Als de baby op een van haar verkrachters blijkt te lijken, kan het nuttig zijn als Naeku een moeder is die onvoorwaardelijk van hem houdt.'

Zuster Elisabeth snoof. 'Barbara moet gehoorzamen aan Gods wil en haar kind op een gepaste manier liefhebben,' zei ze streng. Ze leek vandaag kribbiger dan anders te zijn, maar misschien was ze met het verkeerde been uit bed gestapt. 'En nu jij, Ebony Margaret,' zei ze tegen Ivy's dochter, die enigszins geïntimideerd in haar behandelkamer stond. De missie had de naam Ebony bij de doop niet goedgekeurd en had aangedrongen op de toevoeging van een christelijke naam. Zuster Elisabeth was echter de enige die Ebony consequent met die naam bleef aanspreken, zoals ze ook deed met Ranjana's doopnaam Barbara. 'Je moeder is bang dat je ziek bent, dus laten we maar eens naar je kijken.'

Ebony zag eruit alsof ze misselijk was, maar ademde gehoorzaam diep in en uit, en stak haar tong uit om haar amandelen te laten controleren. Op een gegeven moment liet zuster Elisabeth haar stethoscoop zakken.

'Hebt u iets gevonden?' vroeg Ivy.

'Niets ongewoons,' antwoordde de non. 'De longen zijn schoon, het hart klopt regelmatig, de lymfeklieren zijn niet vergroot en ze heeft geen beslag op haar tong. Ze lijkt alleen minder uitbundig dan anders, maar misschien begint ze verstandiger te worden. Aan de andere kant... als de jongens op school zulke symptomen vertonen, als ze plotseling stil en bleek zijn en geen kattenkwaad meer uithalen, dan denk ik altijd dat ze een slecht geweten hebben. De meisjes zijn eerder ergens bang voor. Meestal voor hun vader.'

'U suggereert toch niet dat Sanele onze dochters mishandelt,' antwoordde Ivy geïrriteerd. 'En Ebony heeft ook niets uitgehaald. Ze weet heel goed dat ze haar ouders alles kan toevertrouwen. Dat weet je toch, Ebony?'

Ebony knikte zwijgend.

Zuster Elisabeth zuchtte. 'Dan moet je misschien toch naar een dokter gaan, Ivy. Maar zoals ik al zei: ik zou me geen zorgen maken. Het meisje lijkt me volkomen gezond.'

Ivy en Ebony vertrokken opgelucht.

'Waarom is ze altijd zo streng?' vroeg Ebony.

'Ze kan ook heel aardig zijn,' verzekerde Ivy haar dochter. 'Eigenlijk is ze een heel lieve vrouw.'

Onderweg naar de auto kwamen ze zuster Luitgard tegen, die hun vertelde dat het slechte humeur van zuster Elisabeth te maken had met het nieuws over zuster Teresa. De jonge lerares keerde inderdaad niet terug naar Edgecumbe Farm. Ze was overgeplaatst naar een missiepost in Tanzania.

'En dat terwijl zuster Elisabeth zo haar best voor haar gedaan heeft,' ging de non verder. 'Ze vond het weliswaar eigenmachtig, maar niet afkeurenswaardig dat ze zonder het te vragen een auto had gepakt. Het was tenslotte op het laatste nippertje en anders waren Naeku en Barbara misschien met de nachttrein gegaan. Dat zou beslist niet goed voor haar geweest zijn. Zuster Elisabeth heeft ervoor gepleit om haar te vergeven.'

'Ik zei het toch,' herhaalde Ivy toen ze in de auto zaten. 'Ze is een heel lieve vrouw die zich soms als een draak gedraagt.'

Ebony's toestand verbeterde niet nadat zuster Elisabeth haar had onderzocht, en ook niet nadat Mwala met haar naar Mama

Achera was gegaan om te onderzoeken of ze beïnvloed werd door kwade geesten. Ze was van mening dat Ebony niet bezeten was.

'Wie had dat gedacht?' merkte Ivy op.

Sanele lachte. 'Toch is er iets met haar. Die nachtmerries... Normaal gesproken heeft Hope daar meer last van. Wanneer heeft Ebony zich ooit achtervolgd gevoeld?'

'Als het nog een keer gebeurt voelen we haar flink aan de tand,' besloot Ivy. 'Zuster Elisabeth zegt dat er bij meisjes vaak angstgevoelens achter zulke symptomen zitten en bij jongens een slecht geweten. Ik kan me dat niet voorstellen, maar zo kan het niet verder.'

'Heb je het Hope al gevraagd?' vroeg Sanele. 'Die twee weten alles van elkaar.'

'Hope beweerde dat ze van niets weet,' zei Ivy. 'Maar ze heeft nooit kunnen liegen en werd rood. Helaas heeft ze de waarheid niet verteld.' Ivy nestelde zich tegen haar man aan. 'Alles zou nu goed moeten zijn en de kinderen zouden niet bang meer hoeven te zijn.'

Toen Ebony de volgende nacht weer een nachtmerrie had – die dit keer zo erg was dat niet alleen Mwala, maar ook Ivy en Sanele in de aangrenzende kamer er wakker van werden – besloot Ivy de zaak tot op de bodem uit te zoeken. Ze ging bij haar dochter op de slaapmat zitten, sloeg haar armen om het trillende en huilende meisje heen en wiegde haar zachtjes. 'Ebony, waarom vertel je ons niet waarvoor je zo bang bent? Misschien is het helemaal niet zo erg. Zelfs als je iets gedaan hebt – of Hope – komt het allemaal weer goed.'

'Nee,' snikte Ebony. 'Het komt niet goed, in elk geval niet zo gemakkelijk. En ik kan het niet zeggen, want als iemand anders erachter komt en het verder vertelt, dan...'

'Ik ben je moeder, Ebony.' Ivy streelde haar liefdevol. 'En ik kan geheimen bewaren, echt waar. En dat geldt ook voor papa en Mwala. Hope weet het, nietwaar?'

Ebony knikte huilend.

'Wat gebeurt er volgens jou als het uitkomt?' vroeg Ivy verder. 'Ben je bang voor straf?' Ze vroeg zich af of iemand in de missiepost de kinderen misschien bang had gemaakt voor het hellevuur. Nadat zuster Teresa was vertrokken hadden ze een nieuwe, veel strengere lerares gekregen.

'Voor de gevangenis,' antwoordde Ebony snikkend. 'Ik ben zo bang voor de gevangenis.'

Ivy keek verbaasd naar haar dochter. 'Wie wil jou in de gevangenis stoppen? En waarom? Alleen mensen die iets heel slechts gedaan hebben komen daar terecht. Oké, soms worden er fouten gemaakt, zoals bij papa. Maar iemand die onschuldig is laten ze snel weer vrij.'

'Wawira zegt dat je in de gevangenis terechtkomt als je brand sticht.'

Ebony kon niet stoppen met huilen. Hope ging nu ook tegen Ivy aan zitten en huilde mee.

Ivy spitste haar oren. 'Maar niemand van ons zou toch brand stichten,' zei ze terwijl ze probeerde haar slechte voorgevoel te onderdrukken.

Ebony wreef in haar ogen. 'En als het niet opzettelijk was?' vroeg ze. 'Stel dat ik... Hope moest helpen? Ze... ze zeiden dat ze haar handen en armen en benen zouden afhakken en die aan medicijnmannen zouden verkopen. En ze wilden haar uitkleden.' Ebony haalde haar neus op. 'Wij... wij hebben de brand gesticht, of eigenlijk ik. We wilden naar het feest kijken omdat ik wilde weten wat een orgie is. Maar de mannen op het terras zagen ons en achtervolgden ons, en ze kregen Hope te pakken. Ik ben eerst weggerend en daarna teruggekomen. Hope was zo bang en ik wilde haar niet alleen laten. De mannen waren slecht, vooral degene die haar vasthield. Ik moest gewoon iets doen.'

Ebony vertelde dat ze een windlicht naar Hope's belager had gegooid.

'Wat zeg je? Wat hebben de mannen met Hope gedaan? Ik

hoop dat je die vent geraakt hebt,' zei Ivy. Ze wist dat ze haar dochter een standje zou moeten geven, maar haar sympathie lag volledig bij Ebony… en bij Hope.

Ebony knikte huilend. 'Ja, ik denk dat ik zijn hoofd geraakt heb. Het bloedde heel erg en hij liet Hope meteen los. Ik heb nog een keer gegooid, en daarna nog een keer, en toen gingen ze weg. Hope en ik zijn heel snel naar huis gerend en in bed gaan liggen, en we hoopten dat we geen straf zouden krijgen omdat we daar waren geweest. De mannen zouden vast niemand vertellen wat ze met Hope van plan waren. We wisten niet eens dat er brand was. Dat vertelde Mwala ons pas de volgende ochtend.'

Ivy wiegde haar dochter nog steeds. 'Daarvoor kom je absoluut niet in de gevangenis,' troostte ze haar. 'Ze zouden de mannen die jullie zo bang gemaakt hebben moeten straffen. Ik weet wie het was omdat ik zijn hoofdwond verzorgd heb. Hij beweerde dat hij was gevallen toen we allemaal naar de waterpoel vluchtten. Ik ben alleen bang dat die mannen ermee wegkomen zonder gestraft te worden, ook al zouden we aangifte doen. Ze zouden gewoon beweren dat jullie liegen. Jullie zijn de enigen die erbij waren. Ik denk trouwens dat ze niet echt van plan waren om Hope iets aan te doen. Ze vonden het gewoon leuk om haar te bedreigen en bang te maken. Het zijn inderdaad slechte mensen, zoals je al zei, en die doen zulke dingen. Jullie hoeven niet bang te zijn. We laten zulke mensen nooit meer hiernaartoe komen. Ik weet niet of we op Edgecumbe Farm gaan wonen of in het dorp blijven, maar het resort wordt weer van ons. Jij en Hope zijn hier veilig.'

48

Sanele en Ivy besloten Ranjana en Naeku over Ebony's bekentenis te vertellen. Ze wilde geen geheimen voor hen hebben en waren er zeker van dat ze begrip voor de meisjes zouden tonen. De volgende ochtend gingen ze meteen naar Edgecumbe Farm.

De vriendinnen zaten voor hun tent onder een enorme apenbroodboom die vroeger op een deel van het terras voor schaduw had gezorgd. Het vuur had nauwelijks schade aan de boom aangericht en hij kon nog honderden jaren blijven leven. Ranjana en Naeku begroetten hen vrolijk. Ze hadden wilgentakken geweekt en hadden daarvan een mandje voor de baby gevlochten.

'Ik heb voor het laatst gevlochten toen ik een kind was,' vertelde Naeku. 'En Ranjana heeft zoiets nog nooit gedaan.'

Zo zag het resultaat er ook uit, maar ze hadden er veel plezier aan beleefd.

Daarna luisterden ze aandachtig naar Ivy's verhaal. De katjes, die ze uit de missiepost hadden meegenomen, speelden rond hun voeten.

'Het was heel moedig van Ebony om terug te komen en voor haar zusje te vechten,' zei Ranjana uiteindelijk. Ze glimlachte naar Naeku. 'Jij zou dat ook voor mij gedaan hebben.'

'En jij voor mij,' zei Naeku. 'Ik weet dat je vaak banger bent dan ik, maar je overwint je angst als het echt nodig is.'

'Ik kan jullie niet genoeg bedanken voor jullie hulp,' zei Sanele. 'Het was allemaal één grote nachtmerrie en ik blij dat het achter de rug is.'

'Gaan jullie geen aangifte tegen die mannen doen?' vroeg Ranjana. Na de rechtszaak was ze zich voor rechtswetenschap gaan interesseren. 'Ze hebben jullie dochters bedreigd en met geweld vastgehouden. Bovendien hebben ze de brand verzwegen. Als ze die meteen na het uitbreken ervan hadden gemeld, dan was er misschien nog iets te redden geweest.'

'Daar hebben we over nagedacht,' zei Sanele. 'We zouden in elk geval aangifte kunnen doen om een schadevergoeding te krijgen, maar als er leden van de Happy Valley Set voor de rechtbank staan, berichten alle kranten erover, wat betekent dat heel Afrika al snel zou weten dat we een kind met albinisme hebben. Wie weet wat we daarmee veroorzaken? Dan is Hope misschien in groter gevaar dan ooit tevoren. Dat is het geld niet waard.'

Terwijl hij praatte, reed een van de terreinwagens het erf op en Thabo, hun voormalige eerste huisknecht die hun trouw was gebleven, zwaaide met de post. Ivy en Sanele stuurden om de dag iemand naar Kijabe om de brieven van hun advocaat of van een of andere autoriteit zo snel mogelijk in handen te krijgen. Dit keer was er een grote envelop bij en een langwerpig pakje met een vorm die aangaf dat er een fles in zat.

'De brief is van de Lorimers, miss Ivy!' riep Thabo vrolijk. 'Het moet goed nieuws zijn, dus ben ik meteen hiernaartoe gekomen toen ik in het dorp hoorde dat jullie hier zijn.'

'Het kunnen ook meer formulieren zijn die ik moet invullen,' zei Ivy. Ze pakte de brief met een bonkend hart aan. 'Het is een aangetekende brief, dus die is hoe dan ook belangrijk.'

Sanele pakte het pakje uit, dat eveneens van de Lorimers bleek te zijn. Toen hij er een fles champagne en een felicitatiekaart uit haalde, wist hij dat Ivy niet bang hoefde te zijn.

'Het is de overlijdensakte van Adrian,' zei Ivy toen ze meerdere documenten uit de envelop had gehaald. 'En ons trouwboekje, dat gelegaliseerd is door een rechter. Ik ben dus eindelijk mevrouw Edgecumbe niet meer. Ik heb mijn eigen naam en mijn liefde terug.'

'Ze hebben alleen je naam afgenomen, de liefde ben je nooit kwijtgeraakt,' antwoordde Sanele, waarna hij de fles champagne opende. 'Hebben jullie glazen in de tent, Naeku? Waarschijnlijk alleen waterglazen, dat weet ik, maar ik zou vandaag zelfs champagne uit een beker drinken. En het kan me helemaal niets schelen dat hij warm is. Jullie wel?'

Iedereen lachte en hij schonk vakkundig in toen Naeku vijf eenvoudige drinkglazen uit de tent had gehaald. Ook de brenger van het goede nieuws moest met hen toosten.

'Op betere tijden,' zei Ivy met een glimlach.

'Op mevrouw Zoeloe,' voegde Sanele eraan toe.

'Wat gebeurt er nu met Edgecumbe Farm?' vroeg Naeku uiteindelijk.

'Die is weer van mij,' zei Ivy. Ze liet hun vrolijk de verklaring van erfrecht en het eigendomsbewijs van Edgecumbe Farm zien. 'Nu hebben we alleen nog geld nodig om het huis opnieuw te bouwen.'

'We hebben het geld dat Lennox voor de verkoop van de dieren gekregen heeft,' zei Ranjana. 'Abe heeft de verklaring van erfrecht voor mij meteen gegeven.'

'En hij heeft ons aangeraden de rekening op te zeggen omdat jullie het geld kunnen opeisen zodra jullie de papieren binnen hadden,' voegde Naeku eraan toe.

'Dat hebben we natuurlijk niet gedaan,' zei Ranjana snel. 'Het waren jouw dieren, Ivy. Hij had ze niet mogen verkopen, dus krijg jij het geld.'

'Dat is heel gul van je. Het is alleen triest dat de dieren daardoor niet terugkomen,' zei Ivy. 'Maar –'

'Wat dat betreft willen we jullie een voorstel doen,' onderbrak Sanele haar. 'We willen hier al langer met jullie over praten en nu deze situatie zich voordoet... Kortom, Ivy en ik denken erover om met jullie samen te werken. Jullie geven ons het geld voor de wederopbouw, inclusief een royale woonruimte in het hoofdgebouw of een eigen huis voor jullie, en dan runnen we het resort samen. Over de precieze voorwaarden moeten we het natuurlijk nog eens worden. Met hulp van Abe Lorimer, zodat geen van ons benadeeld wordt. Iedereen krijgt een plek in het bedrijf.' Hij knipoogde naar Thabo. 'Een eerste huisknecht hebben we al. Ik kan me goed voorstellen dat Naeku de zorg voor de gasten en het organiseren van evenementen op zich neemt. Je spreekt toch Masai en Kikuyu? En bovendien Engels en Indiaas. Wie weet krijgen we nog eens gasten uit India.'

'Dat zou geweldig zijn,' zei Ranjana zachtjes. 'Wij hadden ook al zoiets bedacht.' Ze glimlachte verlegen. 'En wat het huis betreft... ik heb een tekening gemaakt... maar misschien vinden jullie dat niets.'

Ze maakte aanstalten om op te staan, maar Naeku was al opgesprongen om haar map met schetsen uit de tent te halen. Ranjana opende hem en Sanele en Ivy keken verrukt naar de ingekleurde tekeningen van een lodge, die qua stijl enigszins was geïnspireerd op een Afrikaans dorp, maar dan met westers comfort. Het complex paste zo harmonieus in het licht glooiende landschap dat het er een onderdeel van leek. De gasten zouden niet langer in tenten worden ondergebracht, maar in ronde onderkomens die op de hutten van de Kikuyu leken en waren voorzien van houten vloeren, ramen en een stevig dak. Elke hut had een eigen terras. In de tuin van het complex waren twee meisjes getekend.

Ivy glimlachte toen ze haar dochters herkende, die een speels ontworpen kinderwagen met een baby erin duwden. 'Ranjana, dit is een droom!' riep ze. 'Je kunt niet alleen sieraden ontwerpen, maar je bent ook een geboren architect! Als we dit kunnen realiseren, staan alle andere resorts voor je in de rij om jou hun huizen te laten ontwerpen.'

Ranjana bloosde bij het horen van het compliment.

Naeku keek trots naar haar vriendin. 'Ranjana wil heel graag op zoek naar een goudsmid die sieraden volgens haar ontwerpen maakt en verkoopt.'

Ranjana knikte en boog verlegen haar hoofd. 'Ik wil werken, nuttig zijn, in plaats van alleen een mooie pop te zijn, een ding om mee te spelen, om uit te lenen... en te verbranden als je er genoeg van hebt.' Ze had even tijd nodig om haar emoties onder controle te krijgen. 'En ik ben er niet geschikt voor om in het resort te werken. Dat heb ik al geprobeerd en het ligt me niet om elke dag met vreemde mensen om te gaan. Ik zit liever in de tuin te tekenen.'

'Het is alleen jammer dat we geen sieraden hebben die ze als voorbeeld kan laten zien,' voegde Naeku eraan toe. 'Het grootste deel van haar sieraden is in India achtergebleven en de rest... Hebben jullie trouwens geen gesmolten goud in de puinhopen gevonden?' Ze wees naar de ruïne van het huis.

Ivy glimlachte. 'Ik heb wel iets anders,' zei ze. Ze opende de bovenste knoopjes van haar jas, die ze tegen de ochtendkoelte over haar blouse had aangetrokken, en liet de ketting zien die ze droeg. Het was een delicaat ontwerp waarbij de schakels uit silhouetten bestonden van dieren die op de savanne voorkwamen. Ranjana had het sieraad jaren geleden voor haar ontworpen en laten maken nadat ze haar Desna cadeau had gedaan.

'Heb je die nog?' vroeg Ranjana verbaasd. 'Heb je die niet verkocht toen jullie geen geld hadden?'

'Ik kon het niet over mijn hart verkrijgen,' antwoordde Ivy. 'De gouden halsbanden voor de luipaarden heb ik verkocht en al mijn andere sieraden ook, maar dit... Het is het mooiste wat ik ooit heb gehad. Als ik dit had weggegeven, dan was ik mezelf niet meer geweest.'

Sanele glimlachte. 'De Moeder van de dieren,' zei hij teder. 'Die naam kan niemand je nu meer afnemen.'

Ivy nestelde zich tegen hem aan, maar voordat het te sentimenteel werd kregen ze een lading apenbroodpeulen over zich heen. Ze schoven geschrokken bij elkaar vandaan en ontdekten Kurti, die al met nieuwe projectielen in de boom zat en naar hen leek te grijnzen. Hij had altijd last van jaloezie.

Sanele dreigde lachend naar hem. 'Dat zou zijn moeder hem moeten afleren,' zei hij streng.

Historische achtergrond

In Nairobi bestond inderdaad een grote Indiase wijk waar Alibhai Mulla Jeevanjee, een historische figuur, veel invloed had tot hij verarmde door gokken en/of speculatie op de beurs. Zijn nichtjes en zijn aandeel in hun opvoeding zijn fictief. In werkelijkheid had hij twee zoons; ik heb niet onderzocht wat er met hen is gebeurd, omdat ze geen rol in mijn verhaal spelen.

Weduwenverbrandingen kwamen in India in het algemeen en in Rajasthan in het bijzonder nog lang na het verbod van de Britten voor. In sommige gevallen sterven echtgenotes nog steeds op de brandstapels van hun mannen, wat min of meer vrijwillig gebeurt. Het is aannemelijk dat er altijd vrouwen zijn geweest die zich, net als Ranjana, aan die wrede praktijk hebben onttrokken, en vooral in vooraanstaande families zoals die van de Maharadja kunnen pogingen zijn gedaan om te voorkomen dat weduwen dit deden door ze preventief op te sluiten of te bewaken.

Ruhe, Reiche en Hagenbeck stuurden in de periode waarin dit verhaal zich afspeelt regelmatig dierenvangers naar alle delen van de wereld om zeldzame dieren voor dierentuinen op alle continenten te vangen. De uitvalsbases waren Hamburg en Alfeld/Leine. De bedrijven hadden verzamelstations in verschillende landen van herkomst, waarna de dieren werden getransporteerd. De organisatie en de omstandigheden van de dierenvangst en handel verliepen zoals beschreven in het boek. Ik heb niet kunnen achterhalen of er in Kenia zo'n verzamelcentrum is geweest. De naam van de agent die in mijn verhaal contact met Lennox opneemt is fictief, net als het contract dat hij met hem sluit. Afgaand op mijn onderzoek bevonden de verzamelcentra voor de dieren zich eerder op tribaal grondgebied dan op het land van de kolonisten. Waarschijnlijk stelden de stammen het land goedkoper ter beschikking en waren ze bovendien blij met de extra inkomsten als spoorzoekers, vangers en verzorgers.

De Happy Valley Set was in de beschreven tijd beroemd/berucht in Kenia. De extravagante feesten en het losbandige wisselen van partner waren legendarisch en werden later het onderwerp van boeken en films. Er vonden meerdere keren – meestal onopgeloste – moorden binnen de groep plaats.

De beroemde barones Blixen, auteur van het boek *Out of Africa*, kende enkele leden maar behoorde zelf niet tot de groep.

Ranjana's luipaard Desna bereikt in dit boek een bijbelse leeftijd en inderdaad komt het in dierentuinen voor dat deze dieren ouder dan twintig worden. In het wild bereiken ze meestal een leeftijd tot zeventien jaar, waarbij een vrouwtjesluipaard tot haar laatste levensjaar jongen kan krijgen. Zo is ook Desna's late moederschap in elk geval theoretisch een mogelijkheid.

Een laatste opmerking over het taalgebruik dat in de dialogen wordt gebruikt. Het is te wijten aan de tijdgeest en de historische setting dat sommige personages discriminerende en naar moderne maatstaven ongepaste termen gebruikten. Dit taalgebruik maakt de houding van deze personages ten opzichte van andere etniciteiten duidelijk. We kunnen niet veranderen hoe onze voorouders over diversiteit dachten, maar we kunnen vandaag en in de toekomst elke vorm van discriminatie bestrijden. De authentieke weergave van hoe het was, kan worden beschouwd als een waarschuwing: zo mag het nooit meer worden.

Sarah Lark

Lees ook Sarah Larks trilogie 'Het nieuwe land':

Paperback, 544 blz. | ISBN 978 90 261 6123 0
ISBN e-book 978 90 261 6124 7

Paperback, 592 blz. | ISBN 978 90 261 6126 1
ISBN e-book 978 90 261 6127 8

Paperback, 464 blz. | ISBN 978 90 261 6695 2
ISBN e-book 978 90 261 6696 9